Katharina ist Anfang Dreißig und lebt in Köln. Was für andere selbstverständlich ist, stellt Katharina in Frage: ihren Job als Grundschullehrerin, ihr Leben in Köln, ihre Beziehung zu Männern. Sie fragt sich, ob es irgendwann möglich ist, die eine, wahre Liebe zu finden. Und dann plötzlich, ist sie da, die neue Chance: Aber ist Katharina in der Lage, das Wechselspiel von Nähe und Distanz, Freude, Leid und Trauer auszuhalten? Katharina führt in dieser Zeit viele Kämpfe - mit anderen und auch mit ihren Ängsten, Sorgen und den Fragezeichen in ihrem Leben: Wie möchte sie ihre Zukunft gestalten? Wo möchte sie leben und mit wem? Ist sie bereit, für einen Neuanfang ihr altes Leben aufzugeben?

Hanna Hommes

Am Anfang eines Lebens

Roman

Bibliografische Information der Deutschen Nationalbibliothek: Die Deutsche Nationalbibliothek verzeichnet diese
Publikation in der Deutschen Nationalbibliografie; detaillier-
te bibliografische Daten sind im Internet über
http://dnb.dnb.de abrufbar.

© 2019 Hanna Hommes

Herstellung und Verlag: BoD – Books on Demand, Nor-
derstedt

Umschlagfoto: Picsfive / Shutterstock.com
Autorenfoto hinten: Nils Kaposty

ISBN: 978-3-7494-7854-5

Für Lars

INHALT

NACHHER

In der Stille, die mich umgibt, wenn ich alleine bin, formen sich manchmal Wörter, dann ganze Sätze, manchmal bleiben es auch nur Versatzstücke, die ich mir notiere, mit dem sicheren Gefühl, dass sie für mich bedeutsam sind, aber ohne konkrete Idee, was ich damit anfangen werde. Ich notiere sie handschriftlich, mit einem dicken schwarzen Filzstift, um den Moment beobachten zu können, in dem die Bewegung meiner Hand aus dem weißen Untergrund ein beschriftetes Blatt Papier macht, die Bewegung des Stiftes schwarze Spuren auf dem Papier hinterlässt, die eine Bedeutung haben, wie bei einer Sprache, bei der aus einer Bewegung des Kehlkopfes, der Zunge und des Kiefers ein Laut entsteht, nichts anderes als ein Luftzug, der aber eine bestimmte Bedeutung bekommt, sobald er sich in eine Reihe von anderen Lauten einfügt und plötzlich entstehen Silben, Wörter, ganze Sätze und die leere Luft ist gefüllt von den Schallwellen, mit denen wir sie füllen, das Blatt vollgeschrieben mit den Buchstaben, die wir brauchen, um sagen zu können, was wir sagen wollen. Je stiller ich bin, desto mehr Wörter gibt es in meinem Kopf, Wörter, die sich zu dem formen, was ich sagen will, zu der Geschichte, die ich erzählen will.

VERGANGENHEIT

Meine Geschichte begann, als ich dich traf und noch niemand unsere Geschichte kannte. Hätten wir sie selbst vorhersehen können, hättest du geahnt, mit welcher Leichtigkeit die Dinge in Bewegung geraten, hättest du vielleicht nicht so einfach zugelassen, was dann folgte, was sich schon in unserer ersten Begegnung spiegelte, als ich dich zum ersten Mal anschaute. Schon im ersten Moment war es ein mit Angst gefüllter Blick, die Angst davor, etwas verlieren zu können, das ich in mein Herz lassen würde. Ich war sechzehn und ich hatte nicht vorgehabt, mich zu verlieben. Ich glaubte auch nicht an Geschichten über die große Liebe, das Sich-Verlieben auf den ersten Blick, das Hin- und Weg-Sein vom ersten Moment an, und trotzdem passierte es so, als wir uns zum ersten Mal trafen. Bei einem Picknick im Park, das ein gemeinsamer Freund organisiert hatte. Als wir unser Proviant auf Decken ausgebreitet hatten, hast du dich neben mich gesetzt und später hast du mir dann erzählt, dass du nur zufällig da warst und gar keine Lust auf ein Picknick hattest. In unserer Unterhaltung lag eine Aufregung, die Luft zwischen uns flimmerte nicht etwa wegen der Sommerhitze, sondern wegen der Spannung, die uns verband als wären unsichtbare Bänder zwischen uns gespannt. Unsere Worte waren überlegt, wir fragten vorsichtig, bemühten uns darum, nichts Falsches zu sagen, unsere Stimmen waren zittrig und unsicher. Wir waren ängstlich, wann würde das Picknick vorbei sein, hatte der andere ähnliche Gedanken, wann würden wir endlich unsere Telefonnummern austauschen und wie konnten wir das bewerkstelligen? Wir waren sechzehn, da ist sowas eben nicht leicht.

Einige Jahre später dann war es ganz anders. Die Bewegungen, mit denen du dir die Brotstückchen mit Soße in den Mund schobst, waren nicht mehr fremd, sondern so vertraut, als wären sie meine eigenen und auch dein Name, Jon, der einen komischen Klang hatte, als ich ihn zum ersten Mal aus deinem Mund hörte, war später so gewöhnlich für mich, dass man ihn fast überhören könnte, hätte er mich nicht jedes Mal aufs Neue an die Sicherheit und Ruhe erinnert, die von dir ausging und die auch auf mich überging, sodass ich das tun konnte, wonach mir gerade der Sinn stand, ins Ungewisse streben, solange du da warst und deine Hand da war, nach der ich greifen konnte und nach deren Festigkeit und Wärme ich mich danach noch oft sehnte.

Als ich zum ersten Mal deine Eltern traf, kamen sie mir vor wie ein glückliches Ehepaar aus einem Bilderbuch, das man Kindern vorlegen würde, um zu beweisen, dass eine lebenslange Liebe möglich war und sofort begann ich, mich zu fragen, was sie in mir sehen würden - ganz bestimmt nicht die Frau, die sie sich als Partnerin ihres Sohnes selbst ausgesucht hätten. Diese Gedanken gingen mir durch den Kopf, als ich versuchte, nett zu ihnen zu sein, mir nichts anmerken zu lassen, wie eine Schwindlerin kam ich mir vor, denn wenn sie mich erstmal richtig kennen würden, würden sie Jon davon überzeugen müssen, nach jemand anderem zu suchen. Trotz allem begann ich, Teil von Jons Bilderbuchfamilie zu sein.

Aber die Dinge sind nie so wie sie scheinen, der erste Eindruck ist nur das Abbild einer Hochglanzversion von dem, was wir zeigen möchten - der erste Eindruck ist ganz anders als die Seiten, die hinter dem Cover, dem Inhaltsverzeichnis und der Einleitung folgen, die dunkler sind, die man erst sieht, wenn man im Leben der Menschen blättert wie in einem Buch, wenn man Geduld hat, über die ersten Seiten hinweg zukommen, und Interesse hat, den ganzen Rest zu erschließen, auch wenn es anstrengend wird und überraschend, wenn die Seiten noch viel dunkler sind, als man sie erwartet hat. Auch Jons Eltern hatten mit ihrem eigenen Schicksal zu kämpfen, besser gesagt, mit ihrer Entscheidung füreinander und mein verliebter Blick und die Anwesenheit Jons in meinem Blick auf sie hatten mich getrübt. Vielleicht war das der Grund dafür, dass sie mich so akzeptierten, wie ich war, sofern sie denn eine Ahnung hatten, dass es für Jon keinesfalls einfach werden würde, an meiner Seite zu leben. Aber vielleicht ahnten sie auch überhaupt nichts und freuten sich für uns, dass wir damals einer Liebe nahe waren, die sie selbst nicht erreicht hatten, die in ihrer Tiefe schon erkennbar war, wenn wir uns anschauten oder Jon seine Hand scheinbar beiläufig auf meinen Arm legte.

Für unsere Urlaube fuhren wir nach Frankreich, es waren keine aufwändigen Fernreisen, die dich zwar, ebenso wie mich, hätten begeistern können, aber wir fanden beide Gefallen daran, uns in ein kleines Zelt zu schmiegen, auf einer wackeligen Gasflamme Spaghetti zu kochen und nach dem Essen in den dunklen Himmel zu schauen. Gerade hattest du den Führerschein gemacht und wir fuhren mit deinem ersten kleinen Renault zwölf Stunden lang auf der Autobahn, bewunderten die unbekannten Autokennzeichen, verfolgten, wie aus Brennnesseln und Malven Holunder und schließlich blühender Oleander und Zypressen wurden und dann fühlte ich mich manchmal wie ein Kind auf der Rückbank des elterlichen Autos, das die Hälfte der Fahrt verschlafen hat und beim Blick durch das Fenster erkennt, dass man endlich angekommen ist. Auch der Himmel leuchtete jetzt viel blauer, als dies zu Hause je möglich gewesen wäre und ein Gefühl der Freiheit begleitete mich, und auch ein Gefühl der Sicherheit, neben dir, Jon, denn vom ersten Moment an bestand kein Zweifel, du warst ein zuverlässiger, ausgeglichener, vorausschauender Fahrer, der uns, auch in unserer gemeinsamen Zukunft, durch unwegsame Situationen manövrieren würde, das Steuer des Autos in deiner Hand in jenen Momenten, in denen ich nicht vorgehen konnte oder wollte. Du warst die beständige Größe, die mir eine Richtung vorgab, und schon damals neben dir im Auto wusste ich, dass deine Ruhe den nötigen Ausgleich für meine Unbeständigkeit sein könnte.

Wenn ich an diese Urlaube zurückdenke, erinnere ich mich am deutlichsten daran, mit nackten Füßen auf dem Sand unter den Pinienbäumen neben dir herzulaufen, auf dem Weg zur Rezeption, an der wir uns ein Eis kauften, um die Hitze irgendwie zu ertragen, ein gemeinsamer Familienausflug, nur dass es keine Familie gab, aber das störte uns damals nicht, auch nicht, als wir mit dem Fahrrad in die Dörfer fuhren, unterwegs unsere Decke auf einer frisch gemähten Wiese ausbreiteten und von dem gros pain aßen, das wir in einem der aus Stein gemauerten Häuser gekauft hatten. Dort schmeckte mir zum ersten Mal der herzhafte Käse, den wir uns in dick geschnittenen Stücken auf das Brot legten, und stell dir vor, bis heute mag ich Käse nur in dicken Stückchen. Ich musste mit den Augen der Menschen auf uns blicken, die in Autos an uns vorbei rauschten und dieser Anblick gefiel mir, es war das Bild eines jungen Pärchens mit Zukunft, das ein Paar Jahre als Studenten verbringen würde, bevor es eine Familie gründen und vielleicht ein Haus bauen würde. Endlich wusch die kühlende Brise des Fahrtwinds auch die letzten Zweifel meinerseits an dieser Zukunft weg und aus Jon wurde Joni, immer dann, wenn ich es besonders liebte, bei dir zu sein.

Die wichtigste Erinnerung aber, die ich an dich habe, Joni, ist, wie wir uns manchmal anschauten, und wussten, woran der andere dachte, wie wir in den Bewegungen des anderen lesen konnten wie in einem offenen Buch, und ich deine Bewegungen verfolgte und sah, wurdest du langsam, wurde auch ich langsam und bewegtest du dich schneller, machten auch meine Gedanken Sprünge und gingst du in die Küche, wusste ich, dass du Salz holen wolltest, weil es dir auf deinem Brot fehlte und saßt du vor dem Computer mit hochgezogenen Schultern wusste ich, dass dich etwas bedrückte und manchmal war es nicht nötig, dich danach zu fragen, denn mit unwichtigen Dingen wolltest du mich nicht beschäftigen und über wichtige Dinge haben wir gesprochen, wenn wir uns am Esstisch gegenüber saßen und zu Abend aßen. Und trotz des Einklangs, in dem wir miteinander lebten, verloren wir nie die anfängliche Leidenschaft, im Gegenteil fandest du die größte Zufriedenheit darin, mich zu befriedigen, immer wieder begehrten wir einander, hungrig auf eine noch größere Verbundenheit unserer Körper. Waren wir uns zuvor darüber einig, einander nie besitzen zu wollen, wollte ich dich gerade in solchen Momenten doch besitzen und deine Mimik und die Haltung deines Körpers zeigte, dass du ähnliche Gedanken hattest und in gegenseitigem Einverständnis besaßen wir uns dann gegenseitig, wenn auch nur für kurze Zeit.

Joni, sollen wir spazieren gehen, fragte ich dich früh am Morgen, als mich ein unbestimmtes Bedürfnis nach frischer

Luft und Bewegung nach draußen zog, und als du dann antwortetest, ja, lass uns später an die frische Luft gehen, machte mein Herz Luftsprünge in Vorfreude darauf, an deiner Hand am Rhein entlang zu spazieren, Joni was machen wir als Nächstes, ich weiß nicht, was möchtest du denn machen, ich glaube, ich will was Leckeres kochen, in Ordnung, machst du mit? Ich war wie ein kleines Kind, das sich freute, wenn der Lieblingsfreund kam und mit ihm das Lieblingsspiel spielte, immer wieder, jeden Tag, die ganze Zeit, und es wurde nie langweilig.

Auch wenn er keine Zeit für mich hatte, weil er an einer Hausarbeit für die Uni schreiben musste, hatte ich Verständnis und wanderte mit vorsichtigen Schritten um ihn und seinen Schreibtisch herum um ihn nicht zu stören, höchstens mal, um ihm einen Kaffee in der Tasse hinzustellen, die er besonders gern mochte.

Ich fragte mich auch damals schon, ob meine Bedeutung für ihn genauso groß war wie seine für mich. Ich bin mir auch gar nicht sicher, ob er sich an die Momente erinnern würde, an die ich mich erinnere. Zum Beispiel, als meine Eltern uns eingeladen hatten. Es war Wochenende, eigentlich hatten wir beide frei, ich hatte Lust, einen Spaziergang zu machen, die Musik laut aufzudrehen, einfach gemeinsam auf dem Sofa zu liegen. Aber wir hatten meinen Eltern schon vor Wochen zugesagt und ich hatte sie lange nicht gesehen und auch nicht am Telefon mit ihnen gesprochen. Am Vormittag tigerte ich durch die Wohnung, lief vom Wohnzimmer ins Schlafzimmer und von dort wieder zurück ins Wohnzimmer, konnte mich nicht entscheiden, etwas Bestimmtes zu tun, denn alles schien mir vergeudete Zeit, wir mussten ja sowieso bald los, und dieser Ausflug schien den ganzen Tag zu zerreißen. Also tat ich nichts, außer abzuwarten, und ich schwieg, hatte keine Lust, mich zu unterhalten, Jon von meinen Gedanken zu erzählen. Aber er wusste auch so genau, was los war, denn als wir unsere Mäntel anzogen, schaute er mich an, musterte jede kleinste Falte, die sich in meinem Gesicht bewegte, als könnte er darin lesen, wie in einem Buch, und wusste, dass ich nicht losfahren wollte. Er nahm mich in den Arm, drückte fest zu und fragte, sollen wir hierbleiben, ist dir das lieber? Aber auch das wollte ich nicht, ich fühlte mich, als sei ich im Zwiespalt meines Lebens, ich wusste weder vor noch zurück, keine der beiden Optionen schien mir die bessere, ich war gefangen in einem Zwiespalt, der sich durch mein ganzes Leben zu ziehen schien, immer schien ich in solche dummen Zwiespalte zu geraten, musste mich zwischen zwei Seiten entscheiden, und immer waren diese Entscheidungen so schwer, immer wieder fragte ich mich auch, warum konnte mein Leben nicht einfach ganz ohne Entscheidungen ablaufen, das wäre doch so viel einfacher! Erst, als du mein Gesicht in deine Hände genommen hast und gesagt hast, es wird alles gut, Katharina, beruhige dich, wir fahren jetzt erstmal dahin, und dann wird alles gut, wusste ich, dass du Recht hattest, und ich nur das tun brauchte, was du sagtest, du hattest mir die Entscheidung einfach abgenommen, so einfach war das und so warst du, auch damals schon.

Eines Abends sahen wir uns einen Dokumentarfilm im Fernsehen an, bei dem es um Meeresbiologen und deren Arbeit im Wattenmeer ging: Die Forscher beobachteten mehrere Kolonien von Seehunden und versuchten, herauszufinden, welchen Einfluss der vermehrte Schiffsverkehr in der Nordsee auf das Leben der Seehunde hatte. Die Forscher wollten auch der Frage nachgehen, inwiefern zukünftige Offshore Windparks die Tierwelt dort beeinträchtigen könnten. Als ich die bärtigen Männer mit Mützen und die Frauen in gelben Gummistiefeln und Windjacken sah, und wie unkompliziert sie miteinander umgingen, und wie selbstverständlich sie auf dem schwankenden Kahn standen und sich Wind und Wetter aussetzten, dachte ich, ich will auch eines Tages so etwas machen, vielleicht nicht in dieser Klimazone, sondern irgendwo, wo es wärmer ist und man den ganzen Tag in Flip Flops herumlaufen kann und der Wind keine Feuchtigkeit mitbringt, sondern warm-trockene Luft, vielleicht aus der Südsee - oder wenigstens der Sahara. Du hast damals nur gelächelt, Jon, aber es war kein herablassendes Lächeln, sondern es lag eine Bewunderung in deinen hochgezogenen Mundwinkeln und den Falten um deine Augen, nämlich eine, die du damals noch für mich und meine Träume empfunden hast. Aber gleichzeitig war dein Blick auch ernst, so als hättest du da schon gewusst, wenn du Träume hast, dann musst du sie verfolgen und vergiss niemals, wer du eigentlich bist und was du tief in deinem Herzen willst, denn nur das ist es, was zählt. Und jetzt frage ich dich, was, wenn mein Traum ganz einfach darin bestand, mit dir zusammen zu sein, was, wenn mir das allerwichtigste du warst, was, wenn meine Zeit wertlos war, wenn ich sie nicht mit dir verbrachte, würdest du dann immer noch sagen: Verfolge deinen Traum, lass ihn bloß nicht los? Und warum hast du dann irgendwann losgelassen? Ich habe dich nicht verlassen, oh nein, und würdest du das behaupten, würde ich dir sagen, dass du es warst, der sich von mir verabschiedete und nicht umgekehrt, aber du hättest mich einfach nicht gehen lassen sollen, denn du warst mein wichtigster Traum, ohne dich hatte alles keinen Sinn mehr. Aber nicht nur du bist für mich da gewesen, auch ich habe Verständnis für dich, dafür, dass du vielleicht Angst bekommen hast, dafür, dass du wie jeder andere Mensch selbst auch Schwächen hast, auch wenn du dir das nicht eingestanden hättest, und dass du einfach nicht wusstest, wie wichtig wir füreinander waren, und somit konnte ich - nicht direkt, aber nach einer Zeit - auch endlich von dir Abschied nehmen.

Aber erstmal war es schwer: So lange noch, nachdem ich dich zum letzten Mal sah, fragte ich mich, wie es dazu kommen konnte, dass unsere Geschichte zu Ende war und während ich am Esstisch saß und mir die Augen rieb, die vor Anstrengung schmerzten, hoffte ich, dass es mir irgendwann egal werden würde, wo du warst und mit wem, und dass es nicht mehr so schmerzen würde wie am ersten Tag nach unserer Trennung, als du mir erklärtest, dass du nicht mit einer Frau leben könntest, die untreu war. Die Dinge sind nie so wie sie scheinen, hast du zu mir gesagt. Dabei war doch alles nur ein großes Missverständnis, Joni, das musst du mir glauben, denn hattest du nicht auch manchmal Zweifel, dass wir uns zu früh an jemand anderen gebunden hatten? Wie konnte ich mit jemandem für den Rest meines Lebens zusammen sein, den ich mit sechzehn kennengelernt hatte, aber als ich dich anflehte, mich verstehen zu können, dir schilderte, wie es dazu kommen konnte, dass du gesehen hast, wie ein anderer Mann meinen Nacken küsste und meine Haare in seiner Hand hielt, schütteltest du den Kopf und konntest mir nicht mehr in die Augen schauen und ich begann zu ahnen, dass etwas in unserer Beziehung zueinander zerbrochen war, dass ich dachte, wir könnten es mit unserer Stärke wieder verbinden, und ich dachte in diesem Moment, ich finde ganz bestimmt die Kraft, die Scherben wieder einzusammeln, die noch übrig waren von uns, um sie zusammenzukleben, vielleicht würde es lange dauern, denn es war wie ein Puzzle und die Einzelteile sollten wieder zusammen passen, aber ich wusste ja, dass sie es taten, dass zu jedem Stück von dir auch ein Stück von mir auf dem Scherbenhaufen zwischen uns lag. Aber du ließest mich nicht, wehrtest jeden Versuch ab, nicht ein einziges Mal wolltest du mich noch sehen, reagiertest nicht auf meine Briefe, in denen ich dich um ein Treffen bat, um das Missverständnis aus der Welt zu schaffen, um dir zu erklären, dass es nur ein kurzer Moment war, in dem ich Dinge mit mir geschehen ließ, ohne darüber nachzudenken, aber in dir hatte sich etwas entwickelt, das du mir mit einer Härte entgegenstelltest, die ich nicht von dir kannte und ich begann allmählich daran zu zweifeln, dich gut gekannt zu haben. Später dann hörte ich von Anna, dass du in Kanada lebtest und mit einem freudestrahlenden Lächeln verrieten deine Fotos bei Facebook, dass du glücklich mit jemand anderem warst, ein Leben, in dem ich nicht die geringste Rolle spielte. Deinem stand mein eigenes Leben gegenüber, in dem alles, was ich noch spüren konnte, eine vergangene und verdorbene Liebe war, die Liebe meines Lebens. So einfach sollte das alles enden, wenigstens eine Erklärung warst du mir schuldig, oh mein lieber Joni, wenigstens eine Erklärung, und schon allein deshalb bewahrte ich meinen Teil der Scherben auf, behütete sie wie einen kostbaren Schatz.

Ich begann, zu rauchen, obwohl es mir komisch vorkam, ein mit Tabak gefülltes Stück Papier in den Mund zu stecken und daran zu ziehen. Als Anna sagte, es stehe mir überhaupt nicht, wusste ich, sie hatte Recht, aber da war es schon zu spät, denn das Einsaugen und Ausfließen der gräulichen Luft ermöglichte es, dass ich nicht Jon selbst, aber das Verlangen nach ihm für einen kurzen Moment vergaß, das Verlangen, das immer noch da war und dessen schmerzende Stiche ich immer dann besonders deutlich spürte, wenn ich beim Lernen oder Lesen eine Pause einlegte und sich die Gelegenheit ergab, nachzudenken, wenn ich dann darauf wartete, dass Jon in einem Brief aus Kanada wieder ein Wort an mich richten würde, ein Hallo, und ein ja, ich weiß, dass es dich noch gibt und ja, es gibt mich auch noch, aber ich möchte nicht mit dir sprechen. Es hätte mir schon gereicht, zu wissen, wo er ist und was er macht, hätte die tobenden Quälgeister in meinem Kopf beruhigt. Aber es kam kein Brief aus Kanada.

Es blieb mir nichts Anderes übrig, als mich mit mir selbst zu beschäftigen. Aber wer war ich überhaupt, was machte mich aus? Ich kam mir selbst fremd vor, besonders in den Momenten, in denen ich eine Zigarette rauchte, die übel schmeckende Luft einatmete, die manchmal in den Rachen stach. Immer wenn ich tiefer horchte, war da eine Leere in mir, ein Loch, das niemand füllen konnte. Niemand schien die Veränderungen zu bemerken und ich wollte niemanden darauf ansprechen, als hätte ich unter der Kleidung an meinem Körper eine hässliche Wunde, auf die alle mit dem Finger zeigen würden, wenn ich sie offenlegte, wie schrecklich, guck mal die, was die da hat, diese Leere in ihrem Körper! Es kam mir vor, als wäre ich der einzige Mensch, der wirklich so gar nichts in sich hatte, der ohne Richtung und ohne Ziel im Weltraum des täglichen Lebens strudelte, schwerelos und gefangen in einem dicken, schweren Raumanzug, der alle Gefühle, außer die Schmerzen des Verlustes, so unendlich dämmte, dass ich dort drinnen fast nichts spürte.

Genau dann kam Jakob in mein Leben. Er kam so schnell, dass ich gar keine Zeit hatte, zu überlegen, ob da überhaupt Platz für ihn war. Er war 21, hatte zwei Jahre lang an der Uni die Luft der Freiheit geschnuppert und genossen, jetzt wollte er sich an jemanden binden.

Natürlich waren da auch noch meine Eltern, die mit Sorge beobachteten, wie schwer mir der Abschied von Jon gefallen war. Man sah es in ihren Augen, wenn sie mich begrüßten, wie sie die Leere rechts und links von mir musterten - mitleidig - ach, Katharina, da ist immer noch niemand an deiner Seite, Mensch, du musst dich endlich von Jon verabschieden, du bist es doch selber schuld, und jetzt versinke nicht in Selbstmitleid, sondern tu etwas, du brauchst endlich einen Mann an deiner Seite. Das sagten sie mir nicht so. Aber manchmal muss man Dinge eben nicht sagen, man versteht sie auch so.

Also waren auch meine Eltern schuld daran, dass ich einwilligte, Jakob zu treffen. Wir schlenderten über den Weihnachtsmarkt, schauten mehr, was es an den Ständen gab, als dass wir uns unterhielten. Jakob war nett und er gab mir das Gefühl, wichtig zu sein, machte mich zum Mittelpunkt seines Lebens. Nicht wir schlenderten durch die mit Lichterketten geschmückten Buden, sondern er an meiner Seite, ich entschied, wohin wir gingen und er folgte mir. Komisch, dass es manchmal auch andersherum war. Denn eigentlich war er derjenige, der mir zeigte, wo die Grenzen waren, in die ich von nun an meine Ideen und Gedanken einordnen könnte.

Denn Grenzen kannte er viele und alles in seinem Leben brauchte einen eigenen Platz. Als würde er sicher gehen wollen, dass ich das auch verstand, baute er mir Regalbretter, auf die ich meine Bücher stellen könnte, kaufte mir Ordner, in die ich meine Unterlagen einsortieren konnte und besorgte mir Kisten, in denen ich meinen Kram verstauen konnte. Mir war das egal, vielleicht war es mir auch recht, denn es war einfach und es war klar, genau das, was ich brauchte in meinem Leben. Und die Ordnung seines Lebens färbte auf mich ab, denn es schien fast so, als stürzte ich mich umso fleißiger in mein Studium je mehr ich ihn kennenlernte. Um genau zu sein, war ich nie so fleißig gewesen wie zu dieser Zeit und genau zu wissen wohin es ging, erleichterte mich, es passte so gut mit dem Leben mit Jakob zusammen. Jetzt war ich endlich sicher, dass ich wirklich Grundschullehrerin werden wollte und verfolgte diesen Weg geradlinig, konzentriert. Plötzlich war alles so einfach.

In manchen Momenten jedenfalls. Denn auch wenn es jetzt ein neues Leben gab, gab es viele Tage, an denen ich an Joni in seinem neuen Leben dachte, in Kanada, und diese Einsicht schmerzte mich immer und immer wieder, überraschte mich in Momenten, in denen ich sie nicht erwartete, sie kam als Welle der Übelkeit, als ich an der Kasse des Supermarktes stand und es für eine Weile weder vor noch zurück ging, ich stattdessen den Wagen hin und her schob, die Luft plötzlich stickig und zäh war und auch das Aufknöpfen meiner Jacke nicht half und ich mich in Gedanken schon auf den Weg nach Hause begab, überlegte, in was für ein Leben ich ging im Gegensatz zu demjenigen, der vor mir wartete, oder auch im zähfließenden Verkehr, als ich den trüben, ins leere starrenden Blick des Mannes im Auto hinter mir durch den Rückspiegel bemerkte und mich fragte, ob jemand zu Hause auf ihn warten würde, und so kreiste ich mich immer wieder selbst mit meinen Gedanken ein, Gedanken über mich, die anderen, Jon, Jakob und wieder mich und die anderen, bis sie mich am Ende immer wieder zu Jon führten und ich begann, mit ihm zu sprechen, wie geht es dir, wann kommst du zurück, wie sieht deine Wohnung aus, welches Buch liest du gerade, denkst du oft an zu Hause, und wie ein Halleluja am Ende einer Predigt murmelte ich manchmal Kanada... Kanada, Kanada, und warum war ich hier in Köln, eine Entfernung, die Jon offensichtlich nicht überbrücken wollte und ich nicht überbrücken konnte. Und so fühlte ich mich nicht in der Lage, in die Ferne zu reisen, denn würde Jon mich in Köln suchen und wäre ich gerade nicht hier, hätte ich mir das nie verziehen und wenn schon eine Reise in die Ferne, warum dann nicht nach Kanada, doch das machte ich Jakob zuliebe nicht, und da passte es gut, dass Jakob nicht der Typ dafür war, in die Welt zu reisen, ihm passte es besser, in unserem Wohnzimmer zu bleiben und so igelten wir uns dort ein und schauten Filme, auch wenn es dann schwierig für mich wurde, Filme zu gucken, die in der Ferne spielten.

Aber mein Leben nahm seinen Lauf, funktionierte praktisch automatisch und endlich beherrschte mich bald nicht mehr ständig der Gedanke, wen ich liebte und mit wem ich zusammenleben wollte, denn Jakob war einfach da und ich stellte ihn nicht in Frage, so wie auch er keine Fragen stellte.

Es war etwa in der Mitte meines Studiums, auf der Hälfte meines Wegs hin zu meiner Arbeit als Grundschullehrerin, als ich begann, mich immer weniger für didaktische Theorien, Lehr- und Lernmethoden und die psychosoziale Entwicklung von Menschen zu interessieren, ich war es einfach satt, ich konnte es nicht mehr hören, das ganze Geschwafel über Klafki und Bildungstheorien war so abstrakt, was hatte das bitte mit mir zu tun, fragte ich mich, ich in meinem Leben, zwischen Jon und Jakob, zwischen Köln und Kanada, zwischen Vergangenheit und Zukunft und was hatte da die lerntheoretische Didaktik zu suchen, in welchem Verhältnis stand dies alles zu mir?

An einem Montagabend sah ich dann eine Sendung im Fernsehen, die mein Leben bald in Frage stellen sollte, nur dass ich das damals noch nicht wusste. Ich weiß noch genau, dass es ein Montag war, weil ich damals schon ein komisches Gefühl hatte, es war keine Übelkeit, nein, überhaupt nicht, aber es war eine Enge in der Brust und auch eine Enge im Bauch, die ich spürte, als würde mich etwas beunruhigen. Ich dachte in diesem Moment, dass es vielleicht der Anbruch der neuen Woche war und mich die Aussicht beunruhigte, dass es erst Montag war und ich ein paar anstrengende Tage vor mir hätte.

Was ich mir im Fernsehen anschaute war jedenfalls eine Sendung über Meerestiere, in der komische Wesen, die als Punkte in verschiedenen Abstufungen von blau, mittelblau, tiefblau, dunkelblau, grünblau, nachtblau oder ultramarinblau über den Fernsehbildschirm schwebten, und irgendwie konnte ich nicht wegschauen, verfolgte jeder ihrer Bewegungen, bis ich vergaß, dass sie nur im Fernsehen waren und das Gefühl hatte, sie könnten zu mir aufs Bett kriechen.

Ich begann, mich für das Thema Meeresbiologie zu interessieren und hungerte förmlich nach neuem Wissen in diesem Bereich. Ich verbrachte mehr und mehr Zeit am Schreibtisch, las Artikel über Krebse im Hadal, in der Unterwelt der Meeresböden in 6000 Metern Tiefe, lernte, dass Hummer blaues Blut hatten und ein Krake drei Herzen, versuchte, herauszufinden, wie Krakenherzen funktionierten, konnten Kraken eigentlich fühlen, wenn ja, konnten sie auch lieben, und wären sie in der Lage, ihre Herzensgefühle aufzuteilen auf drei verschiedene Artgenossen, mit denen sie ihr Leben gleichzeitig teilten? Bald konnte ich Stunden damit verbringen, meinen Kopf im kleinen Lichtkegel der Schreibtischlampe über einen neuen Aufsatz zu beugen, den ich mir in der Bibliothek kopiert hatte, und mir vorzustellen, in das geheimnisvolle Dunkel der Tiefsee abzutauchen, mich in der Stille der Welt der Meerestiere lautlos fortzubewegen, ohne erklären zu müssen, was ich machte und warum, und als ich über die Fortbewegung von Fischen las, war mir, als könnte ich mich sehr gut einfinden in den geschmeidigen, glatten, fast körperlosen Fischleib, der flink und fast ungesehen im kalten Wasser dahin schießt. Und ich stellte mir meine Position in der Welt der Fische vor und war mir sicher, ich wäre dann nicht einer der Fische, der sich einem riesigen Schwarm von Artgenossen anschlösse, nein, mir gelänge es besser, mich in den Körper eines Einzelgängers zu verwandeln, ein Einsiedlerkrebs, der immer zur Hälfte in seinem Haus steckte, das er stets mit sich herumtrug, immer die Möglichkeit, sich zurückzuziehen, unsichtbar zu werden. Aber vielleicht wäre ich auch ein Blauwal, denn auch die waren Einzelgänger, wie ich schnell lernte. Immer wenn ich mir Dokumentationsfilme dazu anschaute, fühlte ich mich wie die Hauptfigur in Julio Cortázars Kurzgeschichte Axolotl, der die seltsamen Süßwasserwesen durch die Scheibe eines Aquariums in einem botanischen Garten betrachtet und sich vorstellt, sie hätten ein eigenes menschliches Bewusstsein, das in einem Fischkörper gefangen ist. Wenn er sie beobachtet, fühlt er sich fast schon von ihnen bedroht, so durchdringend starren sie ihn an, aber er beginnt, mit ihnen zu sprechen, und betrachtet sie so lange, bis er schließlich selbst zum Axolotl wird, und aus dem Aquarium heraus sein eigenes Gesicht an der Scheibe sieht. Erst dann merkt er, dass er die Verwandlung nicht mehr rückgängig machen kann und beobachtet aus dem Aquarium heraus, dass er selbst als Besucher des Aquariums immer seltener vorbeischaut, bis er irgendwann ganz fortbleibt, während der verwandelte Mensch-Axolotl im Aquarium gefangen bleibt. Und so fragte ich mich, würde auch ich mich irgendwann in diesen Welten, über die ich jetzt so viel las, verlieren und nicht mehr in mein eigentliches Leben, zu Jakob und meinem Staatsexamen zurückkehren können?

Ich versuchte, diese Gedanken wegzuwischen, besuchte aber dennoch eine Vorlesung über Schwimmbewegungen bei Fischen am Institut für Zoologie der Universität Bonn, kreiste mir einige weitere Vorlesungen ein, stellte aber schnell fest, dass es weder in Köln noch in Bonn wirkliche Experten gab, die ihren Schwerpunkt auf die Meeresbiologie legten, wie auch, wenn das nächste Meer doch so weit entfernt war. Schnell merkte ich auch, dass mich die steifen, monoton sprechenden Professoren mit ihren Vorträgen und die müden und ebenfalls monoton dreinblickenden Studenten mich langweilten und so vertiefte ich mich lieber in Bildbände,

Wissenschaftssendungen und dazu gehörige Abhandlungen, die ich mir im Internet über wissenschaftliche Plattformen herunterlud, schwärmte bald insgeheim für Professoren, die Marine Science an Universitäten mit interessanten Namen lehrten, an der Hawaii Pacific University, der Humboldt State University oder der James Cook University.

Ich verbrachte Stunden allein am Schreibtisch, sofern Jakob nicht einforderte, wir sollten uns unbedingt wieder sehen, während ich dachte, aber wir hatten uns doch erst vor drei Tagen gesehen, musste es unbedingt heute Abend sein, und weil ich immerhin über diesen Gedanken erschrak, sagte ich ihm, ja, es wäre toll, wenn wir heute Abend vielleicht mal einen Spaziergang machten oder essen gingen, aber wenn wir uns dann abends sahen, waren es wirklich schöne Stunden, die ich genoss und die die Muskeln meiner Schultern wieder entspannten, die von der über den Schreibtisch gebeugten Körperhaltung ganz hart geworden waren.

Aber nichts davon berührte mich wirklich, nichts davon ging mir unter die Haut oder blieb in meinen Gedanken hängen. Was mir aber im Gegenteil Schauer über den Rücken jagte und meine Arme mit den Hubbeln einer Gänsehaut überzog, waren die Dinge, über die ich tagsüber las und ich verspürte bald den Wunsch, wirklich mal in die Tiefe zu tauchen, am Nabel des Lebens nur durch einen Schlauch und eine Sauerstoffflasche auf dem Rücken zu hängen, keine Wahl zu haben, nur zwischen dem nächsten Atemzug und dem Luftanhalten, das musste doch eine wahnsinnige Erfahrung sein, ich wollte wissen, was mit mir passieren würde, ob ich in der Lage wäre, in so einer Situation durchzuhalten, einfach weiter zu atmen, am Leben zu bleiben, und ich wollte auch wissen, wie es war, in der Dunkelheit zu schweben. Und so informierte ich mich über Tauchgebiete und überredete meinen alten Schulfreund Alex, in den nächsten Semesterferien mit mir nach Thailand zu fahren, wo ich innerhalb einer Woche einen Tauchschein machte und auch einige Schiffsausflüge buchte. Auch wenn Alex meine Begeisterung nur mit einem spöttischen Ausdruck im Gesicht belächelte, dachte ich in dieser Zeit sogar darüber nach, einen Bootsschein zu machen. Als ich wieder in Köln war, suchte ich nach Kursen in Unterwasserfotografie, überlegte, mir ein eigenes Aquarium zuzulegen, suchte im Internet nach Briefmarken zu dem Thema und wurde Mitglied bei Oceancare. Die meisten meiner spontanen Einfälle in dieser Zeit verwarf ich wieder, plante aber weitere Reisen, überredete Jakob zu einem Urlaub in Neuseeland, denn ich wollte unbedingt die Wale sehen, die dort vorbei zogen, und auch Alaska legte ich als Ziel für die darauffolgenden Semesterferien fest.

So hatte mich das Fernweh schneller überkommen, als mir lieb war und ich war nur froh, dass Kanada kein Mekka für Meeresbiologen zu sein schien. Außerdem war da ja Jakob, der meine Begeisterung für Fische & Co geduldig ertrug, auch wenn ich seinem Blick ansah, dass er sich Sorgen machte, wohin das Ganze führen würde, dann aber besänftigt war von dem augenscheinlich fundierten wissenschaftlichen Interesse, das ich dem Thema entgegen brachte. Er war genau wie meine Eltern, mit denen ich gelegentlich am Telefon sprach, sie schienen meine Leidenschaft unter dieser Bedingung zu akzeptieren.

So gab es in mir zwei Welten, das reale Leben und das Meer, die manchmal friedlich nebeneinander dahinplätscherten, manchmal aber auch miteinander rangen, um meine Aufmerksamkeit heischten, das Leben außerhalb des Meeres mit seinen Anforderungen und täglichen Bedürfnissen, aufstehen, frühstücken, duschen, spülen, Wäsche waschen, Rechnungen bezahlen, Arztbesuche und dergleichen, und der Wunsch, all das hinter mir zu lassen, nur das zu machen, was mich interessierte, und wenn ich überlegte, diesem Wunsch nachzugeben, merkte ich, wie beide Welten an mir zerrten, miteinander rangen, sich gegenseitig an die Gurgel gingen, von innen gegen meinen Brustkorb drückten, manchmal auch in meine Bauchhöhle traten, bis ich glaubte, keine Luft mehr zu bekommen, das Fenster aufreißen wollte, um die frische Luft einzusaugen, die mir Erleichterung verschaffte, mir half, einen kühlen Kopf zu bewahren. Nachdem ich anfänglich diesen Kampf noch als Schiedsrichter beobachtete, beurteilte, mich für einen Sieger entschied, blieb ich in schwachen Momenten teilnahmslos, ließ meine Gedanken immer häufiger schweifen, ließ mich treiben im zähen Fluss der Tage und tat nur das, wozu ich gerade Lust hatte. Ich schaffte es zwar noch, meine Stelle als Hilfskraft im Institut für Didaktik fortzuführen, doch wenn ich dort den Schlüssel im Schloss umdrehte und mich auf den Weg nach Hause machte, spürte ich, dass ich meine Kraftreserven für diesen Tag bereits aufgebraucht hatte, wurde das Gefühl nicht los, dass meine Knie beim nächsten Schritt einknicken würden, sah mich schon auf dem Boden liegend, fremde Leute, die herbeieilten und Hilfe holten, was ist mit Ihnen los, würden sie fragen, und ich würde antworten, es ist alles in Ordnung, ich bin nicht krank, es ist nur so, dass… ich weiß auch nicht, mir geht es… ja, was war denn eigentlich mit mir los, ich hatte das Bedürfnis, laut zu schreien, man solle Joni holen, denn ich wusste, Joni, wenn du hier wärst, du könntest mir sagen, was mit mir los war, denn du warst der einzige Mensch, der mich jemals gut gekannt hat, besser als ich mich selbst.

Aber es war nicht Joni, sondern Jakob, der mich rettete, mich aus meinem Taumel riss, mich vor dem Fall ins Bodenlose bewahrte und dafür, Jakob, bin ich dir bis heute dankbar, dafür war ich bereit, mein Leben mit dir zu teilen, du hast mich wirklich so geliebt, wie ich war, fragest nicht nach, hast

nicht in mir herumgestochert um mein Innerstes aufzuwüh-
len, sondern hast die Wogen geglättet, hingenommen, was
war, nicht viel gefordert und du wolltest auch nicht gefordert
werden, ein Bündnis in beiderseitigem Einverständnis, das
wir in stiller Zufriedenheit an den Nachmittagen in unserer -
bald gemeinsamen - Wohnung besiegelten, ohne darüber
sprechen zu müssen, deine festen Arme, die mich hielten,
reichten aus, mein Leben nicht anzuzweifeln. Vielleicht war
für dich die Erkenntnis wichtiger, wie gut die Form meines
Hinterkopfes und meiner Wirbelsäule sich an dein Kinn und
deinen Brustkorb anpassten, auch wenn du es nie geschafft
hättest, so etwas in Worte zu fassen, wenn wir auf dem Sofa
lagen und vor uns hin dösten, im Hintergrund die Stimme
des Fernsehreporters, der von Biathleten berichtete, die im
Schneetreiben durch die Eiseskälte hetzten, den Mund vor
Anstrengung weit aufgerissen, die hinter der Ziellinie in sich
zusammenbrachen, während sich ihr Brustkorb hob und
senkte, die ich in diesem Moment gerne von ihrem unglaublich schweren Schicksal erlöst hätte, aber das war nicht meine
Aufgabe, stellte ich zufrieden fest, denn wir lagen zu Hause
auf dem Sofa in Wärme und absolutem Einklang, unsere
Beine ineinander verschlungen, als wollten sie letzte Zweifel,
wir gehörten doch nicht zusammen, aus dem Weg räumen,
wir waren unausweichlich miteinander verbunden, wer
würde jetzt noch daran zweifeln, dass wir unseren Platz
gefunden hatten?

Nach etwa vier Jahren, Jakob, erinnerst du dich, wie waren
beide etwa 25, reichte es uns nicht aus, uns abends zu treffen,
wir wollten uns eine eigene Wohnung suchen, eine gemeinsame Grundlage schaffen, wollten nicht mehr alles mit unzu-
verlässigen, lauten und anstrengenden Mitbewohnern teilen
müssen. Als wir eine gemeinsame Wohnung gefunden hatten, ging alles sehr schnell, der reibungslose Umzug ein wei-

terer Beweis, wie gut wir zusammen funktionieren würden, jeder hatte seine Aufgabe, der eine verstand den anderen auch ohne Worte, weißt du auch noch, was das für ein erfüllendes Gefühl war? Am deutlichsten erinnere ich mich an den Moment, als wir unsere Kisten auspackten, auf die ich mit sorgfältig nachgezeichneten Buchstaben die Räume geschrieben hatte, die sie füllen sollten, Badezimmer, Schlafzimmer, Wohnzimmer, denn auch das hatten wir nun zum ersten Mal in unserem Leben und schon als ich das Wort W-o-h-n-z-i-m-m-e-r in ordentlichen Buchstaben auf den Karton gemalt hatte, hatte ich mir vorgestellt, wo unsere Sachen stehen würden und wie ich mich in unserem eigenen Raum bewegen würde, als würde ich auf mich herabschauen und meinen Schritten folgen durch eine Kamera, die jemand an der Decke angebracht hatte. Ganz besonders wichtig war die Küche und so wies ich jedem Gegenstand, den ich auspackte, eine neue Bedeutung zu, mit dem Messer würde ich die Möhren würfeln, die wir für unsere Spaghettisoße brauchten, die ich mit dem hölzernen Kochlöffel umrühren würde, der zwischen den kleinen und großen Tellern am Boden des Kartons hervorlugte und in der nächsten Kiste lagen die Gläser, wie ein kostbarer Schatz, in Lagen knisternden Papiers versteckt, die ich jetzt vorsichtig von ihrer Hülle befreite und mir am liebsten direkt ein Glas Rotwein eingeschenkt hätte, das ich dann zusammen mit Jakob trinken würde. Auch wenn mir einen Augenblick später einfiel, dass Jakob gar keinen Wein trank, redete ich mir ein, es sei mir egal, ich würde ihn eben alleine genießen, man muss ja nicht immer alles miteinander teilen, im Gegenteil, wie furchtbar waren die Pärchen, die immer alles zusammen machten, immer einer Meinung waren, wie meine Freundin Marie-Christin, die immer bestimmte. Ihr Freund war ein Ja-Sager, sogar zum Kaffeeklatsch mit Freundinnen nahm sie ihn mit, aber das war nichts für mich. Wollte ich einen Escortservice würde ich mir doch jemanden mieten, hatte ich die ganze Zeit denken müssen, während ich versucht hatte, den Gesprächen der anderen zu folgen, so etwas verabscheute ich, nein, so wollte ich auf keinen Fall werden, stellte also zufrieden Jakobs Weizenglas neben meine Weingläser, und außerdem, dachte ich, Menschen ändern sich auch, wer weiß, Jakob müsste nur mal einen Schluck probieren.

Doch ausprobieren war genau das, was Jakob nicht gerne tat und selbst wenn ich ihm versichert hatte, dass es gut schmeckte, was ich gekocht hatte, verweigerte er sich, wenn es eine Zutat enthielt, die er mal wieder nicht mochte. Wie sehr ich mich darüber geärgert hatte, wie oft hatte es mich zur Weißglut getrieben! Und es hatte mich auch traurig gemacht, wie unterschiedlich wir waren, entsprach es doch überhaupt nicht meinem Prinzip, mich treiben zu lassen, das Leben im Fluss, ich in einem Boot auf diesem Fluss, schaute auf Landschaften, die rechts und links vorbeizogen und wenn ich die Hand ausstreckte, konnte ich Dinge berühren, streifen, einstecken und mitnehmen, aber Jakob, du hast dich manchmal verweigert, Dinge zu sehen und zu verstehen, und es lag nicht daran, dass sie nicht da waren oder dass man sie nicht verstehen konnte, sondern dass du sie nicht sehen und verstehen wolltest.

Ich habe Angst vor der Prüfung morgen, habe ich zu dir gesagt, ich glaube, ich werde sie nicht bestehen, und du sagtest, du brauchst keine Angst zu haben, du bist gut vorbereitet und es gibt Schlimmeres. Ich antwortete dir, ich fühle mich aber nicht gut, ich werde alles vergessen und ich habe keine Lust, ich glaube ich werde nicht hingehen, und du sagtest dann immer, denk nur an die Kinder in Afrika, wie die leiden, die kennen solche Ängste gar nicht, die wären sogar froh, deine Prüfung machen zu können. Wie wütend du mich damit gemacht hast, der Ärger wurde ein dicker Kloß, der mir im Hals lag, und gegen Ende unserer Zeit musste ich in solchen Momenten mit Tränen kämpfen, wie wenig verstanden ich mich dann fühlte und wie sehr spürte ich, dass wir im Grunde nicht zusammenpassten, denn wenn du diese Unsicherheit in meinem Wesen jetzt nicht erkennen und akzeptieren könntest, würdest du mich nicht halten können in schlimmeren Krisen. Aber das war es, das ich unbedingt brauchte, jemanden, der mich vor Krisen bewahrte, es war zum Verzweifeln.

Im Flur unserer neuen Wohnung hing ein länglicher Spiegel, in den ich oft im Vorbeigehen schaute, manchmal stellte ich mich auch länger davor, fragte mich, war das wirklich ich, Katharina, einmal sprach ich sogar laut und deutlich die Silben meines Namens vor mich hin, Ka-tha-ri-na, um es auszuprobieren, mein Name, in einer eigenen Wohnung, mein neues Leben war irgendwie spießig, aber gleichzeitig war ich stolz und fühlte mich frei, mich so aufrecht durch unsere erste eigene Wohnung zu bewegen und eine solide Basis war ja das, was ich brauchte, um auch in der Uni nach vorne zu blicken, mich auf das Wesentliche zu konzentrieren.

Ich ging wieder zu Kolloquien, bereitete mich auf die Abschlussprüfungen vor, fest entschlossen vereinbarte ich Termine mit den Professoren. Am Tag meiner Abschlussprüfung küsste Jakob mich zum Abschied auf die Stirn und wünschte mir viel Glück, bevor ich mich auf den Weg machte, mich zwang, einen Schritt vor den anderen zu setzen. Kurz vor meiner Ankunft am Hauptgebäude verließ mich mein Mut, was machte ich eigentlich hier, fragte ich mich, und mein Herz pochte so stark, dass ich das Gefühl hatte, es würde gleich meinen Brustkorb sprengen, ich würde in tausend Teile explodieren, die Menschen, die mir entgegenkamen, nur noch verzerrte Gestalten mit verschwommenen Umrissen, die

Wände der Unterführung auf einmal beweglich, sie kamen jetzt näher und entfernten sich wieder, jetzt sah ich es ganz deutlich, sie rückten auf mich zu, bedrohlich nah, bis ich ein paar schnelle Schritte tat, um zum Licht am Ende des Tunnels zu gelangen. Warum war ich in einer solchen Situation, wer hatte mich hierher gebracht, wer zwang mich, ich will das nicht, waren die einzigen Worte, die in meinem Kopf schwebten, unbeweglich, aber schmerzhaft, bis doch noch etwas kam, die Frage, was kam nach dieser Prüfung, wo wollte ich eigentlich hin, und ganz automatisch bog ich an der nächsten Abzweigung nicht nach rechts, sondern nach links ab. Schon an der nächsten Ecke wurde mir klar, was ich gerade tat und zwang mich zur Vernunft. Ich konzentrierte mich darauf, einen Fuß vor den anderen zu setzen, versuchte, mir einzureden, dass meine Muskeln stark genug waren, meine Beine in Bewegung zu setzen und so schaffte ich den restlichen Weg, kam gerade noch rechtzeitig am Prüfungsraum an.

Nach der Prüfung war ich unendlich erleichtert, die Professoren lobten die Klarheit und Komplexität meiner Ausführungen, schade, dass ich keine Karriere an der Uni anstrebte, sagten sie mir und hatten keine Ahnung, wie wenig mir ihr Feedback bedeutete, weil die wichtigste Frage in meinem Leben eigentlich eine war, die sie mir in der Prüfung nicht gestellt hatten, nämlich, was ich mit meinem Leben anfangen sollte, nein, wollte, und das war nach wie vor ungeklärt, eine 1 in der Wissenschaft, aber im wahren Leben eine 6, setzen, so hart hätte ich mich gerne selbst bestraft. Die Dinge sind nicht so, wie sie scheinen, hätte ich in diesem Moment gerne zu diesen weisen Gestalten vor mir gesagt.

Im Referendariat perfektionierte ich meine Fähigkeiten, mehr über mich nachzudenken, als gut war, jeden meiner Schritte und jedes meiner Worte mit Argusaugen zu begutachten, und merkte, dass es den meisten anderen Referendaren tatsächlich schwerfiel, sich selbst zu reflektieren. Ich betrachtete sie mit Unverständnis, weil sie wie Trampeltiere waren, die mit Scheuklappen durchs Leben gingen – und bewunderte sie deshalb zugleich, merkte, dass es so viel einfacher war für sie, vor einer Klasse zu stehen, den Schülern zuzuhören, ohne sich dabei selbst ständig im Blick zu haben, so dass mein Wunsch, so zu sein wie sie, manchmal sehr groß war. Auch jetzt war es wieder Jakob, der mich auffing, unberührt von meinen Sorgen, der eine unsichtbare Augenbinde trug, blind war für meine Ängste, meine übermäßige Empfindlichkeit, die ich in dieser Zeit entwickelte, und ich verließ mich darauf, dass er da war und war froh, dass er da war.

Sehr bald arbeiteten wir beide viel, holten kaum Luft, dachten kaum nach und gingen ganz selbstverständlich davon aus, dass da jemand anders war, mit dem wir die Wohnung teilten. Mit dem Freiraum, der mir die einkehrende Routine aber auch gab, hatte ich wieder mehr Zeit, mich meinem Hobby, der Meeresbiologie, zu widmen. Ich las Artikel, morgens während des Frühstücks, abends vor dem Einschlafen und manchmal genehmigte ich mir auch eine kurze Auszeit, bevor ich meine Schulsachen am Schreibtisch erledigte. Jakob und ich hatten einen unterschiedlichen Rhythmus, sahen uns tagelang kaum, er arbeitete bis spät abends, ich ging früh ins Bett und so wurde Jakob in vielen Momenten einfach zu demjenigen, mit dem ich zusammenwohnte, sein Name war eben der andere Name auf dem Klingelschild. Oft wollte ich ihn fragen, was er dachte, wusste aber, dass ich ihn mit dieser Frage nervte, sah an seinem ausweichenden Blick, dass er keine Lust hatte, darüber zu sprechen und so unterdrückte ich mit einem Kloß im Hals den Impuls, ihn nach seinem Tag zu fragen, wünschte mir stattdessen, dass er mich fragte. Aber die Frage kam nie, ich dachte, so fühlte es sich also an, wenn man sich auseinanderlebte, wenn man sich nicht mehr füreinander interessierte, sich gegenseitig langweilte, eine Langeweile, die auch da war, wenn wir miteinander schliefen, denn das taten wir noch, aber obwohl wir uns berührten, fühlte es sich falsch an, als berührte mich ein Fremdkörper, kein Mensch mit Haut und Haaren, der etwas in mir auslöste.

An den Wochenenden gingen Jakob und ich manchmal spazieren und in den langen Gesprächspausen, in denen wir uns nichts zu sagen hatten, die länger wurden je mehr wir teilten und je mehr wir uns aneinander gewöhnten, ließ ich meine Gedanken schweifen, überlegte, wie es wäre, wenn ich mit der jungen Frau vor uns die Rolle tauschen könnte, einfach so in ihre Haut schlüpfen, den jungen Mann an ihrer Seite an die Hand nehmen und mit ihm davongehen und die Vorstellung, ihn zu küssen ist zuerst aufregend, ein Prickeln kriecht mir an den Beinen hinauf, lässt mir die Hitze in die Wangen schießen, hoffentlich merkt Jakob nichts, denke ich. Wie gerne würde ich mit dieser Frau tauschen - nur einmal ganz kurz sie sein, in diesem anderen Leben! Kurz darauf allerdings bemerke ich den etwas krummen Gang des Mannes, schon in jungen Jahren geht er vornübergebeugt, und ist das etwa eine Schuppenflechte auf seinen dünnen Haaren, dazu die fast riesig wirkenden Ohren, die im Alter ganz sicher noch größer werden würden, und auch die ausgeprägten Falten um seine Mundwinkel fallen mir jetzt auf, nein, es wäre unmöglich, ihn zu küssen, ohne ständig auf seine Falten starren zu müssen, und so fand ich mich wieder in meinem eigenen Leben ein, zufriedener als vorher, aber auch erschrocken über die Grausamkeit meiner Gedanken, denn urteilte ich so über andere, dann urteilten andere auch über mich. Außer Jakob – und ich vergewisserte mich, er ging noch neben mir – Jakob, der alles so akzeptierte, wie es war, der niemals etwas würde ändern wollen.

Dennoch - ich ertappte mich dabei, andere Männer zu beobachten. Ich spielte mit dem Gedanken, jemand anderen zu küssen. Gelegenheiten gab es ein paar, Kommilitonen aus der Uni, eine Urlaubsbekanntschaft aus Thailand, ein Referendar auf der Examensfeier, aber mein schlechtes Gewissen - und ich wusste, es würde kommen - hielt mich davon ab. Der stechende Schmerz, den Jons Abschied in mir ausgelöst hatte, war zwar verschwunden, aber die Erinnerung an die quälenden Gedanken war immer noch da, an die mir unendlich lang vorkommende Zeit des Leidens. Also beließ ich es dabei, nur darüber nachzudenken, denn allein die Gedanken sind frei, obwohl sie ebenso schwer wiegen können, wie etwas, das man anfassen kann, das verstand ich immer mehr. Und schwere Gedanken waren da, das Unbehagen, wenn ich den Schlüssel im Schloss drehte und überlegte, was mir diese Wohnung bedeutete, das in den Ohren schmerzende Scheppern der Löffel, die gegen die Topfränder schlugen, wenn ich versuchte, keine Geräusche zu machen, um dich nicht zu stören, und auch du Jakob, hattest solche Gedanken, ich bin mir sicher, die Zweifel, die deinen in Richtung Computer gebeugten Rücken mit Schauern überzogen, die Vorsicht, mit der du dich mit geschlossenem Mund räuspertest, um auch mich bloß nicht zu stören, die Angst, mit der du die Gardinen im Wohnzimmer morgens zuzogst, weil du uns vor den Veränderungen des Lebens außerhalb unserer Wohnung schützen wolltest, aber am Ende hat dies alles nicht geholfen. An das Ende unserer sieben gemeinsamen Jahre setzte ich ein Gespräch, in dem ich gefüllt war mit Zuversicht, mit der Hoffnung auf ein anderes Leben, auf Momente echten Glücks, die ich vielleicht doch noch erleben könnte, wenn ich jetzt ausstieg, rechtzeitig, bevor mein Leben zu Ende war.

Aber du, Jakob, hast das alles nicht verstanden, oder wolltest es nicht verstehen, ließest auch mich im letzten Moment nochmal zweifeln, obwohl ich doch eigentlich wusste, dass du einer Idee nachhingst, die schon längst für uns verloren war, schon längst.

Jakob, dir blieb ja nichts Anderes übrig, als meine Entschlossenheit zu schlucken und einen Monat später warst du weg, hattest ein neues Zuhause gefunden, ein neues Schneckenhaus, in das du dich einigeln konntest. Und ich war allein, ohne Plan und ohne Richtung, verunsichert und zweifelnd, nur die Arbeit blieb mir, in der ich für eine Weile genügend Beschäftigung fand und das Schreiben, in das ich mich flüchtete, um meine Geschichte zu erzählen, und die von Jon und Jakob und allen, die in meinem Leben noch eine Rolle spielen würden und wollten, vorausgesetzt, ich ließ sie.

VORÜBERGEHEND

Es war Sonntag Abend und ich wusste, ab Montag verlief mein Leben fünf Tage lang wieder in geregelten Bahnen. In Gedanken hing ich den Unruhen des Wochenendes nach, dem Auf und Ab, der Frage, wonach ich überhaupt suchte und diese Gedanken hinterließen ein verschwommenes Gefühl der Zerrissenheit in mir, wie Stofffetzen, in die sich mein T-Shirt teilte, wenn ich daran riss und es machte sich der seltsame Nachgeschmack eines Gerichtes breit, das nicht geschmeckt hat, weil dessen einzelne Bestandteile nicht zusammenpassten. Dennoch, ich habe gespürt und auch jetzt spürte ich ganz deutlich, dass ich lebendig war und auch wenn das für andere Menschen ganz selbstverständlich war, war es das für mich nicht, nein, es war ein Gefühl, das ich mir hart erkämpft hatte, durch die Trennung von dir, Jakob, ein Weg, für den ich mich entschieden hatte, weil ich die Notwendigkeit dafür gespürt habe, und jetzt merkte ich auch, dass ich mich leichter fühlte, ohne den Ballast der letzten Jahre, die Schwierigkeiten im Zusammenleben, um die unsere Gedanken immer mehr kreisten, die Zweifel, ob wir zusammen passten, die stärker wurden, je weiter wir uns voneinander entfernten, der fehlende Wille, für etwas zu kämpfen, dessen man sich nicht mehr sicher war. Und geblieben war auch ein wenig Wut, Jakob, hast du eigentlich nie bemerkt, wie sehr du meine Lust auf Leben erstickt hast, wenn du die Gardinen zugezogen hast, um deine Ruhe zu haben, die ich gerade erst aufgerissen hatte in der Hoffnung auf einen neuen Tag meines Lebens, und hast du nie bemerkt, wie sehr ich mich danach sehnte, von dir wahrgenommen zu werden, als Mensch mit seinen Bedürfnissen, nachdem ich stundenlang deinen vor dem Bildschirm des Computers gebeugten Rücken betrachtet hatte, ja, hast du dir je Gedanken um meine Bedürfnisse, Hoffnungen, Vorstellungen von Glück gemacht? Hättest du mich danach gefragt, hätte ich dir kein Bild einer Familie mit Kindern, Haus und Garten gemalt, so wie du es wahrscheinlich erwartet hättest, dich lange in Sicherheit wägend, mich verstanden und befriedigt zu haben, nein, ich hätte dich gebeten, mich in einer Art und Weise zu berühren, die mein tiefstes Inneres versteht. Und wahrscheinlich war es auch dafür schon vor Jahren zu spät, als ich mich gar nicht mehr von dir in dieser Weise hätte berühren lassen wollen, vielleicht hätte ich mehr Verständnis für dich gehabt, wenn du das erkannt hättest, hätte mich dir wieder geöffnet, wenn du mir Vorwürfe gemacht, mir an den Kopf geworfen hättest, wie unfair es war, mich dir derart zu verschließen, dass du gar keine Chance hattest, auf mich zuzugehen. Aber selbst wenn du die Chance gehabt hättest, ich glaube nicht, dass du in der Lage gewesen wärst, sie zu ergreifen. Und am Ende stand auch die Frage, die immer lauter wurde, bis sie wie ein pochender Kopfschmerz von allen Seiten auf das Gehirn hämmerte, die Frage, ob ich zufrieden war, mit nur einer Person bis ans Ende meiner Tage zu leben, die schwierigste Frage, die schwer auf mir lastete, deren Gewicht ich nun nicht länger tragen musste, weil ich mich von dir getrennt habe.

Und an diesem Sonntagabend genoss ich meine Einsamkeit, die sich frei und leicht anfühlte. Ich war hier gerne alleine, die Wände meiner Wohnung beschränkten mich nicht, sondern im Gegenteil, sie waren meine Freiheit, waren das, wonach ich mich seit Jahren gesehnt hatte, die Stille wirkte beruhigend auf mich und die weißen Wände, die mich umgaben und bestätigten, das war meines, ganz allein meines, ließen Platz für mich, ich konnte so besser atmen. Ich brauchte diesen Platz und mir wurde klar, dass nicht du es warst, Jakob, der mich eingeschränkt hat, es war, als hätte ich mich selbst eingeschränkt, zu lang, und eine Welle von Zärtlichkeit gegenüber Jakob überkam mich.

Aber dieser neue Ort hier war das, was ich mir gewünscht hatte und es erfüllte mich mit Stolz und neuer Liebe zu mir selbst, einer Liebe, die ich lange nicht gespürt hatte, vielleicht weil ich voller Liebe zu dir war, die ich nicht länger bereit war zu geben, um mich selbst in den Schatten zu stellen, nicht weil du es verlangt hast, sondern weil es mich erfüllt hat. Und dieser neue Ort war wie eine Lichtung, auf die ich zufällig traf, als ich im Wald spazieren ging, und die eine solche Anziehungskraft hatte, dass ich immer wieder zu ihr zurückkehren wollte, und die ich jetzt gefunden hatte. Inmitten der dunklen Tannen gab es einen Freiraum, in dem ich meinen Platz gefunden habe, an dem ich mich in den Sonnenstrahlen wärmen konnte, die mich mit einer wohligen Wärme überzogen, die den Weg durch die Bäume hindurch bis zu mir und bis zum Boden fanden und hier war es, als läge mir die ganze Welt zu Füßen, denn ich war die Königin der Freiheit, der Tiere im Wald und der Pflanzen, die wuchsen, der neuen Triebe, die hellgrün und kräftig aus dem Boden schossen und so legte ich mich auf den grünen Teppich aus Gras, der nach Erde duftete und schmiegte mich so lange ein, bis ich die warme Erde unter mir spürte.

Am nächsten Tag kaufte ich im Supermarkt Weintrauben und Himbeeren und in einer freudigen Vorahnung stellte ich mir vor, wie ich die dunkelrot leuchtenden Beeren auf meiner Zunge zerdrückte, und selbst die Äpfel, die ich sonst nicht gerne aß, strahlten in verschiedenen Farben, sahen so verlockend aus, dass ich einen Moment zögerte und mich fragte, ob dies alles nur eine Täuschung war, aber nein, auch die Auberginen waren echt und glänzten in einem Dunkelrot, dessen Schimmer mich wieder beruhigte, und ich mich fragte, sahen die anderen Menschen diese Schönheit nicht, und nahmen sie denn meine Schönheit gar nicht wahr, die ich meinen Schritten vorausschickte, bis in die hinterste Ecke des Raumes und ich wunderte mich, warum gratulierte mir keiner, sah denn keiner die Freiheit, die ich mit mir herumtrug, die Bereitschaft, neue Wege zu gehen, neue Kleider zu tragen, ein neues Leben zu beginnen, und ich wollte herausrufen, kommt alle zu mir, schaut, wie gut es mir geht und fast wollte ich dem Verkäufer neben mir, der mit starrem Blick Dosen in das Regal einsortierte, die Hand reichen, mich vorstellen, und sagen, ich bin Katharina und ich habe jetzt ein neues Leben, mit einer neuen Wohnung und ich habe sogar einen Balkon ins Grüne, ist das nicht großartig?

Aber natürlich traute ich mich nicht, stattdessen streifte ich ausgiebig entlang der gefüllten Regale und überlegte, was ich mitnehmen und was ich mir kochen könnte, aber so großen Hunger hatte ich dann doch nicht und da ich mich nicht entscheiden konnte, nahm ich nur das, was auch auf meiner Einkaufsliste stand, vielleicht kaufe ich die anderen Dinge ja beim nächsten Mal, dachte ich. An der Kasse schaute ich mir die anderen Menschen an, fragte mich, warum sie missmutig waren, und ich verstand, dass auch sie in ihrem Leben versunken waren, so wie ich in meinem, aber es sind andere Leben, schlechter und trauriger kamen sie mir vor, und ich schien neben ihnen größer und strahlender zu werden und es gab keine Brücke, die von meinem Glück zu ihrer Unzufriedenheit herüber führte, und so konnte ich ihnen nicht helfen in ihrem Unglück, jeder musste mit sich selber klarkommen und weil mir dies gelang, war ich voller Stolz.

In meiner Wohnung legte ich das Obst in eine Schüssel, die ich auf den Tisch stellte, während ich den Gedanken nachhing, die plötzlich auftauchten: Was war, wenn ich nicht mehr in der Lage war, diese neu gewonnene Freiheit für die Liebe zu einem anderen Menschen aufzugeben, denn jetzt wieder konnte ich mir keinen Mann vorstellen außer Jon, der den Raum in mir so ausfüllen könnte, dass keine Leerstellen übrig blieben. Aber wenn das nicht möglich war, welchen Platz hatte ich denn unter all diesen Menschen und ich wusste schon jetzt, dass ich nicht immer die Kraft haben würde, die ich jetzt gerade verspürte, mich allein mit Leben zu füllen, dass ich früher oder später jemanden brauchte, der mir dabei half. Als ich Jakob kennenlernte, war ich so unerfahren, dass ich den Raum in mir, der jetzt mit Leben gefüllt werden wollte, noch gar nicht so genau kannte, meine Wünsche überzeichnete Spiegelbilder von Geschichten, die ich gehört, von Bildern, von denen ich geträumt hatte, so unberührt, dass ich bereit war, mich auf alles einzulassen und so ließ ich es zu, mich auf jemanden einzulassen, bei dem ich schon von Anfang an gemischte Gefühle hatte. Weil er nicht nach vorne strebte, weil er stehen blieb, weil er nicht hinterfragte und weil er nicht herausforderte. Im Nachhinein fragte ich mich, wo war in dieser langen Zeit mit Jakob der nach Leben, Luft und Leichtigkeit gierende Funke in mir, der jetzt, einmal entzündet, nicht aufhören konnte, zu sprühen?

Die Woche verging im Flug, auf dem Weg zur Arbeit und zurück sang ich lauthals Lieder mit, die im Radio gespielt wurden, achtete nicht darauf, ob die anderen Autofahrer an der Ampel mich anglotzten oder nicht, einmal winkte ich sogar der Frau im Auto neben mir zu, obwohl ich sie gar nicht kannte, stellte die Heizung auf Maximaltemperatur, schmiegte mich in den von der Sitzheizung gewärmten Fahrersitz, und so konnte mir auch das für die Frühlingszeit schlechte Wetter in dieser Woche nichts anhaben.

Am Freitag bekam ich in der Schule Schwierigkeiten wegen einer Bemerkung, die ich unter die Arbeit einer Viertklässlerin geschrieben hatte: Du musst mehr üben, um deine Lücken zu schließen, Juliana, so wirst du es nicht auf das Gymnasium schaffen, das waren meine Worte. Es war - zugegeben - eine eher drastische Bemerkung, aber auch eine ehrliche, und eine, die der Wahrheit entsprach, denn so stand es um das Mädchen, und was verlangte man von mir, sollte ich das Kind anlügen, würden denn alle von mir verlangen, dem Mädchen eine rosige Zukunft vorherzusagen, während es ihr an grundlegenden Dingen mangelte, eine Folge ihrer Haltung gegenüber Arbeit und Fleiß, und außerdem vergaß sie ständig Dinge zu Hause oder erinnerte sich nicht, wo sie zuletzt ihr Heft hingelegt hatte. Zerstreutheit allein war noch kein großes Problem, aber im Falle von Juliana wurde es zu einem, weil sie die Dinge, die wir gemeinsam im Unterricht besprachen, nicht besonders schnell begriff, und sie hatte weder die Fähigkeit, sich schnell in neue Inhalte einzuarbeiten, noch zeigte sie Interesse daran, und auch von Seiten der Eltern waren noch keine Versuche unternommen worden, ihre seit Beginn der ersten Klasse entstandenen Lücken im Wortschatz, in der Rechtschreibung, in ihren Fähigkeiten, zu rechnen oder zu lesen, wenn man genau hinschaute, in allen Bereichen, in irgendeiner Form aufzuarbeiten. Wenn man

Juliana Aufgaben gab, die sie in den freien Arbeitszeiten, in denen jeder Schüler an seinen individuellen Interessensgebieten arbeitete, erledigen sollte, als Möglichkeit, Dinge nachzuarbeiten, antwortete sie frech, dass sie gar keine Lust dazu habe, dass sie nichts tue, das ihr keinen Spaß mache und sie begann, andere Kinder zu ärgern, sie von ihrer konzentrierten Arbeit abzulenken. Auch die anderen Lehrer hatte ich gefragt und alle üblichen Maßnahmen, auf die solche Kinder normalerweise reagierten, fruchteten bei Juliana nicht. Und jetzt hatte ich einen Moment lang nicht aufgepasst und die Gegebenheit so formuliert, wie sie sich tatsächlich darstellte - so wirst du es nicht auf das Gymnasium schaffen, hatte ich geschrieben, eine Aufforderung an Juliana, mehr für die Schule zu tun und unterbewusst hatte ich sicherlich auch Kritik an ihren Eltern üben wollen, dass sie sie zu wenig dabei unterstützten.

Als der Direktor mich aus dem Unterricht holen ließ und mich in sein Büro bat, schwante mir schon Übles und in der Tat sah ich beim Eintreten schon aus dem Augenwinkel, dass Julianas Mutter da war und vor dem riesigen, hölzernen Schreibtisch Platz genommen hatte, ein Bein übergeschlagen, an dessen unterem Ende ein mit grünlichem Lack überzogener Schuh glänzte, dessen Spitze Frau Rieband in die Höhe streckte, wahrscheinlich in vollem Bewusstsein, dass dadurch der spitze Pfennigabsatz noch besser zur Geltung kam. Wie hasste ich Menschen, die meinten, mit derartigen Details die Menschen in ihrer Umgebung beeindrucken zu können, ich jedenfalls ließ mich von so etwas nicht beirren, ganz offensichtlich im Gegensatz zu meinem Direktor, dessen Gesicht eine rötliche Färbung hatte und dem Schweißperlen auf der Stirn standen, nicht zuletzt, weil es in seinem Büro sehr warm war, die trockene Heizungsluft schaffte eine Art Vakuum ohne Sauerstoff, in dessen Mitte ein leerer Stuhl stand, auf dem ich mich jetzt niederließ, und ich spürte, wie hart und unbequem die Stuhllehne war, die in rechtem Winkel von der Sitzfläche abging, genau wie die Armlehnen, deren Schmalheit und Material nicht dazu einluden, die Arme gemütlich darauf niederzulegen, dies war offensichtlich kein Sitzplatz, der gemütlich sein sollte, auf dem man sich für längere Zeit niederlassen sollte, aber das wollte ich in dieser Situation auch wirklich nicht. Mit dem ersten Schritt in dieses Büro hatte ich rückwärts wieder hinausgehen wollen, aber dafür war es jetzt zu spät, ich saß bereits, und Frau Rieband blickte meinen Chef erwartungsvoll und zugleich mit bösem Blick an, der Ausdruck in ihrem Gesicht sprach bereits jetzt Bände, und würde er nicht bald das erste Wort an mich richten, würde sie es selbst übernehmen, mich zusammenfalten, mir mein Fehlverhalten vor Augen führen, mir all die Dinge an den Kopf werfen, die sie in ihrem Leben frustrierten, ich würde dabei wenig zu sagen haben, denn sie würde mich kaum zu Wort kommen lassen, ich würde eigentlich überhaupt nichts sagen können, würde die ganze Sache einfach über mich ergehen lassen und dann wie ein schuldig gesprochener Angeklagter mit hängenden Armen und gesenktem Blick das Büro verlassen. Das war das, was ihr Blick mir zu verstehen gab, aber es war nicht das, worauf ich mich einlassen würde, so leicht würde ich mich nicht geschlagen geben und ich konnte nur hoffen, dass mein Chef mir in dieser Sache zur Seite stehen würde.

Sie können sich sicher denken, warum Sie hier sitzen, wandte sich der Direktor nun direkt an mich, und ein wenig zögerlich – man merkte, dass ihm die ganze Sache extrem unangenehm war – erklärte er, Frau Rieband habe sich wegen einer Sache an uns gewandt, die ihr sehr am Herzen liege, Frau Rieband sei nicht ganz einverstanden mit einer Bemerkung, die ich unter die letzte Arbeit ihrer Tochter Juliana geschrieben hätte, und auch wir seien ja um eine schnelle Aufklärung der Angelegenheit bemüht, und da brach es auch schon aus Frau Rieband heraus, mit einem wütenden Schnauben legte sie los, unmöglich, einfach un-mö-glich sei es, ihrer Tochter einen solchen Stempel auf die Stirn zu setzen, für wen hielte ich mich denn, wie könne ich es wagen, mich so aufzuspielen, dabei sei ich doch im Grunde nur eine einfache Deutschlehrerin, was natürlich überhaupt nicht stimmte, da ich ja auch noch andere Fächer unterrichtete, aber dass Frau Rieband sich in diesem Gespräch nicht an die Fakten hielt, war sowieso klar, und sie fuhr fort, einmal in Rage gebracht, ließ sie alle spüren, dass sie gut in Form war darin, andere an die Wand zu reden, ich hätte doch keine Ahnung davon, wie ihre Tochter wirklich sei, und überhaupt, nur aus einer einzigen Arbeit, einer punktuellen Momentaufnahme, die Schlussfolgerung zu ziehen, ihre Tochter sei nicht gymnasialtauglich, ihre Tochter habe nicht die notwendigen Kompetenzen, sei doch eine völlig falsche Einschätzung der eigentlichen Fähigkeiten und Fertigkeiten dieses Mädchens, und der Wortschwall, der sich aus ihrem Mund ergoss, ging weiter, wenig Menschenkenntnis, so nennt man das, haben Sie schon mal etwas von Di-a-gnos-tik gehört, und das letzte Wort hatte sie besonders in die Länge gezogen und das s betont, als sei sie eine Schlange, die kurz davor war, zuzubeißen, vielleicht sollten Sie mal eine Fortbildung zur Förderung von Lernpotenzialen besuchen, aber sicherlich liegt das Ganze in Ihrem Fall auch an mangelndem Interesse Ihrerseits den Kindern gegenüber, denn wer die Schüler nur als Schüler und nicht als Menschen begreift, der urteilt als Befehlshaber und nicht als Mensch, dem wäre es sonst nämlich aufgefallen, welche Folgen eine solche Bemerkung bei Juliana auslösen könnte und auch als pädagogisch ausgebildete Fachkraft sollten Sie doch wissen, dass eine Fehleinschätzung eine schwerwiegende Lernblockade auslösen könnte und Juliana so eine problematische Haltung gegenüber dem Lernen insgesamt entwickeln wird. Entwickeln, brach es aus mir heraus, wieso entwickeln, Julianas Einstellung gegenüber dem Lernen ist bereits jetzt äußerst problematisch, darum geht es ja gerade, bereits seit einiger Zeit ist Juliana nicht in der Lage, Interesse an neuen Lerngegenständen zu entwickeln, ihre Defizite zu erkennen und daran zu arbeiten, aber erneut wurde ich von Frau Rieband unterbrochen, die nun fast schrie, wie soll sie das auch, bei einer solchen Lehrerin, die sie nicht lässt? Entsetzt blickte ich den Direktor an, der doch sicherlich einen solchen entsetzlichen Vorwurf schlimmer noch, eine persönliche Beleidigung seiner Mitarbeiter, nicht akzeptierten würde, mich verteidigen würde. Frau Rieband, begann er tatsächlich, und räusperte sich, ich bitte Sie, doch hier nicht persönlich zu werden, sicherlich interpretieren Sie den Kommentar meiner Kollegin nicht so, wie er gemeint war, aber seine Stimme hatte einen einlenkenden, versöhnlichen Ton und der war hier doch wohl völlig fehl am Platz, konnte ich nun nicht mehr an mich halten und erklärte, jetzt mit kräftiger Stimme, überzeugt, dass niemand mich verteidigen würde, wenn ich es nicht selbst tat, aber natürlich, jedes einzelne Wort habe ich so gemeint, wie ich es geschrieben habe, und wenn Sie mich bitten, eine Ursache für Julianas bereits seit längerem offensichtliche, gravierende Probleme in der Schule zu di-a-gnos-ti-zie-ren, und auch ich zog dieses Wort in die Länge, hat mich dieses Gespräch ein beträchtliches Stück weiter gebracht, denn ich sehe jetzt, dass Probleme zu Hause entstehen, wenn Eltern ihren Kindern ein mangelndes Einfühlungsvermögen entgegenbringen, ihre Fähigkeiten nicht richtig einschätzen, ihre Wünsche unrealistisch sind, schlimmer noch, eigene Ideen in ihre Kinder projizieren, ihre Kinder für ihr eigenes gescheitertes Leben verantwortlich zu machen, dagegen können sich die Kinder nicht wehren, jedenfalls nicht mit Worten und so wehren sie sich in der Sprache der Kinder, indem sie blockieren, sich weigern, die erwünschten Verhaltensweisen zu zeigen. Mit einem verächtlichen Schnauben stand Frau Rieband jetzt auf, und ohne mich eines Blickes zu würdigen, sagte sie dem Direktor etwas wie, sie müsse sich so etwas nicht bieten lassen, den Rest verstand ich kaum, denn mir rauschte das Blut in den Ohren, und so bekam ich auch nur nebenbei mit, dass Frau Rieband mit einer energischen Geste die Tür aufzog, die voller Schwung an die Wand dahinter knallte, während sie aus dem Büro rauschte und die Schule verließ, ohne sich nochmal umzudrehen.

Mein Direktor schaute ihr aus dem Fenster hinterher und strich sich mit dem Handrücken über die Stirn, das wird Folgen haben, Frau Kerner, diese Frau engagiert sich in der Elternschaft, hat sogar Beziehungen in die Stadtverwaltung, wenn uns das jetzt mal nicht teuer zu stehen kommt, ich erwarte, dass Sie sich bei ihr entschuldigen, erklärte er mir, und ich sagte, aber lieber Herr Gärtner, was ich gesagt habe, entspricht doch der Wahrheit und so schlimm ist meine Bemerkung auch wiederum nicht, sie ist einfach ehrlich, und hier geht es doch schließlich um die baldige Entscheidung darüber, ob dieses Kind gymnasialtauglich ist oder nicht, aber Herr Gärtner schüttelte den Kopf und sagte, darum geht es jetzt aber nicht, Frau Kerner, verstehen Sie denn nicht, darum ist es Frau Rieband doch von Anfang an nicht gegangen, und mit dem, was er dann sagte, hatte er vollkommen Recht, denn er fuhr fort, Sie haben doch gemerkt, dass sie Sie persönlich angegriffen hat, weil sie Ihre Bemerkung als Angriff auf sich selbst verstanden hat und Sie haben mit dem, was Sie eben gesagt haben, sehr wahrscheinlich ins Schwarze getroffen und genau das ist jetzt unser Problem, diese Frau hat Einfluss, und er wiederholt das Wort Einfluss, und so jemand scheut nicht davor zurück, diesen Einfluss für ihre Zwecke nutzen.

Ich zog meine Stirn in Falten, und spürte den eiskalten Schauer, der mir über den Rücken jagte. Ich verstand schlagartig, was ich mit meiner Bemerkung angerichtet hatte, ja, wie ich mit meinem selbstsüchtigen Verhalten, möglicherweise den Ruf der Schule beschädigt hatte, nur weil ich mir, wie eine pubertäre Jugendliche, beweisen wollte, wie viel Selbstbewusstsein ich hatte, und so folgte auf den eiskalten Schauer jetzt ein Hitzeschwall, der mein Gesicht mit Röte überzog und ich entschuldigte mich bei Herrn Gärtner, das konnte ich nicht wissen, es tut mir leid, dass ich mich nicht umsichtiger verhalten habe, und geknickt stand ich auf und verließ fluchtartig das Büro.

Jeder Schritt über den langen, vor mir liegenden Gang, fiel mir schwer, weil ich daran denken musste, dass ich Frau Rieband anrufen und mich bei ihr entschuldigen musste, und auf dem hochpolierten, grau glänzenden Linoleumboden blickte mir mein verzerrtes Spiegelbild entgegen, das mir jetzt ganz und gar nicht selbstbewusst, sondern eher wie eine unheimliche Gestalt aus einem Science-Fiction-Film vorkam, oder vielleicht eher lächerlich verbogen, wie eine Witzfigur aus einem Comic für Kinder.

Die vorherige Unterrichtsstunde war ohnehin schon beendet, die Schüler schon gegangen, das Klassenzimmer war leer, für meine letzte Stunde musste ich den Raum wechseln. Als ich im Biologieraum ankam, fand ich eine lärmende, tobende Menge kleiner Kinder vor mir, die ich erstmal ruhigstellen musste. Als ich dies – gefühlt mit letzter Kraft – geschafft hatte, gab ich ihnen schnell eine Aufgabe, an der sie die ganze Stunde zu tun hatten. Sobald die Kinder arbeiteten, kehrte ich in Gedanken zum Gespräch mit Frau Rieband und dem Direktor zurück und wurde abwechselnd empört über Frau Riebands Verhalten, besorgt über die Konsequenzen, beschämt über meinen Auftritt. In der Klasse saß Juliana, aber als wollte sie mich ärgern, verhielt sie sich ausnahmsweise auffällig ruhig, versuchte nur ab und zu, ihren Nachbarn zu kitzeln, der sich aber nicht beeindrucken ließ und so starrte sie den Rest der Stunde abwechselnd die anderen Kinder an oder schaute aus dem Fenster und wenn ich daran dachte, zu welcher Mutter dieses Kind nach Hause fahren würde, bekam ich fast Mitleid mit ihr, dachte, dass das Kind ja am allerwenigsten etwas dafür konnte. Ich schaute immer wieder auf die Uhr, aber die Zeit verging unheimlich langsam, die Minuten in dieser Stunde zogen sich wie Kaugummi dahin, aber irgendwann war es doch soweit und mit dem Gong ließ ich die Kinder einfach ohne die übliche Verabschiedung aus dem Klassenzimmer strömen, schloss die Augen einen Moment in der Stille, die eintrat, als die Tür hinter dem letzten Kind zu schwenkte. Die Schreie der anderen Kinder auf den Gängen wurden immer leiser, und ich atmete tief ein, dachte, ich brauche mal eine Pause, wie gut, dass jetzt Wochenende ist.

Auf der Rückfahrt nach Hause wälzte ich das Gesagte in meinem Kopf hin und her, schlimmer noch, es machte sich scheinbar selbstständig, rollte von einer Seite zur anderen, und wieder zur ersten Seite, ohne dass ich etwas dagegen tun konnte, hin und her, auch wenn ich das Steuer noch fester umklammerte, half es nicht, scheinbar hatte ich die Kontrolle über meine Gedanken verloren und ich fragte mich, wie kann ich jetzt ins Wochenende gehen, nicht mehr über Frau Rieband nachdenken, mich mit anderen Dinge beschäftigen, denn das war es, was ich an diesem Wochenende bräuchte, um die nächste Woche zu überstehen. Aber Frau Rieband begleitete mich noch auf der gesamten Rückfahrt, bis ich zu Hause ankam.

Als ich in meine Straße einbog, hatte ich Glück, denn ich fand sofort einen Parkplatz, wenigstens das, murmelte ich vor mich hin, als ich meine schweren Taschen ein paar Meter bis zum Hauseingang schleppte, und dachte, Lehrer sollten wirklich einen Risikozuschlag wegen der Gesundheit ihrer Rücken bekommen, während ich den Briefkastenschlitz von außen überprüfte, keine rosa oder formal-gräulichen Briefe von Versicherungen, Banken oder Stadtverwaltung, das hätte mir jetzt noch gefehlt, und ich überlegte, für die Art Grau, in denen solche Briefumschläge gehalten waren, sollte man eine neue Farbe erfinden, ich hätte einen passenden Namen dazu, Formal-Grau, abscheulich langweilig wie ihr Inhalt. Wie ich derartige Formalitäten hasste, die das alltägliche Leben erforderte, wie sie unser Leben tagtäglich formten, als wären wir selbst nicht in der Lage, ihm Form zu geben, als bräuchten wir eine Erinnerung, einen Rahmen, ohne den wir verloren gingen.

Während ich die beiden Stufen zur Haustür hochstieg, fischte ich meinen Schlüsselbund aus der Tasche, jetzt nur noch die Treppe bis hoch in den zweiten Stock, dann hatte ich es geschafft und schon öffnete sich die Tür zu meiner Wohnung, das Vertraute trieb mir fast Tränen in die Augen, so froh war ich, wieder wohlbehalten hier zu sein, eine lange Reise lag hinter mir, auf der ich mich durch den Feierabendverkehr gekämpft hatte, keine lärmenden Kinder mehr hier, keine Kollegen, die etwas von einem wollten, hier konnte mich noch nicht mal Frau Rieband finden, die mich in meiner Erinnerung noch immer hasserfüllt anstarrte.

Als es zu dämmern begann knurrte mein Magen und mir fiel auf, dass ich lange nichts mehr gegessen hatte. Ich dachte, dass ich mir etwas machen sollte, und während ich mir aus dem Kühlschrank eine Paprika und ein Glas Brotaufstrich nahm, überlegte ich, was ich mit dem angebrochenen Abend anfangen sollte. Aus dem Küchenfenster sah ich in die erleuchteten Fenster hinter dem großen alten Baum gegenüber und in die Häuser jenseits der Straße hinter dem Nachbarshaus, in denen ich nie jemanden erkennen konnte, in die ich aber dennoch gerne blickte abends, wenn ich in der Küche stand und kochte, denn dann tauchten, wie von einem Erzähler in meinem Kopf beschrieben, Geschichten in mir auf, die zu Bildern wurden, Bilder davon, wie plötzlich Menschen durch die Räume liefen, Dinge aus Schränken holten, die sie vielleicht zum Kochen brauchten, sie saßen an Tischen und aßen oder schauten alte Fotos an, manchmal sah ich auch wie Leute arbeiteten, dann sah ich nur ihren gebeugten Rücken, und musste an Jakob vor seinem Computer denken. Ich überlegte, ob diese Menschen arbeiteten, lasen, ihren nächsten Urlaub planten oder im Internet auf Partnersuche waren, und wenn ich zwei Menschen sah, hing es wohl von meiner Laune ab, ob der eine dem anderen voller Zärtlichkeit und Zuneigung über den Rücken strich oder ob sie sich gestritten hatten und die Geste eine versöhnliche, aber dennoch distanzierte war, und in solchen Momenten fühlte ich mich wie ein Schriftsteller, der seine eigenen Figuren erschuf, Räume füllte, nur nicht mit Bildern, sondern mit Worten, die dann ganz automatisch zu Bildern wurden. Und manchmal wünschte ich mir auch, ich könnte eine Leine spannen zwischen meinem Fenster und den Fenstern auf der anderen Seite und wir würden Dinge austauschen aus unserer beider Leben, ich könnte einen Strauß von meinem Rosmarin pflücken und ihn herüberschicken und meine Nachbarn würden mir eine ihrer schönen, großen Sonnenblumen aus dem Garten schicken, vielleicht bräuchte ich auch mal einen Dosenöffner, wenn ich meinen verlegt hätte, dafür könnte ich ihnen die schwarze

Schuhcreme leihen, die ich sowieso nie benutzte, und vielleicht würde man manchmal auch Dinge hin und her schicken, die gar keinen praktischen Nutzen hätten, von denen man dem anderen aber erzählen wollte und man könnte ihnen ein Rätsel stellen, was hat dieser oder jener Gegenstand wohl mit mir zu tun, oder umgekehrt, würden meine Nachbarn mir ein Rätsel stellen und ich würde darüber grübeln, und wer weiß, was man so übereinander erfahren könnte, vielleicht würde man so auch wieder anfangen, Briefe zu schreiben.

Ich biss in mein Brot, während die Stille, die mich umgab, meinen Gedanken freien Lauf ließ, leider, denn plötzlich tauchte auch Frau Rieband wieder auf, und mit ihr meine Zweifel, Unzufriedenheit und Scham. Wieso gerade jetzt, dachte ich, ich wollte doch meine Ruhe haben, ich wollte doch einfach nur in Ruhe gelassen werden, wieso musste ich ausgerechnet jetzt über so etwas nachdenken, und mir war klar, dass mein Kopf an diesem Tag nicht das machte, was ich wollte.

Vielleicht sollte ich Anna anrufen, sie fand immer die richtigen Worte, bestimmt auch heute, Anna, die ich schon länger nicht mehr gesprochen hatte, die seit langem in einer glücklichen und stabilen Beziehung lebte. Wie kriegte sie das nur hin, überlegte ich, wie hatte sie es nur geschafft, so einen lieben, verständnisvollen Menschen zu finden wie Peter, der sie liebte mit all ihren Fehlern, ohne Einschränkungen, und hatten die beiden mal einen Konflikt, wurde er auf den Tisch gepackt und ausdiskutiert. Ohne ein Blatt vor den Mund zu nehmen sprachen sie über das, was schiefgelaufen war, doch es waren nie grundlegende Dinge, nie war es so, wie das, was zwischen Jakob und mir stand, in den wesentlichen Dingen stimmten Anna und Peter überein, zogen am selben Strang, hatten einen roten Faden gefunden, den sie gemeinsam durch ihr Leben spinnen konnten.

Schon zu unserer Schulzeit war Anna diejenige, die wusste, wo es langging, was sie im Leben erreichen wollte, die von unnötigem Austesten und Herumprobieren für sich selber nichts hielt, aber Verständnis aufbrachte, wenn andere dies brauchten. Ich erinnerte mich an einen Vorfall im Deutschunterricht, als wir in der Klasse ein Buch lasen, in dem es um die junge Drogenabhängige Sascha ging, die planlos durch ihr Leben zog, vieles ausprobierte und mit den falschen Freunden zusammenkam, die ihr Drogen besorgten und sie endgültig auf die schiefe Bahn brachten. Wir hatten darüber diskutiert, was es hieß, wenn sie über das Packeis in sich und um sich herumsprach, dass sie zum Schmelzen bringen wollte, aber nicht konnte, und ich war fest davon überzeugt, dass Sascha das Packeis nicht selbst verursacht hatte, dass es ein Konstrukt ihrer Familie war, das sie in diese Lage gebracht hatte, die Unfähigkeit ihrer Familie, für sie zu sorgen, die emotionale Kälte der Mutter, die ihrer Tochter nicht beigebracht hatte, auf ihre und die Gefühle anderer zu achten. Anna aber war der Meinung, dass es sich beim Packeis um eine innere Barriere handelte, für die Sascha allein verantwortlich war, für deren Aufbrechen sie die nötige Kraft besaß, aber nur noch nicht gefunden hatte. Es gab noch eine andere Stelle, über die wir uneins waren, denn wenn Sascha fragte, Kann man nicht ändern, wie man ist? beantwortete Anna die Frage mit ja, doch, natürlich kann man sich ändern, während ich mir dessen nicht so sicher war, weil ich schon damals manche meiner Handlungen und Gefühle als Sog empfand, dem ich mich nicht entziehen konnte, das Gefühl hatte, dass manche Dinge einfach passierten, dass das Schicksal eine Fatalität hatte, die einen Lebensweg bestimmen konnte. Und heute fragte ich mich, wie konnte es sein, dass unsere Lebenswege so unterschiedlich verlaufen waren: Lag das an einer Entscheidung, die Anna an einem Punkt ihres Lebens getroffen hatte, die ich versäumt hatte, zu treffen, an der Tatsache, dass ich Dinge einfach so geschehen ließ und nicht eingriff, wenn Dinge mit mir passierten, ohne dass ich es wollte?

Anna war zielstrebig und sie war offen, auch gegenüber anderen Menschen, sie wollte herausfinden, was andere bewegte, warum andere sich für etwas entschieden, und bestimmt hat dieses Interesse – abgesehen von wirklich harter Arbeit und unendlichen Stunden des Lernens für extrem schwierige Prüfungen – ihr zu ihrem Erfolg in der Laufbahn als Psychiaterin verholfen, weil sie nicht nur danach strebte, die perfekte Medikation für einen Patienten zu berechnen, sondern den Menschen immer ganzheitlich betrachtete, im System der Gesellschaft, im System der Familie, vor allem aber mit dem Blickwinkel, bereits vorhandene Ressourcen zu stärken, gewissermaßen Hilfe zur Selbsthilfe zu geben. Andere Psychiater schätzen die Chancen auf Erfolg in vielen Fällen gering ein und bedachten sie mit einem kopfschüttelnden, manchmal auch missbilligenden Blick, wenn sie trotzdem weitermachte. Und tatsächlich, sie hatte Erfolg, nicht immer, aber oft. Weil sie hinschaute, weil sie Verständnis hatte.

Es wunderte mich manchmal trotzdem, dass Anna trotz unserer unterschiedlichen Einstellungen und Lebensentwürfe Geduld aufbrachte, mir zuzuhören, mit mir nach Lösungen zu suchen, die sie vielleicht nicht gewählt hätte, die aber zu mir passten und die mir letztendlich bestätigten, dass das, was ich tat, grundsätzlich richtig war, selbst wenn es manche kurzfristigen Entscheidungen gegeben hatte, die ich bereut und nicht wieder hatte rückgängig machen können.

Wir redeten über Andere und über jeden einzelnen von uns, wir redeten über Vieles, aber nicht über alles. Niemals redeten wir jedoch über unsere Beziehung zueinander. Manchmal überlegte ich tatsächlich, ob sich tief in ihrem Inneren eine andere Anna versteckte, eine, die ein wenig neidisch auf mich war, die aus den vorgefertigten Bahnen vielleicht gerne mal ausbrechen würde, weil sie sich danach sehnte, das Hamsterrad der Leistungsbereitschaft in ihrem Leben anzuhalten, um einfach mal nichts zu tun oder darüber nachzugrübeln, wer man war und wohin das Hamsterrad einen eigentlich bringen sollte. Ich hatte diese Überlegungen für mich behalten, denn ich war nicht sicher, welche wunden Punkte Anna hatte, wie ich sie verletzen konnte, vielleicht wäre es das Thema mit dem Hamsterrad, das sagte mir irgendein Gefühl.

Ich wählte ihre Nummer, es ertönte für eine Weile das Freizeichen, heute ungewöhnlich lange für Anna, die sonst schnell zum Telefon sprintete und sich innerhalb kürzester Zeit mit einem atemlosen Hallo? meldete, und auch heute hörte ich endlich ihr Hallo, aber diesmal klang es nicht abgehetzt, sondern erstaunlich gelassen, fast schon gleichgültig, und ich sagte, Anna, störe ich, sie wusste direkt, wer dran war, Katharina, ich habe lange nichts mehr von dir gehört, wie geht es dir denn, da brach es aus mir heraus und ich erzählte ihr von Juliana, ihrer furchtbaren Mutter und dem Direktor, wie ich ihn erst dafür gehasst hatte, dass er mich nicht unterstützte und wie beschämt ich anschließend darüber war, was ich mit meinem Kommentar und meinem Auftreten Frau Reibend gegenüber ausgelöst haben könnte. Mach dir nicht so viele Sorgen, Katharina, versuchte sie mich zu beruhigen, dich trifft keine Schuld, du warst nur ehrlich, was ist es, was diese Leute von dir wollen, dass du sie anlügst?! Aber Anna, sagte ich schnell und ein wenig irritiert, dass ihr nicht mehr einfiel, als das Argument, das mir selbst auch eingefallen war, genau das habe ich ihnen doch auch gesagt, genau da liegt doch das Problem, und schon ärgerte ich mich ein wenig, dass sie ganz offensichtlich nicht richtig zugehört hatte, weil sie einfach meine Worte wiederholte, wie konnte sie, um mich zu trösten, einfach wiederholen, was ich gesagt hatte, dachte ich, nun immer wütender, aber da sagte sie schon, Katharina, reg dich nicht so auf, du bist ja wirklich geladen, die beiden scheinen dich ja an einem empfindlichen Punkt erwischt zu haben, sie machte eine kurze Pause, sieh es doch mal so, ich finde es toll, wie du dich getraut hast, für dich und deine Ehrlichkeit einzustehen, und sie setzte noch ein ja, auf jeden Fall hinterher, fast als würden ihre Argumente allein nicht ausreichen, mich zu überzeugen, und dann fügte sie hinzu, außerdem hätte der Direktor es vorher mit dir absprechen sollen, er hätte dir die Folgen erklären müssen, das konntest du nicht wissen, denn Recht hattest du, oder?, fragte sie mich, ja natürlich erwiderte ich, und jetzt klang sie überzeugter und konzentrierter als vorher, aber darum ging es in eurem Gespräch ja auch gar nicht, wer Recht hatte oder nicht, das warst ganz eindeutig du, nein, was viel wichtiger war, ist, dass der Direktor dich übergangen hat und du musst es jetzt ausbaden. Endlich hatte ich das Gefühl, sie hatte mich verstanden, ich sagte, ja, jetzt muss ich mich bei dieser schrecklichen Frau entschuldigen, noch schlimmer, vielleicht hat sie schon alles in die Wege geleitet, eine Dienstaufsichtsbeschwerde für mich und meinen Direktor, der gute Ruf der Schule, vielleicht hatte er schon gelitten, wer weiß, vielleicht war es schon zu spät, und Anna schaltete sich wieder ein, aber aber Katharina, nicht so schnell, mach dir nicht so einen Kopf, und wenn schon, dann ist es nicht deine Schuld, ich bin sicher, du wirst sehen, es wird bald Gras über die Sache gewachsen sein.

Der anfängliche Widerstand, den ich glaubte, bei ihr gespürt zu haben, war jetzt verschwunden, jetzt nahm sie sich

Zeit für mich, was auch immer sie da beschäftigt hatte, vielleicht hatte sie Besuch, wer mochte bei ihr gewesen sein oder wer war bei ihr, vielleicht ist es auch nur Peter, den oder die hatte sie jetzt jedenfalls aus unserem Gespräch ausgeklinkt, ihre Aufmerksamkeit und ihr Verständnis gehörten jetzt ganz allein mir. Wie lange war es her, dass mir jemand so viel von sich auf einmal geschenkt hat, ich musste mich zusammenreißen, um einen plötzlichen Kloß im Hals herunterzuschlucken, noch schlimmer, als sie fragte, wie geht es dir denn sonst so, und ich darauf eine Antwort finden musste, obwohl es doch genau die Frage war, die ich mir selbst jeden Tag aufs Neue stellte, wie ging es mir eigentlich, und ich begann zu formulieren, ja, eigentlich geht es mir ganz gut, ich bin gerne allein, weißt du, ich fühle mich so wohl hier in meiner Wohnung, es ist so toll, in meinen eigenen vier Wänden zu sein, manchmal gehe ich auf den Balkon, wenn es morgens noch sehr kalt ist und atme tief ein und denke, ja, so kann man ein Leben schon genießen, aber an ihrem Schweigen merkte ich, Anna machte ich nichts vor, sie hätte sowieso erkannt, dass dies nur die halbe Wahrheit war, und so erzählte ich weiter, manchmal fühle ich mich aber auch einsam, weißt du, langsam wünsche ich mir, wieder in den Arm genommen zu werden, ganz abgesehen vom Sex, der mir fehlt. Du wirst bald jemanden treffen, ich bin mir…ja, aber wie denn, Anna, fiel ich ihr ins Wort, die Bitterkeit in meiner Stimme war nicht zu überhören, du musst offener sein, Katharina, klammere dich nicht an deine Vorstellungen, welche Vorstellungen denn, aber meine Unschuld war gespielt und auch das konnte ich nicht verbergen, natürlich wusste ich, von welchen Vorstellungen Anna sprach, okay, sagte ich, aber versteh mich doch bitte, ich bin einfach nicht mehr bereit, Kompromisse einzugehen, wärst du in meiner Lage, nach zwei gescheiterten Beziehungen, würdest du genau so denken, ich versteh dich schon, sagte Anna daraufhin, bloß erwarte nicht das Gleiche von anderen, was du von dir selbst erwartest, zügele deinen Perfektionismus, auch du hast Schwächen, welche Schwächen denn, fragte ich, und schon begann sie, aufzuzählen, zum Beispiel deine Unstetigkeit, und dass du dich nicht festlegen willst, immer alles kurzfristig und unverbindlich, ganz zu schweigen davon, dass du immer die Klotür offen stehen lässt, schon gut, schon gut, lachte ich, du hast Recht, hör sofort damit auf, was bist du für eine Freundin, mir geht es doch sowieso schon schlecht, aber natürlich schätzte ich ihre Ehrlichkeit, weißt du, ich bin einfach ein wenig neidisch auf dich und dein perfektes Leben, sagte ich zu Anna, und jetzt klang sie fast ein wenig neidisch, weißt du, dein Leben ist nicht unbedingt schlechter, ganz im Gegenteil, überlege dir mal, was für eine Freiheit du hast, du bist so frei wie ein Vogel, mit niemandem musst du dich absprechen, und ich unterbrach sie erneut, aber ich möchte mich mit jemandem absprechen, ich möchte, dass jemand mir sagt, wann er mich zu Hause erwartet, schon gut, sagte Anna, ich verstehe dich ja… und dann sagte sie, du, ich muss jetzt leider auflegen und sofort klang sie wieder ein bisschen gehetzt, was war da bloß los bei ihr, und ich nahm mir vor, sie beim nächsten Mal danach zu fragen.

Das Geräusch einer ankommenden Nachricht auf meinem Handy ließ mich erschrocken von einem Artikel hochfahren, den ein inzwischen befreundeter Wissenschaftler der Uni Köln über die neuesten Entwicklungen der Ozeanologie geschrieben hatte und den ich korrekturlesen sollte. Meine Freundin Marie-Christin schrieb, lass uns heute tanzen gehen, treffen uns vorher im kühlen krug, wir sehen uns um acht. Was kann das schon sein, ein Lokal mit einem solchen

Namen, dachte ich, machte mich aber auf den Weg und als ich verspätet dort ankam, waren alle anderen schon da. Marie-Christin stellte mich vor, aber es war niemand dabei, den ich kannte. Am liebsten wollte ich rückwärts wieder hinausgehen, außerdem lag mir der abgestandene Geruch nach Fett eklig in der Nase, aber Marie-Christines Hand hatte mein Handgelenk fest im Griff und ich fragte mich, wie ich nur mit einer so groben Person befreundet sein konnte, und als sie mich auch noch vor allen als Single auf Partnersuche outete, wünschte ich mir sehnlichst, schnell im Boden zu versinken. Ich senkte den Blick und dachte, ich werde nicht lange bleiben, tanzen gehe ich hiernach jedenfalls nicht mehr, wie konnte ich mich nur auf so etwas einlassen? Die Blicke der anderen ließen nach, Desinteresse schlug mir nun von gegenüber entgegen, was eindeutig auf Gegenseitigkeit beruhte. Meine rechte Nachbarin bemühte sich wenigstens, fragte, was machst du so, du bist aber noch jung, eine dumme Aussage, überhaupt nervte es mich, dass mich immer alle jünger schätzten, als ich war. Aber bloß nichts anmerken lassen, dachte ich, die Dinge sind nicht so wie sie scheinen. An diesen Gedanken klammerte ich mich und ließ meinen Blick durch die Gaststätte schweifen, vielleicht gab es ja etwas zu entdecken, aber die dunkle, holzvertäfelte Theke, die vielen Abzeichen an der Wand, die gelblichen Lampen fand ich nur abstoßend und ich fragte mich, warum Marie-Christin so einen Ort als Treffpunkt ausgesucht hatte, selbst wenn es eine Kultkneipe war, sollte man so etwas doch mal hinterfragen. Ich verstand sie immer weniger und ärgerte mich darüber.

Die Tür der Kneipe wurde aufgestoßen, der dunkelbraune Vorhang beiseite geschoben, ein Geiger und ein Gitarrist traten ein und stimmten ein Lied an, es war billige Unterhaltungsmusik, und ich dachte, auch das noch, wahrscheinlich verlangen sie hinterher auch noch Geld dafür, aber die flamencoähnlichen Melodien lösten etwas in mir aus, riefen Erinnerungen wach, die als Gefühle ohne Bilder in mich strömten, plötzlich war ich angezogen von etwas im Raum, ohne zu wissen, was es war, der Raum übte einen Sog auf mich aus, vielleicht nahm ich einen Geruch wahr, der mit etwas aus meiner Kindheit zu tun hatte, und jetzt fühlte ich mich heimisch in der dunklen Ranzigkeit der Kneipe, fühlte mich Teil der kölschen Tradition, noch viel mehr als später im Hintergrund Brings Su lang mer noch am lääve sin zu hören war. Ich schaute mich um, fühlte mich auf einmal mit allen verbunden, wunderte mich aber nicht mehr, denn der Alkohol tat sein Übriges. Ich bestellte eine Runde Kurze für alle, es folgte allgemeiner Jubel am Tisch und ich dachte, ja, auf jeden Fall gehe ich gleich noch tanzen.

Und da traf ich später dann Stefan. Er forderte mich auf, mit ihm zu tanzen. Ich merkte sofort, er roch gut, mochte es, mich an ihn anzulehnen, breite Schultern hatte er, und muskulöse Arme, auf seinen Armen zeichneten sich die Adern ab, seine Hände waren sehnig, er war einen Kopf größer als ich, hatte dunkle Haare und dunkle Augen. Wir tanzten sehr lange, länger als die zwei üblichen Lieder. Am Ende des Liedes dachte ich, bitte sag, dass wir uns wiedersehen, und er sagte, wir müssen uns unbedingt wiedersehen, ich möchte dir das Tanzen beibringen, du hast Talent. Schon da hätte ich merken können, wie er mit Komplimenten manipulierte, seine Netze aus feinen, durchsichtigen Härchen spann, und ich würde mich später darin verfangen wie eine Fliege. Ich dachte, ja, vielleicht habe ich Talent, aber vielleicht tanze ich auch nur wegen dir, du bist es, der mich zum Schweben bringt, und da schaute er mich an und sagte, es fühlt sich an, als würden wir schweben.

Am nächsten Vormittag schrieben wir Nachrichten und trafen uns am Abend. Stefan machte die Tür auf, es lag eine

Spannung in der Luft, deren Knistern ich hören konnte, aber wir ließen uns Zeit, tranken ein Glas Rotwein. Es war klar, worauf das hinauslaufen würde, aber ich konnte es nicht glauben, wieso sollte ein Mann wie er mich haben wollen, vielleicht denkt er das Gleiche, bestimmt macht einer von uns einen Rückzieher, noch ist nichts passiert, nichts ausgesprochen, wir können unser Treffen beenden, als wäre nichts gewesen.

Aber dann sagte er, lass uns tanzen und für eine Weile tanzten wir nur, ohne zu sprechen, eng umschlungen. Sein Griff um meinen Rücken wurde fester, ich rutschte mit meiner Hand in den Nacken, wo ich zum ersten Mal seine nackte Haut berührte, ein Schauer trieb mir im gleichen Moment über den Rücken. Er drückte seine Wange an meine Stirn, mein Kopf drehte sich langsam, es trennten uns nur noch Zentimeter, oder vielleicht auch Millimeter, so fühlt es sich also an, dachte ich, wenn man verrückt war, wenn man nicht mehr Herr seiner Sinne war, und es war klar, dass sich gleich auch unsere Lippen berühren würden. Aber wir zögerten diesen Moment hinaus, eine Hitze durchströmte meinen Körper, alle Sinne waren ausschließlich auf die Stellen gerichtet, an denen wir uns berührten, etwas Anderes nahm ich nicht wahr und dann fanden sich unsere Lippen. Lange küssten wir uns, erst vorsichtig und dann kraftvoller, ohne zu wissen, wie lange genau, der Raum um uns war nur noch das, was wir waren, das heißt, es gab keinen Raum mehr, er legte sich um uns, ohne dass wir es merkten, alle Dinge wurden zerquetscht und verschwanden in einem schwarzen Loch, das sich um uns herum gebildet hatte, ein Sog, der alles aufsaugte und verschwinden ließ, denn wozu brauchten wir noch Tisch und Stühle, wir hielten uns doch gegenseitig fest, bedeutungslos waren auch die Bilder seiner Familie an der Wand, und auch die Gardinen vor dem Fenster, auch die brauchten wir nicht mehr, denn die Welt dort draußen gab es in diesem Moment gar nicht mehr und vermutlich würde sie auch in Zukunft bedeutungslos sein. Aber plötzlich hörte er auf, guckte mich an und sagte, ich fahre dich nach Hause, und ich schreckte auf, dachte erst, ich hätte mich verhört, dann überlegte ich, ob ich vielleicht etwas falsch gemacht hatte, wollte ihn fragen, warum, traute mich aber nicht, nickte nur und schwieg, und plötzlich waren alle Dinge im Raum wieder da, den Tisch und die Stühle sah ich als erstes, dann die Bilder an der Wand und schließlich erkannte ich auch, dass hinter der Gardine ein Fenster war und es doch eine Welt außerhalb gab. Mir fiel auf, dass es verschiedene Dinge in verschiedenen Grautönen dort draußen gab, und ich war mir sicher, nichts dort hatte etwas mit dem zu tun, was mit mir gerade passiert war. Ich überlegte, wie ich mich überhaupt in so einem Raum würde bewegen können, in dem alles bedeutungslos geworden war. Ich nahm meine Tasche und er hielt mir die Tür auf.

Später im Auto vor meiner Haustür warnte ich ihn, ich wollte eigentlich gar keine Beziehung, aber es kam mir nur schwer über die Lippen, und im gleichen Moment fragte ich mich, warum ich solche Dinge sagte, fühlte ich doch eigentlich das Gegenteil. Aber schon schaute er mich erleichtert an und sagte, ja, genau so geht es mir auch, ach, Katharina, ich bin so froh, dass wir das Gleiche denken, lass uns schauen, wohin das führt, wir lassen uns einfach treiben, ich möchte dich jedenfalls wiedersehen. Ich dachte, ja, ich dich auch, nickte aber nur, denn immer noch warst du mir so wenig vertraut, und dennoch sagten wir uns solche Worte, das machte mich verlegen, ich legte meine Hand auf den Türgriff, dachte, ich muss jetzt gehen, wir haben uns ja auch alles gesagt, hoffte aber insgeheim, dass er mich aufhalten würde, mich bitten würde, noch zu bleiben. Aber das machte er nicht und mir blieb nichts Anderes übrig, als die Tür zu öffnen und zu gehen.

Bei unserem zweiten Treffen machte Stefan mir noch mehr Komplimente, du bist eine hübsche Frau und kannst gut tanzen, bald werden alle Männer mit dir tanzen wollen, ich habe ein großes Glück, mit dir hier zu sein, ich bin nur ein kaputter Mann, ein Krüppel, kann nicht so gut mit meinem rechten Fuß auftreten, ich wurde letztes Jahr daran operiert, aber ich spüre es noch, ich kann eigentlich gar nicht so gut tanzen, und überhaupt, in Sachen Beziehung bin ich zu nichts zu gebrauchen, aber du bist so stark, du bist so besonders, du bist bestimmt beliebt bei Männern. Ich blickte verlegen zu Boden, musste daran denken, dass Jakob mir so etwas nie gesagt hatte, mir fiel überhaupt kein Mann ein, der seine Gedanken so ausdrücken konnte, außer vielleicht Jon, damals, aber jetzt war ich im Hier und Jetzt, alles, was vorher war, rückte in weite Ferne und ich wünschte mir, mit ihm ins Bett zu gehen, hörte mich sagen, lass uns nach nebenan gehen, ich möchte dich mitnehmen in mein Bett und auch wenn es tausend andere Männer gäbe, im Moment möchte ich nur mit dir zusammen sein, das reicht mir, wenn es dir jetzt auch reicht, und als wir im Bett lagen, war es wieder, als würde sich alles um dieses Bett drehen, die Dinge im Zimmer drehten sich um uns, immer schneller, sie verwischten und verschwanden, auch das Wohnzimmer war weg, dann die Küche, ja sogar die Wohnung nebenan, dann das ganze Haus, meine Straße und die Parallelstraße auch, der ganze Stadtteil, nein ganz Köln und dann auch ganz Deutschland und die ganze Welt waren nicht mehr vorhanden, waren ganz einfach nicht mehr da, verschwammen in Grautönen, und zerfielen in viele Einzelteile, in Staubkörner, die sich im Universum ausbreiteten und auch da schnell vom Schwarz geschluckt wurden, und wir in unserem Bett waren irgendwo mittendrin.

Als wir Durst bekamen, war plötzlich wieder alles da, und trotzdem blieben wir noch liegen, nachdem ich in die Küche gegangen und eine Flasche Wasser geholt hatte. Es ist schön mit uns, sagte er, ja, das stimmt, dachte ich. Er stand auf, aber ich wollte noch etwas liegen bleiben, überlegte, was wir morgen zusammen unternehmen könnten, freute mich auf einen freien Tag mit Stefan.

Am ersten Abend hatten wir einander gesagt, dass wir nichts Verbindliches wollten und ich war erleichtert, denn das gab uns eine Menge Freiheit, lass uns schauen, wohin das führt, hatte ich gesagt, lass uns einfach frei sein, aber ich möchte dich sehen, denn wir mögen uns und wir verbringen eine schöne Zeit miteinander, okay, hast du gesagt, und so haben wir uns immer wieder gesehen, jetzt schon zum sechsten Mal. Alles, was ich über dich wusste, war, dass du eine achtjährige Tochter hattest, und dass du älter warst als ich, und wo du wohntest, das wusste ich auch, aber ich fragte mich, was warst du überhaupt für ein Mensch, was ich wusste war fast nichts verglichen mit dem, was ich über dich wissen müsste, was ich wissen wollte. Ich stellte mir diese Fragen und spürte dabei ein Ziehen im Nacken, als eilte mein Körper mir voraus, weil er ahnte, dass es schwierig werden würde. Niemand stellte diese Fragen einfach so, denn niemand konnte diese Fragen einfach so beantworten, nein, die Fragen zu stellen bedeutete, sich im Leben eines anderen einzurichten, sein eigenes Schneckenhaus zu öffnen und an die Tür eines anderen zu klopfen, um Einlass zu bitten. Ich wusste aber auch, dass die Fragen nicht von alleine verschwinden würden, ich schleppte sie mit mir herum und sie würden darauf drängen, gestellt zu werden, wie drängelnde Kinder hinter mir in der Schlange vor dem Zoo ausdauernd in meine Hacken traten und wie sie ihre Mütter nervten, wenn sie im Supermarkt nach Süßigkeiten quengelten. Aber was sollte ich machen, mich wieder zurückziehen, aus Angst davor, nicht in dein Schneckenhaus gelassen zu werden? Es zog mich zu dir hin, auf einmal, es überraschte mich selbst, aber es war so, und was konnte man dagegen schon machen?

Als wir einige Tage später in der Dämmerung auf meinem Balkon saßen, erzählte Stefan mir von seiner letzten Beziehung und es war ihm dabei anzumerken, dass sie ihn immer noch beschäftigte. Es wurde mir klar, da sind viele offene Wunden, es wird kompliziert, welche Rolle spielte ich dabei, möchtest du, Stefan, dass ich dir helfe, diese Wunden zu verbinden, um dann abzuwarten, bis die Zeit sie heilt, und wollte ich das unter diesen Umständen noch?

Aber es war schon zu spät, er begann zu erzählen, von der gemeinsamen Zeit mit ihr, davon, wie das Tanzen mit ihr für ihn war, und als er erzählte, wie besonders eng und einzigartig ihre Verbindung war, wenn sie miteinander tanzten, überkam mich die Eifersucht, ich will das auch, durchschoss es mich, ich will, dass auch so eine Verbindung zwischen uns ist, wenn wir tanzen. Ich will, ich will, ich will. Ich war auf einmal selbst ein quengeliges Kind, das etwas wollte, ohne genau zu wissen warum, ich war fast schon besessen vom Gedanken, ihm nah zu sein, ganz besonders in diesem Moment, als er über seine Nähe zu einer anderen Frau sprach. Ich konnte seinen Erzählungen fast nicht mehr folgen, als er plötzlich aufhörte zu reden und mich fragend anschaute, ist das blöd, dir davon zu erzählen, sollen wir lieber über etwas anderes reden, und ich fühlte mich überrumpelt, wusste nicht, was ich sagen sollte, und sagte schließlich, nein nein, das ist schon in Ordnung, denn insgeheim fand ich es gut, dass er mir das alles erzählte, denn ich wollte alles über die beiden wissen und fragte mich, wie war sie bloß, die Frau, die einen solchen Eindruck auf ihn gemacht hatte, solche Kerben in seinem Leben hinterlassen hatte, wie sah sie wohl aus, wie zog sie sich an, was hatte sie für eine Persönlichkeit und wie wäre sie wohl mit einem solchen Menschen umgegangen, der seine Verwundungen so vor einem ausbreitete, wie Kriegswunden mit einem gewissen Stolz vorzeigte, der aber nicht in eine Beziehung wollte, weil es ihn zu sehr einengen würde. Hätte sie ihm Freiheit geschenkt oder ihm Halt gegeben und damit riskiert, ihn zu bedrängen?

Ich nippte an meinem Glas, heute schmeckte mir der Wein nicht, er war bitter und in meinem Kiefer zog sich alles zusammen, diesen Wein hatte ich schlecht ausgewählt, dachte ich, ich nahm mir vor, beim nächsten Mal vorsichtiger zu entscheiden und während ich Stefan so zuhörte, fragte ich mich, ob er auch nach mir fragen würde, nach den Wunden, die mir im Laufe meines Lebens zugefügt wurden, und was ich dann sagen würde. Immer wieder tauchte - nur schemenhaft - Jon in meinem Kopf auf und ich begann, mit ihm zu reden: Wie geht es dir, mein Joni, du bist so weit weg und so viel Zeit ist vergangen, wir haben uns verändert und sind uns fremd geworden. Dennoch, die Zeit mit dir war etwas Besonderes, wie gerne würde ich dich noch einmal sehen, nur ein einziges Mal noch mit dir reden können. Dann würde ich dir vielleicht von meinem Leben erzählen, davon, wie ich Jakob kennenlernte und was er für mich bedeutete, und von Stefan, der hier vor mir sitzt. Und möglicherweise könntest du mir dabei helfen, die komischen Verflechtungen und komplizierten Gedanken zu entwirren, in denen ich mich verfangen habe. Ganz bestimmt könntest du das, so wie du viele Dinge einfach so konntest.

Ich weiß nicht, ob ich Stefan von Jon erzählt hätte, hätte er mich nach ihm gefragt. Im Nachhinein kann ich froh sein, dass er es nicht tat, überhaupt fragte er selten danach, wie es mir ging.

Wir begannen, in der kühlen Abendluft zu frösteln und beschlossen, nach drinnen zu gehen, machten es uns eng umschlungen auf dem Sofa gemütlich und da passte es dann besser, nicht mehr zu reden, und so kam ich nicht mehr dazu, von mir zu sprechen.

Am nächsten Morgen ging er früher als sonst, um seine Tochter abzuholen, und als er schon länger nicht mehr da war, war mein Kopf noch voller Bilder von uns, von ihm und von mir, aber immer wieder von ihm, wie er mich anschaute und dann seinen Kopf auf meinen Schoß legte und ich meine Hand auf seinen Kopf, als wollte ich ihm sagen, hier bist du richtig, bei mir, ich sorge für dich, wenn du mich nur lässt, wie selbstverständlich hatte er sich doch diesen Platz genommen, obwohl er es eigentlich nicht gewollte hatte, eine Beziehung ganz ohne Verbindlichkeit, eigentlich überhaupt keine Beziehung und jetzt waren wir dort, wo wir schon längst angelangt waren, trotz allem, und ich fragte mich, hatte er mich eigentlich danach gefragt, ob es mir recht war, vielleicht wollte ich es gar nicht, es war mir zu viel und ich dachte, ich könnte es beim nächsten Mal anders machen und wenn du dich nochmal anlehntest, würde ich dich nicht in den Arm nehmen, würde nicht meine schützende Hand auf dich legen, dich nicht anfassen, so wie es eigentlich nur Verliebte tun, bis du das Gleiche für mich tätest, wenn ich dazu bereit wäre.

Ich ging ans Fenster und schaute in den Garten, aber statt dem Geländer des Balkons, der Bäume und Büsche, die ich sehen sollte, weil sie dort waren, sah ich ein anderes Bild, ein Bild davon, wie unsere Arme sich berührten, mein Handrücken auf seinem lag, und ich dachte, könnte ich ein einziges Gefühl mitnehmen, falls meine Erinnerungen ganz plötzlich ausgelöscht würden, dann wäre es vielleicht dieses, und könnte ich ein Bild für mich behalten und es ganz allein meins nennen, dann wäre es ganz sicher das von seinem Handrücken an meinem, denn schon jetzt war das Bild in mir drin, schob sich ganz automatisch über das, was da tatsächlich vor meinen Augen war, wie eine Fata Morgana, die immer wiederkehrte, auch wenn ich sie nicht mehr sehen wollte, mich jetzt an ihr satt gesehen hatte, wenn sie mir auf einmal zu viel wurde, mich plötzlich schwindelig machte. Ich wurde sie nicht los, ein Gefühl der Beklemmung stieg wie eine Woge in mir auf, das wollte ich nicht, warum bist du, Stefan, so plötzlich in meinem Leben, warum erinnere ich mich an dich in so klaren Bildern, und ich fragte mich, in welchen Bildern du dich wohl an mich erinnertest, waren es die gleichen oder waren es ganz andere, sahst du uns zusammen im gleichen Bild oder war ich in deinem Bild alleine, tauchte ich überhaupt in deinem Bild auf oder bewahrtest du nur Bilder von dir alleine auf. Mir wurde ganz heiß, denn ich wollte darauf eine Antwort haben, jetzt sofort, ich brauchte sie dringend und mein Puls schlug schneller, Stefan, ich werde auf die Antwort nicht lange warten können.

Als du am nächsten Abend bei mir ankamst, klang die Klingel, mit der du dich angekündigt hast, so selbstverständlich, als hättest du dir schon einen Platz auf meinem Sofa reserviert und tatsächlich ließest du dich auf meine Couch plumpsen als bräuchtest du nicht mehr auf meine Einladung warten, dabei kannten wir uns erst seit drei Wochen. Diese kurze Zeit kam mir tatsächlich länger vor, denn in allem warst du so selbstverständlich, auch über uns zu reden, fiel dir offensichtlich leicht, und als du mir sagtest, dass du es schön fändest, mich zu sehen, kam es dir so leicht über die Lippen, fast schon zu leicht. Ich überlegte, ob seine Zuneigung nur gespielt war, vielleicht war es für ihn ganz anders als für mich, vielleicht saßen wir beide in ganz unterschiedlichen Zügen und ich fuhr in die eine, er in eine ganz andere Richtung, aber als er mich fragend anschaute, wischte ich diesen Gedanken schnell weg und sagte nur, ja, ich freue mich auch, lächelte ihm zu.

Aber ich war verunsichert, der Gedanke mit den unterschiedlichen Zügen kehrte zurück, auf einmal traute ich mich nicht mehr, meinen Handrücken auf seinen zu legen, so wie es im Bild in meinem Kopf passiert war, denn er könnte seine Hand wegziehen, und als spürte er mein Zögern, zögerte auch er, bevor er sagte, Katharina, wir müssen über uns reden, und da hämmerte es auf einmal in meinem Kopf, er wollte unsere Geschichte beenden, ein schmerzhaftes Stechen durchfuhr mich, erst im Kopf, dann in der Brust, mein Gefühl war richtig, es war so weit, und schon sagte er, weißt du, ich bin in meinem Leben an einem komplizierten Punkt, an dem ich nicht in einer Beziehung sein möchte und wenn das für dich ein Problem ist, dann verstehe ich das, dann beenden wir das Ganze an dieser Stelle. Er schaute mich jetzt direkt an und erwartete eine Antwort, in meinem Kopf raste es, ich möchte mir nicht die Blöße geben, ich konnte ihm nicht sagen, wie gerne ich mit ihm zusammen war, denn das würde ihn einengen, dann würde er sich zurückziehen, und ich weiß nicht wie, aber es kam über meine Lippen, weißt du, Stefan, ich möchte auch keine Beziehung, etwas Unverbindliches ist für mich okay, und als es ausgesprochen war, klang es auf einmal gut für mich, es ließ mir unendlich viel Freiheit, wie blöd wäre ich denn auch, mich jetzt schon wieder an jemanden zu binden. Ja, das wäre sehr unklug, attestierte ich mir selbst, und ein himmelhoch jauzendes Gefühl überkam mich, wie einfach manche Entscheidungen sein konnten, wir entschieden uns jetzt einfach für etwas Unkompliziertes, dachte ich, wie schön, und Stefan sagte, dann lass es uns einfach ausprobieren und wir umarmten uns, ungezwungen und unverbindlich, und fühlten uns leicht und luftig, Stefan machte einen Scherz und wir lachten laut und ich dachte, vielleicht ist es auch kein Bild, das ich für mich bewahren würde, sondern genau dieser Moment, dieses Gefühl.

Am nächsten Wochenende war das Wetter schön und wir fuhren auf die Poller Wiesen, legten uns ins Gras und schauten den Drachen zu, die vor dem türkisblauen Himmel mit einem Knattern hin und her flogen, dabei ganz unentschlossen in die eine oder andere Richtung stießen, obwohl auch manche dabei waren, die sicherer aussahen und mit festem Zug gleichmäßig ihre Saltos drehten, und auch die Menschen betrachtete ich, die die Drachen lenkten, sich mit Schnüren an sie festgebunden hatten, manche ganz erfahren, das waren die, die unablässig ihre Kreise zogen, manche aber auch unsicherer, sie ließen ihre Drachen zockeln und brachten sie manchmal zum Absturz, nicht ohne sie dann jedoch erneut aufsteigen zu lassen und bei starken Windböen machten die Drachenlenker einen Satz nach vorne, der Wind riss sie von ihren Beinen, und ich sah, dass keiner die Kraft der Natur wirklich für eine lange Zeit bezwingen konnte.

Stefan hatte eine Hand auf meinen Bauch gelegt und wenn ich die Augen aufmachte, mich zu ihm umdrehte und meinen Kopf noch ein wenig nach hinten streckte, konnte ich die Kranhäuser im Rheinauhafen auf der anderen Seite des Rheins sehen und dahinter sogar den Kölner Dom, als schwarze Silhouette vor der tief stehenden Sonne, davor flogen ein paar Möwen hin und her. Die Luft war schon kühler geworden, aber wenn man tief im Gras blieb, spürte man den Wind nicht und die Sonne wärmte noch ein wenig die Haut. Stefans Hand auf meinem Bauch war warm und schwer, genau wie ich mich jetzt auch fühlte, warm und schwer und ich wunderte mich, wieso er so selbstverständlich seine Hand auf meinen Bauch legte, ausgerechnet meinen Bauch, als würden wir uns schon lange kennen und ich überlegte, warum ich ihn gewähren ließ, war der Bauch doch die Stelle von mir, die ich am wenigsten mochte. Aber jetzt dachte ich an andere Dinge, aber auch wiederum an gar nichts Bestimmtes und wünschte mir, den Moment festhalten zu können, vielleicht schaffte ich es ja, die Zeit zum Stehen zu bringen, wenn ich die Luft anhielt und ganz still hielt, wartete, bis alle Geräusche um uns herum leiser wurden, die Teilchen um uns herum langsamer flossen, die Luft still stehen und zäh werden würde, wie in einem Vakuum, in dem alles so blieb, wie es war, still und atemlos, wenn ich das schaffen könnte, würde ich es in diesem Moment tun.

Aber natürlich kamen die Geräusche wieder, ein fernes Kindergeschrei, das Knattern und Pfeifen der Drachen in der Luft, das entfernte Hupen eines Autos. Es machte mir Spaß, mich mit Stefan vor den anderen Leuten zu verstecken, indem wir uns im hohen Gras duckten, so dass uns keiner sehen konnte, und ich dachte, was wäre, wenn wir einfach hier blieben, in unserem Versteck, würde uns die voranschreitende Zeit einholen oder nicht, und da fiel mir ein Gedicht von Said ein, das ich mir vor langer Zeit ausgeschnitten und an die hintere Seite meines Regales geklebt hatte, so dass es niemand sehen, ich es aber jederzeit lesen konnte, das mich berührte, weil es mir sehr aufrichtig – fast schon unerhört ehrlich – vorkam: wenn du aus deinem versteck herauskommst / um mich zu lieben / sind wir dann nicht bewaffnet gegen den tod / mit unseren küssen / und mit der zeit / die auf unseren händen ruht?

Immer wieder schien es Fetzen meines Lebens zu geben, die du, Stefan, wie ein Magnet anzogst, aus mir herauszogst, aufsammeltest, wie Scherben aneinanderklebtest, so dass am Ende ein großes Ganzes entstand und das war dann ich, die sich auf einmal wieder vollkommen fühlte, zugleich aber auch nicht in der Lage war, die Situation zu meistern, die unzureichend war angesichts der Bedeutsamkeit für mich und mein zukünftiges Leben.

Als wir an diesem Abend in der Dunkelheit nebeneinander lagen, war es nur am Anfang dunkel, aber während du über mir und in mir drin warst, begann ich die Melodie eines Liedes zu hören, das ich sehr lange nicht mehr gehört hatte, und die Melodie wurde lauter, und die Dunkelheit verschwand, um mich herum wurde es immer heller und ich begann, mich von dir und diesem Bett zu entfernen, lief mit ausgebreiteten Armen über eine Straße, in Richtung des Sonnenlichtes, das auf dem Asphalt glitzerte und auch auf dem Meer, das weit unten wogte, ich lief über hohe Klippen, jetzt im Freudentaumel, als dächte ich, ich könnte fliegen und jeden Moment würde ich abheben und dann war ich wieder zurück in der Bewegung mit dir und wollte dich noch stärker spüren und dann sah ich wieder das grelle Sonnenlicht und die schwarzen Silhouetten der Klippen, die Sonnenstrahlen, die sich stark vom schwarzen Hintergrund abzeichneten, bis ich taumelte und mich schließlich endgültig in unserer Bewegung wiederfand, bis zum Ende, danach wurde die Melodie leiser und es blieb nur noch eine Ahnung davon, an welchem Ort ich mich aufgehalten hatte und dir, Stefan erzählte ich nichts davon, denn es machte mir Angst, was du in mir hervorrufen konntest, denn das gab dir eine ungeheure Macht über mich und das durfte ich nicht zulassen.

Aber wie konnte das sein, all die längst vergessenen, seit Jahren in mir verborgenen Bruchstücke von dem, was ich mal war und was ich wollte, wie ich aussah und wie ich gerochen habe, was ich gerochen und gesehen habe, Momente, die ich gespürt hatte, ein Spüren mehr als ein Sehen oder Wissen, kamen plötzlich hervor, schlichen sich an, um mich dann zu überwältigen, um mich zu packen mit ihrem eisernen Griff, mich zu umspinnen wie das Netz der Spinne um ihre Beute, um mich dann in die Tiefe zu stürzen, hilflos und hoffnungslos einem Gefühl der Nostalgie ergeben. Wenn du nur wüsstest, was mit mir passiert, dachte ich, während wir im Gras lagen und den Drachen in der Luft lauschten, während deine Hand jetzt fester meine Hüfte packte und mich an deine Seite zog, wie sollte ich das bloß jemals erklären, wie sollte ich es mir erklären?

Und da kristallisierte sich für mich ein Gedanke heraus, plötzlich sternenklar, ein hell leuchtender Polarstern, tausendfach vergrößert, so dass er als einziger Stern am klaren Nachthimmel hervorstach: Wir bekommen ein Kind miteinander, es wird eine gemeinsame Errungenschaft sein, die Frucht deiner Lenden und meiner Leidenschaft, ein Ergebnis der wachsenden Liebe zwischen uns, und plötzlich war alles so einfach, natürlich war das die Lösung, es wird eine Verbindung zwischen uns geben, es musste sie geben, stark wie ein dickes Schiffstau, das wir zwischen uns knoteten, und alle Zweifel, die je in mir gewesen waren, etwa ob ich eine gute Mutter sein könnte, ob es zu meinem guten Kind und zu der guten Mutter einen guten, passenden Vater geben würde, auf all diese Fragen gab es jetzt Antworten, denn ich war mir jetzt sicher, denn ich würde das alles für dich tun und auch für mich und alle Unwägbarkeiten würden kein gefährliches Risiko mehr darstellen, sondern ein mit Leben und Leidenschaft gefülltes Abenteuer.

In den nächsten Tagen traf ich mich oft mit Stefan, arbeitete wenig und meldete mich nicht bei meinen Freunden. Ganz besonders der Gedanke, Anna von Stefan erzählen zu müssen, kam mir unerträglich vor, denn sie hätte sicherlich etwas auszusetzen an meiner überwältigenden Leidenschaft. Sie, die doch immer so rational war, würde nicht verstehen können, wie ich mich jemandem so unkontrolliert hingeben konnte. Sogar meine Eltern meldeten sich bei mir und fragten besorgt, ob alles in Ordnung sei, ich hätte mich länger nicht mehr gemeldet, ob ich nicht Lust hätte, mit ihnen zu einem Konzertexamen in klassischer Klaviermusik in der Musikhochschule zu gehen und weil ich sie länger nicht gesehen hatte, willigte ich ein, widerwillig. Ich verbrachte daraufhin noch mehr Zeit mit Stefan, weil ich das Gefühl hatte, jeder Moment, den ich nicht mit ihm verbrachte, jede Minute im Konzert, umgeben von fremden Menschen, war vergeudete Zeit.

Stefan und ich gingen spazieren, schauten Filme im Kino oder gingen tanzen. Die Momente, wenn wir alleine waren, genoss ich am meisten. Am wenigsten gefiel es mir, wenn Stefan mit anderen Frauen tanzte, auch wenn ich mich als emanzipiert bezeichnen würde und wusste, dass es nur um den Moment des Tanzens ging, dass Stefan später am Abend immer noch mir allein gehören würde. Er gab zu, dass er diese Frauen benutzte, um sich Bestätigung zu holen, versicherte aber, dass es ihm überhaupt nicht mehr bedeutete. Trotzdem litt ich, denn ich musste zuschauen und konnte nichts dagegen machen, und selbst wenn ich mich mit jemandem unterhielt, schielte ich stets mit einem Auge darauf, was Stefan machte, wie er mit der Frau sprach, wo seine Hand den Rücken der Frau berührte und ob sich auf dem Gesicht der Frau ein Lächeln abzeichnete oder nicht und auch wenn ich selbst tanzte, schaffte ich es nicht, wie die anderen Frauen die Augen zu schließen, weil ich dachte, ich würde etwas verpassen, was mir Aufschluss darüber geben könnte, wie es um ihn und mich stand. Stefan hatte wenig Verständnis für meine Unruhe, es schien ihm scheinbar nichts auszumachen, den ganzen Abend getrennt voneinander zu verbringen und mein anschließendes überstürztes Bedürfnis, ihn anzufassen und von ihm in den Arm genommen zu werden, sobald wir um eine Ecke bogen und allein waren, überrumpelte ihn und war ihm unangenehm. Wenn meine sensiblen Antennen seinen Unmut wahrnahmen, begann es, in meinem Bauch zu drücken, schwang eine Welle von Übelkeit von unten nach oben und plötzlich fühlte ich mich schwach, war froh, auf der Rückfahrt neben Stefan am Steuer zu sitzen und nicht selber fahren zu müssen, in den Sitz gedrückt, der zwar kalt war, mich aber für den Moment hielt und verhinderte, dass meine Knie unter mir nachgaben.

Ich weiß bis heute nicht, wie viel Stefan davon mitbekam, wie viel er von meinen Gefühlen erahnte, vielleicht gar nicht viel, egoistisch, wie er war, dachte er wahrscheinlich nicht viel über meine, aber doch sehr viel über seine Probleme nach, vielleicht merkte er nur, dass es unbequem für ihn war, meine Avancen abzublocken, sich andere Ausreden auszudenken, warum es an diesem Abend nicht geklappt hatte, dass wir mal wieder miteinander tanzen konnten, wie unehrlich und verlogen er auch da schon war, denn er handelte ganz danach, was ihm gerade in den Sinn kam, was für ihn besser passte und wo ich da blieb, musste ich selbst schauen. Und wir führten ja keine Beziehung, das hatten wir doch so vereinbart.

Immer wieder ging es mir auch gut, wenn wir uns sahen. Einige Tage später zum Beispiel, da war ich wieder bei Stefan, wir hatten uns verabredet, um einen Film zu gucken, auch wenn wir lange gebraucht hatten, um uns zu entscheiden, weil er etwas gegen alle Filme hatte, die ich aufgezählt hatte, bis ich schließlich nachgegeben und gesagt hatte, na gut, dann gucken wir den Film, den du am Anfang vorgeschlagen hast, worauf er sich dann zögernd einließ.

Mir war es wirklich egal, ich freute mich einfach darauf, neben ihm zu liegen, mit ihm über den Film zu lachen, hoffte, wir würden über dieselben Stellen lachen können, hoffte, er würde mich zwischendurch an der Hand fassen oder die Decke über mich ausbreiten. Aber irgendetwas war mit ihm, er war nur halbherzig bei der Sache. Ich streckte meine Hand aus, während wir in den Bildschirm starrten, aber er schob meine Hand nach einer Weile weg, weil er aufstand, schon zum zweiten Mal, um sich ein Glas Wasser zu holen. Als er sich wieder neben mich auf das Bett legte, hatte ich das Gefühl, der Abstand zwischen uns war ein Stückchen größer geworden, also rückte ich näher an ihn heran, stützte mich auf die Ellenbogen und fasste mit meinen beiden Händen seine Wangen, drehte sein Gesicht zu mir und drückte meinen Mund fest auf seinen, aber er schaute mich nur kurz an, dann wieder zum Bildschirm. Als der Film zu Ende war, setzte ich mich auf seinen Bauch, dachte, hier bin ich, ganz und gar deins, warum nimmst du mich nicht, jetzt sofort, aber er sagte, er müsste mal aufstehen und ein Glas Wasser holen, dann schepperte er in der Küche mit Tellern und Töpfen. Als er wieder da war und sich neben mich setzte, hielt ich es nicht mehr aus und fragte ihn, was ist los mit dir, Stefan, irgendetwas ist mit dir, aber er sagte nur, nein, es ist nichts, es ist alles in Ordnung, und nach einer kurzen Pause sagte er, komm, lass uns tanzen fahren, ich habe Lust, zu tanzen, und es schnürte mir die Luft im Halse zu, denn ich wollte jetzt nicht unter Leuten sein, denn ein Abend beim Tanzen würde auch bedeuten, den Abend praktisch getrennt voneinander zu verbringen, ich wollte aber am liebsten nur mit Stefan sein. Nach ein paar Sekunden Schweigen, das ich ebenso wenig ertrug wie ein uneindeutiger Abend voller

Zweifel vor dem Fernseher oder ein getrennt verbrachter Abend beim Tanzen, antwortete ich, ja gut, dann lass uns tanzen fahren, aber lass mich vorher noch schnell auf die Toilette.

Im Badezimmer schaute ich mich im Spiegel an und überlegte, ob er mir meine Enttäuschung angesehen hatte und dachte, natürlich hat er das, es ist nicht zu übersehen und ich überlegte, wie ich die Situation noch zu meinen Gunsten verändern konnte. Die Distanz zwischen uns war an diesem Abend riesig und ich wusste, ich würde keine andere Möglichkeit haben, als mit ihm tanzen zu fahren, denn der Gedanke, den Abend ohne ihn zu verbringen, nicht zu sehen, mit wem er tanzte, war schlimm und plötzlich fühlte ich mich einsam, denn obwohl er doch nebenan war, war es, als wäre er den ganzen Abend schon nicht bei mir gewesen.

Ich schaute mich im Badezimmer um und fasste ein paar Sachen an, das oberste Handtuch eines Stapels, die Flasche Parfüm, den Griff seiner Zahnbürste, als könnte ich ihm dadurch nah sein. Ich betrachtete die Flasche After Shave und verschob sie um ein paar Millimeter, irgendwie war das ein gutes Gefühl, fast, als würde ich meine Spur hinterlassen, ohne dass Stefan es merkte, als bekäme ich dadurch mehr Macht über ihn, wenn ich Dinge tat, die mit seinem Leben zu tun hatten, von denen er aber nichts wusste, und ein warmes Gefühl durchströmte mich jetzt, ich wurde sogar ein bisschen schadenfroh, es fühlte sich jedenfalls so gut an, dass ich auch noch die Rasierklinge ein Stückchen nach rechts drehte, gerade so, dass er nichts merken würde, das Gleiche machte ich mit Duschgel und Shampoo, dann setzte ich mich auf den Rand der Badewanne, schaute mich zufrieden um, als mir plötzlich der Stapel Handtücher auf dem Regalbrett wieder in den Blick fiel, und wie ferngesteuert schob ich meine Hand in die Mitte des Stapels Handtücher und dachte, dass sich Stefan mit diesen Handtüchern vielleicht erst vor kurzem abgetrocknet hatte. Plötzlich hörte ich im Flur ein Knarren, es durchfuhr mich ein Schauer und ich zog schnell meine Hand zurück, aber ich blieb hängen und der ganze Stapel Handtücher und die eingepackte Seife daneben fiel mit einem Knallen auf den Boden, da sah ich mit Schrecken, dass eines der Handtücher ins Klo gefallen war. Schon erklang Stefans Stimme vom Flur, Katharina, ist alles in Ordnung, ich müsste auch nochmal auf die Toilette, woraufhin mir unerträglich heiß wurde und ich beim Blick in den Spiegel sah, dass ich knallrot angelaufen war, und fieberhaft überlegte, was ich mit dem Handtuch machen sollte, dass ich jetzt aus dem Klo fischte und das triefend nass an meinem Zeigefinger hing. Draußen wartete Stefan und ich musste ihm antworten, also rief ich ihm zu, ja, ich komme sofort, und hing das Handtuch über den Handgriff in der Dusche und zog langsam den Duschvorhang zu, damit die Karabiner, an denen der Vorhang hing, keine Geräusche machten, und dabei betete ich inständig, dass Stefan gleich nicht in die Dusche schauen würde. Hastig legte ich die restlichen Handtücher zu einem Stapel zusammen während ich hoffte, dass er nicht bemerken würde, dass die Handtücher jetzt anders gefaltet waren, und dann schaute ich mich hastig um und dachte, jetzt sieht alles normal aus, bis auf den Duschvorhang, der vorher geöffnet war, aber daran konnte ich jetzt nichts ändern, denn so würde er erst merken, was passiert war, wenn er am nächsten Morgen duschte. Ich riss die Badezimmertür auf und Stefan wartete bereits fertig angezogen am Ende des Flurs, da bist du ja endlich, sagte er, es ist schon spät, ich geh doch lieber auf die Toilette wenn wir angekommen sind, ja, sagte ich, da bin ich endlich, lass uns fahren, und das machten wir dann auch.

Als ich später wieder zu Hause war, war ich bitter enttäuscht von diesem Abend, an dem ich so wenig von Stefan gehabt hatte, wie oft an solchen Abenden, an dem ich nur schwer mein Bedürfnis hatte zurückhalten können, ihn zu packen und ihn dazu zu zwingen, mein Gesicht zwischen seine Hände zu nehmen und mich zu küssen, enttäuscht, dass auf einmal so viel Distanz zwischen uns war, obwohl er mich ja gewarnt hatte, er wolle keine Verbindlichkeit und Verbindlichkeit bedeutete auch Nähe, also worüber wunderte ich mich eigentlich. Aber an diesem Abend war es schlimmer gewesen als sonst, er hatte kaum mit mir gesprochen, übertrieben tief war seine Hand auf die Hüfte der jungen Frau gerutscht, mit der er eine halbe Stunde am Stück getanzt hatte.

Ich konnte noch nicht direkt ins Bett gehen, alleine mit mir selbst sein, schonungslos, in der Stille, das war gerade unmöglich, also holte ich mir ein Glas Milch aus dem Kühlschrank, machte überall das Licht aus, das beruhigte mich, da kam mir die Milch fast vor wie Muttermilch und ich stellte mir vor, es gäbe eine Kuh, die nur für mich da war, die mich aus ihrem Euter ernähren würde, und so hielt ich mich an meinem Glas Milch fest und streifte durch die dunkle Wohnung, berührte mit meiner Hand ganz leicht die Buchrücken des Regalbretts, auf dem meine Lieblingsbücher standen. Das beruhigte mich, denn ich musste an die Geschichten denken, die sich in den Büchern versteckten, Tausende von Stimmen, die alle erzählen wollten, aber es erst konnten, wenn ich ihr Buch öffnete und eine Stimme dann lauter zu hören war als alle anderen, auch wenn die anderen als Gemurmel im Hintergrund immer noch da waren, denn ich hatte alle diese Bücher gelesen, irgendwo im hintersten Winkel meines Kopfes waren sie alle da, manche waren leiser als die anderen, aber dass sie alle dort waren, gefiel mir. Manche Geschichten waren ähnlich wie meine, diese Bücher hatte ich verschlungen, hatte mich danach verzehrt, zu erfahren, wie die Protagonisten sich entscheiden würden, in ihren verzwickten Situationen, und nachdem ich die letzte Seite gelesen hatte, drückte ich diese Bücher noch lange an meine Brust, ließ sie manchmal tagelang auf dem Esstisch liegen, in einer Art Verbundenheit mit der Geschichte, die es mir unmöglich machte, sie so schnell schon zum restlichen Gewirr der Stimmen, die aus den Büchern kamen, zurückzustellen.

Es passierte erst in dem Moment, als ich auf den dunklen Balkon trat, die kühle Luft einatmete und in den stockfinsteren Garten schaute, in dem die Bäume nur als Umrisse erkennbar waren, als ich merkte, dass ich mich selbst nicht mehr spürte, dass ich mich verzehrte in den Gedanken an Stefan und den Demütigungen, die ich erlitt, wenn wir zusammen waren. Warum machte ich das alles eigentlich? Mein Leben und das, was ich tat, kam mir plötzlich so absurd vor, so krank, wie konnte man sich selbst so zerstören und warum war ich mir selbst so fremd geworden, das war doch nicht ich, die dort in dieser Wohnung auf dem Balkon stand und an Stefan dachte.

Es war also genau in diesem Moment, in dem ich die Entscheidung traf, mich von ihm zu trennen. Ich dachte dabei noch einmal an Jon und mit welcher Härte und Konsequenz er damals die Entscheidung gegen mich gefällt hatte. Auch meine Entscheidung war jetzt eine Entscheidung gegen die Abhängigkeit, vielleicht aber auch für die Einsamkeit, das konnte ich jetzt noch nicht sagen. Auf jeden Fall war es erstmal eine Entscheidung dafür, wieder alleine zu sein. Ich dachte, daran, vielleicht so stark sein zu können wie Jon damals, der stark genug gewesen war, um alleine sein zu können.

Auf dem Rasen huschten zwei kleine Schatten von links nach rechts, das könnten Vögel sein, vielleicht waren es aber auch die Eichhörnchen, die mich störten, wenn sie auf meinem Balkon die Wurzeln der Pflanzen anknabberten und in der Topferde Löcher gruben, weil sie sich einbildeten, dort vor langer Zeit eine Nuss vergraben zu haben, verirrte und verwirrte Eichhörnchen waren das, die ein schlechtes Gedächtnis hatten und die ich lieber nicht auf meinem Balkon haben wollte, weil sie dann in meine Privatsphäre eindrangen, mich manchmal bedrohlich ansahen, wenn sie auf dem Weg über das Geländer innehielten mit ihren vorstehenden Zähnen und angehobenen Tatzen. Es raschelte kurz im Gebüsch, aber dann wurde es seltsam ruhig, keine Geräusche waren zu hören und ich fasste den Entschluss, Stefan anzurufen, meiner Zerrissenheit und der Ablehnung, die mir durch ihn entgegenschlug, ein Ende zu setzen, mich aus der Abhängigkeit, in die ich mich selbst hineingebracht hatte, auch selbst wieder zu befreien. Stefan würde mir dabei bestimmt nicht helfen. Als ich mein Handy aus dem Flur holte, mich auf die dunkle Couch setzte, in den hell leuchtenden Nachthimmel hinter der Balkontür gegenüber schaute und Stefans Nummer wählte, spürte ich, dass es die richtige Entscheidung war, und schon in diesem Moment fühlte ich mich frei und erleichtert: Stefan, es ist besser, wir sehen uns nicht mehr.

Was mich allerdings kurz darauf wie ein Schlag in die Magengrube traf, war, dass er meine Entscheidung nicht akzeptierte und förmlich darum bettelte, unsere Geschichte noch nicht zu beenden, damit hatte ich nicht gerechnet, und schon meldete sich das alte, ungeheuerliche Verlangen nach ihm in meiner Kehle, es saß wie ein dicker Kloß fest dort, wollte mich dazu bewegen, einzulenken, aber ich blickte in den klaren Nachthimmel und blieb bei meiner Entscheidung, denn ich wollte nicht noch einmal so schmerzhaft abgelehnt werden, wie er mich an diesem Abend kurz zuvor abgelehnt hatte, und als er mehrfach beteuerte, wie viel ich ihm bedeutete, Katharina, du bist für mich nach meiner Familie und meiner Tochter der wichtigste Mensch in meinem Leben, du musst mir nur Zeit geben, ich bin ein kaputter Mensch, glaub mir, ich bin im Moment nicht in der Lage, eine Beziehung zu führen, glaub mir, aber ich würde gerne, breitete sich in meiner Kehle jetzt statt des Verlangens ein säuerlicher Geschmack aus, von dem mir schlecht wurde, in meine Nase zog ein unheimlicher Gestank, der mir Tränen in die Augen trieb und ich musste sie zusammenkneifen, weil ich nichts mehr sehen konnte und die Tropfen liefen mir am Hals herunter und durchnässten die Nähte meines T-Shirts, die dann unangenehm an meiner Haut klebten, bis ich es nicht mehr aushalten konnte und einfach auflegte. Und er rief tatsächlich nicht zurück.

Am nächsten Tag zog ich mich nicht an und blieb lange auf der Couch liegen, machte den Fernseher an und machte ihn wieder aus, als ich die inhaltslosen Gespräche nicht mehr ertragen konnte. Es fing an zu regnen, lange Bindfäden, die in die Pfützen platschten und der Schmerz, der mich vorher noch ganz in Anspruch genommen hatte, löste sich auf in Gedanken an das Wasser, das da von oben floss, und im Fluss des Wassers flossen meine Gedanken weg und lösten sich auf in unbestimmbare Fäden von irgendetwas, das ich mal gefühlt und gedacht hatte, und ich erkannte den Wert des Wassers, das mich in der Strömung mittragen konnte, wenn ich es wollte, und ich dachte, dass ich es nur wollen musste, und dann war es auch möglich, es zu wollen. Ich wollte mich wegtragen lassen, aber der Schmerz kam zurück wie ein dunkler Schatten, der im Türrahmen lehnt und mich in seinen Armen fast zerdrückt und mir sagt, wie schwer es doch ist, zu vergessen und das Gefühl von Verlust kehrte zurück, klebte an den vier dunklen Wänden, die mich umgaben und das Verlangen nach einer vollkommenen Liebe kehrte zurück und zog an meinen Beinen, die schwer wurden und nach Ruhe verlangten, danach verlangten, festgehalten zu werden.

Ich kochte mir eine Suppe mit dem Kürbis, der mir im Supermarkt aufgefallen war, der orangefarbene Kürbis, der mich mit seiner prallen Schale an einen fröhlichen Gedanken erinnerte, den ich von früher kannte, und an eine Gelassenheit, die ich früher selbst gehabt hatte, so wie der Kürbis, der einfach da im Regal lag, ohne in Frage zu stellen, ob es gut oder schlecht war, dort zu liegen. Seine orangene Farbe erinnerte mich an sonnige Sommertage, an denen ich den lauwarmen Wind im Gesicht gespürt hatte, leicht, und glaubwürdig, denn in dem Moment glaubte ich dem Wind, dass ein vollkommener Moment möglich war, aber der Wind wurde plötzlich stärker und auch wieder schwächer und es schien, als wollte auch er mir sagen, dass sich Momente wie dieser nicht festhalten ließen, sondern vergingen, wie die Tropfen, die vor mir an der Scheibe herunterliefen, die ich jetzt sehnsüchtig mit dem Finger verfolgte und dachte, vielleicht kann ich sie aufhalten, vielleicht gehorchen sie mir ja doch, aber es gelang mir nicht und der Gedanke, dass ich sie nicht beeinflussen konnte, machte mich wütend, es war eine Wut, die in mir wuchs, die sich nicht aufhalten ließ, wie Tinte, die überquoll und sich ausbreitete, eine dunkle, schwere Flüssigkeit, die alles verklebte und das Atmen unmöglich machte.

Die Gewürze, die ich in die Suppe streute, erinnerten mich an ferne Länder, ja und vielleicht waren es die Erinnerungen an Momente, die mich gefunden hatten und auch jetzt in der Lage waren, mich fortzutragen, Gerüche und Geräusche, die plötzlich auftauchten, als würden sie mir sagen wollen, es gebe noch andere Dinge außer das Verlangen nach Liebe, die dich tragen könnten, die es wert seien, dass man sich über sie Gedanken machte, aber schon fragte ich mich, für wen kochte ich die Suppe eigentlich, wer würde sie mit mir essen, wer würde sie überhaupt mit mir essen wollen, mit jemandem, der nicht fähig war, ein bisschen Ablehnung zu ertragen, und wenn es nach mir ginge, müsste ich gar nicht mehr essen, alleine zu essen machte keinen Sinn, man konnte es nur zu zweit genießen, denn war ein Genuss nicht erst dann vollkommen, wenn man ihn mit jemandem teilen konnte, wurde er erst dann real, wenn ein Gefühl nicht nur in einem selbst stattfand, sondern in jemand anderem gespiegelt wurde. Und blicke ich jetzt zurück, musste das Essen immer schon als Spiegel herhalten, als Spiegel dessen, was ich von mir in anderen sah: Wenn es mir schmeckte, schmeckte es hoffentlich auch dem anderen. Schon immer war das Essen die Waagschale dessen, was zwischen uns war, so wie das Fladenbrot, das ich mit Jon auf der Picknickdecke im Park teilte, als wir uns erst kennenlernten, eine erste geteilte Gemeinsamkeit war, und wenn ich an Jakob dachte, erinnerte ich mich vor allem an die vielen Dinge, die er nicht mochte, die ich für uns gekocht hatte, die er nie anrührte oder höchstens hatte er mal den Finger in etwas gesteckt und dann angewidert den Mund verzogen, wie sichtbar wurde beim Essen schon unsere Verschiedenheit, und bei Stefan wollte ich keine aufwändigen Gerichte zubereiten, ich fand Erfüllung schon darin, wenn ich ihm einen Apfel kleinschnitt, die braunen Stellen dabei herausschnitt, die Kanten fein säuberlich hielt und alle Kerne sorgfältig entfernte, und wenn ich dann sah, wie er die Apfelstücke nach und nach von mir nahm, erfüllte es mich mit vollkommener Zufriedenheit. Es war das Bild einer Zusammengehörigkeit, die sich durch Geben und Nehmen ausdrückte, denn Stefan hatte mir Vieles gegeben und jetzt gab ich ihm die Apfelstücke und darüber hinaus ernährte ich ihn, sorgte für ihn, und so war das Essen die Waagschale meiner Hoffnungen und Ängste, meiner Sorgen und Zweifel, das wurde mir jetzt klar, als ich alleine in meiner kleinen Küche stand und Kürbissuppe kochte.

Ich setzte mich an den Esstisch, aß ein paar Löffel Suppe, sie schmeckte gut, sie schien mir sagen zu wollen, dass alles nicht so schlimm war, aber schon verließ mich der Appetit, und wieder trieb mich der Blick auf mein Telefon, die Hoffnung darauf, vielleicht doch ein letztes Mal deine Haut berühren zu können, denn heute waren meine Gedanken anders als gestern, heute war ich weniger entschlossen, und ich dachte, wenn du mich noch einmal anbettelst, dann gebe ich vielleicht nach, wenn du nur anrufst, dann gibt es vielleicht doch eine Zukunft. Und im nächsten Moment bereute ich, dass ich überhaupt nochmal geschrieben hatte, denn das hatte ich mitten in der Nacht getan, ich hatte nicht anders gekonnt, eine kurze Nachricht per Handy, wie geht es dir jetzt?, aber es war keine Antwort gekommen und jetzt schämte ich mich dafür, wie wenig hatte ich mich unter Kontrolle, war mein Verlangen so stark, dass ich mich so erniedrigte?

Manchmal zweifelte ich auch daran, dass die Dinge da waren, die ich in dir sah, doch die Antwort war sofort da, blitzschnell und gestochen scharf baute sie sich vor mir auf, als ließe sie nur eine einzige Lösung der Aufgabe zu, die ich zu lösen hatte, eine Fahrbahn, dessen zweite Spur gesperrt war und alles floss zusammen in ein Nadelöhr und ich wusste, dass du warst, was ich wollte, jetzt in diesem Moment, du hast mich vollkommen gemacht, die Teile in mir verklebt, die sonst in die Brüche gehen würden und wenn ich dabei war, zu zerfallen, zeigten mir deine Hände, wer ich war und wo ich überhaupt anfing und wo ich aufhörte und plötzlich machte alles Sinn. Und dann glaubte ich daran, dass wir irgendwann gemeinsam meine Suppe essen würden, und wie sehr ich mich danach sehnte, noch viele bunte Speisen zuzubereiten, ich verspreche, ich werde den Tisch für uns beide mit vielen Tellern und prall gefüllten Schüsseln decken und wir werden davon essen und weil ich es mit meiner ganzen Liebe gekocht habe, wird es uns gut schmecken, das verspreche ich, und nachdem wir uns geliebt haben, sind wir wieder hungrig und werden weiter essen und ich werde noch mehr kochen, mit Dingen, die ich selbst geerntet habe, aus der fruchtbaren, dunklen Erde, die ich mit meinen Händen eigens umgegraben habe und ganz besonders werden dir die Kartoffeln schmecken, die ich für uns gesucht habe, kleine runde Knollen, die monatelang in der schweren, kühlen Erde ruhten, ganz allein nur, damit sie uns jetzt ernährten und wir werden uns dann lieben und davon werden wir nicht genug kriegen, bis wir schlafen müssen, weil unsere Kräfte schwinden.

Und dann rief er an und mein Herz machte Sprünge und ich hatte Schwierigkeiten, mich auf das zu konzentrieren, was er sagte, nur in Bruchstücken verstand ich, dass er über meine Situation sprach, seine Stimme schwang voller Mitleid und als er anbot, wir könnten uns morgen treffen, jetzt kann ich nicht, ich habe noch Telefonate zu führen, fing es plötzlich an, in mir zu stechen, morgen, er hat gesagt erst morgen, und ich dachte, dass vielleicht eines meiner Organe nicht mehr richtig funktionierte, vielleicht war es ein Fehler in meinem Herzen, und in einem verzweifelten Versuch, den Stolz zu retten, der mir vielleicht noch geblieben war, sagte ich, morgen nicht, morgen ist es zu spät, und hoffte, er würde mir widersprechen, seine Telefonate verlegen, so wichtig konnte es nicht sein, so wichtig konnte nichts sein, aber natürlich tat er das nicht und beteuerte, ihm täte es leid, und es folgte eine Stille und jetzt war die Erniedrigung komplett, hatte ich dich endgültig verloren, dein Schweigen war mein Ende, so kam es mir vor, und ich war immer noch nicht bereit, zu akzeptieren, dass es so war. Und als wir auflegten, konnte ich meine Tränen nicht mehr zurückhalten, ich weinte bitterlich und laut und als bald darauf keine Tränen mehr kamen, wurde mir kalt, obwohl ich in einer Fleecejacke mit Decke auf dem Sofa saß und dann fragte ich mich, ob es möglich war, dass ich jemals wieder zufrieden und frei atmen könnte und die Luft nicht mehr als zähe Masse um mich herum floss und mich verformte wie ein Stück Knetgummi in einer Verpackung aus Plastik. Erst jetzt goss ich mir ein Glas Wein ein, weil mir klar wurde, dass ich mich nicht mehr ins Auto setzen und zu ihm fahren würde, nicht heute Abend, vielleicht nie mehr.

Aber wie ging die Geschichte weiter? Wäre ich ein Schriftsteller, könnte ich mir ein eigenes Ende schreiben. Aber auch das würde mir nicht gefallen, denn ich wollte, dass du die Geschichte an meiner Stelle schriebst, dass das, was passierte, aus deiner Feder stammte, deiner Fantasie entspränge und das befriedigte, das in dir lebte, aber du musstest die Dinge ja ständig im Keim ersticken, die frischen, grünen Triebe mit deinen klobigen Schuhen niedertrampeln. Und du hast nicht verstanden, dass jeder eine schwere Last mit sich trägt, die einem die Schultern biegt und den Rücken krümmt, du bist nicht der einzige, der leidet, versteh doch, dass ich dir helfen kann, wenn du mich nur ließest.

Am nächsten Morgen stand ich auf und zog die Gardine mit einem Ruck zurück, mit einer Bestimmtheit, die mir ganz fremd war, die ich gerne auf andere Dinge übertragen wollte, die ich heute Nacht vermisst hatte, als ich die Aufgabe bekam, endlos lange Kabel umzustecken und das Durcheinander von schwarzen Steckern zu ordnen. Als sich das Wirrwarr nicht auflöste, sondern im Gegenteil dichter wurde, und als ich dachte, die Lösung gefunden zu haben, zuckte ein Bild vor mir auf. Aber es war zu flüchtig, um mehr als den Umriss eines Menschen zu erkennen und die einzelnen Farben lösten sich auf in verblassende Streifen, bis der Bildschirm schließlich ganz in schwarz vor mir lag und ich endlich aufwachte und als erstes an den großen Verlust dachte, der mich ereilt hatte, der sich als dunkle Gewitterwolke auf meine Schultern legte.

Ich musste arbeiten heute, aber in der Schule schauten mich Gesichter an, die nichts von dem enthielten, das ich fühlte, und nie fühlte ich mich fremder in dieser Schule, meinem Arbeitsplatz, an dem ich in diesem Moment und auch schon länger nicht mehr sein wollte. Ich fragte mich, ob mein Verlust in meinem Gesicht zu lesen war, ob diese Kinder intuitiv erahnten, welcher Schatten sich da über mich gelegt hatte, aber nein, sie waren unbekümmert, fragten ganz banale Dinge, wann machen wir eine neue Sitzordnung, darf ich heute neben Leon sitzen, darf ich jetzt auf die Toilette gehen oder soll ich bis zur Pause warten? Diese Kinder beschäftigte nur das Wesentliche, und dafür liebte ich sie manchmal doch. Vielleicht sollte auch ich mich auf das Wesentliche konzentrieren, denn ging es im Leben nicht nur darum, zu überleben, indem man trank und dann auf die Toilette ging, und trank und auf die Toilette ging, in einem ewigen Kreislauf? Vielleicht hatten diese Kinder die Lösung gefunden, unbeschwert und leicht zu sein und ich fragte mich, könnten sie mir beibringen, so zu sein, und könnte ich sie vielleicht danach fragen, wie sie es schafften, so zu sein, wie sie waren, aber ich schaute in ihre besorgten Gesichter, denn ihre Fragen waren denen meines eigenen Lebens gar nicht so unähnlich, und ich verstand, auch sie kannten schlimme Schmerzen, den Verlust eines Lutschers, das kalte Wasser des Wasserhahns, das sie nicht an ihre Haut lassen wollten beim Duschen, die Mutter, die sie zwang, ins Bett zu gehen, obwohl sie noch hellwach waren und heimlich entschuldigte ich mich bei Ihnen für meine Überheblichkeit, versuchte, den Fehlern, die sie machten, mein größtes Verständnis entgegenzubringen, auch wenn es mich am Ende des Tages fast zur Weißglut brachte.

Auch am nächsten Morgen konnte mich die Verrichtung alltäglicher Dinge – duschen, Zähne putzen, Haare bürsten, Wimperntusche auftragen und Teewasser aufsetzen – nicht darüber hinwegtäuschen, dass etwas fehlte, das ich vor kurzem noch besessen hatte, doch fragte man mich jetzt in diesem Moment, wüsste ich nicht mehr zu sagen, was es war, das mir so schmerzlich fehlte. Eigentlich war es klar, dass du es warst, Stefan, der der Grund dafür war, aber anstatt es zu erklären, konnte ich es nur fühlen, und selbst wenn ich andere Anteil nehmen lassen könnte, um das Leid auf meinen Schultern zu verringern, würde ich es nicht tun, denn damit ginge mir auch ein Teil verloren von dir, von dem, was ich noch von dir hatte, tief in mir drin, denn die Schmerzen waren nur für mich sichtbar und ich musste sie gut verstecken und bewahren, mich fest in eine Decke der Trauer einwickeln, damit keine der Erinnerungen verloren ging, die auf einmal, dass ich dich nicht mehr ansehen konnte wie ich es wollte, und dich auch nicht berühren konnte, kostbar waren. Aber die Momente, die es noch in meinem Gedächtnis gab, galt es, zu bewahren und zu behüten und sie kamen mir vor wie ein kostbarer Schatz, einen, der seinem Eigentümer unendlichen Reichtum gewährte, aber auch einen, der ihm schadete, je länger er ihn anschaute und die golden glänzenden Münzen berührte und liebkoste, in ihnen versank und dabei nicht merkte, dass die Sonne bereits wieder senkrecht am Himmel stand.

Während ich meinen Tee trank und am Computer die wichtigsten Mails checkte, fragte ich mich immer wieder, ob es vielleicht noch gar nicht zu spät war, ob ich meine noch verbleibende Kraft sammeln und dem fahrenden Zug hinterherlaufen sollte und ich dachte, so leicht darf ich nicht aufgeben, so leicht wird man mich nicht los, es wäre doch gelacht, wenn man bei einer ersten Niederlage gleich aufgeben würde, wenn man sich bei der kleinsten Schwierigkeit verunsichern ließe, ja, welche Unsicherheit gab es denn überhaupt, auf meiner Seite jedenfalls keine, und in diesem Moment hatte ich seine Ablehnung vergessen, alle Demütigungen verdrängt, unsere bisherige Geschichte war wie weggeblasen, totale Amnesie hätte ein Mediziner dazu gesagt, jedenfalls gab es doch überhaupt gar keine Schwierigkeiten, ich wusste doch genau, was ich wollte, nämlich ihn, aber warum verhielt ich mich denn so, als sei ich in dieser Sache nicht sicher, was konnte ich denn schon verlieren?

Ich beschloss, mich in dieser Sache nicht sofort zu entscheiden, eine Nacht drüber schlafen, das konnte nicht schaden, dachte ich mir, jetzt allmählich zufrieden, dass es vielleicht doch noch eine Perspektive gab, und während ich in der Schule von einer Verabredung zur nächsten hetzte, blitzte immer wieder der Gedanke an eine gemeinsame Zukunft mit Stefan auf, und ich erkannte, dass ich ihm Zeit geben musste, Zeit, darüber nachzudenken, was er an mir verloren hatte, ja vielmehr was er mit mir gewinnen würde, wie ein Leben mit mir ihn bereichern würde, denn könnte er sich für mich entscheiden, bedeutete dies, dass wir gemeinsam in die Oper und zum Fußballspiel gehen und Stunden auf der Autobahn auf dem Weg in den Urlaub verbringen, ja, Hand in Hand in den Supermarkt spazieren würden, die Liste war lang, ein unendliches Eden voller Möglichkeiten, die ausgebreitet vor uns lagen, wie in der Auslage eines Süßigkeitenstandes, Tausende kleiner Bonbons sind Tausende von Möglichkeiten, aus denen man auswählen konnte, die sich uns boten, wir brauchten nur den Arm auszustrecken und zuzugreifen, ja dir boten sich diese Möglichkeiten, nicht mit anderen Frauen, nein, nur mit mir, zwischen uns allein war dies möglich, alles andere wäre anders und fühlte sich nicht gut an. Vielleicht müsstest du erst mit einer anderen ins Bett gehen, um das zu verstehen, und schon verursachte mir dieser Gedanke einen pochenden Kopfschmerz, aber dann begann ich zu verstehen, dass die vollkommene Liebe nicht umsonst zu haben war, nein, um das Leiden kam ich nicht herum, also suche das bei anderen Frauen, das du dort nicht finden kannst, sondern nur bei mir und komme zurück, wenn du das verstanden hast, los geh, du hast meine Erlaubnis, geh nur.

Im Auto auf dem Weg nach Hause hörte ich eine CD, die mich an uns erinnerte und überlegte mir, dass ich jetzt wohlüberlegt handeln musste, alle vorschnellen Schritte engten ihn ein, siehst du, wie ich dich verstehe, wie gut du es bei mir hättest, denn ist es nicht das, wonach wir uns alle sehnten, jemanden, der uns voll und ganz verstand, der eins mit einem selbst war, denn der eine war geschaffen aus der Rippe des anderen, gleichzeitig zwei Wesen, die voneinander unabhängig waren. Schau, ich verstehe die Freiheit, die du brauchst, ja, am besten ist, ich melde mich erstmal nicht. Er würde schon einen Schritt auf mich zugehen, er brauchte jetzt ein paar Tage, um sich über alles klarzuwerden, seine Gedanken zu ordnen, die Frauen in seinem Leben zu betrachten, alles auf eine Goldwaage zu legen, um schließlich zu merken, wie viel ich wert war, wie viel mehr ich ihm geben konnte, im Gegensatz zu allem, was er bisher kannte.

Für die anderen Autofahrer, die gemächlich vor mir hin zockelten und sich an die Geschwindigkeitsbegrenzungen hielten, konnte ich kein Verständnis aufbringen, hatten sie doch noch längst nicht verstanden, worum es im Leben ging, waren nicht von der Erkenntnis, was die wahre Liebe ist, erleuchtet wie ich es war, also beschleunigte ich und als einer von ihnen meinen Weg schnitt und ich scharf bremsen musste, hieb ich mit der Faust dreimal empört auf die Hupe, schaute mich um und sah, dass neben mir im Wagen eine junge Mutter saß, auf der Rückbank ihr etwa ein Jahr altes Kind. Entnervt, ja fast schon besorgt blickte sie mich an und schüttelte den Kopf, empörte sie sich etwa über mich? Beschämt schaute ich nach vorne und spürte, wie mir die Röte in den Kopf stieg, gut, dass es jetzt vor mir weiterging. Aufgeheizt und erschöpft bahnte ich mir den Weg nach Hause, jede rote Ampel ein Hindernis, das mich aufhalten wollte, ja, meine Pläne durchkreuzen könnte, auch die anderen Autofahrer wollten das anscheinend und ich musste mich zusammenreißen, rechtzeitig zu bremsen und als die Ampel wieder grün wurde, dem Auto vor mir nicht hinten drauf zu fahren.

In meiner Straße angekommen war kein Parkplatz frei, auch das noch, lief denn heute alles schief, ich musste einige Runden drehen, bevor ich endlich eine Parklücke entdeckte, die groß genug war für mich und mein Auto und erleichtert parkte ich rückwärts ein, mit ein wenig zu viel Schwung, so dass ich erneut scharf bremsen musste, die Reifen quietschen, es gab einen dumpfen Schlag, aber scheinbar waren es nur die blockierenden Bremsen, dennoch drehten sich die Passanten zu mir um und erneut fühlte ich, wie sich mein Gesicht aufheizte und meine Wangen begannen zu glühen. Ich beschloss, heute nicht mehr ins Auto zu steigen, mir stattdessen am Abend, nachdem ich einige Dinge am Schreibtisch erledigt hatte, ein Glas Rotwein zu gönnen und den Tag auf dem

Sofa ausklingen zu lassen, alleine, ganz alleine, und ich überlegte, dass ich diese kostbaren Momente in Einsamkeit von jetzt an genießen sollte, da wir demnächst nur noch zu zweit auf dem Sofa sitzen würden, es würde nämlich keine Momente alleine mehr geben, nur mit dir zusammen, Stefan, mein Liebling.

Aber Stefan rief nicht wieder an und ich litt. Vier Monate vergingen, bevor ich ihn das nächste Mal sah, doch dazu später mehr. Zuerst waren es 12 Wochen oder 122 Tage, ich rechnete es genau aus, weil es mir unendlich lang vorkam, es waren viele Momente und in manchen verstand ich allmählich, dass ich ihn nicht würde zurückholen können. Er hatte sich in der ganzen Zeit kein einziges Mal gemeldet.

Ich war dankbar, dass der bodenlose Schmerz verschwunden war, der mich kurz nach der Trennung überfallen hatte, wenn ich an ihn gedacht hatte, aber immer noch erschrak ich bei der Heftigkeit der Gefühle, die manchmal zurückkehrten, wenn ich mich berührte, so wie Stefan es getan hatte und wenn ich daran dachte, wie du mich geküsst hast, Stefan, und wie deine Hand unterhalb meines Halses lag und du mich leicht wegdrücktest, so als wolltest du sagen, ich ganz allein bestimme, wann ich dich an mich heranlasse, ich will dich, aber nur zu dem Zeitpunkt, den ich bestimme. Wie treffend war mein Gespür für dich in diesem Moment schon gewesen, denn du allein meintest bestimmen zu können, wann du mich an dich heranließest. Nur am Ende, da habe ich dann ein einziges Mal bestimmt.

Aber es gab auch Momente, in denen ich nicht mehr an Stefan denken musste und für die Schule arbeitete oder biologische Fachzeitschriften las und ich redete mir ein, ich hätte die Krise überwunden, wäre aus dem tiefen, dunklen Tal der

Trauer und Einsamkeit aus eigener Kraft herausgeklettert, fühlte mich manchmal sogar wieder ganz stark. In einem solchen Moment klebte ich neben das Liebesgedicht von Said an meinem Regal ein anderes, fröhlicheres, zum Beispiel von Ringelnatz oder Erhardt – ganz besonders mochte ich das Gedicht von der kleinen Made, die hinter ihrer Mutter herschlich, um vom Kohl zu kosten, um schließlich von einem Specht gefressen zu werden, und ich bewunderte, wie es Heinz Erhardt gelungen war, dieser furchtbaren Tragik mit Humor zu begegnen, und ich überlegte, ob darin nicht eine tiefere Lebensweisheit mitschwang, die uns über manche Krisen hinweg tragen könnte.

Ich lernte wieder andere Männer kennen, auch wenn nie einer blieb, war es, als würde ich sie brauchen, um ein Bedürfnis in mir zu stillen. Ich brauchte sie, so wie Stefan das Tanzen mit anderen Frauen gebraucht hatte. Es ging nur darum, ab und zu für wenige Momente in den Armen eines Anderen zu liegen, der mir das Gefühl gab, dass er auch mich brauchte, und dass da keine Distanz war zwischen uns. Wir lagen nebeneinander in symbiotischer Umarmung, ohne zu hinterfragen, und ohne etwas festzulegen. Solche Momente waren wunderbar, ich fühlte mich ausgesprochen gut danach, hatte das Gefühl, wieder zum Leben zurückgefunden zu haben, das mich erfrischte und ich fühlte mich so lebendig, dass ich aus den Tiefen meiner Schublade ein Gedicht hervorkramte, das dann besonders gut zu mir zu passen schien: bist herzensfrisch belebend, wie die Schaumkronen auf den tosenden Wellen des Atlantik in den basaltblauen Klippen der Bretagne / wie der Schmetterling in der dunklen Dornenhecke meiner rabenschwarzen Seele / so hinreißend wie die glühende Lava des kochenden Ätna im blutigen Rot des Sonnenunterganges / ...

Manchmal ertappte ich mich allerdings dabei, dass ich in diesen Männern nach Spiegelungen von Stefan suchte, inständig hoffte, jemand würde genauso die Hand auf mein Brustbein legen und mich leicht wegdrücken wie Stefan es immer getan hatte, aber nur selten wurde ich fündig und dann auch nur bruchstückhaft, so dass ich oft enttäuscht war. Und ich ekelte mich vor mir selbst, weil es unfair gegenüber den anderen war, sowieso niemand an das herankommen konnte, was ich in Stefan gesehen hatte, so sehr manch einer es auch versuchte. Manche ließ ich im Hamsterrad strampeln, aber niemals ließ ich zu, dass sie mich am Ende wirklich erreichten.

Mir ging es damit einigermaßen gut, außer, dass ich nach einem Treffen schnell wieder alleine sein wollte, mein Bett wieder für mich haben wollte, um mich zu erholen, die Stille brauchte, um mich wohlzufühlen. Ich fragte mich manchmal: War es am Ende des Lebens besser, viele Männer wenig zu lieben als wenige Männer kurz und so heftig, wie ich Stefan und auch Jon gegenüber empfunden hatte?

Aus Stolz rief ich Stefan nicht an, um ihm meine Gedanken mitzuteilen, auch wenn ich ihm sicherlich gerne gesagt hätte, was ich dachte. Ich stellte mir vor, wie ich ihn wutentbrannt am Telefon beschimpfen würde, was hast du mir bloß angetan, wie hinterhältig du mich in deine Falle gelockt hast, später dann würde ich mit etwas sanfterer, einlenkender, aber unnachgiebiger Stimme zu ihm sagen, Stefan, wie oft habe ich dich heimlich angefleht, mir zu sagen, was du willst, ich hätte es dir gegeben, aber du hast mir ja nie gesagt, was du willst und wie kann ich dir etwas geben, von dem du selbst nicht weißt, dass du es haben willst?

Tatsächlich hatte es sich so dargestellt, dass ich ihm immer nur dann wichtig war, wenn er sich von mir durchschaut fühlte, wenn er merkte, dass ich ihn verstand, dass ich genau wusste, was mit ihm passierte, wenn er mich mit zunehmender Nähe zunehmend ablehnte, ich war als einzige in der Lage, in ihn hineinzusehen, und genau das war es, was ihn in manchen Momenten fasziniert hat, aber wenn er sich dann in genau diesen Momenten nach mir sehnte, war es, weil er sich nach irgendjemandem sehnte, nicht unbedingt nach mir, aber nach jemandem, der ihn an den Händen fasste und ihm sagte, was er zu tun hätte. Skurrilerweise war es genau das, was er nicht wollte, wogegen er sich wehrte, weshalb er sich zurückzog, weshalb er mich weggestoßen hatte, während er anfing, sich selber für diese Gefühle zu hassen. Und am Ende würde ich sagen, du bist krank, Stefan, wie kann ich mit jemandem zusammenleben, der so krank ist wie du, du tust mir leid und du machst mir Angst.

Ich hatte meine Entscheidung getroffen, ich hatte mich gegen ihn entschieden, um wieder die Kontrolle über mein Leben zu gewinnen. Und tatsächlich war es immer mehr so, als würde ich neu laufen lernen, ich verspürte in meinen Beinen eine neue Energie, die bis in die kleinsten Muskelfasern flimmerte, ein Strom, der nicht aufhörte zu fließen, in die Verästelungen meines Körpers und auf dem Weg zum Auto wenn ich zur Schule fuhr hob sich mein Blick nicht vom Boden, den ich ein Stück weit vor mir fokussierte, als hätte ich ein neues Ziel gefunden, das ich noch nicht genau definieren konnte, und ich lief und lief, inspiriert von meiner Geschichte mit Stefan, inspiriert von mir selbst, der Kraft, die von meiner Entscheidung ausging.

Auf der Geburtstagsfeier meiner Freundin Marie-Christin Anfang November traf ich Stefan plötzlich wieder. Auf einmal stand er vor mir und mir wurde klar, dass ich fast vergessen hatte, wie er aussah, eine Erinnerung, die jetzt mit all ihrer Kraft zurückkam. Neben ihm stand eine junge Frau, 25 war sie maximal, das machte ihn fast doppelt so alt wie sie, und ich dachte, sie könnte seine Tochter sein, noch dazu hatte sie ein makelloses Gesicht, sie sah aus wie ein Porzellanpüppchen, hatte fein umrandete mandelförmige Augen, und als ich sie später aus der Ferne beobachten konnte, sah ich, dass auch ihre Figur perfekt war. Er blickte mich mit einem Lächeln an, sagte, hallo Katharina, es ist schön, dich zu sehen, ich möchte dir jemanden vorstellen, und jetzt schaute er sie bedeutungsvoll an, das ist Salomé, sagte er, ohne den Blick von ihr zu nehmen. Ich weiß nicht mehr, was ich dann sagte, oder was er, ich erinnere mich nur noch daran, dass ich mich fürchterlich fühlte und weg wollte - ich wollte diesen Blick nicht mehr sehen, wollte nicht miterleben, wie er dieses Mädchen mit seinen Augen berührte, und ich wollte seine Stimme nicht mehr hören. So lange hatte ich gebraucht, mich von dieser Stimme zu befreien und mich von seinen Augen loszureißen, die mich zu verfolgen schienen wohin ich auch ging. Und ich hatte es geschafft, war ihn endlich losgeworden, und diese Freiheit würde ich nicht so einfach aufgeben, niemals, nicht für diesen schwachen Mann hier vor mir, der nicht wusste, was er wollte und es liebte, anderen Menschen weh zu tun. Und trotzdem schmerzte es mich, zu sehen, wie er mich einfach ausgetauscht hatte gegen eine jüngere, hübschere Frau. So einfach ging das. Und so einfach war es, dass er mich verletzte, wieder einmal.

Ich leerte mein Glas in einem Zug, entschuldigte mich, ich müsse mir unbedingt noch etwas zu trinken holen, der Wein sei ja so lecker.

Ich musste mir vorstellen, wie die beiden miteinander schliefen, es tauchten Bilder seines Gesichts vor meinem inneren Auge auf, davon, wie er sie anschaute und als ich sah, wie sie ihn in diesem Moment anblickte, verstand ich, sie würde ihn ebenfalls kaum aus eigener Kraft verlassen können, es hing ganz allein von ihm ab, fast wurde mir schlecht in Anbetracht der Macht, die er ausübte.

Ich blickte hinunter auf mein leeres Glas und bewegte mich in Richtung der Weinflaschen, die auf dem langen Buffettisch aufgereiht waren. Im Gedränge zwischen all den fremden und befremdlich wirkenden Menschen verlor ich fast das Gleichgewicht und war froh, als ich am Buffettisch ankam und mich mit einer Hand auf die Tischplatte stützen konnte.

Ich hatte mich auf diese Geburtstagsfeier schon seit Wochen gefreut, wollte mal wieder entspannen, vielleicht die Verbindung zu alten Bekannten aufbauen, die Fäden meines alten Lebens wiederaufnehmen, aber jetzt kam mir diese ganze Party absurd vor, die Leute waren mir fremd, ich fühlte mich nicht wohl. Ich war eine Fremde unter Fremden und fragte mich, was ich hier eigentlich machte, wie ich mich nur darauf hatte einlassen können, sogar hier zu übernachten, denn jetzt kam ich nicht mehr nach Hause, die ersten Gläser Wein hatte ich schon getrunken, ich konnte nicht mehr Auto fahren und ein Taxi würde teuer werden. Ich war gefangen zwischen all den namenlosen Bekannten, Stefan, dieser Salomé, Marie-Christin und meiner eigenen Fremdheit.

Dann sah ich doch noch einen alten Bekannten und ging auf ihn zu, vielleicht würde er meinen Abend retten können. Es war ein junger Mann, der in meinem Italienisch-Kurs neben mir gesessen hatte. Ich konnte mich an sein Gesicht, aber nicht mehr an seinen Namen erinnern. Angestrengt versuchte ich, in eine Unterhaltung mit ihm einzusteigen, aber die Wörter und Sätze flossen nur mühsam zwischen uns hin und her.

Ich entschuldigte mich bei ihm und bahnte mir einen Weg zum Buffet. Auf halber Strecke entdeckte ich Stefan und Salomé direkt vor mir, sie waren in ein Gespräch miteinander vertieft, seine Hand lag auf ihrem Rücken, während sie zu ihm aufblickte. Sie würden mich im nächsten Moment sehen können, aber jetzt umzudrehen wäre auffällig und so versuchte ich, ein möglichst neutrales Gesicht aufzusetzen, und als sie aufblickten, lächelte ich, vielleicht ein wenig übereifrig. Bestimmt hatten sie gemerkt, dass das aufgesetzt war, Mist, dachte ich, ich wollte auf der Stelle im Erdboden versinken. Als ich schon fast an ihnen vorbei war, schnappte ich Gesprächsfetzen auf, und es versetzte mir einen Stich in den Magen, als ich hörte, dass sie ihn nach seiner Tochter fragte, und als er lächelte und begann, ganz selbstverständlich auch ihr von seiner Tochter zu erzählen, wurde das Stechen in meinem Bauch noch stärker. Seine Tochter, das war immer unser Gesprächsthema, ein Zeichen unserer Vertrautheit gewesen, der Beweis, dass er mir Zutritt zu den intimsten, ganz privaten Bereichen seines Lebens gewährte und, Stefan, du hast mir immer wieder versichert, dass nur ich so sehr in dein Leben eingeweiht sei, dass ich an erster Stelle stünde, vor allen anderen, wie kannst du nun so schnell und unbekümmert jemand anderem diesen Status erlauben, sag, schämst du dich nicht? Eine ungeheure Wut kochte in mir hoch, von der ich nicht wusste, ob ich sie noch länger zurückhalten konnte, was würde passieren, wenn ich sie herausließe, wenn ich sie an dir ausließe, denn du hättest es verdient, wenn ich dir mit einem Messer die Kehle durchschnitte und dein Blut auf Salomés Kleid spritzte, damit sie erkennen könnte, wie sehr du sie beschmutzt, wie sehr sie sich in dir täuscht, genau wie ich vor nicht allzu langer Zeit. Ich schnappte nach Luft und wandte mich ab, bevor es zu spät war, quetschte mich durch die Leute hindurch und ging auf den Balkon.

Die Dunkelheit des Balkons half mir, meine Gedanken wieder klarer zu sehen: Ich merkte, Stefan und ich sprachen jetzt nicht mehr die gleiche Sprache, und vielleicht wurde ich dafür bestraft, dass ich mehr gewollt hatte, als ich ohnehin schon hatte, statt mit einem bescheidenen Leben und den wenigen glücklichen Momenten, die wir hatten, zufrieden zu sein, nein, ich hatte ein Haus bauen wollen mit einem Turm, der bis in den Himmel reichen sollte, den wir gemeinsam besteigen würden, so dass wir uns nicht voneinander entfernen, sondern gemeinsam weiter daran gebaut hätten, immer höher, und das wäre erst der Anfang gewesen, nichts anderes wäre dann noch unerreichbar, alles hätten wir uns vornehmen können, aber jetzt bekam ich die gerechte Strafe für meinen Hochmut, denn wir waren verwirrt und sprachen unterschiedliche Sprachen, so dass keiner mehr den anderen verstand, und jetzt war es nicht mehr möglich, an unserem Haus mit Turm zu bauen, auf halber Höhe waren wir stecken geblieben, zurück blieb eine Ruine, die ich anblickte und in meinem Gedächtnis fotografierte, damit ich sie nicht vergaß, damit mir ein Andenken für unsere gemeinsame Zeit bleiben würde und damit ich vorsichtiger sein würde, sollte ich jemals ein anderes Haus bauen wollen, und ich schloss in diesem Moment, in der Kühle der Nachtluft, nicht aus, dass ich wieder versuchen würde, auch einen Turm zu bauen, aber er wäre kleiner und bescheidener, und ich würde ihn nie wieder alleine bauen, denn nur jeden zweiten Stein wäre ich bereit zu setzen.

Als ich in der Kühle der Nachtluft zu frösteln begann, beschloss ich, wieder hinein zu gehen, aber diesmal hatte ich nicht das Gefühl, an der aufgeheizten Luft des Wohnzimmers zu ersticken, nein, sie wärmte meinen durchgefrorenen Körper und vielleicht spürte ich in diesem Moment, dass ich irgendwann in der Lage wäre, Frieden zu schließen, mit Stefan und der halbfertigen Ruine unseres Hauses, und auch mit Salomé und mit dem Lauf der Dinge in meinem Leben.

Anna hatte angerufen, sie wollte mich sprechen, doch diesmal persönlich. Ich hatte sie lange nicht mehr gesehen, seit Monaten, das letzte Mal waren wir uns kurz am Neumarkt begegnet, an einem verregneten Tag. Beide waren wir in Eile gewesen und hatten nur kurz unter unseren Regenschirmen hervorgelugt, um uns zu versprechen, dass wir uns an einem anderen Tag ausführlicher unterhalten würden, aber es war bis jetzt nicht dazu gekommen und ich fragte mich warum. Mir fiel ein, dass sie sich bei unserem letzten Telefonat komisch verhalten hatte, als trüge sie ein Geheimnis mit sich herum. Ich hatte nie herausgefunden, was es war, das sie damals vor mir verstecken wollte, und jetzt freute ich mich, dass sie die Initiative ergriffen hatte. Zugleich sorgte ich mich darum, was sie mir zu erzählen hatte: War es etwas Wichtiges, hatte es mit mir zu tun, steckte sie in Schwierigkeiten, sollte ich ihr helfen, konnte ich das überhaupt, ich mit meinem eigenen komplizierten Leben, in dem ich festzustecken schien? Konnte ich für sie die Freundin sein, die sie brauchte? Und ich sorgte mich auch, weil ich unentschlossen war, ob ich ihr von Stefan erzählen sollte, sie würde sicher nicht verstehen können, warum ich dieser Geschichte überhaupt hinterhertrauerte. Sie würde mir raten, ihn einfach so schnell wie möglich zu vergessen, was ich ja bereits mehr und mehr tat. Es würde also nichts bringen, sie in diese Sache einzuweihen.

Wir trafen uns in einem Café in der Südstadt in der Nähe von Annas Wohnung. Ich war zu früh da und musste warten, bestellte mir schon mal einen Kakao mit Sahne und beobachtete die Leute, die vor dem Fenster vorbeigingen. Es war Donnerstagabend, die Arbeitswoche war für viele derjenigen, die draußen vorbei eilten, fast vorbei, die Anspannung der anstrengenden Tage zeichnete sich in ihren Gesichtern ab, fast alle hatten die Schultern nach oben zu den Ohren gezogen, um sich vor der eisigen Kälte und dem Wind, der draußen vorbei zog, zu schützen. Auch ich war froh, dass die Woche fast vorbei war, denn schon seit der Winter vor Monaten angefangen hatte fiel es mir noch schwerer, mich morgens auf den Weg zur Schule zu machen. Ein altes Gefühl, dass ich gut kannte, weil ich es während meiner Zeit in der Uni oft gehabt hatte, war zurückgekehrt: Alles in meinem Leben erschien mir so bedeutungslos. Jedenfalls hatte es keine Bedeutung für mich, wenn ich morgens früh die Kinder in der Schule begrüßte und sie mittags wieder verabschiedete und wenn ich Kommentare unter ihre Arbeiten schrieb, dann nur, weil ich wusste, wie man sie schrieb, nicht, weil ich sie wirklich schreiben wollte, ich hatte das Gefühl, dass ihre Zeit in der Schule und das, was sie dort lernten, nichts mit mir zu tun hatte. Ich fühlte mich einfach nicht am richtigen Platz, es gab so viele, die diesen Job bestimmt besser gemacht hätten als ich, aber ich war wo ich war und irgendwie blieb ich dort, bis ich mir selbst fremd vorkam. Und das jeden Tag aufs Neue. Ich fragte mich, ob es unter denen, die dort draußen mit ihren hochgezogenen Kragen vorbei strömten auch welche gab, die irgendwie festhingen in ihrem Leben, von außen war es ihnen jedenfalls nicht anzusehen.

Dann sah ich Anna, sie bog um die Ecke, sah irgendwie verändert aus, und schon war sie an der Tür des Cafés, noch eingepackt in einen dicken wollenen Umhang. Sie hatte zugenommen, das fiel mir sofort auf, dicke runde Wangen hatte sie bekommen, die von der Kälte gerötet waren, aber als sie mir um den Hals fiel, spürte ich einen dicken, prallen Bauch, der sich gegen mich drückte und es traf mich fast wie der Schlag, sie war schwanger, du bist schwanger, Anna, wie kann das sein, du bist schwanger, sie war hochschwanger, mindestens im 8. Monat, der Bauch war prall nach außen gewölbt, sie zeigte ihn mir von der Seite, als sie ihren Mantel auszog und über die Stuhllehne warf. Ja, ich bin im neunten Monat, ich weiß, Katharina, ich hätte es dir sagen sollen, und ich wusste nicht, wohin ich jetzt schauen sollte, in ihr gerötetes Gesicht oder auf ihren dicken Bauch, beides verursachte Unbehagen. Ich war sehr gekränkt: Wie konnte sie mir das vorenthalten, ich hatte gedacht, wir seien Freunde, hatte gedacht, wir würden solche Dinge als Erste miteinander teilen, aber hier stand sie jetzt, seit neun Monaten wusste sie von etwas, das ihr Leben verändern würde, das sie mir nicht erzählt hatte, das sie mir vorenthalten hatte, ein Geheimnis, das sie vor mir gehütet hatte, während sie es sicherlich tausend anderen Leuten erzählt hatte, weniger wichtigen Leuten, und mir kam es vor, als ruhten die Blicke der anderen Leute im Café jetzt allein auf uns und ich stellte mir vor, alle würden aufhören zu sprechen, um uns zuzuhören, und allen war sofort klar, hier trafen sich zwei Freundinnen und die eine hatte ein Geheimnis vor der anderen, ohne dass die andere es wusste, und fast war ich mir sicher, auch die Menschen in diesem Café hatten vor mir von Annas Schwangerschaft gewusst, so mitleidig blickten sie mich an und jetzt standen mir die Tränen in den Augen. Ich richtete meinen Blick auf den schmutzigen Fußboden, zeichnete mit meinen Augen die Ränder der eingetrockneten Kaffeeflecken nach, überlegte, wie lange die trockenen Krümel schon auf dem Boden lagen: Waren sie von eben erst oder schon älter, wurde hier nicht geputzt, oder hatte hier jemand gesessen, der einfach sehr viel gekrümelt hatte, und wer hatte überhaupt an diesem Tisch vorher gesessen, welche Geschichten wurden hier erzählt, wurden hier auch andere Geheimnisse ausgetauscht? Anna ließ sich nichts anmerken, falls sie überhaupt gemerkt hatte, dass ich mich gekränkt und ausgeschlossen fühlte, vielleicht aus Egoismus, vielleicht aus Angst und ich presste nur zwischen meinen Lippen heraus, warum hast du mir denn nichts davon erzählt, das ist ja toll, herzlichen Glückwunsch, wann ist es denn so weit? Sie sagte, in zwei Wochen ist der errechnete Geburtstermin, jetzt ist es Gott sei Dank kein Frühchen mehr, und wieder sagte sie, Katharina, ich wollte es dir wirklich sagen, aber ich dachte, ich verletze dich damit. Da hakte ich nach, wieso sollte mich das verletzen, denkst du, mir geht es nicht gut in meinem Leben und deshalb kann ich das Glück anderer Menschen nicht ertragen, ist es das, was du denkst? Und ich fügte hinzu, aber so ist es nicht, siehst du, ich freue mich für dich. Und sie sagte, es tut mir wirklich leid, schön, dass du dich jetzt freuen kannst.

In Wirklichkeit war ich zerrissen, wütend über ihr Geheimnis, neidisch auf ihr Glück, ja, ich konnte nicht anders, das musste ich zugeben, voller Neid war ich, aber auch voller Erstaunen gegenüber diesem runden Bauch, der ein kleines Wesen beherbergte, das noch nicht in der Lage war, selbst auf der Welt zu überleben und auch ein bisschen besorgt war ich, was würde sich jetzt ändern in ihrem Leben, wie würde sich die Beziehung zwischen ihr und mir verändern, würden wir in Zukunft noch einen gemeinsamen Nenner finden oder befanden wir uns von jetzt an in zwei unterschiedlichen Welten, so wie es viele Menschen waren, die ein Kind gekriegt hatten, es wollten, es nicht konnten oder es noch nicht versuchten, da kam es einem manchmal so vor, als drehte sich alles ums Kinder kriegen, als sei die Welt in zwei Teile geteilt: Haben oder nicht haben. Denn entweder hatte man Kinder, dann gehörte man dazu oder man hatte sie nicht, dann konnte man nicht wählen, dann war man unweigerlich draußen. Mir hatte einmal eine Mutter erklärt, wenn man ein Kind gebäre, dann erlebe man etwas fast so Bedeutsames wie den

eigenen Tod, so hatte sie es gesagt, und sie hatte weiterge-
sprochen, nichts anderes komme an die immense Bedeutung
der Geburt eines Kindes heran und was da in ihrem asch-
grauen Blick glasklar mitschwang war, was sie mir auch mit
ihrer Stimme ganz klar zu verstehen gab, dass man nämlich
nicht mitreden konnte, wenn man kein Kind hatte, und nicht
nur das, nein, auch wenn es um allgemeinere Dinge ging, um
philosophische Gedanken über das Leben ganz allgemein,
warum sind wir auf der Welt, wo wollen wir hin und so
weiter, auch dann konnte man nicht mitreden, denn man war
noch nicht Mutter gewesen. Ich hatte nicht weiter zugehört,
weil mich diese Schwarz-Weiß-Malerei so geärgert hatte, dass
ich das lieber nicht hören wollte. Aber jetzt gehörte auch
Anna bald zu genau denen, die ein Kind hatten. Die Kluft, die
sich über die letzten Monate hinweg zwischen uns aufgetan
hatte, hatte jetzt eine Ursache und war in den letzten Minuten, während Anna mir mein Nichtwissen offenbart hatte
und auf einmal das ungeborene Kind in ihrem Bauch zwischen uns lag, noch größer geworden, um nicht zu sagen,
unüberwindbar weit.

Ich versuchte, meine Sorgen zu verbergen und fragte sie
nach Einzelheiten: Wie hat Peter reagiert, welches Krankenhaus hast du dir ausgesucht, das ist ja Wahnsinn, und sie
erzählte mir alles, es kam in einem enormen Schwall aus ihr
heraus. Ich unterbrach sie nicht, aber irgendwann in der
Mitte schaltete ich ab, es war zu viel für mich, und plötzlich
brach sie mitten im Satz ab, Katharina, jetzt erzähl du doch
mal, wie geht es dir denn?

Aber wie konnte sie mich jetzt so einfach und unbeschwert
fragen, wie es mir ging, welche Antwort konnte ich denn
ihren Erzählungen mit meinem Leben entgegensetzen, einem
Glück, das angesichts dessen, was ich erzählen könnte, noch
größer erscheinen würde und so überlegte ich, einfach mei-

nen Mantel zu nehmen und zu gehen. Ich konnte sie auch nicht anlügen oder Dinge erfinden, die es gar nicht gab, also sagte ich nur, ja, mir geht's gut, danke, bevor Stille eintrat und es mir so vorkam, als senkte sich der Geräuschpegel im gesamten Café, als verstummten auch die anderen Gäste dort, damit alle jetzt unserer Unterhaltung lauschen konnten, gespannt darauf, wie wir es wohl schaffen würden, weiterzureden, als wäre nichts geschehen, als stünde nicht dieser riesige Abgrund zwischen uns, des Habens auf der einen und des Nichthabens auf der anderen Seite, mitleidig blickten einige, hätten vielleicht gerne geholfen, aber da gab es nichts zu helfen, und schon blickte auch Anna sich auf der Suche nach einem neutralen Gesprächsthema hilfesuchend im Café um, sagte, wie voll es hier ist, aber das ist ein schönes Café, oder? Ich erwiderte, ja, das stimmt, während ich mich in diesem Moment endgültig dagegen entschied, Anna etwas von Stefan zu erzählen. Es passte einfach nicht hierher, an diesen Ort, zwischen sie und mich, und sie fragte auch nicht, ob es einen Mann in meinem Leben gab. Vielleicht ahnte sie die Antwort auch angesichts meiner Betroffenheit, die mir noch immer im Gesicht stand. Und was macht deine Meeresbiologie, fragte sie mit verkrampfter Stimme und dankbar nahm ich den Faden auf. Auch die anderen Gäste des Cafés schienen nun hörbar aufzuatmen, setzten ihre Gespräche leise murmelnd fort. Ja, in letzter Zeit habe ich wieder mehr gelesen und man hat mir sogar die Möglichkeit gegeben, einen Aufsatz zur Toxizität von australischen Quallen zu veröffentlichen, ein Wissenschaftler der Uni Bonn hat mir ein Angebot gemacht, allerdings mit strengen Auflagen, welche Forscher ich unbedingt nennen müsste. Aha, das ist ja toll, bemerkte Anna, und ich klammerte mich jetzt weiter an den roten Faden, den dieses Thema für unser Gespräch bot, den einzigen, wie mir schien, und so beeilte ich mich, weiterzusprechen, ja, aber du weißt ja, wie sehr ich es hasse, wenn andere mir vorschreiben, was ich zu tun habe, besonders wenn es um das Schreiben geht, viel spannender ist, dass ein Bekannter, Hermann, mir angeboten hat, am Ende des Jahres mit ihm an einer Tagung in Rom teilzunehmen, ganz sicher ist es nicht, es klappt nur vielleicht, aber es geht dort um giftige Meerestiere weltweit, es wird bestimmt interessant, es werden auch amerikanische Wissenschaftler dort sein. Aha, ein Bekannter, sagte Anna, und schon bereute ich, ihr davon erzählt zu haben, denn sie schaute mich grinsend an und zwinkerte mit einem Auge, als wollte sie mir zu verstehen geben, dass sie Bescheid wüsste und mich durchschaute, vielleicht meinte sie es als Kompliment, eine Frau wie ich könnte jeden haben, aber sie unterstellte mir gleichzeitig auch, dass ich mich ständig und ausschließlich mit Männern beschäftigte, und das konnte sie nur denken, weil ich mich in keiner festen Beziehung befand. Aber noch mehr ärgerte mich, dass sie in dieser Sache vielleicht Recht hatte, denn Hermann hatte mir des Öfteren schon Avancen gemacht, hier die Rechnung in der Kantine bezahlt und dann und wann ein Glas Wein spendiert, und auch mit Komplimenten hatte er nicht gespart. Aber Hermann war nicht mein Typ, außerdem war er verheiratet und hatte drei Kinder im Teenageralter, und ganz bestimmt würde ich mich nicht mit ihm einlassen, schon gar nicht, weil ich nicht nochmal als Lückenbüßer, als Ersatz für etwas herhalten wollte, das man benutzte und dann wie einen labbrigen Putzlappen nach dem Gebrauch wegschmiss oder zum Trocknen über den Eimer in der Abstellkammer hängen würde, damit man ihn später nochmal benutzen könnte.

Nein, Anna, es ist nicht so wie du denkst, wirklich nicht, aber Anna hörte gar nicht mehr richtig zu, sie winkte dem Kellner und bestellte die Rechnung. Katharina, ich muss gleich wieder los, Peter holt mich ab, wir haben noch einen Termin im Krankenhaus, aber Rom, das klingt doch toll, Rom ist eine wunderbare Stadt und es tut dir bestimmt gut, mal aus den eigenen vier Wänden herauszukommen. Ja, dachte ich, ich bin hier die, der geholfen werden muss, die mal einen Ortswechsel braucht, weil es ihr scheinbar nicht gut geht, das dachte Anna doch bestimmt, vielleicht sprach sie in diesem Moment auch als Psychiaterin zu mir, wollte mir zu verstehen geben, dass ich dringend auch therapeutische Hilfe bräuchte, aber da sagte sie, ach und Katharina, fast hätte ich es vergessen, ich habe etwas von Jon gehört. Wie das, erwiderte ich erstaunt und jetzt war meine Aufmerksamkeit wieder ganz bei ihr, und sie erzählte, während mein Herz zu pochen begann und ich mich bereit machte, jedes Wort aufzusaugen, das sie mir über Jon erzählen konnte, du erinnerst dich doch bestimmt noch an Sascha Keller, er war in unserer Parallelklasse, mit ihm hatte ich immer ein bisschen mehr zu tun, jedenfalls hat er ab und an Kontakt mit Jon, sie schreiben Emails, und da hat Jon ihm berichtet, dass er schon vor etwa fünf Jahren Vater geworden ist, er hat eine kleine Tochter, stell dir mal vor, und da brachte der Kellner die Rechnung, Anna legte das Geld hin, du bist eingeladen, Katharina, und ich war froh über die kurze Pause, die ich hatte, bevor ich reagieren musste, denn ich war nicht sicher, ob ich es verbergen konnte: Die Nachricht, dass Jon eine Tochter hatte, hatte mich aus der Fassung gebracht, denn sie passte nicht zu dem Bild, das ich mir von seinem Leben in Kanada doch immer wieder zurecht gelegt hatte. Es war das Bild eines einsamen Mannes, der noch immer nicht das gefunden hatte, was ihn glücklich machte. Ich hätte es niemals zugegeben, aber mit diesem Bild bröckelte auch die Vorstellung, die ich von einer Verbindung hatte, die es möglicherweise doch noch gab, einer Verbindung zwischen seinem und meinem Leben und seiner und meiner Einsamkeit. Aber Jon war nicht einsam und meine Welt war von ihrer Umlaufbahn geworfen, der Joni von früher, den ich kannte und der mich in- und auswendig kannte, verblasste und war nicht länger die Sonne, um die ich trotz Jakob, Stefan und anderen Menschen in meinem Leben immer noch kreiste, sie wurde stattdessen zum Mond, der nachts unscheinbar und blass am Himmel leuchtete, und er schien zu mir zu sagen, komm, mach was aus deinem Leben, bringe wieder Licht in die Dunkelheit, sonst wirst du nicht mehr fröhlich werden, hast du denn nicht gelernt aus der Zeit mit Jakob und Stefan, wie kannst du dich immer noch so abhängig machen, dich selbst in Traurigkeit versenken, weil du Bildern und Vorstellungen nachhängst, die es nicht gibt, weil sie längst vergangen sind.

Anna nahm jetzt ihren Mantel, schwang ihn sich über die Schultern und verschloss ihn mit beiden Armen vor ihrem dicken Bauch, während sie mich anschaute und sagte, was ist, Katharina, macht es dir tatsächlich noch etwas aus, aber ich schüttelte den Kopf und sagte, nein nein, das ist zu lange her, das war vor fast zehn Jahren, darüber bin ich längst weg, du kennst mich doch, ich habe Jon in den letzten Jahren nicht mehr hinterher getrauert - und obwohl es in meinem Kopf schrie: Lüge, Lüge, Lüge, gab ich es nicht zu und machte einfach weiter: Ich habe schon länger nicht mehr an ihn gedacht, aber interessant ist es schon, weißt du denn, wo und wie er lebt? Keine Ahnung, sagte Anna, ich weiß nichts Genaues, Sascha hat nur erzählt, dass er mit seiner Freundin oder Frau zusammenlebt, irgendwo an der Ostküste Kanadas, und sie schob eilig hinterher, du ich muss jetzt los. Ich wünschte ihr viel Glück für die Entbindung, versprach, mich bald zu melden und sie nach der Geburt zu besuchen.

Jon hatte also eine Freundin, keine Frau, und ich fragte mich, warum nicht, heiratete man normalerweise nicht, wenn man zusammen ein Kind bekam und sich liebte? Was steckte wohl dahinter, liebte er sie vielleicht doch nicht genug, und das Bild des einsamen Jons tauchte wieder vor meinem geistigen Auge auf, war plötzlich nicht mehr so unwahrscheinlich wie ich eben noch gedacht hatte.

Ich saß in der Straßenbahn auf dem Rückweg nach Hause, überlegte, wie Jon wohl nach all den Jahren aussah, ob er sehr gealtert war und wie seine Freundin aussah. Ich begutachtete die anderen Leute, die mit mir in der Bahn fuhren, als könnte ich einen Teil von ihm in ihnen entdecken, aber sie kamen mir alle ganz anders vor, keiner der Männer könnte Jon sein und keine der Frauen konnte ich mir als Jons Freundin vorstellen. Und wie sähe Jon wohl aus, wenn er ein kleines Mädchen an der Hand hielte und sie Papa zu ihm sagte?

Auch noch als ich bereits zu Hause ankam und die Tür meiner Wohnung öffnete, musste ich daran denken, dass er also auch zu denen gehörte, die Eltern waren, wie Anna. Und wenn man ein gemeinsames Kind hatte, hatte man sicherlich auch eine starke Verbindung zueinander, bildete eine Einheit, genau wie Anna und Peter, die sich nicht ständig bestätigen mussten, dass sie sich liebten, nein, das war ganz klar und wurde nicht in Frage gestellt, sie mussten ihre Beziehung nicht ständig aushandeln, denn sie kannten sich gut und wussten, welche Bedeutung sie für den anderen hatten. Vielleicht bildeten auch Jon und seine Freundin eine ganz selbstverständliche Einheit, die durch ihr gemeinsames Kind noch stärker geworden war, sogar stärker als sie durch eine Eheschließung jemals werden konnte - eine Ehe konnte man scheiden lassen, aber ein Kind würde bleiben - und selbst wenn das Kind unter furchtbar tragischen Umständen früh starb, selbst dann hatte man ein Kind zusammen gehabt und war untrennbar miteinander verbunden, miteinander verwachsen, ineinander festgewachsen, und mehr als ein Kind zu haben, wünschte ich mir plötzlich, mit jemandem auf diese Art verbunden zu sein. Es erinnerte mich daran, wie sehr es mich damals, nach der Trennung von Jon, geschmerzt hatte, die feste Einheit, die ich mit ihm bildete, zerbrechen zu sehen, die starke Verbindung zu verlieren, obwohl ich so sehr an sie geglaubt hatte, und wie sehr ich damals gehofft hatte, sie wieder herstellen zu können. Und jetzt gehörte Anna zu Peter, und auch Jon gehörte zu jemand anderem und wo war ich da? Der Gedanke machte mir Angst, und plötzlich fühlte ich mich sehr einsam: Anna und Jon standen auf der einen Seite, ich auf der anderen, und ich bekam Angst, dass das so bleiben würde.

Ich zog meinen Mantel aus und hängte ihn an die Garderobe, wickelte mich aus meinem Schal und streifte meine Schuhe ab. Dann lauschte ich in meine Wohnung hinein, die sehr still war. Ich erinnerte mich an ein Gedicht von Rilke, das von Herbst handelte und von Einsamkeit, und seine Warnung, dass die Einsamen lange einsam bleiben würden, und plötzlich bedrängte mich diese Angst, woher kam sie so plötzlich und warum wurde ich sie nicht mehr los, es half auch nicht, als ich später ein Blatt Papier nahm und drauf los schrieb, denn das Wort Einsamkeit, als es in dicken schwarzen Buchstaben vor mir auf dem leeren Blatt Papier stand, wurde nur noch bedrohlicher, die schwarzen Striche der Buchstaben, die ich mit den Augen nachzeichnete, brannten sich in die Leere des weißen Hintergrundes ein, bis ich sie auch noch sah, wenn ich meinen Blick abwendete. Ich zerknüllte das Blatt Papier und schmiss es in Richtung Fernseher. Dann ging ich hin und machte ihn an, ganz leise nur, so als kämen die Geräusche und das Geplapper nicht aus dem schwarzen Kasten vor mir, sondern aus dem Raum nebenan, der gefüllt war mit Familienmitgliedern und Freunden, die zusammen feierten und darauf warteten, bis ich zurückkam, die Tür aufmachte und mich zurück in ihre Mitte begab, und zusammen würden wir weiter lachen und weiter feiern und in der Mitte der Anderen und dem Gewirr ihrer Stimmen würde sich niemand an diesem Abend noch einsam fühlen.

ZUKUNFT

Es war Mitte November, die Herbstferien waren bereits vorbei, die Weihnachtsferien noch nicht in Sicht, aber die letzten paar Wochen in der Schule hatten mir zugesetzt, Beurteilungen hatten geschrieben, wichtige Entscheidungen durch Konferenzbeschluss getroffen werden müssen, Kollegen hatten bemerkt, Katharina, du siehst müde aus, aber wir sind alle fertig, es wird Zeit für Ferien, oder zumindest für ein Wochenende. Ja, das wurde es tatsächlich, und schon auf der Fahrt nach Hause legte sich die Müdigkeit wie eine bleierne Decke über mich, und ich hatte Mühe, meine Augen im zähen Stadtverkehr offenzuhalten. Ich schaffte es irgendwie doch, bis ich mich zu Hause auf das Sofa fallen ließ und sofort einschlief.

Das schrille Klingeln des Telefons weckte mich, ich hatte keine Ahnung, wie lange ich geschlafen hatte, aber draußen war es bereits dunkel, noch voller Schlaf nahm ich das Handy in die Hand und tippte mit dem Finger auf den grünen Hörer. Hermann rief an, Katharina, meine Liebe, pack deine Koffer, wir fahren nach Rom, du erinnerst dich doch dran, dass ich dir von der Tagung in Rom erzählt habe. Hermann hatte mir bereits vor einigen Monaten davon erzählt, ich hatte mir erst Hoffnungen gemacht, aber dann nichts mehr von ihm gehört. Enttäuscht hatte ich die Idee, mit ihm dorthin zu fahren, wieder ad acta gelegt und Hermann hatte kein Wort mehr darüber verloren.

In drei Tagen geht's los, sagte er jetzt am Telefon mit seiner vor Zuversicht triefenden Stimme, die ich tatsächlich mal attraktiv gefunden hatte, jetzt aber nur aufdringlich fand, genau wie Hermann selbst, der glaubte, mich einfach so aus meinem Alltag herausreißen zu können, damit wir zusammen einen Kongress in Rom besuchten. Auch wenn ich anfangs gehofft hatte, dass er irgendwann anrufen würde und seine Ankündigung in die Tat umsetzen würde, verärgerte er mich jetzt, seine Selbstverständlichkeit und die Art, wie er mir zu verstehen gab, dass spontane Auslandsreisen das Normalste auf der Welt waren, während er mir vor Monaten unbegründete Hoffnungen gemacht hatte.

Ich antwortete ihm jetzt, absolut verärgert, aber Hermann, das geht nicht, ich muss in die Schule, wie stellst du dir das vor? Aber da kam, wie aus der Pistole geschossen, seine Antwort, Katharina, mach dir doch nicht so viele Sorgen, jetzt klang er gutmütig und wohlwollend, ein weiser Arzt, der seinen kranken Patienten beruhigte, ich habe alles herausgefunden, in der Schule beurlaubt man dich, es ist ja nur für ein paar Tage, das wird als Fortbildung verbucht, ich kann dir morgen was schreiben, dann kannst du das beantragen, ich sorge für alles, und jetzt fühlte es sich an, als sei er ein großzügiger Vater, der seine schüchterne Tochter mit auf Reisen in die große weite Welt nahm, sie noch zu unerfahren, um alleine zu fahren und, so suggerierte seine Stimme, wenn man sie nicht an die Hand nähme, würde sie nie einen Schritt vor die eigene Türschwelle setzen. Aber mir war es zuwider, wie ein kleines Kind behandelt zu werden, sein Vorauseilen empfand ich als Einmischung in mein Leben, wie konnte er nur darüber bestimmen, wohin ich ging? Nein, unter diesen Umständen würde ich nicht mitkommen, niemals. Außerdem: Es war absurd, sich so spontan, so unkompliziert von allem freizumachen, kein Mensch konnte sich einfach so auf den Weg machen und mir nichts, dir nichts, abreisen, und so erwiderte ich, aber Hermann, also wirklich, das geht nicht, während gleichzeitig ein Gefühl immer stärker wurde: Ich, in Rom, ganz bald, das würde gut passen, das täte mir so unheimlich gut, es wäre genau das, was ich bräuchte, ein paar Tage der Schule und allem anderen hier zu entkommen, endlich mal wieder in einer anderen Umgebung sein. Und überhaupt, Rom stand schon lange ganz oben auf meiner Liste, um genau zu sein, seitdem Jon vor vielen Jahren, noch während unserer gemeinsamen Zeit, dorthin gefahren war und mit leuchtenden Augen von den säulenbeladenen Palästen und marmornen Brunnen erzählt hatte, die Stadt sei wie ein Museum, man geht durch ein Museum, stell dir das nur mal vor, Katharina, hatte er gesagt.

Warum zögerst du noch, Katharina, nenn mir einen guten Grund, Hermann forderte mich heraus und ich verstummte, konnte plötzlich nichts mehr sagen, Katharina, entspann dich, lass doch mal los, lass mich für dich sorgen, schau, ich habe schon ein Hotel für uns gebucht, und ich habe eine Liste mit teuren Restaurants erstellt, in die ich dich einladen möchte, Katharina, ich werde dir die Stadt zu Füßen legen, und jetzt war es mir tatsächlich unangenehm, und ich sagte, Hermann, also wirklich, du weißt, dass du mich so ganz bestimmt nicht überreden kannst, und er sagte, also gut, Katharina, ich übertreibe, wir haben einfach ein paar interessante Tage vor uns, was glaubst du denn, was da für Leute kommen, international renommierte Leute, sage ich dir, ich freue mich einfach, das ist alles. Also gut, sagte ich jetzt, vorausgesetzt, ich werde tatsächlich so kurzfristig freigestellt, gibt es noch eine andere Bedingung, wir schlafen in getrennten Hotelzimmern, auch wenn ich schon ein bisschen zweifelte, ob Hermann trotz getrennter Zimmer zwischen Beruf und Privatleben würde trennen können. Aber was sollten die ganzen Sorgen, es lagen vielleicht wirklich ein paar schöne Tage vor uns und endlich passierte mal etwas in meinem Leben, vielleicht war dies ein erster Dominostein, der andere in Bewegung setzen würde, wer konnte das schon wissen.

Und plötzlich fühlte ich mich energiegeladen, unter Strom, in meinem Bauch kribbelte es, wenn ich mir vorstellte, aus dem Flugzeug zu steigen und italienischen Boden zu betreten, sogar die Härchen auf meinen Armen stellten sich auf, als wären sie elektrisch aufgeladen. Ich überlegte, Anna anzurufen und ihr die freudige Nachricht zu überbringen, aber da fiel mir ihre frisch geborene Tochter ein und das neu gewonnene Familienglück und beim Gedanken an diese bedeutsamen Dinge in Annas Leben wurde meine Reise wieder ganz banal, meine Überschwänglichkeit fast schon peinlich.

Ich schrieb eine Mail an Herrn Gärtner, meinen Schulleiter, und leitete ihm den Antrag weiter, den ich von Herrmann bekommen hatte. Am nächsten Vormittag hatte er bereits geantwortet: Ihr Antrag ist genehmigt, Frau Kerner, wir werden wohl ein paar Tage ohne Sie auskommen, schrieb er. So einfach war das? So einfach konnte man sich für ein paar Tage von all dem hier befreien? Ich fühlte mich erst überrumpelt, dann ausgeschlossen und überflüssig - schließlich schien ich völlig austauschbar zu sein - dann, endlich, machte mein Herz Luftsprünge, in meinen Blutbahnen wirbelten die Hormone, als hätte ich mich gerade neu verliebt. Ich würde nach Rom fahren und übermorgen ging es los!

Ich wusste nicht wohin mit meiner plötzlichen Energie und beschloss, laufen zu gehen. Draußen sog ich die kalte Luft gierig in meine Lungen, sie kühlte mich von innen, ließ mich wieder klar atmen und die gelben Blätter an den Bäumen rechts und links des kleinen Baches funkelten mich fröhlich an. Hübsch fand ich sie heute, obwohl ich doch erst gestern traurig geworden war beim Anblick, wie sie zu Boden gesegelt und dort von Spaziergängern und Hunden, Joggern und spielenden Kindern platt getrampelt worden waren. Und heute machte es mir nichts aus, sie selbst zu zertrampeln, denn es waren ja noch genügend da, dachte ich, und im nächsten Jahr würde es ja wieder welche geben. Überhaupt war ich heute sehr schnell unterwegs, kein Vergleich zu den Tagen, an denen ich nach einem anstrengenden Vormittag in der Schule und einer großen Portion Nudeln, getrieben vom Ehrgeiz und dem Wunsch, die Kontrolle über mein Gewicht zu behalten, meine Füße in die Laufschuhe gezwungen hatte, nicht ohne vorher diverse andere Dinge zu erledigen, als könnte ich mich selbst austricksen, bis ich mich schließlich doch noch überwinden konnte und loslief. Aber heute hatte es mich von ganz allein getrieben und dann hatte ich alle überholt, mein Lauf gleich einem Triumphzug, in meiner Hand die olympische Fackel, und ich stellte mir vor, wie ich im Olympiastadion vor Tausenden von Menschen einlief, die Fackel an meinem ausgestreckten Arm über mir, nichts konnte mich halten, vor nichts hatte ich Angst hier draußen im Park. Die paar stählernen Kerle, die mich überholten, ignorierte ich, denn wer wollte schon so sein wie sie, mit ihren verhärteten, mit Schweiß überzogenen Gesichtern, unerbittlich mit sich selbst und ganz bestimmt auch mit anderen, nein, die ließ ich gerne vorbei ziehen, bitteschön, und triumphierend zog ich wiederum an Familien mit Kindern vorbei, die ihren Wochenendspaziergang machten, denn es machte mir jetzt nichts mehr aus, nicht dazuzugehören, im Gegenteil, erleichtert war ich, über die Last, die nicht auf meinen, aber auf den Schultern der Eltern lag, die mit ihren Sorgen und den ständigen Quengeleien ihrer Kinder zurechtkommen mussten, und wie froh war ich, einfach an ihnen vorbei zu ziehen, und dass ich in diesem Moment kein eigenes Kind im Schlepptau hatte. Aber als würde ich doch daran zweifeln, bekam ich plötzlich Angst und drehte mich herum, um mich zu vergewissern, dass da wirklich kein Kind hinter mir her-lief, das Mama, Mama, warte auf mich, rief, aber nein, natür-lich war da niemand und ich setzte meinen Lauf fort, vorbei am Weiher, über die kleine Brücke, immer weiter durch die gelblich-nassen Bäume im Park.

Als ich die kleine Querstraße überquerte, die stadtaus-wärts führte, blieb mein Blick an einem Ehepaar hängen, dass ich vielleicht von irgendwoher kannte, nur wusste ich nicht woher, oder vielleicht kannte ich sie auch nicht, vielleicht erinnerten sie mich nur an meine Eltern, so wie sie dort ne-beneinander entlanggingen. Aber dann merkte ich, dass es an ihrer Haltung, an ihrem Gesichtsausdruck lag, dass sie mir auffielen, denn man sah sofort, dass sie sich uneins waren, dass zwischen ihnen eine große Kluft lag wie zwischen mir und Jon früher, und wie am Ende auch zwischen mir und Jakob, und zwischen mir und Stefan. Die beiden hier gehör-ten allerdings eindeutig zusammen, denn nicht nur ihre Män-tel hatten eine ähnliche Farbe, auch ihre Schrittlänge hatten sie im Laufe der vielen gemeinsamen Jahre einander ange-passt. Auf den ersten Blick erkannte ich das, so intuitiv, wie ich sofort erkennen würde, wenn es Stefan wäre, der vor mir im Auto säße und mit seinen Händen auf das Lenkrad trom-melte oder wenn es Jon wäre, der auf einmal an mir vorbei joggte.

Sie kamen immer näher, liefen direkt auf mich zu, oder eher ich auf sie, jetzt getrieben von einer Neugier, die ich nicht kontrollieren konnte: Was konnte es sein, dass eine solche Verbindung wie die, die die beiden hatten, die sogar in äußeren Dingen sichtbar wurde, auf eine solch plötzliche und ebenfalls sichtbare Art in die Brüche ging, plötzlich zu einer Kluft wurde, die nicht zu überwinden war, wie ein deutlicher Sprung im Spiegelglas war, dessen scharfe Kanten sich in das Fleisch der Finger schnitten, wenn man versuchte, die Scherben anzufassen, um sie wieder zusammenzufügen.

Die beiden waren jetzt ganz nah. Ich würde in sie hineinlaufen, wenn ich nicht aufpasste, und dann würde ich mich erklären müssen, würde ein paar Worte stammeln, die niemand verstünde, und könnte niemals herausfinden, was die Frau sagen wollte, als sie gerade ansetzte, zu sprechen, gerade als ich doch noch einen Satz nach rechts machte, um an ihnen vorbei zu laufen und hörte, wie die Frau wütend zu ihrem Mann sagte, Wie viele Stunden willst du noch über deinen Fehler sprechen? Es reicht, es reicht, es reicht! Er tat mir in diesem Augenblick unendlich leid, weil er offensichtlich einen Fehler begangen hatte, der einen Keil zwischen die beiden getrieben hatte und seine Frau ihm nicht verzeihen konnte, obwohl er sie flehend darum gebeten hatte. Und auch er selbst konnte sich wahrscheinlich nicht verzeihen, spürte mit allen Fasern seines Körpers, was passiert ist, ist passiert, es ist nicht mehr rückgängig zu machen. Auch seine Frau tat mir leid, die jetzt die Folgen dieses Fehlers ertragen musste, genau wie sie den Abgrund akzeptieren musste, der sich zwischen ihnen aufgetan hatte, denn dort, wo es vorher ein gemeinsames Leben mit gemeinsamen Mänteln und Schrittlängen gegeben hatte, war jetzt eine Unebenheit, eine Ungleichzeitigkeit im Spiel, eine Schrägheit der Töne, und ihr Lied spielten sie nicht mehr in Dur sondern in Moll, und noch schlimmer, immer wieder gab es Aussetzer und schiefe Töne, die nicht zum eigentlichen Stück gehörten. Und sie, sie musste darüber hinaus noch das unendliche Selbstmitleid ihres Mannes ertragen, der, genau wie sie, in seinem Schmerz am Rande des Abgrunds wanderte, oder eher schlidderte, in ständiger Gefahr, doch noch abzurutschen, immer wieder schiefe Töne von sich gebend, die lange vorher nicht zu ihrem Stück gehört hatten und auch jetzt nicht dazu passten, so sehr sie sich auch anstrengten.

Es war ein echtes Dilemma, in dem die beiden steckten, aber am Ende ging es mich nichts an. Ich drehte mich noch einmal um, sah das Paar jetzt schon nur noch von weitem, war unendlich froh, dass ich so einfach an ihnen vorbeilaufen konnte, und so leid sie mir auch taten, sie hatten nichts mit mir zu tun, rein gar nichts, ich hatte genügend eigene Probleme.

Wieder zu Hause angekommen lenkte ich mich von der beunruhigenden Begegnung ab, duschte lange, genoss, wie das heiße Wasser meinen Körper hinunter strömte, bis in die kleinste Pore drang, durch meine Adern bis in die letzte Zelle schwamm. Später dann packte ich die Koffer für Rom, obwohl es mir schwerfiel, zu entscheiden: Welche Kleidungsstücke würde ich auf den wissenschaftlichen Konferenzen benötigen, was würde ich anziehen, wenn wir abends essen gingen, gleichzeitig versuchte ich, alle Kleidungsstücke zu vermeiden, die Hermann falsch interpretieren könnte, die er als Einladung zu überladenen, unpassenden Komplimenten verstehen könnte.

Ich war fast fertig, als mein Handy piepste, und ich neugierig aufstand, um zu schauen, wer geschrieben hatte. Eine unbekannte Nummer schrieb: Hallo Katharina, wie geht es dir? Ich würde mich gerne mit dir treffen. Hast du Zeit? Und noch bevor ich am Ende der Nachricht angekommen war, schlug mein Herz schneller, diese Worte kannte ich, den Ton dieser Worte, das war weder Dur noch Moll, es war weder Chopin noch Bach, das war unser ganz eigenes Lied, und ich wusste es einfach, ganz ohne Zweifel, auf diese Worte hatte ich lange gewartet, sehr lang, die Zeit war mir unendlich lang vorgekommen, ich hatte diese Worte viele Jahre lang immer wieder vor mir her gesprochen, vor und zurück gedreht, laut geflüstert und gesprochen, im Geiste auf den Bildschirm getippt, und sie vorgelesen, erst in der richtigen Reihenfolge, dann durcheinander gewürfelt, bis sie gar keinen Sinn mehr ergaben, obwohl ich genau wusste, was sie eigentlich bedeuteten, denn das konnte ich nicht auslöschen, einmal ausgesprochen stand es im Raum, nämlich, dass ich ihn doch noch einmal treffen könnte, und so wie ich jetzt die Worte im Kopf vor Aufregung durcheinander würfelte, würden sie vielleicht mein Leben durcheinander würfeln, wenn ich ihre Botschaft in mein Leben ließe, nämlich, dass er mich treffen wollte, und dann würden sich die einzelnen Buchstaben vielleicht miteinander vermischen, sich an neue Stellen in die Geschichte meines Lebens setzen, eine neue Bedeutung bekommen, und die bekannten Buchstaben, die vertrauten Laute, würden von ihm zusammengesetzt eine ganz neue Bedeutung bekommen, eine, die ganz allein er ihnen verlieh. Ich hatte es versucht, meinem Leben eine neue Bedeutung zu geben, aber alleine konnte ich es einfach nicht schaffen, ich brauchte das Fremde, das dem Eigenen einen neuen Sinn gab. Und ich hatte so lange gehofft, die Worte irgendwann zu lesen und die Melodie seiner Stimme irgendwann wieder hören zu können, und da gab es auch keinen Zweifel, von wem sie kamen, das konnte nur einer sein, denn es gab nur einen, von dem ich diese Worte hören wollte, ich hörte sie ihn aussprechen und las das Ende der Nachricht: Viele Grüße, Jon.

Mein Herz machte einen Sprung, dann pochte es viel zu schnell, meine Gedanken überschlugen sich, das Blut stieg mir in den Kopf, die Wärme durchströmte meine Brust, Oh ja, ich hatte Zeit, das war das geringste Problem, was war schon dieser eine Moment, in dem ich ihn treffen konnte, im Gegensatz zu den vielen Jahren des Wartens, in denen ich meine Zeit mit so unwichtigen Dingen verbracht hatte, den leeren Abenden mit Jakob, den falschen Gesprächen mit Stefan, alles, was bisher geschehen war, kam mir so unbedeutsam vor, im Gegensatz zu dem, was jetzt möglich war, was meine Gedanken vor sich hin murmelten, bis ich es lebhaft vor mir sah, wie ich ihn wieder erkennen würde, wie wir uns in die Arme fallen würden und wie er meine Hand nehmen und sie drücken würde.

Und da begann ich auf einmal zu zweifeln, ich täuschte mich bestimmt, er wollte mich gar nicht treffen, sondern einfach nur hören, wie es mir ging, ja, bestimmt machte ich mir viel zu viele Hoffnungen.

Aber da stand es, schwarz auf weiß, Ich würde mich gerne mit dir treffen. Vielleicht war er nur zu Besuch bei seinen Eltern, im Schlepptau hatte er die gesamte Familie, Tochter und Frau, eine bildhübsche Frau, es konnte nicht anders ein, und auch seine Tochter hing jetzt in meiner Vorstellung an seiner Hand, sie zog ihn zurück, rief, Komm, Papa, wann gehen wir nach Hause, denn ein neues zu Hause hatte er bestimmt gefunden, während ich in meinem Leben vor mich hin dümpelte: Was hatte ich schon erreicht, eine Grundschullehrerin, die ein schlechtes Verhältnis zu ihren Eltern hatte, eine erwachsene Frau, die immer noch nicht wusste, wohin es in ihrem Leben gehen sollte, weil sie die wichtigen Entscheidungen in ihrem Leben falsch getroffen hatte. Meine Welt würde auf seine prallen, und ganz sicher wären beide unvereinbar, und selbst in einem kurzen Treffen würde das schon offensichtlich werden, da war ich mir sicher. Und doch, es ging nicht anders, ich wusste, ich konnte diese Gelegenheit nicht verpassen, ich durfte es einfach nicht, ich würde mich mit ihm treffen müssen, aber erst, wenn ich aus Rom zurück war, denn ich wollte mich vorbereiten, wollte nicht unüberlegt die Chance verstreichen lassen, die eine, die ich vielleicht nur noch hatte, in meinem ganzen Leben.

Als ich in Fiumicino aus dem Flughafengebäude trat, regnete es in Bindfäden und es war keine Spur von der südlichen Gelassenheit zu entdecken, von der man immer sprach: Die Menschen hasteten hin und her, geduckt, die Bushaltestelle ein einziges Chaos, niemand wusste, an welcher der Schlangen man sich anstellen sollte, der einzige wartende Bus bereits hoffnungslos überfüllt. Die Leute drängten in die geöffnete Tür, während andere versuchten, ihre Koffer in das überquellende Gepäckfach unten im Bus zu drängen, dann aber nicht mehr in den Bus einsteigen konnten, weil sich dieser in der Zwischenzeit mit Menschen gefüllt hatte, und wo musste man überhaupt das Ticket bezahlen, keiner konnte einem weiterhelfen. Ich wollte am liebsten flüchten, wieder zurück in den Flieger, auf schnellstem Weg nach Hause, musste aber in die Stadt, konnte die Verabredung mit Hermann und den Kongress der Meeresbiologen unmöglich absagen. Ein Taxi kostete 60 Euro, ein überteuerter Touristentarif, den ich ebenso wenig bezahlen wollte wie in den vollen Bus zu steigen. Ich war ratlos und stellte meinen Koffer auf die Stufen der Treppe des Eingangsgebäudes. So hatte ich mir Rom nicht vorgestellt.

Ich beschloss, zu warten, bis der Regen ein wenig schwächer wurde, vielleicht war es ja nur ein Wolkenbruch, und schaute mich um, sah, dass noch andere warteten, auch sie waren ratlos, was zu tun war, waren besorgt, zu spät zu ihren Terminen und Verabredungen zu kommen. Es schien ein Streich des Schicksals zu sein - man fuhr in den Süden, um endlich besseres Wetter zu haben, den gräulichen Schattierungen des deutschen Himmels nach langem Hin und Her den Rücken zu kehren, traute sich schließlich, einen Fuß vor die Tür zu setzen und dann so etwas: Man musste sich gefallen lassen, dass auch der südliche Wind, zwar ein wenig gelassener und nicht so schneidend hart, aber dennoch unschön war, einem einen Strich durch die Rechnung machte und einen mit einer scharfen Brise und einem ordentlichen Regenguss empfing. Ich überlegte, ob es Zufall oder Schicksal war, oder vielleicht auch eine Strafe dafür, dass wir Menschen glaubten, uns den Bedingungen der Natur widersetzen zu können, dass wir das Flugzeug erfunden hatten, das uns größenwahnsinnig machte, weil wir geschafft hatten, die Beschränktheit des menschlichen Körpers zu überwinden: Wir Menschen atmeten, tranken und aßen, wir konnten sprechen und laufen, aber wir konnten nicht fliegen. Und nur, weil wir einmal geschafft hatten, die Natur auszutricksen, bedeutete nicht, dass wir es wieder schaffen würden, und das Wetter war nun mal eines der wenigen Dinge, die sich vollständig unserem Einfluss entzogen. Es blieb uns nichts anderes übrig, als zu akzeptieren, es als Tatsache anzunehmen, statt sich dagegen zu wehren, und so konnte ich auf einmal die wahre Kraft spüren, die Macht des peitschenden Regens, des heulenden Windes und der Wolken, die schnell vorbei zogen, sich zu neuen Formationen zusammenschlossen, konnte die Feinheit der unterschiedlichen Schattierungen von Grau am düsteren Himmel erkennen, der mir auf einmal vorkam wie ein wunderbares Gemälde, vielleicht von Leonardo da Vinci oder Caspar David Friedrich, in Öl gepinselt, mit kräftigen dunklen Pinselstrichen, die so kräftig waren, dass sie eine Delle auf der Leinwand hinterließen, und die Windböen wurden zu einzelnen Pinselstrichen, die feine Rillen in der dicklichen Textur der Farbe hinterließen, die Willkür des Wettergeschehens, das ich beobachtete, während ich hier auf der Treppe saß, wurde zu den Launen des Malers, der im einen Moment noch nicht wusste, wo er den Pinselstrich im nächsten Moment ansetzen würde.

Ich hatte einen erhabenen Moment erlebt, eine seltsame Kraft der Natur hatte mich erfasst, aber jetzt stand ich nur noch im Chaos, es war ein Chaos an Menschen, die herum wuselten, die mit fragenden, ratlosen und manchmal auch verzweifelten Gesichtern versuchten, das nächste Taxi vor ihrem Nebenmann zu ergattern, sie drängten andere beiseite, jeder war darauf bedacht, möglichst schnell an sein Ziel zu kommen. Gier, Zorn, Egoismus, nervöses Misstrauen, Panik, all das stand den Menschen ins Gesicht geschrieben: Würden die anderen in der Schlange die Reihenfolge einhalten, wenn der nächste Bus angekommen war, würden die Taxifahrer sich an die Reihenfolge in der Schlange halten, würde es am Ende überhaupt genügend Busse und Taxen für alle geben. Jeder wollte als Erster durch die Tür ins Freie treten, denn es waren eindeutig die Schnellsten und Stärksten, die die nächsten freien Plätze bekamen, und alle schienen vergessen zu haben, wo sie waren, und warum sie hier waren. Aber es gab doch eine einzige Sache, in der sie vereint waren, nämlich im Ziel, schnellstmöglich von hier wegzukommen, und sie waren bereit, einer nach dem anderen, zu handeln, und zwar ohne Rücksicht auf Verluste.

Und in diesem chaotischen Egoismus hatten alle vergessen, wie verwundbar unsere Leben waren, wie sehr Momente zählten, in denen man innehielt, das Leben in seiner Schönheit genoss, weil es so kostbar war, jeder einzelne Moment, den man in diesem Leben hatte. Oder waren diese Menschen gerade deshalb so nervös, weil sie das schon längst verstanden hatten, weil sie nämlich Angst hatten, alles zu verlieren, ihr ganzes Leben, das sie sich in mühsamer und langwieriger Arbeit aufgebaut hatten, das angesichts der Kraft der Natur und der Boshaftigkeit der anderen Menschen so zerbrechlich erschien. Man konnte verletzt werden, man konnte krank werden, man konnte sterben, so wie die Menschen, die ich in der letzten Woche in der Intensivstation gesehen hatte, als ich mit dem Fahrrad am Universitätsklinikum vorbei gefahren war. Das Haus war aus grauem Beton gewesen, es hatte vier Etagen, in denen alle Räume rechteckig und symmetrisch zueinander angeordnet waren, eine Perfektion der Symmetrie, die der Architekt sich ausgedacht hatte. Die grauen Etagen bildeten das Skelett des Hauses, das stellenweise gefüllt war mit hölzernen Planken, die in rechteckiger Anordnung die ansonsten graue Fassade des Hauses auflockerten. Und es gab riesige Fenster an jedem Zimmer, die sich mit den hölzernen Planken abwechselten und die von Kopf bis Fuß reichten und ein fahles neonfarbenes Licht auf die dunkle Straße vor mir warfen. Die Fenster ließen einen Blick auf das zu, was in den Räumen war: In jedem Zimmer stand ein Bett, in scheinbarer Unordnung darum herum einige Geräte und viele Schläuche, die von rechts nach links und von oben nach unten führten und die sie umgaben, als lägen in den Betten keine Menschen, sondern Spinnen mit ihren Armen, die durch die Geräte am Leben gehalten wurden.

Aber es passierte nichts. Ich konnte niemanden sehen, und obwohl es schon spät in der Nacht war und auf der Station sicherlich bereits Nachtruhe herrschte, kam mir diese scheinbare Ruhe bedrohlich vor, wie die Ruhe vor dem Sturm, das Auge des Wirbelsturms, in dem erstmal nichts passierte, sich aber alle vor der nahenden Katastrophe in Sicherheit brachten. Ich war mir sicher, es lagen Menschen in den Betten; die

Unordnung der Bettdecken, dessen Silhouetten ich noch erkennen konnten, deutete dies an, und es waren schwerkranke Menschen, deren Leben an einem dünnen, gläsernen Faden hing, an wenigen ineinander verdrehten Schläuchen, die hinter einer Glasscheibe in gedämpftem, neonfarbenen Licht dahin dämmerten, und es waren Menschen, die sich vielleicht noch nicht mal über diese Dinge bewusst waren, die selber die Glasscheiben und das Neonlicht und das betonfarbene Skelett nicht sehen konnten, weil sie mittendrin lagen, die gar nicht ahnten, in welcher Gefahr sie sich befanden. Ich kam mir vor wie ein Voyeur, denn von außen betrachtet war es sternenklar, sie konnten jeden Moment sterben und ich konnte von hier draußen dabei zuschauen, und mir wurde klar, dass mir das nicht zustand - niemandem stand es zu, dabei zuzuschauen, wie das Leben eines Menschen zu Ende ging und mit ihm auch ein Sammelsurium an Erlebtem, ein Gehirn voller Erinnerungen, das einfach so aufhörte, zu pulsieren, so dass all das verloren ging, was dieser Mensch in seinem Leben gehört, gesehen, gerochen, geschmeckt und gefühlt hatte, all das war einfach so weg, ausgelöscht, im unvorstellbaren Nichts vergessen und verloren.

Ich riss mich vom Anblick der hilflosen Silhouetten los und fuhr weiter, jetzt vorsichtiger als vorhin, fragte mich aber noch, ob auch Henriette Reker unter den Verwundeten war, die Oberbürgermeisterin, die in der Woche zuvor durch die Messerattacke eines psychisch kranken Rechtsextremen verletzt worden war. Wer hatte damit gerechnet, am allerwenigsten sie selbst, wie schnell ein Mensch eine Grenze überschreiten konnte, so schnell, dass keiner Zeit hatte, zu reagieren, außer sie selbst, sie hatte ihr Leben in die Hand genommen, hatte sich die verletzte Luftröhre zugehalten, die einzig kluge Tat im Chaos der wahnsinnig gewordenen Menschen. Keiner wusste, wie schnell es gehen konnte, dass auch andere Menschen Grenzen überwanden, Grenzen, die ihnen andere gesetzt hatten, und die sie nicht akzeptieren wollten, was wäre, wenn plötzlich immer mehr Menschen immer mehr Grenzen in Frage stellten, wo wären wir dann, wie könnten wir miteinander leben, wie könnten wir überleben? Und überhaupt, wie konnten andere Menschen aushalten, was sie erlebten, wie sehr sie litten, und wo war die Grenze zwischen ihnen und mir, wer bestimmte, dass es ihnen schlecht ging und nicht mir, wer traf diese Art von Entscheidungen?

Und dann hatte ich plötzlich Angst um mich, mein Leben, und auch Angst um Jon, denn ich wusste nicht, wo er war, hatte er sein Leben im Griff oder bewegte er sich auf einen unsichtbaren Abgrund zu, wie weit war er von einer Katastrophe entfernt, wie weit war ich es, welche Entscheidungen musste ich in meinem Leben treffen, die mich vor einer Katastrophe bewahrten? Wer würde mir Antwort auf diese Fragen geben, denn ich brauchte ganz dringend jemanden, der solche Antworten hatte, und auf einmal kam ich mir so allein vor, es traf mich wie ein Schlag, so allein war ich und wünschte mir nichts mehr, als dass du, Jon, jetzt hier neben mir auf der Treppe sitzen und meine Hand halten würdest, denn das würde ausreichen, um meine Angst zu beschwichtigen, um alles wieder gutzumachen, das Gleichgewicht zwischen Gut und Böse auszubalancieren, die Gewichte dort auf die Waage legen, wo sie fehlten, um das schwankende Boot in den sicheren Hafen zu bringen, und um die Dinge wieder richtigzustellen, die hier außer Kontrolle geraten waren.

Ich überlegte, wie Jon sich verhalten hätte, hätte er sich eingereiht in die Reihe der Kämpfenden am Flughafen von Fiumicino, in die Reihe derjenigen, die mit ihren Regenschirmen kämpften und dabei ihre Ellbogen in die Rippen ihres Nebenmannes links stießen und auf den Fuß ihres Nebenmannes rechts traten, und sich nicht entschuldigten, oder hätte er sich neben mich auf die Treppe gesetzt und stillschweigend den Kopf geschüttelt über diese Menschen, sie genauso verabscheut wie ich, hätte einfach geschehen lassen, was als nächstes passierte, sich dem Schicksal ergeben oder vielleicht auch dem Zufall, je nachdem, was es war, was hier geschah, und ich bin mir sicher, er wäre hier an meiner Seite gewesen, wie ich hätte er einfach nur zugeschaut und wir hätten uns angeschaut und gewusst, was der andere dachte. Und dann wollte ich plötzlich nicht mehr in Rom sein, an diesem grauen, kalten Flughafen sitzen, sondern schon wieder zurück zu Hause sein, wo ich ihn endlich treffen könnte.

Ich hatte mich endlich für eine weite schwarze Bluse entschieden, mit V-Ausschnitt und kurzen Ärmeln, und einer eng anliegenden Jeans, nachdem ich den gesamten Inhalt meines Koffers auf dem Bett ausgebreitet hatte, verschiedene Kombinationen hingelegt und anprobiert hatte. Eine schien mir zu festlich zu sein, die andere zu leger, andere Kleider waren wiederum unprofessionell oder langweilig, nichts schien richtig zu sein, und ich ärgerte mich über mich selber: Warum fiel mir das immer so schwer, während andere einmal in den Schrank griffen und schon gut aussahen, genau wie Anna, die jetzt bestimmt eine Lösung gehabt hätte, so mir nichts dir nichts hätte sie mir eine ihrer Blusen ausgeliehen und sie hätte gesagt, ist doch kein Problem, Katharina, ist doch selbstverständlich, aber für mich war es nicht selbstverständlich, nichts war selbstverständlich, alles kostete mich solche Mühe, und ich hätte ihr am liebsten entgegengeschrien, ach, Anna, du hast doch gar keine Ahnung, es ist alles ein riesiges Problem, nur dass du es nicht siehst, und überhaupt, du weißt nicht, wie es ist, ich zu sein, wie schwer das ist, du in deiner heilen Welt!

All das hätte ich Anna gesagt, wenn sie hier in Rom mit mir wäre, aber das war sie nicht, ich war alleine, musste mich ohne sie für ein Outfit entscheiden, entschied mich am Ende für etwas Unauffälliges, um nichts falsch zu machen, nicht ohne mich darüber zu ärgern, dass ich mich nicht traute, aufzufallen.

Der Tagungsort war, wie alle Häuser in Rom, alt und prachtvoll. In einer Seitenstraße der Via del Pellegrini gelegen war der Palazzo einer von vielen anderen Herrenhäuser im Zentrum Roms, eines glänzender als das andere. Bereits die geschwungene marmorne Steintreppe gab mir das Gefühl, fehl am Platz zu sein. Warum hatte ich mir nicht etwas Festlicheres eingepackt, war doch klar, dass ich mich in Rom in meiner normalen Kleidung unpassend angezogen fühlen würde. Aber daran ließ sich jetzt nichts mehr ändern, es war zu spät, und so blieb mir nichts Anderes übrig, als die Treppe hochzusteigen, genau wie alle anderen, die jetzt in immer größerer Anzahl wie Ameisen auf einer Ameisenstraße hereinströmten. Bei ihnen erschien es so leicht, als lebten sie ständig in solchen königlichen Häusern und müssten jeden Tag dreimal eine solche Treppe hoch und hinunter steigen, zum Frühstück, Mittag- und Abendessen, wenn ihre Bediensteten sie riefen oder die Glocke betätigten, auch wenn ich sicher war, dass dem nicht so war, denn es waren ganz normale Menschen wie du und ich, Akademiker ohne Ausnahme, aber mit einem normalen Gehalt, normalen Häusern und keinem Hauspersonal. Warum aber kam mir jede Stufe trotzdem so unendlich viel höher vor als ihnen, und ich überlegte, ob ich die Wahl hatte, weiterzugehen oder umzudrehen, aber da nickten mir bereits einige andere Wissenschaftler zu, anscheinend hatten sie mich erkannt oder waren einfach höflich, jedenfalls hatte man mich gesehen, ich konnte nicht mehr umdrehen und als ich oben ankam, stürmte auch Hermann heran, der schon seit einigen Tagen in Rom war, den Lifestyle genießen, den Puls der Stadt fühlen, wie er mir beschrieben hatte, er als Freiberufler konnte sich das ja auch leisten, so ohne Weiteres ein paar Tage freimachen, wo war das Problem, hatte er zu mir gesagt. Katharina, wie schön, dich zu sehen, begrüßte er mich, wie war der Flug, bist du zufrieden in deinem Hotel, wenn nicht, können wir dich in meinem einchecken, kein Problem, man hat mir schon versichert, dass noch etwas frei ist, es gibt schöne Zimmer, Stuck an der Decke, Whirlpool im Bad, Zugang zur Lounge und so. Ich musste ihm ins Wort fallen, aber nein, Hermann, es ist alles in Ordnung, mein Hotel ist schön, ich mag es auch, wenn es ein bisschen einfacher und weniger überladen ist. Er murmelte, schön, schön, dann ist ja gut und schien mit den Gedanken schon wieder woanders, schaute unruhig über die Köpfe der Menschen, erklärte, er würde uns mal einen Drink und ein paar Happen organisieren und weg war er.

Ich ließ meinen Blick durch den Raum schweifen: Die Decken waren hoch und mit beigem Stuck verziert, dicke Kronleuchter schwebten in einigem Abstand voneinander über den Köpfen der Menschen. Die Luft schwirrte vor klirrenden Gläsern und die getäfelten Wände schienen das Stimmengewirr der Menschen zu schlucken, denn es war nur leise zu hören, zusammen mit dem Klang eines Klaviers, auf dem jemand spielte, so leise, dass es niemanden störte, aber so laut, dass es gerade noch zu hören war. Der edle Eichenfußboden und die riesigen Topfpalmen, die am Rande des Saals und in den Ecken aufgestellt waren, verliehen dem Raum eine Wohnlichkeit, die von den Kronleuchtern untermalt wurde, dessen warmes Licht auch mich erreichte, und ich war erleichtert, ich fühlte mich hier wohl, ich begann zu verstehen, dass ich Teil eines großen Ganzen war, ein kleiner Teil zwar, aber privilegiert genug, die große Marmortreppe aufzusteigen, und ich begriff, dass ich es genießen sollte, auch das Champagnerglas zu halten, das Hermann mir nun in die Hand drückte. Er hatte einen Teller mit Häppchen gefüllt, auf dem ich auf den ersten Blick Pumpernickelscheiben mit Lachs, Satéspieße und asiatische Sommerrollen erkannte, und stellte ihn auf den nächsten freien Stehtisch. Er hatte inzwischen herausgefunden, dass es heute Nachmittag erste Vorträge geben würde, nichts Weltbewegendes zwar, die berühmten Wissenschaftler aus den USA würden erst morgen sprechen, aber dennoch schienen einige interessante Themen dabei zu sein. Hermann hatte für heute Nachmittag andere Pläne, und da hatte er mir geheimnisvoll zugezwinkert, so dass ich gar nicht erst danach fragte, um welche seiner heimlichen Geliebten es sich diesmal handelte. Hermann war verheiratet, seit 22 Jahren, früher mal glücklich, wie er mir versichert hatte, beide Kinder waren inzwischen schon aus dem Haus und seine Frau ahnte nichts von seinem Doppelleben. Es machte mich traurig über sie nachzudenken, das Leben, das sie mit einem Mann führte, der sie hinterging, aber ich war nicht dafür verantwortlich, es waren zwei Leben, mit denen ich nichts zu tun hatte, und es stand mir nicht zu, mich darin einzumischen.

Wir verabredeten uns für den Abend, es sollte einen Empfang mit Ausstellungseröffnung in der Villa Massimo geben, eine von der deutschen Regierung finanzierte Akademie für Künstler, die ihren Stipendiaten erlaubte, ein ganzes Jahr unter südlicher Sonne zu verbringen, darunter Schriftsteller, Architekten, bildende Künstler, Komponisten. Ich beneidete diese Leute um ihre Freiheit, um ihr künstlerisches Talent, und um ihren Mut, das zu tun, was sie am besten konnten, den Mut, dafür vielleicht das größte Risiko ihres Lebens einzugehen.

Ich wollte mir den Abend in der Villa nicht entgehen lassen und so war ich bereits nach dem ersten Vortrag am Nachmittag nach Hause geeilt, um genügend Zeit zu haben, mich für den Abend vorzubereiten. Als ich mich einigermaßen angefreundet hatte mit dem Kleid, das ich als Einziges in meinem Koffer fand, legte ich ein schnelles Make-up auf, überlegte, ob meine Haare offen oder geflochten den besseren Eindruck hinterlassen würden, und konnte mich wieder nicht entscheiden, flocht erst die Haare, aber es gefiel mir nicht, warum war das denn immer so schwer, und weil ich es leid war, wieder und wieder zu überlegen, riss ich mein Zopfband los, schüttelte den Kopf aus und ging einfach los, mit offenen und leicht zerzausten Haaren, hinein in das Gewirr der Straßen in der Stadt.

Es war nicht einfach, die Villa Massimo zu finden, denn sie lag in einem der zentraleren Stadtteile Roms, ihre Mauern waren umgeben von vielen engeren und breiteren Straßen und hohen Häuserschluchten und wenn man sich hier nicht auskannte, sah alles mehr oder weniger gleich aus, konnte man eine Ecke zu früh oder zu spät abbiegen und landete wieder ganz woanders, fühlte es sich an, als müsste man von vorne beginnen. Erst ganz zuletzt sah man dann die uralten Mauern, die mit der allerneuesten modernen Technik ausgestattet waren, kleine graue Kameras, die alles und jeden beobachteten, der hier parkte oder mit dem Hund spazieren ging, denn offensichtlich drohte auch hier die allgegenwärtige Gefahr des Terrorismus, oder vielleicht waren es einfach nur Kleinkriminelle oder die italienische Mafia, vor denen man sich schützen wollte.

Ich ging entlang der Mauern, suchte nach einer Unterbrechung, nach einer Tür, an der Hermann auf mich warten würde, aber es dauerte, bis ich fast um das ganze Anwesen herumgelaufen war und endlich vor einem eisernen Tor stand, das riesig war und dicke Gitterstäbe hatte. Das Tor war so wuchtig, dass es mir den Atem verschlug, und erst, als ein kleiner, dicker Mann aus dem Häuschen in der Ecke direkt neben dem Tor trat, das mir vorher gar nicht aufgefallen war, hörte ich auf, es anzustarren.

Er fragte mich in fast perfektem Deutsch, ob ich Hilfe bräuchte. Mein Herz pochte und ich blickte noch einmal am riesigen Tor hoch in Richtung Himmel, dann machte der Pförtner noch einen Schritt auf mich zu und ich erinnerte mich wieder daran, ich musste etwas sagen, sonst würde er mich nicht hereinlassen. Schnell stammelte ich Hermanns Name und sagte, ich wolle zum Kongress der Meeresbiologen und wie durch ein Wunder öffnete sich das schwere, eiserne Tor mit einem langsamen Quietschen und ich trat ein.

Ich musste daran denken, wie es wäre, wenn Jon mich jetzt sehen könnte, wenn er hier an meiner Seite durch dieses Tor gehen würde, würde er mich mit Bewunderung anschauen, wie ich mich zurechtgemacht hatte, wie erwachsen ich geworden war, seitdem wir uns das letzte Mal gesehen hatten, und würde es ihn mit Stolz erfüllen, dass ich ihm die Gelegenheit verschafft hätte, die Villa Massimo in Rom zu besuchen? Aber da fiel mir ein, dass Jon nie viel Wert gelegt hatte auf gesellschaftliche Anlässe, Small-Talk wenn möglich aus dem Weg gegangen war und Menschen verabscheute, die sich mit ihren akademischen Errungenschaften brüsteten und bei anderen damit prahlten, nein, er würde sich hier nicht wohlfühlen. Ich beschloss, dass es mir egal war, jetzt und hier war ich allein, und alleine war ich sowieso viel freier und viel unabhängiger, konnte gehen, wohin ich wollte, niemand hinderte mich daran, auf diesen Empfang zu gehen, und als ich in der Dämmerung die Auffahrt hinauf schritt, verschlug es mir den Atem angesichts meiner absoluten Freiheit, angesichts der unbekannten Gelegenheiten, die im Laufe dieses Abends auf mich warten würden, und der extremen Schönheit dessen, was ich vor mir sah: Hinter dem Tor begann ein geradliniger, sandfarbener Weg, der von hohen, schmalen Zypressen gesäumt war. Zwischen jeden dritten und vierten der hohen Bäume hatte man eine lange Fackel gesteckt, sodass der Weg in Richtung des herrschaftlichen Hauses, dessen Umrisse man am Ende der Allee sehen konnte, von den im Wind lodernden Fackeln begleitet wurde. Das dahinten war also die Villa, das Haus, das schon so viele aufstrebende Künstler oder solche, die es einmal werden wollten, beherbergt hatte, ihren künstlerischen Gedanken den nötigen finanziellen Freiraum verschafft hatte, und ich dachte, wer weiß, welche Gedanken hier unter diesen Bäumen gedacht, welche Pläne geschmiedet, Revolutionen beschlossen, Freundschaften geschlossen und Abschiede betrauert wurden.

Auf dem ockerfarbenen Platz vor der Villa hatte man keine Mühe und auch keine Kosten gescheut, alles war absolut festlich hergerichtet, das lange Buffet quoll über mit köstlichen Happen, die, jeder einzeln betrachtet, schön aussahen, überhaupt sah alles schön aus, das festlich beleuchtete Haus, ein sandsteinfarbener zweistöckiger Bau, der an seiner linken und rechten Seite von säulenumrandeten Gewölben flankiert war und von einer breiten Eingangstreppe in einen rechten und linken Flügel geteilt wurde, die beide symmetrisch aufgebaut zu sein schienen. Und es gab noch eine riesige, schwere Eingangstür aus Eichenholz, die von hellbeigen Sandsteinen umrandet war und absolut majestätisch im Hintergrund ruhte.

Doch jetzt spielte sich alles hier draußen ab, man hatte einen Flügel hier heraus geschafft, es gab einen Klavierspieler, der leise darauf klimperte, allerdings von niemandem besonders beachtet wurde, man kannte sich scheinbar aus in dieser gesellschaftlichen Umgebung, es war nichts Besonderes und das ließ man schon irgendwie heraushängen. Die Gäste hatten sich teils an die Tische gesetzt, die unter den hohen Pinienbäumen aufgestellt waren, teils unterhielten sie sich in kleinen Grüppchen miteinander. Ich versuchte, Hermann zu finden, konnte ihn aber nirgends entdecken, was würde ich tun, wenn ich ihn hier nicht fände, was, wenn er gar nicht hier war, was würde ich dann tun, ich wäre absolut verloren zwischen all den Fremden, müsste umkehren, aber da trat ein älterer Herr auf mich zu, streckte die Hand aus, drückte fest zu und schüttelte, scheinbar hatte er meine Unsicherheit gesehen, wie unangenehm, aber er stellte sich vor, fragte nach meinem Namen und warum ich hier war. Er kannte Hermann, lachte laut auf, als ich ihn danach fragte, aber natürlich kannte er ihn, tatsächlich gehörte er zu einem Grüppchen von Leuten, zu denen auch Hermann sich gesellt hatte, wie ich jetzt sehen konnte, und so war ich froh, nicht mehr verloren in der Mitte des Platzes zu stehen, sondern irgendwo dazu zu gehören.

Es gab mehrere Frauen in dieser Runde, die meisten so jung wie ich, und eine ältere Dame, die die Begleitung meines Retters in der Not zu sein schien, vielleicht seine Frau. Ich hatte kaum Gelegenheit, alle einmal zu mustern, da hob Hermann schon das Glas, prostete mir zu und sagte, laut genug, dass jeder Einzelne in der Runde es hören konnte, wie schön, Katharina, dass du hier bist, darf ich vorstellen, meine alte Freundin Katharina, wie lange habe ich gebraucht, um sie endlich überzeugen zu können, mich zu begleiten, sie ist zwar noch ein Laie in unseren Kreisen, aber sie ist nicht zu unterschätzen, ich sag's euch, ihr werdet euch noch an meine Worte erinnern, und jetzt profitierst du von dem hier, und seine Hand machte eine ausschweifende Bewegung, das alles kannst du jetzt genießen, hoffentlich, und Letzteres klang schon fast wie eine Drohung. Jetzt starrten mich alle neugierig an, die Röte stieg mir ins Gesicht, eine lange, heiße Flutwelle winziger Blutkörperchen überschwemmte mich von unten nach oben, im Bauch fing es an und es ging sogar noch über die oberste Haarwurzel hinweg, am liebsten wäre ich vor den Blicken der anderen im Boden versunken, aber ich wusste, das ging nicht, das war einfach nicht möglich, und je mehr ich fieberhaft überlegte, aus dieser Situation herauszukommen, desto schlimmer wurde es, ich sagte mir, bloß nichts anmerken lassen, nicht auf den Boden schauen, schau sie an, es war jetzt wichtig, so zu tun, als wäre gar nichts passiert, das wäre wohl das Beste, den Eindruck zu machen, als würde ich in mir ruhen, denn das letzte, was ich wollte, war, dass alle meine Unsicherheit auf den ersten Blick registrierten und protokollierten, während Hermann wie mein großer, weiser Vater wirkte, der das kleine Mädchen zu einem Ausflug eingeladen hatte, und jetzt stand sie hier und traute sich noch nicht mal ein Wort zu sagen, auch das notierten sicherlich alle in ihrem Gedankenprotokoll.

Aber tatsächlich schien ich doch nicht so eine große Rolle zu spielen, wie ich es mir ausgemalt hatte: Nachdem alle ihre Gläser gehoben und auf den Geiste der Wissenschaft angestoßen hatten, vertieften sie sich in ihre Gespräche. Nur eine Frau mittleren Alters löste sich aus ihrer Gesprächsrunde, kam auf mich zu und griff meinen Arm. Komm, lass uns mal gucken, was es hier so zu kredenzen gibt. Kredenzen, was für ein altmodisches Wort, und auf dem Weg zum Buffet begann ich, sie zu mustern, und sah, dass sie nicht alt war, maximal zehn Jahre älter als ich und kurze, dunkelbraune Haare hatte, sie trug einen klassischen Pagenschnitt, mit dem sie noch vor 100 Jahren allenfalls als männlicher Hausbediensteter in der

Villa durchgegangen wäre, hier in diesem Umfeld aber machte er sie modisch, modern, schick und selbstbewusst, das gefiel mir, sie gefiel mir. Sie trug eine kurze, dunkelblaue, seidendünne Jacke, darunter ein olivgrünes Kleid, und eine schwarze Leggins, dünn und klein war sie, ihre Statur stand im Gegensatz zu ihrem Auftreten, und ihre runden, kugelbraunen Augen untermalten noch, dass sie anders war als die anderen Menschen, die heute Abend hier waren, ich schaute verstohlen zu ihr hinüber, während sie sich bei mir untergehakt hatte, und mich in Richtung Buffet schob, aber sie hatte meinen Blick wohl bemerkt, denn sie zwinkerte mir zu. Wie lang hatte sie wohl schon gemerkt, dass ich sie musterte, von oben bis unten, und ich schaute verlegen zur Seite, als hätte ich die Pflanzen im Beet bewundert, an dem wir gerade vorbeigingen, anstatt sie selbst.

Wie heißt du eigentlich, traute ich mich, zu fragen, Marieta, sagte sie, schön, dachte ich, das klang so wie sie aussah, schön und besonders, und ich war froh, an ihrer Seite zu sein, als wir an den langen Tischen entlanggingen, die mit weißen Tischdecken behangen und mit verschiedenen Köstlichkeiten bedeckt waren, und als wir uns die Teller vollluden und wieder zurück an unseren Tisch gingen.

Ich erfuhr, dass Marieta ebenfalls Meeresbiologin war, wie die meisten anderen, die den Kongress besuchten, und dass sie in einem kleinen Institut arbeitete, das ein Ableger des Zentrums für marine Umweltwissenschaften der Universität Bremen war, in dem die Auswirkungen der Umweltverschmutzung auf die Tierwelt des Mittelmeeres erforscht wurden. Das Institut lag in einem Dorf an der Westküste Sardiniens und hatte außer ihr selbst nur zwei Mitarbeiter, die Marieta als ganz besondere Typen beschrieb, eine Frau und einen Mann, die ihr nahe zu stehen schienen, das konnte man ihren Erzählungen anmerken.

Auch der ältere Professor, der mich anfangs angesprochen und mit in diese Runde genommen hatte, schien sich für mich zu interessieren, denn ganz plötzlich drehte er sich zu mir um und sprach mich an, so so, Katharina, wie kommt es denn, dass Sie uns die Ehre erweisen, hier an diesem Kongress teilzunehmen, aber leider hatte ich mich verschluckt und konnte nicht antworten, er hatte sich so ruckartig umgedreht, da musste ein Stück Paprikaschote in die Luftröhre gelangt sein, der scharfe Meerrettich stach bis tief in den Rachen hinein, und ich musste husten, prustete dabei Fetzen der Meerrettich-Creme aus, die nur knapp am Professor vorbeiflogen, aber leider auf meinem Kleid landeten, am Dekolleté, auf meinem Bauch und auch auf meiner linken Brust, genau dort, wo sich meine Brustwarze abzeichnen würde wenn ich keinen BH trüge. Ich fing an, mit einer Serviette die Creme von meinem Kleid zu reiben, aber das Papier hinterließ kleine Fussel und eine weißliche Schattierung auf dem dunkelblauen Satinstoff des Kleides, die alles schlimmer machten je mehr ich am Fleck rieb, ausgerechnet an dieser peinlichen Stelle, dachte ich mir, und tatsächlich schien mir meine Brustwarze nun auch noch einen Strich durch die Rechnung machen zu wollen, denn sie wurde durch das Reiben hart, so dass sie sich tatsächlich unter dem aufgehellten Stoff deutlich als Kreis abzeichnete, ein Hubbel, eine deutliche Wölbung, verhärtet, die unmissverständlich zeigte, dass hier etwas schief gelaufen war, die es nicht möglich machte, irgendetwas zu verbergen, und ich konnte nur an eines denken, nämlich daran, warum in meinem Leben immer alles schief laufen musste.

Der Professor räusperte sich, wippte ein paar Mal auf den Fußballen hin und her und strich sich über den Ansatz seines dicken Bauches, bevor er sagte, ich wollte Sie nicht erschrecken, und jetzt lächelte er, oder war es ein Schmunzeln, Gott, war das alles peinlich, schon zum zweiten Mal hatte ich mich jetzt in eine absolut peinliche Lage gebracht, ich könnte es verstehen, wenn sich jetzt sofort alle Anwesenden von mir abwenden würden, Marieta und auch Professor Stahl, so hatte er sich mir mittlerweile vorgestellt.

Aber das tat der Professor nicht, und zu allem Überfluss wollte er wissen, was ich beruflich eigentlich machte, die schlimmste Frage aller Fragen, die er mir stellen konnte, was würde ich darauf erwidern, was konnte ich ihm erzählen, hatte ich eine Wahl, und mir war völlig klar, dass ich ihm die Wahrheit erzählen musste, nämlich, dass ich eigentlich Grundschullehrerin war, keine Professorin der Meeresbiologie, noch nicht mal als Assistentin konnte ich mich bezeichnen und eigene Publikationen hatte ich auch noch nicht, und dass mein Tagesgeschäft darin bestand, im Sitzkreis mit kleinen Kindern zu singen anstatt mit Meerwasser gefüllte Reagenzgläser im Labor zu untersuchen oder im Taucheranzug das Paarungsverhalten von Karibik-Manatis zu beobachten.

Professor Stahl hörte mir zu, nickte dann und wann mit dem Kopf, aber spätestens, als er nach zwei Minuten begann, fast unmerklich auf den Fußballen auf und ab zu wippen, vor und zurück, merkte ich, dass es ihm egal war, was ich erzählte, denn er war mehr mit sich selbst beschäftigt als mit seiner Umgebung. Er war einer derjenigen, die sich fachmännisch gaben, weltmännisch, ein Experte, in dem was er tat, überzeugt von allem, von seinem Beruf, der Bedeutung der Meeresforschung für die Welt, der Bedeutung seiner Forschung für die Welt, von seiner Frau, von dieser Veranstaltung hier, aber am allermeisten überzeugt von sich selbst. Und dann erklärte er mir, dass der Einfluss des Klimawandels auf die Weltmeere zwar deutlich spürbar und auch in seinen persönlichen Forschungsergebnissen sichtbar werde, dass die Menschen allerdings endlich kapieren müssten, andere Lösungen zu finden, man stocherte immer in den gleichen Ansätzen, Transportmittel, die die Umwelt schonten, eine fleischlose Ernährung, ganz besonders letztere hielte er für absoluten Quatsch, was hatten unsere persönlichen Essgewohnheiten mit dem globalen Klimageschehen zu tun, alles eine unnötige Dramatisierung, eine vorschnelle Reaktion auf die Veränderung des Klimas, die man verständlicherweise mit Sorge, nein, mit Angst betrachtete, aber ganz besonders war der Zusammenhang zwischen dem Fleischkonsum der Menschen und dem Klima der Erde auch eine Lüge derjenigen, die der Fleischindustrie an den Kragen wollten, was machte es schon aus, ein Stück Fleisch zu produzieren, angesichts der Unmengen an Kohlenstoffdioxid und anderer Treibhausgase, die die industrielle Produktion hervorbrachte, alles Augenwischerei, das sollte selbst mir klar werden. Selbst mir? Ich hatte bereits nach der Hälfte seiner Ausführungen begonnen, unruhig zu werden, und ebenfalls auf den Fußballen zu wippen, hin und her, auf und ab, um dem Ärger, der sich langsam aber sicher aufstaute, irgendwie Luft zu machen, aber er hatte nicht aufhören wollen, im Gegenteil reihte er eine dümmere Aussage an die nächste, und ich konnte es einfach nicht fassen, was dieser selbstgefällige Herr hier von sich gab, mit den Jahren war er dick geworden vom vielen Nichtstun, von seiner Bequemlichkeit, dem Gefühl, bereits alles im Leben erreicht zu haben, sich schon satt gefressen zu haben, der sich allenfalls noch mit seiner eigenen Forschung beschäftigte und ansonsten nicht mit viel anderem, vielleicht spielte seine Frau noch eine marginale Rolle, ja, das konnte sein, aber eine solch weltfremde Sicht, als renommierter Biologe, das konnte man nicht auf sich sitzen lassen, da musste ich etwas erwidern. Ich versuchte es, zunächst höflich zurückhaltend, der Zusammenhang zwischen Klimawandel und Vegetarismus sei zwar nicht ein direkter, offensichtlicher, aber dennoch sei es unbestritten so, dass die Energie- und Wassermenge, die für die Produktion von Fleisch benötigt werde, um ein Vielfaches höher sei als diejenige in der Produktion von pflanzlichen Produkten und dann wurde ich bestimmter, eindeutig sei das Ausmaß des Sojaanbaus nicht auf die gestiegene Nachfrage nach Fleischersatzprodukten sondern auf den Bedarf von Futtermitteln für die Fleischproduktion zurückzuführen, vieles könnte man verändern, wenn alle an einem Strang zögen. Und jetzt war es an ihm, darauf zu erwidern, aber ich bitte Sie, eh... wie war nochmal der Name, und ich sprang für ihn ein und sagte, Katharina, ach ja, Katharina, überhaupt ist die Form der fleischlosen Ernährung doch absolut ungesund, das hatte man zu vielen Gelegenheiten bewiesen, wir Menschen seien eben einfach Fleischfresser, das sei schon immer so gewesen, konfrontieren Sie doch mal unsere Vorfahren von vor drei Millionen Jahren mit der Möglichkeit, sich nur noch fleischlos zu ernähren, auslachen würden die sie, ich garantiere es Ihnen, auslachen. Und er machte weiter, bald würden alle auf diesen Zug aufspringen, dem müsste Einhalt geboten werden, man könne manchmal gar nicht mehr genießen, immer hätte man das Gefühl, etwas Verbotenes zu tun, diskriminierend sei dies, nein, er hätte für sich persönlich anders entschieden und er redete weiter und weiter und weiter. Im Laufe des Gesprächs hatte er begonnen, wild zu gestikulieren, sich hineingesteigert in seine Worte, fast in Rage geredet, und weder seine Schultern, die er nun fast ganz hochgezogen hatte, noch seine Gesichtszüge waren noch entspannt, insbesondere der Mund war angespannt, er war ein dunkles Loch, das umrandet war von sich bewegenden Lippen, die Spuckefetzen versprühten und es hätte mich nicht gewundert, wenn ihm Eckzähne gewachsen wären, die aus seinen schmalen Lippen hervorragen würden, die er fletschen könnte, wie ein bissiger Hund. Ich hatte seit geraumer Zeit nicht mehr zuhören können, musste auf seinen Mund starren, fühlte mich wie gelähmt, konnte seinen Argumenten nichts entgegensetzen.

Die Fakten waren so klar. Sie waren mir klar, ich hatte sie tausendmal gelesen und trotzdem, warum konnte ich sie jetzt nicht reproduzieren, warum paralysierte mich seine Art zu sprechen, seine Art, mich anzuschauen, den Nacken nach vorne zu schieben und den Kopf leicht zu beugen, als wäre es nötig, zu mir herabzuschauen, wenn er mit mir sprach.

Mein Vater. Unvermittelt musste ich an meinen Vater denken. In Gesprächen mit ihm hatte mich ebenfalls sein Mund in den Bann gezogen, er hatte sich für mich in Zeitlupe vergrößert, meine Augen hatten ihn fixiert, aber vorangegangen war ein Gefühl der Machtlosigkeit. In allem war er überlegen, darin, wortgewandt Argumente in Diskussionen zu werfen, war klüger und taktischer, wenn ich ihm zuhörte, wie er am Telefon formulierte, war lauter als andere, wenn er früh aufstand und die Teller im Schrank klapperten und die Schranktüren dabei zuknallen ließ, war größer als andere, denn mit seinen 1,96 überragte er meistens alle anderen, und er war auch oft verärgerter als er hätte sein müssen, wenn etwas nicht so funktionierte, wie er es wollte oder er etwas nicht finden konnte, das er brauchte. Als Kind hatte ich dies so hingenommen, was blieb einem als Kind schon anderes übrig, aber im Laufe der Jahre wurde es für mich unerträglich, ihm morgens beim Lärmen zuzuhören oder mit ihm zu diskutieren. Ganz besonders schwierig wurde es, wenn wir über die berufliche Lebensplanung diskutierten. Es ging irgendwann immer darum, ihm zu beweisen, dass Geld und Ansehen nicht so wichtig waren wie persönliches Glück, worin er mir meist noch zustimmen konnte, aber wenn es dann um einen realen Fall ging, jemand hatte seinen Job gekündigt und war ausgewandert, jemand hatte seine Ausbildung abgebrochen, um nach etwas zu suchen, das ihn glücklicher machte, ohne genau zu wissen, was es sein könnte, dann wurde es schwierig, dann nutzte er auf einmal Worte, die zeigten, dass das persönliche Glück nicht so wertvoll war, denn so jemand war in seinen Augen unentschlossen, nicht clever, traf riskante Entscheidungen, hatte keinen Plan vom Leben, so etwas konnte schief gehen, so etwas würde dann in Altersarmut enden. Vergeblich hatte ich es versucht, aber es war schwer, sehr schwer, es ihm klar zu machen, genau darin bestand ja das persönliche Glück, den Komfort zu verlassen um etwas zu riskieren, vielleicht auch mal keinen Plan zu haben, manchmal ging es eben nicht Hand in Hand mit Geld und Ansehen, jedenfalls nicht auf den ersten Blick, und es ging ja gerade darum, das eine zuzulassen, um dann vielleicht das andere zu haben, man musste die Prioritäten ändern, eine andere Gewichtung zulassen. Aber mein Vater war ein Kopfmensch, ihn beherrschten genau zwei Themen, auch wenn er das nie so ausgedrückt hätte: Geld und Ansehen.

Ich ließ Professor Stahl jetzt einfach reden. Er merkte noch nicht mal, dass ich verärgert war. Welche Wahl hatte ich überhaupt. Der Abend plänkelte dahin, ich war Begleiterin, nicht Hauptperson, spielte, wenn überhaupt, eine unwichtige Nebenrolle.

Trotzdem schwebte ich am Ende des Abends nach Hause, dachte daran, wie alle ausgesehen hatten, und dachte daran, worüber sie geredet hatten, daran, was sie gegessen hatten, dachte an Hermann und wie gut er sich in seine Rolle als Berater der großen Wissenschaftler in dem Ganzen einfügte, nicht allzu viel Verantwortung innehatte, dennoch aber bedeutend genug war, an diesem Kongress teilzunehmen, konnte es verstehen, wie sehr ihn das freie, unbeschwerte Leben eines Wissenschaftlers reizte und auch mich hatte es heute Abend mitgerissen. Für einen kurzen Moment hatte ich mir vorgestellt, aus meiner Haut schlüpfen zu können, nicht im Grüppchen um Hermann, Marieta und Professor Stahl zu stehen, in dem meine Rolle als unbedeutende Nebenerscheinung des Abends bereits von Anfang an festgelegt war, sondern einer der anderen Gruppierungen anzugehören, eine jener Frauen gewesen zu sein, die selbstbewusst und ganz selbstverständlich beieinander gestanden hatten, gestikuliertten hatten, in wichtige Gespräche vertieft gewesen waren, und so natürlich dabei gewirkt hatten, als sei ihnen ihre Rolle auf den Leib geschneidert worden, als hätten sie ihre Bestimmung gefunden, als Wissenschaftlerinnen geboren, als freie Menschen, denen niemals jemand anders einen Zwang auferlegen könnte, natürlich würden auch sie Pflichten zu erfüllen haben, aber dies waren Dinge, die sie quasi nebenbei erledigten, oder vielleicht auch an andere delegierten, als wäre es das selbstverständlichste auf der Welt, anderen zu sagen, was sie zu tun hätten. Ja, so hatten sie auf mich gewirkt, so selbstbewusst und frei, und deshalb hatten sie mich beeindruckt.

Und demgegenüber stand ich in meinem kleinen, unbedeutenden Leben, das vor Regeln und Pflichten des Beamtentums und des deutschen Schulwesens nur so ächzte, jedes unsinnige Gutachten, das geschrieben werden musste wie tausend Gewichte, die um meinen Hals hingen, die ich herumtragen musste, zusätzlich zu den Lasten auf meinen Schultern, die schwierigen Aufgaben, die ich im alltäglichen Schulalltag meistern musste, Schüler, die nicht zuhörten, Schüler, die etwas nicht verstanden, Schüler, die schwiegen, selbst wenn man sie ansprach, Schüler, die keine Lust hatten, Schüler, die Quatsch machten, Schüler, die provozierten, Schüler, die sich nicht an Regeln hielten, Eltern, die provozierten, Eltern, die so viele Dinge wissen wollten, Eltern, die vieles so genau wissen wollten, Eltern, die manche Dinge gar nicht wissen wollten und Eltern, die sich nicht an Regeln hielten. Und ich jetzt hier, auf dem Weg von der Villa Massimo durch das enge Gassengewirr Roms zurück in mein Hotel, immer noch war die Luft lauwarm, nur noch die leichte Schwüle ließ erahnen, dass es gestern gewittert und anschließend in Strömen geregnet hatte. Heute endlich war das Wetter hier so gewesen, wie ich es mir vorgestellt hatte, ganz anders als das eisige, nasskalte Novemberwetter, das in Deutschland gerade herrschte, der graue Himmel, der den ganzen Sommer über immer wieder aufgetaucht war, so dass unser Sommer weder Fisch noch Fleisch war, sondern einfach nur schwammig. Hier im Süden aber gab es sogar im November noch diese lauwarmen Sommerabende, so wie heute, und ich genoss es, sog alles in mich auf, zog meine Sandalen aus, drückte meine nackten Sohlen auf die noch warmen Pflastersteine, hörte Grillen zirpen, als ich an einem Gebüsch vorbeilief, lauschte dem Klappern der Töpfe aus einigen geöffneten Fenstern, sah in einem anderen Fenster einen laufenden Fernseher hinter Rüschengardinen, und dachte daran, welch schönen Momente Rom an einem Dienstagabend doch bereithielt.

Und dann dachte ich an Marieta, und was sie mir gesagt hatte, kurz bevor ich gegangen war. Katharina, lass uns morgen zusammen essen gehen, ich möchte dich gerne einladen, ich kenne hier einen tollen Italiener, ganz klassisch, kein Touristenabklatsch, ganz authentisch, lass dich überraschen. Und ich hatte quasi gar keine Wahl, so ein Angebot schlug man nicht aus, und ich freute mich ungemein auf morgen Abend, und jetzt konnte ich nicht anders, als einen kleinen Hüpfer zu machen, so geehrt fühlte ich mich, eingeladen worden zu sein, da konnte ich ja gar nicht so einen schlechten Eindruck hinterlassen haben und ich freute mich sehr, in gleichem Maße wie bereits jetzt Zweifel kamen, ob Marieta es wirklich so gemeint hatte: Hatte sie mich wirklich eingeladen, war es eine ernsthafte Einladung, oder hatte sie nur nett sein wollen und einen Moment, nachdem sie ausgesprochen war, die Einladung wieder zurückziehen wollen, und wenn nicht, was erwartete sie von mir, wen sah sie in mir, sie musste sich vertan haben, sich in mir getäuscht haben, denn ganz bestimmt würde ich nicht das erfüllen können, was sie von mir erwartete, und sei es auch nur, dass sie in mir eine Verbündete gegen Professor Stahl oder vielleicht auch eine mögliche Freundin sah, sie täuschte sich, ich in meinem Beamtenleben konnte keine Freundin sein für jemanden wie Marieta, dessen war ich mir so sicher wie das Amen in der Kirche. Gut, ich konnte morgen immer noch absagen, das beruhigte mich, ich würde es mir morgen überlegen, auch morgen konnte ich noch absagen, aber jetzt würde ich niemanden mehr anrufen, auch nicht Marieta, und so ging ich beschwingt weiter, bis ich in meiner Unterkunft ankam, wo mich die Müdigkeit überfiel und ich wie ein Stein ins Bett fiel, sofort einschlief und tief und fest schlief, bis mich mein Wecker am nächsten Morgen aus dem Tiefschlaf riss.

Ich sagte auch am nächsten Tag nicht ab. Wir trafen uns um 18 Uhr direkt am Restaurant, Marieta trug eine knielange, wollene Weste über der weiten schwarzen Hose, die zu warm gewesen wäre, wenn sie Ärmel gehabt hätte, denn es war noch mild in Rom um diese Uhrzeit, erst später würde es kühler werden und so hatte ich auch noch ein T-Shirt an und trug meine Strickjacke unter dem Arm.

Das italienische Restaurant war klein, hatte aber eine beträchtliche Anzahl an hölzernen Tischen und Stühlen in den Raum gepresst. Es war eng, aber auch gemütlich und familiär. An den Wänden hingen gerahmte Familienportraits, Mütter, Väter, Großmütter, und ausgebleichte Gruppenfotos, auf denen die Kleinen vorne standen, neben ihnen die ganz Alten, die auf einem Stuhl saßen oder gebückt auf einen Stock gestützt standen, in der hinteren Reihe dann die Erwachsenen. Und auch wenn kaum einer auf diesen Fotos lachte, wirkten doch alle glücklich, und alles schien so, wie es sein sollte.

Nachdem der Kellner unsere Bestellung aufgenommen hatte, brachte er uns eine Portion Büffelmozzarella, den wir zwar nicht bestellt hatten, aber dankbar verschlangen, weil wir beide Hunger hatten. Der Mozzarella schmeckte ausgezeichnet. Der Kellner brachte uns außerdem einen trockenen Rotwein und Brot, das mir an diesem Abend so gut schmeckte, als sei es ein Stück meines Lieblingskuchens aus dem Café Franck. Während wir auf unsere Pasta warteten, bewunderten wir die riesigen, bräunlich schimmernden Pilze und die Platte voller frischer Fische, die ein Kellner an die Nebentische brachte und den Gästen präsentierte, bevor sie verarbeitet wurden, um zu zeigen, wie frisch sie waren. Die Kiemen des Fisches leuchteten so rot, wie ich es noch nie zuvor gesehen hatte.

Alles an diesem Ort gefiel mir, weil es so wenig perfekt war, aber dennoch schien jeder einzelne Gegenstand einen Platz gefunden zu haben und zum Ganzen dazuzugehören, und so betrachtete ich nacheinander den großen Holzofen, dessen Wärme noch von hinter der Theke angenehm zu uns herüber strahlte, die kleinen altmodischen Holztische mit den eher unbequemen Holzstühlen, die dünnen weißen Papiertischdecken, die rosafarbenen Papierservietten, die jemand in ein Glas gesteckt und auf den Tisch gestellt hatte, die kitschigen Bilderrahmen mit den Familienfotos, die Plastikblumen auf der Fensterbank und die Terra Cotta-Fliesen auf dem Boden. Um uns herum saßen nur Italiener, dunkelhaarig und laut gestikulierend versprühten sie Wortfetzen, aus denen ich alora und va bene heraushörte.

Und dann hörte ich Marieta zu, denn sie hatte viel zu erzählen, darüber wie froh sie war, heute Abend den anderen Wissenschaftlern für einen Moment zu entkommen, wie schwer sie es hatte, sich als Frau, noch dazu eine sehr kleine, in der männerdominierten Welt der Meeresbiologen zurechtzufinden und wie schön es war, mal hier in der Großstadt zu sein. Sie erzählte auch, wie wohl sie sich in La Scogliera fühlte, dem kleinen Dorf an der Westküste Sardiniens, in dem sich ihr Institut befand, aber wie beengend manchmal auch die kleinen Gassen und dunklen Zimmer der Steinhäuser in La Scogliera sein konnten, gar nicht zu schweigen von den Dorfbewohnern, mit denen die drei Angestellten des Instituts zwar ein freundschaftliches Verhältnis pflegten, die aber aus einer solch anderen Welt stammten, dass sich nie eine wirkliche Freundschaft zwischen ihnen entwickeln würde. Und so lebten die drei dort zwar in guter Gesellschaft, aber in gewisser Weise auch sehr einsam, in enger Verbindung zur Natur. Ich wollte alles wissen - wie es rund um das Institut aussah, welche Gräser und Pflanzen dort die Landschaft prägte, welche einheimischen Tiere es dort gab und wie es um das Mittelmeer vor der Küste Sardiniens bestellt war. Alles interessierte mich. Ich hatte das Gefühl, je mehr Marieta mich teilhaben ließ und je mehr ich über ihre Welt erfuhr, desto weiter entfernte ich mich von meinem realen Leben, das ich in Köln zurückgelassen hatte und desto weiter weg rückten die Grundschule, ihre Lehrer, die Grundschüler und die Eltern dieser Grundschüler.

Anschließend wollte Marieta alles über mich wissen. Und sie konnte sehr gut zuhören. Sie hörte zu, als ich von meinem Job erzählte, von den Schülern und den anstrengenden Vormittagen ohne Pausen, von meinen Kollegen, von Anna und ihrer Schwangerschaft und sie wollte auch wissen, ob ich in einer Beziehung steckte und da konnte ich nicht anders, ihr auch von Jon zu erzählen. Ich erzählte die ganze Geschichte, denn mit der Hälfte hätte sie sich nicht zufriedengegeben, und ich hielt erst inne, als ich von seiner letzten Nachricht und meiner Antwort darauf erzählt hatte. Wenn ich aus Rom kam, würde ich ihn wiedersehen, nach so vielen Jahren. Und obwohl ich nicht wusste, was er wirklich von mir wollte, wusste ich, was ich wollte, und das war, ihn ganz und gar für mich zu haben. Ich spürte, wie sich ein Gefühl der Schwere auf meine Brust legte, ein Gefühl, das ich in der Zeit nach der Trennung und in den Jahren danach, als Jon mich in Gedanken ständig begleitet, oft gespürt hatte, an das ich mich erinnerte, als wäre es erst gestern gewesen. Oh, ich würde ihn so gerne für mich haben, sagte ich zu Marieta und sie legte zum Trost ihre Hand auf meinen Arm und flüsterte, es wird sich bestimmt alles zum Guten wenden, und jetzt drückte sie meinen Arm und schaute mich voller Zuversicht an. Gab es auch jemanden in ihrem Leben? Ich traute mich nicht zu fragen, und hoffte, dass sie von sich aus erzählen würde.

Als wir beim Nachtisch angekommen waren, hausgemachtes Zitronensorbet serviert mit einem Limoncello, ebenfalls hausgemacht, hatte Marieta mir noch nicht erzählt, ob sie verheiratet war oder Ex-Beziehungen hatte, allerdings rückte sie mit ihrem eigentlichen Anliegen heraus. Weshalb sie mich hierher gebeten hat, sei also, so begann sie, weil sie mir ein Angebot machen wolle, und bereits da begann mein Herz schneller zu schlagen und es wir wurde abwechselnd heiß und kalt, weil ich ahnte, was es sein könnte, das sie von mir wollte, naja, zumindest ahnte ich, dass es etwas Gutes und etwas Großes sein könnte, so wie sie mich anblickte, so groß wie diese Situation hier war, wir beide in diesem großartigen Restaurant, ich war mir sicher, es würde etwas sehr Verlockendes sein, das mich in schwerwiegende Überlegungen stürzen würde, und da sagte sie tatsächlich auch schon, wie wär's Katharina, könntest du dir vorstellen, mit mir zu kommen und in La Scogliera zu arbeiten, so jemand wie du fehlt uns noch, wir suchen noch jemanden, der uns bei den Auswertungen hilft, es ist kein großer Job, weißt du, nichts Wichtiges, ich werde dir nichts vormachen, es ist auch viel Verwaltungsarbeit, Papierkram, den wir dort erledigen müssen, aber du würdest so gut bei uns reinpassen, und hinter dem Haus beginnt ein Wanderweg an den Steilklippen entlang, mitten durch das wunderschönste Naturschutzgebiet und wenn es uns im Büro zu viel wird, dann gehen wir einfach raus, in die Natur, manchmal alleine, manchmal auch alle zusammen, und wir lassen uns vom Wind so richtig durchpusten, das tut so gut, sage ich dir, das kannst du dir gar nicht vorstellen, man fühlt sich von innen her befreit und für dich wäre es ideal, ich weiß es, du würdest dich wohlfühlen, die anderen würden es genau so sehen. Im Grunde ließ sie mir keine Wahl. So wie sie darüber sprach, wie sie genau die richtigen Worte traf, sich sorgsam überlegt hatte, mit welchen der Vorzüge dieses Jobs sie in mein Herz würde treffen können, da gab es jetzt kein vielleicht oder mal schauen, es gab eigentlich nur ein ja, das will ich auch, das ist es, wovon ich immer geträumt habe, es fühlte sich nicht an, wie etwas, das mir aus Zufall passierte, sondern eher wie Schicksal, und zum ersten Mal verstand ich, was Schicksal eigentlich bedeutete, es hieß, die Dinge kommen zu lassen, sie mit offenen Armen zu begrüßen, alle Wenn und Abers ziehen zu lassen, die Magie des Moments zu spüren, wenn die Idee dich anzieht, und das tat sie, und der Sog, der von ihr ausging, wurde immer stärker, und es formte sich ein Bild heraus, erst noch unscharf und verzerrt wie auf einem kaputten Fernsehbildschirm, dann aber immer ruhiger und klarer, ich in der Natur, der Wind, der mich durchpustete, und ich hatte wohl einen Moment zu lange erstarrt innegehalten, denn jetzt fragte mich Marieta, was ist, Katharina, was hältst du von der Idee?

Und jetzt war mir, als stünde ich in einem Gang mit zwei Türen, hinter der einen Marietas Welt, die langhaarigen Gräser, die am Klippenrand wuchsen und sich im Wind nach hinten bogen, der kalte Wind, der meine Haare durcheinanderbrachte, und demgegenüber sah ich, hinter der Tür an der rechten Seite, ein lärmendes Klassenzimmer und Frau Rieband, die drohend ihren Finger hob, warum musste es ausgerechnet sie sein, die mir jetzt in den Sinn kam, und dann bereits ein Pfeifen, das sich in meinen Ohren Gehör verschaffte, das ganz leise, aber sicher zu hören war, wenn ich mich der rechten Tür zuwandte. Ich wollte mit ganzem Herzen durch die linke Tür gehen, sie aufreißen, mit weit geöffnetem Mund so viel wie möglich vom Wind schlucken, der unablässig wehte und dessen schneidende Kälte mir die Röte in die Wangen trieb. Und schon kamen verschiedene Gestalten den Gang hinunter, in dem ich stand, meine Eltern waren das, jetzt erkannte ich sie, sie hoben drohend den Finger, schüttelten den Kopf, hauchten, aber deine Verbeamtung, was ist denn damit, die wirfst du einfach so in den Dreck, das trittst du mit Füßen, Katharina, wir erkennen dich nicht wieder, du hast dein Leben nicht mehr im Griff, aber glaub bloß nicht, dass wir dich unterstützen, wenn es schiefgeht. Und da kam es mir vor, als müsste ich meine allerletzte, noch übrig gebliebene Willenskraft aufbringen, um doch gegen alle Widerstände durch die linke Tür zu gehen, sie aufstoßen und mich durch den schmalen Türspalt gewaltsam hineinzwängen und ich dachte, wenn ich es jetzt nicht schaffte, werde ich es nie machen. Aber da kam noch jemand anders den Gang hinunter und ich erkannte ihn erst, als er fast bei mir war, es war Jon, und in Gedanken klammerte ich mich an ihn, er würde mit mir diesen Moment aushalten, nicht zulassen, dass ich zerriss, er würde mich zusammenhalten, würde mir sagen, wann es Zeit für mich war, durch die rechte oder linke Tür zu gehen, würde mir ganz einfach sagen, was zu tun war. Aber ich begriff, dass er das nicht tun würde, denn gerade er und seine Nachricht kurz vor der Abreise hatten mich ja erst in dieses ausgesprochene Dilemma gebracht. Ohne ihn wären die Dinge viel einfacher, ich müsste nur zwischen zwei Seiten in meinem Leben entscheiden, der alte Job und die Sicherheit gegen ein neues, aufregendes Leben und ziemlich viel Risiko, aber dass Jon jetzt wieder in meinem Leben war, brachte eine Komponente ins Spiel, die ich nicht absehen konnte, die ich bisher nicht einkalkuliert hatte. Und es war nicht er, der es entscheiden musste, sondern ich ganz alleine musste das tun. In diesem Moment fühlte ich mich ganz alleine, als wäre ich der einzige noch lebende Mensch auf Erden und hielte das Schicksal unseres Planeten in meinen Händen. Und jetzt sollte ich entscheiden. Warum musste immer alles so kompliziert sein in meinem Leben?

Ich musste mich unweigerlich umschauen, hielt Marietas Blick nicht mehr stand. Die Gemütlichkeit des Restaurants wurde plötzlich zu einer Enge, die fröhlichen wurden zu lärmenden Menschen, die aufmerksamen Kellner waren zu aufdringlich, diesen ganzen Ort konnte ich auf einmal nicht mehr ertragen, es war mir zu viel.

Ich verabschiedete mich von Marieta, überstürzt, ja, aber nicht unhöflich, und ich glaube, sie hatte verstanden, warum ich nicht bleiben wollte. Denk drüber nach, hatte sie mir zum Abschied ins Ohr geflüstert, was es mir nicht leichter machte, jetzt, auf dem Weg ins Hotel, einen klaren Kopf zu bekommen. Immerhin, die Nachtluft kühlte jetzt.

Sie hatte die Karten offen auf den Tisch gelegt. Was konnte mir Besseres passieren, als solcher Ehrlichkeit zu begegnen, denn sie hatte mich gewarnt, dass das Leben dort manchmal auch bedrückend sein konnte, aber sie hatte auch von der Einsamkeit geschwärmt und war es nicht eine solche Einsamkeit gewesen, nach der ich mich die ganze Zeit sehnte? Ich dachte an mein altes Leben, in Köln, an meiner Schule, und spürte die erdrückende Last der Routine, der Dinge, die ich nicht gerne tat, ließ es geschehen, dass ich jetzt nochmal, so weit entfernt, die bleierne Qual spürte, mit der ich an manchen Tagen meinen Alltag erledigte, fragte mich, woran es lag, dass ich so wenig Freude an dem fand, was ich mir als meinen Beruf ausgesucht hatte und versuchte herauszufinden, was es gewesen war, das mich zu der Entscheidung gebracht hatte, Grundschullehrerin zu werden, wo waren diese Anteile in mir, warum spürte ich sie gerade so wenig und was hatte das zu bedeuten, wohin würde das führen, würde mich mein momentaner Zustand ins Verderben stürzen? Und ich fragte mich, ob Jon dieses Leben glücklicher machen könnte, würde er mir neue Luft zum Atmen geben können?

Aber war es nicht eigentlich eine Entscheidung, die ich ganz unabhängig von ihm treffen sollte? Ich wusste überhaupt nicht, was er von mir wollte, ich hatte ihn noch nicht mal getroffen, seit über 15 Jahren nicht mehr, und jetzt war ich bereit, einen fast Fremden, ja, das war er doch wirklich geworden, in eine Entscheidung miteinzubeziehen, die mein Leben verändern würde? Das war leichtsinnig, um nicht zu sagen verrückt und ziemlich realitätsfern, denn vielleicht wollte er nichts Anderes, als mit mir einen Kaffee trinken zu gehen und danach würden wir uns verabschieden und uns für die nächsten 15 Jahre unseres Lebens nicht wiedersehen.

Auch wenn er jetzt wieder präsent war, hatte ich in den letzten zwei Tagen in Rom so wenig an ihn gedacht, wie nie zuvor, es hatte sich leicht angefühlt, als sei ich befreit gewesen von einer schweren Last, den Schmerzen, die vorher von seiner Abwesenheit in meinem Leben verursacht worden waren, und vielleicht war die Sache mit Jon eine, die ich zuerst klären musste, bevor ich weitere Entscheidungen treffen konnte. Wie gut erschien es mir jetzt, dass er sich zufällig in den Tagen vor meiner Abreise gemeldet hatte. Es war Zeit, in meinem Leben aufzuräumen, Zeit, zu sehen, ob ich mich weiterhin der Vergangenheit zuwenden oder endlich nach vorne blicken sollte. Das sagte sich so leicht, aber ich wusste, wenn es dazu kommen würde, würde es mir alles andere als leichtfallen.

Ich sah Marieta in den nächsten zwei Tagen nicht mehr, weil sie mit ihrer Arbeitsgruppe in einem anderen Bereich beschäftigt war, als der, den Hermann für uns ausgesucht hatte. Ich verbrachte den Rest des Kongresses damit, an Hermanns Seite Fachvorträge und Workshops zu besuchen, Ausstellungen anzuschauen und an Gesprächsrunden mit anderen Meeresbiologen teilzunehmen. Und ich beobachtete Hermann dabei, wie er immer wieder versuchte, die ein oder andere Wissenschaftlerin aufzureißen. Das Ganze war mir unangenehm, aber ihn zu beobachten lenkte mich auch ab. Jeden Gedanken an Jon, La Scogliera und Köln versuchte ich aus meinen Gedanken auszulöschen - erfolgreich.

Und dann war der Tag der Abreise da, viel zu früh, so kam es mir vor. Als das Flugzeug abhob, fühlte ich mich gleichzeitig erleichtert, irgendwie schwerelos und glücklich angesichts der Dinge, die ich in den letzten Tagen in Rom erlebt hatte und angesichts der endlos langen Freiheit des Raumes über den Wolken und den Möglichkeiten, die ich für mein Leben hinzugewonnen hatte.

Zur gleichen Zeit fühlte ich mich aber auch bepackt mit einer seltsamen Bürde, die besonders lastete und drückte, als auf dem Boden schon die ersten grauen Felder, Wälder und

Miniatur-Siedlungen sichtbar wurden und mein Magen während des schnellen Sinkflugs immer wieder in den Sitz gedrückt wurde. Es war, als wäre eine Idee in mein Leben getreten, die ich gar nicht hineingelassen hatte, aber sie hatte sich doch einen Weg gesucht, still und heimlich, und jetzt hatte sich die Idee zu einer Entscheidung entwickelt, die getroffen werden musste. Es war nicht so, als stünde jemand hinter mir und sagte mir, ich müsse mein Leben ändern und deshalb müsse ich mich jetzt entscheiden, nein, dieser Gedanke war ganz von alleine gekommen und hatte sich über mein Leben gestülpt und war nun da, ich konnte nichts dagegen tun, und so empfand ich den Gedanken jetzt, als mein Körper im Sinkflug immer schwerer wurde als Last, die ich nicht länger wegschieben konnte wie in den letzten paar Tagen auf dem Kongress in Rom, nein, im Anflug auf zu Hause musste ich mich mit ihr beschäftigen, es ging nicht anders. In wenigen Tagen würde ich mich mit Jon treffen, und so wenig ich wusste, wie er aussah und was er von mir wollte, so wenig konnte ich zum jetzigen Zeitpunkt sagen, wie mein Leben nach diesem Treffen aussehen würde und welche Weichen ich in den nächsten zwei Wochen stellen würde, die mein Leben vielleicht verändern würden. Vielleicht. Denn noch war alles offen, es war alles möglich.

Zwei Stunden später stand ich am Gepäckband des Köln-Bonner Flughafens und wartete auf meine Koffer. Aus Langeweile begann ich, die Menschen zu beobachten, die hier auf ihre Koffer warteten, die die Öffnung in der Wand anstarrten, aus der sich das Fließband langsam in Bewegung setzte, um nicht ihren eigenen Koffer zu verpassen, der irgendwann hier herausfahren würde. Ich hatte mich wohl unabsichtlich zwischen ein Ehepaar gestellt, was die Frau allerdings sehr zu stören schien: Immer wieder suchte sie hektisch Blickkontakt zu ihrem Mann, der in kaum einem Meter Entfernung links von mir stand, während er völlig unbeeindruckt war und nicht auf sie reagierte. Mit abwesendem Blick schaute er auf die vorbeifahrenden Koffer, vielleicht, um zu verstecken, dass er im Grunde schon fast froh war über den Abstand, den ich ihm zu seiner Frau verschafft hatte. Mit spitzen Lippen und lauter Stimme artikulierte sie ganz deutlich Ich bin hiii-ar, aber ihr Mann hörte sie nicht, obwohl er ganz nah neben mir und sie ganz nah bei mir stand. Ich glaube ganz sicher, dass er sie hören konnte, aber trotzdem zog der Mann jetzt sein Handy aus der Tasche und begann, Dinge darauf hin und her zu schieben. Als ich sah, wie die winzigen kugelrunden Augen der Frau verzweifelt zwischen mir und ihrem Mann hin und her rollten, schaute ich verlegen auf das Gepäckband und hoffte, dass mein Koffer bald kommen würde.

Es dauerte nicht lange, dann kam er tatsächlich, ich war erleichtert. Mit dem Gepäckband ging es mir wie den anderen: Es kam mir eher vor wie ein Zufall, wie eine Laune der Natur, dass mein Koffer, den ich zu Beginn der Reise am Schalter eines völlig anderen Flughafens an einem anderen Ort der Welt abgegeben hatte, tatsächlich den Weg zu mir zurückfand, als gäbe es ernsthafte Gründe, an der Verlässlichkeit des Systems zu zweifeln, das sich in den Verästelungen und langen Schächten des Flughafens verlor. Irgendwie war es doch komisch, seine privatesten Dinge, noch dazu fast alles, was man auf die Reise mitnahm, an fremde Menschen zu übergeben, in einem Bereich des Flughafens, der sich jeglicher Kontrolle völlig entzog.

Erleichtert sah ich jetzt aber meinen Koffer heranfahren, hievte ihn vom Band, setzte ihn mit einem Schwung auf den Rücken und machte mich auf den Weg nach Hause. Endlich zu Hause sein, das hatte mir so sehr gefehlt. So aufregend Rom auch gewesen war, so müde fühlte ich mich in diesem Moment. Die Anstrengungen der letzten Tage überrollten mich wie eine wogende Welle salzigen Meerwassers, in dem die Algenteppiche schwappten und mich mit ihrem Gewicht unter Wasser drückten, bis ich kaum noch Luft bekam. Ich brauchte eine Pause, von allem, von den Menschen am Flughafen, den Menschen im Bus auf dem Weg zum Flughafen, den Touristenströmen in Rom, den Wissenschaftlern auf der Tagung, von Hermann, ja selbst Marieta wäre mir jetzt einfach zu viel gewesen, ich konnte nicht mehr klar denken. Ich musste unbedingt alles, was mich anstrengte, von mir fernhalten, mich beschützen, vor allem vor den neuen Gedanken, die sich während dieser Reise in meinem Kopf entwickelt hatten, der Samen, der dort gesät war und erste Triebe bekam, Gedanken, die mir so viel Sorge bereiteten, so viel Unruhe in mein Leben brachten, die mich jetzt so sehr anstrengten, dass ich mir erstmal Ruhe verschaffen musste.

Mit einem Zischen und mehrfachem Ruckeln öffneten sich die Schiebetüren der Linie 5, aus dem Lautsprecher tönte eine Stimme: Dom/Hauptbahnhof, Umstieg in die Linien 18 und 16. Menschen mit Mützen und Menschen mit Schals, Kinder mit Rucksäcken und Frauen mit Handtaschen, Erwachsene mit zusammengezogenen Brauen und geneigtem Blick strömten an mir vorbei, rempelten mich an und hasteten weiter, man versuchte, sich nicht zu berühren. Und wo warst du jetzt gerade, Joni, fragte ich mich, vielleicht schon auf dem Weg zu mir? Und ich stellte mir vor, du wärst jetzt schon hier, denn in all dem Chaos an deiner Hand hier zu stehen würde all das verändern, erträglich machen, du bräuchtest nichts zu sagen, du bräuchtest nichts zu tun, außer, meine Hand zu halten, denn ich wollte dich berühren, wollte von dir berührt werden und ich würde mit dir gehen wollen, egal wohin.

Zwei ganze Tage des Wochenendes hatte ich noch hier zu Hause, bevor ich wieder in die Schule musste. Direkt nach meiner Rückkehr hatte ich Jon eine Nachricht geschickt, nicht überstürzt allerdings, sondern wohlüberlegt, jedes Wort hatte ich dreimal hin und her gewendet, bevor es mir passend erschien für den Anlass, damit es nicht zu aufdringlich klang, aber auch nicht desinteressiert oder langweilig. Ich hatte mir viel Zeit gelassen, hatte mich gezwungen, erst meinen Koffer auszupacken, hatte die schmutzige Wäsche in den Wäschekorb gelegt, die ungetragenen T-Shirts sauber zusammengefaltet und einen Bügel für das Kleid gesucht, die Bücher, die ich mitgenommen hatte, wieder in das Regal einsortiert. Und als mein Koffer endlich leer gewesen war, hatte ich ihn in den Keller gebracht, nicht ohne noch die gewaschene Wäsche aus dem Trockner mit hochzunehmen und sie ebenfalls sauber zusammenzulegen und in den Schrank einzuordnen, während ich in all dieser Zeit an den Worten gefeilt hatte, die ich Jon schicken würde. Und dann hatte ich mir Tee gekocht, mich auf das Sofa gesetzt und endlich auf einem Blatt Papier angefangen zu schreiben, Lieber Jon, und schon das hörte sich komisch an, sollte ich nicht lieber schreiben Hallo Jon oder Hey Jon, das wäre doch viel unverfänglicher und moderner, er sollte nicht denken, ich wäre antiquiert, nicht up-to-date, nur weil ich hier in Köln geblieben war und Lehrerin war und er in der ganzen Welt herumgereist war.

Und so hatte ich mich Wort für Wort vorgearbeitet, jedes einzelne dreimal gelesen, es genau geprüft, indem ich es laut ausgesprochen hatte, in den leeren Raum hinein, mir vorgestellt, wie es bei Jon ankommen würde, und dann war ich aufgestanden und hatte es erneut vor mich hin gemurmelt, während ich verschiedene Dinge in der Wohnung erledigt hatte und erst, wenn ich bei der Rückkehr an den Wohnzimmertisch die Worte schwarz auf weiß geschrieben gesehen hatte und sie sich immer noch okay angehört hatten, hatte ich mich getraut, das nächste Wort zu notieren. Manche Wörter waren dabei ausgeschieden, waren mir zu profan erschienen, zu banal, als dass sie das ausdrücken konnten, was ich ausdrücken wollte, was ich in jahrelangen Gedankenspielen gedacht, aber nie gewagt hatte, auszusprechen, und auch jetzt würde ich es nicht sagen können, Joni, erst später, wenn du dich für mich entschieden hättest, dann würde ich dir vielleicht irgendwann erzählen können, wie sehr ich darauf gehofft hatte, dich für mich zu gewinnen, dich an meiner Seite zu haben. All das musste ich jetzt noch für mich behalten.

Und dann war ich fertig mit meiner Nachricht gewesen. Ich hatte geschrieben: Hallo Jon, ich würde dich gerne treffen, wie wär's mit Sonntag, 17 Uhr im Cava y más am Barbarossaplatz? Je öfter ich sie mir durchgelesen hatte, desto mehr zweifelte ich, ob ich das Richtige tat: War Sonntag, 17 Uhr nicht eine absolut unangenehme Zeit, zu der man sich nicht zu einem Date, sondern eher zum Kaffee trinken mit der Familie traf? War das Cava y más zu schick für den Anlass, der spanische Name zu verfänglich, zu vielsagend, weil er romantisch genug war für ein Rendezvous, weil er die Gelegenheit ließ für mehr, weil er danach fragte, was sonst noch passieren könnte? Außerdem war der Barbarossaplatz mit Abstand der hässlichste Ort in Köln - hätte ich nicht einen schöneren Ort für ein erstes Date auswählen können? Dabei konnte ich nicht mit Sicherheit sagen, dass ich auf dem Weg zu einem Date war. Was wollte Jon von mir, warum wollte er mich treffen? Diese Frage stellte ich mir zum hundertsten Mal, murmelte sie immer wieder vor mich hin wie ein hinduistisches Mantra, als ich in der Bahn saß, die mich in Richtung Barbarossaplatz brachte.

Und schon öffneten und schlossen die Türen sich das nächste Mal, ich hatte keine Zeit weiter darüber nachzudenken, was ich gerade machte, welche Bedeutung die nächsten Momente, die nächsten Stunden für mich haben würden, denn die Lautsprecheransage riss mich aus meinen Gedanken, Barbarossaplatz, hier musste ich aussteigen, auch wenn ich jetzt noch nicht aufstehen wollte, eine merkwürdige Schwerkraft drückte mich in den Sitz, ließ meine Knie weich werden, so dass es mir unmöglich erschien, aufzustehen. Und sogar als die Bahn mit quietschenden Rädern bremste und zum Stehen kam, war ich wie gelähmt, befand mich auf einmal in einer Blase, in der alles so weit weg schien und egal wurde. Ich würde vielleicht einfach weiterfahren, wohin auch immer diese Bahn fuhr, der Fahrer würde es wissen, er hatte einen genauen Fahrplan, vielleicht als einziger, denn - ich blickte in die Gesichter der anderen - niemand schien hier zu wissen, wo lang und warum da lang und nicht woanders lang, niemand lächelte und niemand schien glücklich, also wozu das Ganze, fragte ich mich, und blieb noch eine Weile sitzen, absolut unfähig, irgendeine Entscheidung zu treffen, auch alle Geräusche drangen nur noch gedämpft zu mir, ich war gefangen in meiner unsichtbaren Blase. Ich lehnte mich zurück und entspannte mich, als mich plötzlich jemand an meine rechte Schulter stupste, und als ich meinen Kopf drehte, sah ich, dass es eine alte Dame war, die neben mir saß und jetzt aussteigen wollte, sie wollte, dass ich sie durchließ, und ich drehte meine Knie nach links, aber es war sehr eng und sie kam nicht durch, also musste ich aufstehen. Ich befahl meinen Knien, steif zu werden und meinen Muskeln, sich anzuspannen und das brach endlich den Bann, und mir wurde klar, dass ich jetzt meinem Ziel so nah wie nie zuvor war und dass ich es mir nie verzeihen würde, wenn ich die Chance verstreichen ließ, Jon wenigstens ein letztes Mal in meinem Leben gegenüberzustehen. Wie viele lange Jahre hatte ich auf diesen Moment gewartet, mir immer wieder vorgestellt, wie es wäre, ihn zu treffen, es mir in so vielen Tagträumereien gewünscht hatte, und jetzt stand ich kurz davor, dass all das Realität wurde, nein, das durfte ich mir nicht entgehen lassen!

Ich sprang zur Tür und stieg aus. Die kalte Luft schlug mir entgegen wie das kalte Wasser aus dem Wasserhahn, wenn ich mir morgens das Gesicht wusch. Endlich konnte ich wieder klar denken, sah die Glasfenster der Haltestelle jetzt deutlich, den metallenen Rahmen drumherum gestochen scharf und auch die hupenden Autos dröhnten in meinen Ohren. Die Blase war geplatzt, ich war in der Realität angekommen und machte mich auf den Weg, setzte langsam aber stetig einen Schritt vor den anderen, in Richtung des Restaurants.

Die Wärme und die Geräusche des kleinen Restaurants schlugen mir wie eine Welle entgegen, als ich die Tür öffnete und eintrat. Mit pochendem Herzen schaute ich mich um, konnte Jon aber nicht entdecken. Ich fragte mich, ob ich ihn überhaupt erkennen würde, oder ob er vielleicht noch gar nicht hier war, und wenn er schon hier war, würde er mich sofort erkennen und mich jetzt schon, in diesem Moment beobachten, während ich noch mit meinen Augen den Raum absuchte? Mein Blick flackerte vor Nervosität auf und ab, ich fühlte mich ertappt, wie eine Maus in der Mausefalle, die sich zwar noch bewegte, weil der Draht über ihr noch nicht zugeschnappt hatte, die aber bereits wusste, dass sie in der Falle saß. Und so ahnte ich, dass Jon schon da war und mich gesehen hatte, ich musste nur genau hinschauen, wusste aber nicht wie, in dieser Flutwelle von Geräuschen, Gerüchen und schummrigem Dämmerlicht, das in den Ecken mit den kleinen, runden Tischen herrschte.

Doch noch während ich mich umschaute, stand jemand ganz hinten rechts auf, nicht viel mehr als ein Umriss, aber ich erkannte ihn sofort an der Haltung seines Körpers, daran, wie er die Arme an den Seiten seines Körpers herunterhängen ließ, daran, wie er seinen Kopf nach vorne streckte und in meine Richtung schaute.

Es war unglaublich. In meinen Händen und Füßen kribbelte es, meine Lungen hörten plötzlich auf zu atmen, es war, als gefröre die Atemluft in der Mitte meines Körpers. Mein Kopf war leer. Hatte ich gedacht, dass ich in diesem Moment tausend Dinge gleichzeitig denken würde, lag ich falsch: Es gab nichts mehr, an das ich dachte, kein einziger Gedanke formte sich in meinem Kopf, kein Bild entstand, kein Gefühl: Ich fühlte weder Angst noch konnte ich mich freuen. Was ich spürte, war einfach nur Leere.

Jons Blick war ernst, als wäre auch er sich der Tragweite unserer Begegnung bewusst. Er machte einen Schritt auf mich zu und mein Herz pochte, mir wurde abwechselnd heiß und kalt, und auch wenn ich weiß, dass es höchst unwahrscheinlich, wenn nicht sogar unmöglich ist, spürte ich, dass nicht nur meine Haut, nein, sogar das Blut in meinen Adern seine Temperatur wechselte und zwischen heiß und kalt schwankte: Heiß, kalt, und immer wieder, heiß, kalt.

War Jon in der Lage, jetzt etwas zu sagen? Ich jedenfalls war nur noch halb anwesend, wieder zurück in meiner Blase, die mich von allem abschirmte, was da draußen passierte, auch wenn es diesmal doch so viel wichtiger war, dass ich es hinaus schaffte, um diesem Mann entgegenzutreten, um mir nicht die einzige Chance entgehen zu lassen, die sich mir in meinem Leben vielleicht bot, die Chance auf die Erfüllung von etwas, das ich nicht ausdrücken oder erklären konnte, das er mir aber ganz sicher geben konnte, so wie er mich jetzt anschaute in seinem dunkelblauen Jeanshemd, mit seinem Dreitagebart. Dies war meine Chance, meine eine, und mir wurde klar, welch schwerwiegender Fehler es sein konnte, jetzt nichts zu unternehmen: Ich würde es mir mein Leben lang vorwerfen.

Und so nahm ich meine letzten Kräfte zusammen und setzte an, gerade in dem Moment, als Jon ebenfalls zu sprechen begann, Katharina, es ist sehr schön, dich zu sehen, und es ist schön, dass du Zeit hattest, dich so schnell mit mir zu treffen. Und alles, was ich antwortete, war, ja, das stimmt, wie platt war diese Antwort, jeder hätte das sagen können, ich hätte mir auch etwas anderes überlegen können, worauf bezog sich das überhaupt, stimmte es, dass es schön war, Jon zu sehen, oder darauf, dass ich schnell Zeit gefunden hatte, und schon bereute ich den Beginn unseres Gesprächs, wünschte mir einen Neuanfang, fühlte mich in diesem Moment vor allem eins, überflüssig und in keinster Weise der Situation gewachsen, überhaupt nicht in der Lage, einem Mann wie Jon auf Augenhöhe zu begegnen. Aber war das denn etwas Neues? Fühlte ich mich nicht ständig anderen unterlegen, minderwertig, in dem was ich tat, wie ich aussah und wie ich redete? Ich stellte mir vor, wie ich mich selber an den Schultern packte und an ihnen rüttelte, weil ich wusste, ich musste den Fluss meiner negativen Gedanken stoppen, um wieder auf einen grünen Zweig zu kommen in dieser Sache hier, um die Situation wieder in den Griff zu bekommen.

Offensichtlich war es für Jon anders. Er hatte sich im Griff und man sah ihm keine Spur von Nervosität an, vielleicht lag das daran, dass er überhaupt sehr viel gelassener durchs Leben ging als ich, das würde mich nicht wundern. Oder hatte dieses Treffen vielleicht überhaupt gar keine besondere Bedeutung für ihn? Ich erinnerte mich an den Spruch, der schon öfter in mein Leben gepasst hatte: Die Dinge sind nicht so, wie sie scheinen. Ich konnte einfach nicht in ihn hineinschauen, so gern ich auch dazu in der Lage gewesen wäre, aber so wie er mir jetzt gegenüberstand war er ein Fremder für mich.

Er lächelte mich an, beugte sich zu mir herüber und flüsterte, Du siehst immer noch gut aus, wie früher, aber noch besser, du bist irgendwie reifer, und während mir die Röte ins Gesicht stieg, fragte ich mich, warum er flüsterte, war seine Botschaft an mich eine geheime Botschaft, eine, die niemand erfahren durfte, und vielleicht gab es in seinem Leben tatsächlich Menschen, die nichts von unserem Treffen wissen durften? Vielleicht lag auch eine solche Bedeutung in seiner Aussage, dass ihr Aussprechen eine besondere Stimmlage erforderte und sie nicht mit der gleichen Lautstärke heraus posaunt werden durfte wie eine jegliche Äußerung in irgendeiner banalen Unterhaltung des Alltags. Eine weitere Hitzewelle kam und überwältigte mich, während ich merkte, dass ich kaum einen klaren Gedanken fassen konnte. Mit heißer Stirn und glühenden Ohren überlegte ich, wie ich auf sein Kompliment reagieren könnte, ohne mich lächerlich zu machen. Es war bestimmt albern, ihm ebenfalls ein Kompliment zu machen, das wäre oberflächlich und er würde es mir nicht abnehmen und so konnte ich nicht anders, als einfach zu lächeln. Vielleicht würde es immer so weitergehen mit uns, Jon würde reden, ich würde lächeln, Jon würde die Themen vorgeben und das Tempo unserer Unterhaltung, würde bestimmen, was er mir von sich preisgäbe und wie viele Komplimente er mir geben und wie oft ich rot werden würde, und am Ende würde auch er entscheiden, was nach diesem Treffen passieren würde. Und ich würde einfach nur lächeln können.

Ich knetete unter dem Tisch meine Hände, immer wieder, von rechts nach links und oben nach unten und umgekehrt, drückte zu, bis es wehtat, entschied, dass ich etwas tun musste, ich musste aus meiner Blase herauskommen, konnte nicht einfach alles so geschehen lassen. Mir fiel ein, dass ich nach dem Essen fragen könnte, und so schoss es aus mir heraus, was sollen wir denn essen, und bald hatten wir uns darauf geeinigt, einige Tapas zu bestellen und sie zu teilen. Und endlich schien sich so etwas wie eine normale Unterhaltung zu entwickeln: Wir sprachen über das Essen, welche Bereicherung die spanische Küche für die deutschen Restaurants war, wie froh man sein konnte, in einer Stadt wie Köln zu leben, in der man jederzeit frei war, aus der Vielfalt der Angebote auswählen konnte. Es fühlte sich gut an, etwas aus meinem Leben so positiv zu beschreiben, sagen zu können, dass das Leben hier auch Vorteile hatte. Außerdem kannte ich mich mit Tapas aus, konnte die Unterschiede erklären zwischen den Tapas des Südens, die in terracottafarbenen Tonschälchen serviert wurden und den Pintxos des Baskenlandes, die vor allem aus kunstvoll belegten Scheiben Baguette bestanden. Ich erzählte von meiner Zeit an der Universidad de Granada, wo ich zwei Semester verbracht und Spanisch gelernt hatte. Jon fragte auch nach Rom, und ich beschrieb die Villa Massimo und den Kongress der Meeresbiologen, während sich meine Stimme fast überschlug. Meine Arbeit in der Grundschule erwähnte ich nicht, dafür wäre später vielleicht noch Zeit, und wenn wir gar nicht darüber sprachen, wäre es auch nicht schlimm. Er war überrascht, dass ich die Meeresbiologie als Hobby gefunden hatte, das mich so sehr interessierte, dass ich dafür sogar nach Rom fuhr, und er freute sich darüber, sagte, schön, Katharina, es freut mich, dass du so etwas gefunden hast, du musst mir später mehr davon erzählen. Später? Hieß das, es würde ein weiteres Treffen geben?

Der Kellner schüttete uns immer wieder Sekt nach, der ziemlich gut schmeckte. Der Sekt und die Erinnerungen erleichterten das Sprechen, auch wenn der Alkohol meinen Kopf vernebelte je später es wurde.

Während wir uns unterhielten, ruhte sein Blick auf mir, schien mich zu beobachten, sortierte mich ein, ich fragte mich nur in welche Schublade und ich fragte mich, wonach ich aussah, für jemanden, der am anderen Ende der Welt gelebt hatte, für jemanden, der dabei älter und erfahrener geworden war, der eine Familie gegründet und wieder verlassen hatte. Aber welche Wahl hatte ich, ich würde ihn lassen, mich in die Schublade einsortieren lassen, in die er mich einsortieren wollte, ich konnte sowieso nichts dagegen tun.

Was auch immer Jon dazu dachte, ich war mir sicher, dass er alles sah, was da war. Sein Blick drang durch die Schichten meiner Kleidung bis zu meiner Haut und ging sogar noch weiter, durch die Schichten von Haut, in denen das Blut vor Nervosität pulsierte, drang in die empfindlichen Kammern meiner Seele ein, in denen meine Gefühle wie feine, durchsichtige Laken im Winde unserer Unterhaltung flatterten. Und er sah, dass ich die Laken meiner Gefühle sorgfältig mit Klammern an der Leine meiner Seele befestigt hatte, damit sie nicht davon wehten, aber vielleicht sah er auch, dass ich die Tücher an einigen Stellen nicht genügend befestigt hatte, denn manche Ecken waren lose und drohten, auf den Boden zu fallen und Flecken zu bekommen.

Sein Blick war schon längst nicht mehr der eines Fremden, er schaute mich an, als würde er mich kennen, mich durchschauen, mich bereits jetzt in- und auswendig lernen, vielleicht damit er nichts verpasste und sich kein noch so kleinster Teil irgendwann verselbstständigen könnte, mich von ihm wegtragen könnte, ihn ausschließen könnte. Vielleicht wollte er die Beschaffenheit meiner Seele kennlernen, um meine Gefühle einzuordnen und auch seine. Und tatsächlich fühlte es sich gut an, wie er mich anschaute, denn ich wusste, wenn sich eines der empfindlichen Tücher meiner Seele im Wind von der Leine lösen würde, würde er nicht darauf herumtrampeln, sondern er würde mir helfen, es wieder zu befestigen und vielleicht würde er es auch mit zu sich nach Hause nehmen wollen, und vielleicht würde ich es ihm sogar erlauben und vielleicht würde es mir sogar sehr gefallen, wenn er mich darum bitten würde.

Endlich begann Jon über das zu sprechen, was mich so brennend interessierte, nämlich darüber, was in seinem Leben passiert war seit unserem letzten Treffen. Und so erzählte er, dass er, nachdem er mit 23 nach Kanada ausgewandert war, um dort Fluglotse zu werden, bald seine Frau, die Mutter seiner Tochter, kennengelernt und geheiratet hatte, und als er mir dies erzählte, spürte ich ein Stechen in der Brust, das hatte ich nicht erwartet, oder zumindest hatte ich so sehr darauf gehofft, etwas Anderes zu hören, denn er war also doch verheiratet, Anna musste etwas falsch verstanden haben. Lieber wäre mir gewesen, er wäre frei wie ein Vogel, aber was sollte ich mit einem Mann, der eingebunden war in andere Familienkonstrukte, wo würde ich da bleiben, denn ich war noch frei wie ein Vogel, konnte mit meinem Leben tun und lassen, was ich wollte, aber Jon nicht, und jetzt war da nicht nur ein Stechen, sondern ich spürte auch einen Druck auf der Brust, als hätte die Luft um mich herum plötzlich zu wenig Sauerstoff und ich war gezwungen, flacher zu atmen und mit dem wenigen Sauerstoff, den ich durch meine Lippen einsaugen konnte, sparsam umzugehen, damit mir noch etwas bliebe, um Jon bis zum Ende zuzuhören und so versuchte ich mich gleichzeitig wieder auf das zu konzentrieren, was er erzählte, denn er fuhr fort, ein Jahr nach der Hochzeit, Jon war gerade 26 geworden, wurde Sarah geboren, die mittlerweile schon sechs Jahre alt war und in die Schule ging. Ich dachte an die kleinen Mädchen in der Schule, die mich mit ihren großen, runden Augen anschauten, wenn sie mir zuhörten - Sarah war im gleichen Alter, sie könnte eines dieser Mädchen sein.

Jon erzählte weiter, in den letzten Jahren hatte es mehr und mehr Probleme zwischen ihm und seiner Frau Tiffany gegeben, denn sie hatte gewollt, dass er mehr Zeit mit der Familie, insbesondere ihren Eltern und deren Geschwistern verbrachte, was für Jon schwierig war, weil sein Job eine Menge Zeit erforderte und Kraft kostete. Es hatte mehr und mehr Diskussionen gegeben, über alles Mögliche, er hatte seine Frau nicht mehr wiedererkannt, und Sarah begann, unter ihren Streitigkeiten zu leiden, genau wie die beiden selbst. Vor ein paar Monaten hatte er sich dann von Tiffany getrennt, und das erste Jobangebot in Deutschland genutzt, um zurück in seine alte Heimat Köln zu gehen. Tiffany war mit Sarah in Montreal geblieben, wo er sie mindestens zweimal im Jahr besuchen wollte. Er war noch verheiratet, eine Scheidung war nicht in Sicht, denn seine Frau weigerte sich bis heute, einzuwilligen.

Kaum zu glauben, dass Jon wieder in Köln war. Aber war es ein gutes Zeichen, dass er sich so entschlossen von seiner Frau getrennt hatte, ein Mann der mutigen Taten, der tat, was nötig war, um seine Träume zu verwirklichen, der nicht vor drastischen Entscheidungen zurückschreckte? Oder beunruhigte es mich bereits jetzt, dass er eine solch radikale Entscheidung getroffen hatte, seine Tochter am anderen Ende der Welt zurückzulassen? Würde er mich in einer fernen Zukunft genauso schnell verlassen, weil er nicht bereit war, für etwas zu kämpfen, ich meine, wirklich zu kämpfen? War Jon überhaupt in der Lage, etwas so Kostbares wie die Liebe wertzuschätzen, sie in Ehren zu halten, sie wie einen Schatz zu behüten und sie nicht als selbstverständlich zu betrachten?

Es beunruhigte mich: Jon war kein unbeschriebenes Blatt mehr. Tiffanys saubere Handschrift war darauf zu erkennen und auch die krakeligen Buchstaben seiner Tochter waren deutlich zu sehen, wenn auch nicht ganz zu entziffern war, was sie geschrieben hatte. Ganz fett aber standen die Wörter Ehe und Scheidung geschrieben, quer über allem anderen, deren riesige Buchstaben deutlich machten, dass sie nicht auslöschbar waren. Jemand, der in Jon las, so wie ich es versuchte, musste auch diese zwei Wörter seiner Geschichte lesen.

Ich merkte, wie ein seltsames Gefühl meine Kehle zuschnürte, als bekäme ich plötzlich einen klaustrophobischen Anfall, obwohl um mich herum genügend Platz war, aber die Luft im Restaurant kam mir plötzlich sehr stickig vor, die Geräusche um mich herum zu laut, meine Stimme eigentlich zu dünn, um weiterzusprechen. Ich konnte mich nicht mehr darauf konzentrieren, was er sagte, musste nachfragen, mmh, wie bitte, was hast du gerade gesagt? Und ich ärgerte mich, wieso konnte ich nicht aufhören, nachzudenken, mir Sorgen zu machen? Ich hatte Jon doch gerade erst, nach so vielen Jahren, wiedergetroffen und wir hatten keine 60 Minuten miteinander verbracht. Wie konnte ich mir überhaupt anmaßen, über die Entscheidungen eines Fremden zu urteilen, ihn in einer solchen Art und Weise zu bewerten, ihn misstrauisch zu beäugen, seine Erzählungen regelrecht nach Fehlern abzuklopfen, wie eine schwarze Krähe mit gierigen Augen, die auf der Brüstung sitzt und den Kuchen beäugt, der auf dem Küchentisch hinter der geöffneten Balkontür steht. Und wie konnte ich jetzt schon annehmen, dass ich überhaupt eine Rolle in Jons Leben spielen würde? Ich war ein völlig unbedeutendes Puzzlestück, ein Randstück, wie eines aus meinem Puzzle von früher, das immer bis ganz zuletzt übrig geblieben war, weil es nirgendwohin zu passen schien, dessen unbestimmbares Grau zu den vorderen, mittleren oder unteren Wolken im Foto passen konnte, eben schwierig zuzuordnen war, und ich selbst hatte es lieber liegen gelassen, bis alles andere klar war, und ich mich dann nicht mehr ganz so intensiv mit den ganz fein erkennbaren Schattierungen des unbestimmbaren Graus beschäftigen musste, um den passenden Platz zu finden. Am Ende gehörte es dahin, wo kein anderes Puzzlestück hin passte.

Dennoch. Ich wusste, ich war nicht dieses unbedeutende Puzzlestück. Wenn ich Jon zuhörte, spürte ich es, wusste es, ich sah es bereits jetzt ganz deutlich, wie jede einzelne Pore im Gesicht der Nachrichtensprecherin in HD-Qualität auf meinem Fernseher, ich sah es so leuchtend wie die Farben der indischen Gewänder und so gestochen scharf wie der Blick der nussbraunen Augen auf den Urlaubsfotos in meinem Wohnzimmer. Allerdings sah ich es in diesem Fall in schwarz-weiß, es waren schwarze Buchstaben auf dem weißen Untergrund des Titelblattes seiner Lebensgeschichte, meinen Namen, Katharina, klar und deutlich geschrieben, in modernen, frischen Buchstaben, mit starker, pechschwarzer Tinte sorgfältig gedruckt, und dieses Wort war länger, schöner und bedeutender als die Worte Ehe und Scheidung. Vielleicht zählte das ja, vielleicht hatte das eine Bedeutung, eine größere als die, die wir beide kannten, Joni, du und Tiffany waren doch etwas Anderes als du und ich oder etwa nicht?

Die Hitze schoss mir ins Gesicht, als er mich anschaute, als könnte er meine Gedanken lesen. Ich fragte nach, wollte jedes Detail aus seinem Leben wissen, vielleicht um zu hören, dass er zwischendurch auch mal an mich gedacht hatte. Als er nach mir fragte, erzählte ich ihm nicht, wie oft ich an ihn gedacht hatte, wie oft ich mir vorgestellt hatte, er stünde plötzlich vor mir und wie oft ich seinen Namen vor mir her geflüstert hatte, seinen Namen in meiner Vorstellung mit dem Zeigefinger an die leeren Wände und Schaufenster geschrieben hatte, an denen ich vorbeigekommen war.

In unseren Erzählungen waren Jon und ich uns scheinbar in einer Sache einig: Keiner von uns sprach unsere gemeinsame Vergangenheit an. Vielleicht machte es keinen Sinn, darüber zu sprechen, es war so viel Zeit vergangen, genügend, um Gras über jeden Zentimeter Boden wachsen zu lassen, den einer von uns, oder vielleicht wir beide zusammen, vor langer Zeit aufgewühlt hatten. Ich würde ihm vergeben, dass er mich vom einen auf den anderen Tag im Stich gelassen hatte, und er würde mir verzeihen für mein Missgeschick, würde den Kuss eines fremden Mannes in meinem Nacken verzeihen. Es war egal, alles egal, die Dimensionen hatten sich schon längst verschoben, jetzt gab es nur noch diese vier Wände um uns herum, der Kellner, der manchmal vorbeischaute und ein paar Menschen um uns herum, deren Stimmen als fernes Murmeln zu uns drangen. Das war alles außer dem kleinen Holztisch zwischen uns und den zwei Tellern und vier Schüsselchen, die mich von ihm trennten und davor bewahrten, seine Hand zu nehmen. Es wäre zu früh gewesen.

Und so hatten wir am Ende des Abends noch nicht über die Vergangenheit geredet, sondern uns für das nächste Wochenende verabredet. Es würde eine harte Woche werden, aber ich war bereit, noch ein paar Steine mehr den Berg hinaufzuschleppen, so wie ich es mein Leben lang getan hatte, ich war sehr geübt darin, also machte ich einfach ein bisschen weiter, weil ich wusste, dass das, was mich auf der Spitze erwarten würde, großartig werden würde, weil es alle Dimensionen sprengen würde, die ich bisher in meinem Leben gekannt hatte.

Und ich schleppte Steine. Jeden Tag. Von meinem Auto ins Lehrerzimmer und von dort in die Klassenräume. Meinen

Schülern hätte ich sie am liebsten manchmal entgegengeschleudert, noch besser, eine Mauer aus ihnen gebaut, um mich herum, nur wollte ich das nicht in der Schule tun, lieber zu Hause und mit Jon zusammen, hätte uns am liebsten eingemauert, uns vielleicht sogar unter Steinen verschüttet, so dass sie uns erdrückten und versteinerten. Aber das ging nicht, und so fühlte sich alles um mich herum so bedeutungslos an. So träge. Und zäh.

Am Ende ging die Woche doch irgendwie vorbei, und es war endlich Samstag, der Tag, für den wir uns verabredet hatten.

Der Samstagabend mit Jon war fantastisch. Ich hatte zwar zwei Stunden gebraucht, um etwas Passendes zum Anziehen zu finden, hatte fünfmal ausgerechnet, welche Bahn ich nehmen musste, um nicht zu spät zu kommen, hatte, als ich schon halb aus der Tür war, doch nochmal die Schuhe gewechselt und mich dann gezwungen, einfach loszugehen.

Als wir dann zusammen waren, war alles so einfach. Es war einfach, Jon in die Augen zu schauen, es war einfach, ihm zuzuhören, ich wusste genau, was ich bestellen wollte, was ich ihm erzählen wollte und ich wusste genau, was ihn interessierte, ich wusste sogar, wie es ihm ging, ganz im Gegenteil zu unserem ersten Treffen.

Am Ende küssten wir uns und es war genau so einfach wie alles andere zuvor, denn wir taten es einfach, als wäre es ganz selbstverständlich, als wären wir nur dafür bestimmt, als hätten unsere Leben nur die Berechtigung zu sein, wenn wir uns küssten. In meinem Bauch überschlugen sich die Schmetterlinge in einem wilden Chaos, als hätte man sie mit einem Kescher eingefangen und in meinem Bauch herausgelassen, wo sie panisch mit ihren Flügeln gegen die Bauchdecke schlugen, denn es waren viel zu viele Schmetterlinge und sie hatten keinen Platz, wussten vor lauter flatternden Flügeln irgendwann nicht mehr, wo oben und wo unten war, genau wie ich selbst auch nicht, denn die Welt um uns herum begann sich zu drehen, immer schneller und schneller, bis mir schwindelig wurde und ich mich darauf konzentrierte, wo meine Lippen Jons Lippen berührten und meine Hände seine Hände hielten, erst dann hatte ich wieder eine Konstante gefunden, an der ich mich festhalten und das Gleichgewicht wiederfinden konnte. Wir küssten uns lange und es war etwas sehr Besonderes, denn es war nicht einfach nur ein Kuss, es lag so viel Bedeutung in ihm, so viel, was er mir mitteilte, was er mitbrachte, und was er wollte, und gleichzeitig war es der Anfang von etwas Neuem, als wäre dieser, unser Kuss ein Samenkorn, das ich, blass-gelblich und spröde, in dem metallenen Deckel eines alten Glases in der hintersten Ecke meiner Wohnung aufbewahrt hatte, monatelang, jahrelang, und das ich jetzt mit einem Wassertropfen begossen hatte, und in unsere Mitte gelegt hatte, so dass wir betrachten konnten, was damit passierte, was da zwischen uns zum Leben erweckt wurde und beide konnten wir sehen, wie das Samenkorn plötzlich aufplatzte, und begann, einen weißgrünen, mit einem Flaum überzogenen Trieb in die Höhe zu schießen, einer, der so stark war, dass er sich durch die braun-schwarze, feuchte Erde drücken konnte, um an Sauerstoff zu kommen, und an Licht, das er brauchte, um noch weiter zu wachsen und stark und kräftig zu werden.

Und so fühlte sich dieser erste Kuss an, als stünden wir im gleißenden Sonnenlicht, geblendet von der Heftigkeit der Gefühle, die uns überkamen. Ich konnte mich nicht erinnern, jemals so etwas erlebt zu haben, es hatte sich alles in mir zusammengezogen, und es hatten sich so viele Gedanken und Geschichten gemischt, sein Leben und meins, die sich trafen, wie zwei Meteoriten in einem Meteoritenschauer, die zufällig aufeinandertrafen, weil ihre Flugbahnen sich trafen und wegen der Heftigkeit des Aufpralls in viele verschiedene Teile zersprangen. Und so explodierte ich bei jeder seiner Berührungen in viele kleine Teilchen, Fetzen von mir, die durch die Luft wirbelten, so dass ich selbst aufhörte, zu existieren. Wir hatten uns in kleine Teile aufgelöst und waren zugleich da im Raum, ganz real, mit einer aufgeladenen, extremen Körperlichkeit, er links auf dem Sofa neben mir, ich rechts, und ich musste meinen Hintern zusammen kneifen, um ihn wieder zu spüren, weil er sich irgendwie taub anfühlte, genau wie andere Teile meines Körpers, Beine und Fingerspitzen, die leicht kribbelten, als hätte ich Kreislaufprobleme, und ich versuchte, sie ganz leicht zu bewegen, um mich zurückzuholen aus dem Flug durchs All, mir klarzumachen, dass die Welt um uns herum noch existierte, real war. Ich spürte das Sofa unter mir, spürte das kühle Glas in meiner Hand, und ich spürte auch meine kalten Zehen, also existierten diese Dinge noch, genau wie ich selbst.

Irgendwann konnte ich mich wieder spüren, und ich konnte auch Jon spüren, der neben mir saß, ganz einfach nur dasaß und mich anschaute.

Nach weiteren vier Wochen und mehreren Treffen hatte ich das Gefühl, ich wusste alles, alles über Jon und alles über uns, was ich wissen wollte und wissen musste, der Rest war mir egal, alles andere war nicht wichtig und wir beschlossen, zusammen zu leben. Als Jon das vorschlug, hörte ich förmlich meine Eltern, als wären sie dabei gewesen, sie hätten Jon misstrauisch beäugt, mit ihren klaren Habicht-Augen, mein Vater den Kopf schief zur Seite gelegt, aber Katharina, sagte er, man kann nicht nach vier Wochen zusammenziehen, das ist zu früh, ihr kennt euch noch nicht richtig, und er sprach weiter, überlege mal, was alles passieren kann, denke an deine Cousine Birgit, die hat auch so etwas Unsinniges gemacht und am Ende hat er sie sitzen lassen und auch die Tochter einer Bekannten, sie hat... Ich unterbrach den Vater in meinen Gedanken, blickte Jon an und wusste, ich wollte es so sehr, dass ich diese Entscheidung nie bereuen würde, selbst, wenn sie sich irgendwann als falsch herausstellen würde, weil ich mich auch dann noch daran erinnern würde, wie wichtig sie in diesem Moment für mich war und wie sehr ich es wollte, mit Jon zusammenzuleben. Ich hatte so gesehen gar keine andere Wahl, war dem, was da mit mir passierte, vollkommen ausgeliefert, ich musste es einfach tun.

Auch mit Anna führte ich fiktive Streitgespräche, rechtfertigte mich. Denn auch sie würde sich zwar für mich freuen, würde aber auch ihre Besorgtheit ausdrücken, sie würde sagen, Katharina, ich verstehe dich, das tue ich wirklich, und ich freue mich auch für dich, aber bist du dir da ganz sicher, denkst du nicht, es wäre sicherer, noch ein wenig abzuwarten, warum gibst du der Sache nicht noch ein bisschen Zeit, es kann ja auch schön sein, Dinge noch ein bisschen hinauszuzögern, das bringt mehr Spannung in die Sache, und sie fuhr fort, während ihre Stimme jetzt noch eindringlicher klang, Katharina, ich bin mir ganz sicher, dass ihr noch Zeit habt, warum wartet ihr nicht noch? Aber ich würde ihr sagen, dass sie nichts zu befürchten hätte, denn was sollte man noch lange darauf warten, sich lange vergewissern, dass man zusammenpasste, bevor man sich eine Wohnung teilte, denn hatten wir nicht alle, abgesehen von Anna, aber sowohl Jon als auch ich schon erlebt, dass das Warten niemanden vor Schmerzen bewahren konnte, das Risiko nicht minderte, dass es am Ende doch nicht funktionieren könnte. Ich hatte das mit Jakob erlebt, mit dem ich in einer Wohnung zusammengelebt hatte, nach vielen Jahren des Kennenlernens und trotzdem waren wir uns am Ende so fremd wie zwei Menschen, die sich zufällig auf der Straße getroffen hatten. Und deshalb würde ich Anna sagen, dass sie sich keine Sorgen machen bräuchte, ich hätte mir das gut überlegt, auch wenn das natürlich nicht stimmte. Gar nichts hatte ich mir genau überlegt, ich handelte aus blinder, tollwütiger Gier nach Liebe zu diesem Mann, selbst das spürte ich in diesem Moment, aber das würde ich für mich behalten, denn das war nichts, was man mit anderen teilen konnte, schon gar nicht mit Anna, die in einer ganz anderen Welt lebte, die meinen Entschluss ohnehin nicht verstehen wollte.

Manchmal musste ich noch an Stefan denken, der mir jetzt vorkam wie eine Witzfigur im Vergleich zu Jon, der sich mit den Banalitäten des Lebens nicht lange abgab, das jedenfalls schienen seine breiten Schultern und sein aufrechter Gang zu sagen, er würde über die absurden Windungen von Stefans Gedanken, seine kranke Beziehung zu Frauen und Beziehungen nur müde lächeln. Auch wenn es gerechtfertigt wäre, machte Jon sich allerdings nie über andere lustig, stattdessen ignorierte er einfach die, die ihm nicht guttaten und ließ diejenigen in sein Leben, die ihm Gutes brachten. Das Leben mit Jon war das, was ich eigentlich wollte, alles andere war nur eine Verirrung meiner Gefühle gewesen, als wäre ich in den falschen ICE eingestiegen und es erst gemerkt, als er schon losgefahren war, ich hatte im Stefan-Zug gesessen und nicht mehr so schnell aussteigen können. Am Ende hatte ich es geschafft und jetzt war Jon an meine Seite zurückgekehrt.

Das Zusammensein mit ihm fühlte sich perfekt an. Wir fanden bald eine Wohnung, die zwar klein, aber gemütlich war. All das spielte sowieso keine Rolle, denn wichtig war, dass es unsere Wohnung war. Als wir das erste Mal miteinander geschlafen hatten, hatte ich gewusst, dass ich alles mit Jon teilen wollte, meinen Körper, mein zu Hause, mein Leben, denn es war, als hätte mir jemand gezeigt, worin der

Sinn des Lebens bestand, auch wenn ich es nicht hätte in Worte fassen können, auch wenn es mir in diesem Moment so einfach erschienen war, und so wichtig, von so enorm hoher Bedeutung nicht nur für mich, und nicht nur für uns, sondern für die ganze Welt, dass ich es all denen hatte entgegenschreien wollen, die ihr Leben lang danach gesucht hatten, aber nicht fündig geworden waren und sich erst aufgebracht beschwert, dann gehetzt und mit leerem Blick umgeschaut hatten, und sich schließlich verzweifelt und erschöpft in ihr Schneckenhaus zurückgezogen hatten, wollte sie trösten, dass ich jetzt doch die Antwort für sie gefunden hatte, die nämlich lautete, dass die Liebe die Lösung aller Probleme war, eine ganz einfache und sinnvolle Lösung, die niemandem Schaden zufügte, die alle ganz einfach haben konnten, denn es war wirklich alles so einfach und ich wusste es jetzt, dich zu lieben, Jon, mit dir eins zu sein, von dir berührt zu werden und dich zu berühren, das war der Sinn meines Lebens und das hatte nichts, aber auch rein gar nichts mit all dem zu tun, was vorher in meinem Leben passiert war.

Wir fuhren nach München, verbrachten ein paar Tage in Hamburg und dann auch in Berlin, und es war eine glückliche Zeit, denn wir schöpften alle Möglichkeiten aus, die wir hatten, Zeit miteinander zu verbringen, die Welt zu entdecken, und ich umarmte das Leben, so kam es mir vor, mit weit ausgebreiteten Armen, und ich war bereit, alles zu umarmen, was da noch kam, denn ich war so glücklich, dass ich gerne an jede beschlagene Fensterscheibe mit dem Finger geschrieben hätte, ich bin glücklich, in die Rinde jedes Baumes, an dem wir vorbeikamen, die Buchstaben K und J geritzt hätte, und ich hätte gerne jedem Menschen, an dem wir vorbeiliefen, ins Ohr geflüstert, ich liebe ihn, ich liebe diesen Mann, ja, genau diesen hier, es ist nämlich meiner. Aber ich behielt es für mich, denn was hätte das gebracht, wem hätte es geholfen, und es führte nur dazu, dass ich mich fragte, ob du, Jon dasselbe fühltest. Teilten wir solche Gedanken, überwältigten dich die gleichen Empfindungen wie mich, oder kamen und gingen sie nur wie Sonne und Schatten an einem bewölkten Frühlingshimmel? Würdest du auf unsere gemeinsame Zeit bald wie auf eine vergilbte, alte Postkarte zurückblicken, so wie du jetzt an die Zeit mit Tiffany und Sarah dachtest, distanziert und kühl-berechnend, weil du organisieren musstest, wann und wie du deine Tochter sehen konntest und diese Momente, die mir so viel bedeuteten, waren für dich zwar schön, weil sie neu waren, aber bald würden sie auswechselbar werden, so wie man alte Batterien austauschte, wenn sie leer waren? Und ich überlegte, ob ich für dich eine solche Batterie war, die nicht für ewig halten würde, und dieser Gedanke machte mir plötzlich so sehr Angst, dass ich mich nicht traute, dich danach zu fragen, denn ich weiß, dass ich mich sehr verletzlich fühlen würde, wenn du nicht das Gleiche dächtest wie ich.

Wir gingen ins Kino und du hattest auf dem Weg den Arm um mich gelegt, Jon, und ich fühlte mich sehr geborgen bei dir, und auch in den breiten, niedrigen Kinosesseln, in denen wir uns versteckten, hieltest du meine Hand und wir waren miteinander in der Dunkelheit verbunden, untrennbar stark fühlte sich diese Verbindung an, die in unseren Händen und den daran anschließenden Armen begann, so stark, dass ich in diesem Moment bereit war daran zu glauben, dass wir zusammen gehörten, so wie die einzelnen Fasern unserer beiden Körper es uns spüren ließen, wenn sie durch unsere Kleidung hindurch Kontakt miteinander aufnahmen und winzige elektrisch geladene Teilchen hin und her schickten wie kleine Magneten, die sich gegenseitig anzogen, die im luftleeren Raum zwischen uns aufeinander prallten und dann miteinander verschmolzen, so dass sich dünne, lange Fäden bildeten, die uns wie Gummibänder miteinander vertäuten. Und auch wenn der Film, den wir uns anschauten, extrem schlecht war, es machte uns nichts aus, denn wir waren uns einig darüber, dass er schlecht war, und unsere Einigkeit verstärkte noch die Verbindung zwischen uns, ließ die Fäden zwischen uns immer dicker und fester werden.

An einem anderen Tag beschlossen wir, uns etwas aus den Resten zu kochen, die wir noch verstreut in unserem Kühlschrank fanden. Wir waren an diesem Tag nicht einkaufen gegangen, weil wir noch lange im Bett gelegen hatten, spät aufgestanden waren und dann ausgiebig gefrühstückt hatten. Also hatten wir nur Reste von Vortagen, eine Zucchini, ein paar Cashewkerne, einen halben Salatkopf und andere Dinge, und wir fingen an, alles kleinzuschneiden, und alles vorzubereiten, so dass Jon das Gemüse in die Pfanne schmeißen konnte, während ich eine Salatsoße zubereitete. Und während wir in der Küche herumwerkelten, fielen uns Dinge in die Hände, die ebenso gut in unsere Gemüsepfanne passten wie die vorherigen Zutaten und mit der Zeit entwickelten wir ein System, das ganz von alleine funktionierte, das einfach passierte, ich hier und du da, Jon, und diese Einzelteile fügten sich zu einem Gesamtbild zusammen, das außerordentlich gut schmeckte, weil es so viele Momente, Gedanken und Teile von uns vereinte, denn es hatte sich fast so angefühlt, als hätten wir nicht Zucchini und Tomaten kleingeschnitten und vermischt, sondern als hätten wir Teile von uns hergegeben, um sie miteinander zu vermischen, damit sie keine einzelnen Teile mehr blieben, sondern sich zu einem harmonischen Ganzen verbanden, so wie ich mich mit dir, Jon, verbinden wollte, so wie wir uns verbunden hatten, als wir nach dem Essen ins Schlafzimmer gegangen und uns umschlungen hatten und uns hin und her gewälzt hatten, so eng und so fest, dass ich fast keine Luft gekriegt hatte und dich bitten musste, ein bisschen loszulassen, damit ich nicht erstickte und dann hatten wir gelacht, darüber, wie gern wir uns hatten, dass wir uns so sehr liebten, dass eine einfache Umarmung nicht ausreichte, dass wir uns erst weh tun mussten, um die Liebe auszudrücken, die uns verband.

Was außerhalb unserer vier Wände passierte, in denen wir nichts anderes taten außer, dass wir uns liebten und kochten und wieder kochten und liebten, war uns egal, es ging uns nichts an, und es fühlte sich so an, als gäbe es überhaupt nichts dort, außerhalb der Wände unserer Wohnung, und wenn schon, war es jedenfalls nicht wichtig, sondern ganz und gar unbedeutend, so klein wie der Regenwurm in unserem Vorgarten oder der Windstoß, der den oberen Ast des vordersten Baumes in unserer Straße in Bewegung setzte. Wir nahmen diese Dinge nicht wahr, also existierten sie auch nicht, denn was real war, waren wir und wie wir uns anfassten und uns in unserem Bett verkrochen, das auch real war, und ich dachte in diesem Moment, dass es mir ausreichte, neben dir zu liegen und dich zu riechen und deine Wärme zu spüren, nichts Anderes war wichtig in meinem Leben. Es fühlte sich an, als wäre ich endlich angekommen.

ALLES IST ENDLICH

Im Mai fuhren wir an die Ostsee, wo noch überhaupt nichts zu sehen war vom Frühling. Zwischen stürmischer See und windgepeitschten Bäumen lag unsere Unterkunft mit Kamin, in dem wir ein Feuer in Gang brachten, sobald wir ankamen. Mit einem Glas Wein in der Hand setzten wir uns Seite an Seite vor das Feuer und schauten es an und Jon nahm mich in den Arm, drückte seine heiße Wange an meine und flüsterte mir ins Ohr, wie glücklich er sei, wie glücklich es ihn machte, mit mir zusammen zu sein. Eine warme Welle durchströmte mich, denn es war genau das, was ich fühlte und wollte, mit ihm eins zu sein, ihm so nah zu sein, wie es irgend möglich war.

Und doch war plötzlich irgendetwas da, war auf einmal zwischen uns gekommen, hatte sich vor mein Empfinden geschoben, so dass ich diesen Moment einfach nicht so genießen konnte, wie ich es mir in all den Jahren davor ausgemalt hatte, denn ich hätte ihn aufsaugen wollen, mit all meinen Poren jedes kleinste bisschen Glück, das da im Raum schwebte, das zwischen Jon und mir hin und her schwebte, die

Hormone, die freigesetzt wurden, einfangen und wie ein Schwamm aufsaugen, um in schlechteren Momenten davon zu zehren. Aber was dann passierte, hatte ich nicht erwartet, denn statt des Glücks spürte ich eine Woge der Übelkeit, eine Schwermütigkeit, die sich anfühlte, als hätte ich gerade eine große Portion Nudeln mit schlecht gewordener Soße verschlungen, es aber erst gemerkt, als die Nudeln mit Soße schon längst in meinem Bauch lagen, wie ein schwerer, gärender Klumpen tief in mir drin, und ich konnte nichts dagegen machen, konnte mich kaum noch aufrecht halten und wollte mich schnell hinlegen. Und so rückte ich von Jon ab und warf mich auf das Bett, streckte alle Viere von mir und atmete tief ein, dann war es etwas besser gegangen, und nach fünf Minuten war es fast wieder weg gewesen, fühlte ich mich wiederhergestellt. Nur ein Gefühl war geblieben, ein unbestimmtes Gefühl, mehr noch eine Frage, ob mein Unwohlsein vielleicht gar nicht mit dem Essen in meinem Bauch zu tun gehabt hatte, sondern mit etwas anderem, vielleicht meiner Unfähigkeit, das anzunehmen, was war, einfach mal glücklich zu sein. Oder gab es vielleicht eine Grenze für das Glück, die ich bereits erreicht hatte, war der Messbecher meines Lebens bereits voll, hatte ich schon zu viel davon gehabt, vielleicht mehr als andere, und verdiente einfach nicht mehr. Vielleicht war das Leben einfach so, die Freuden und die Lust gab es eben nur in begrenztem Umfang, jedenfalls für manche Menschen, weil sie es vielleicht nicht verdient hatten oder weil das Leben einfach ungerecht war. Vielleicht war es auch so, dass man für sein Glück etwas tun musste, vielleicht musste ich mich mehr anstrengen dafür, dass das Glück bei mir bliebe und wenn ich nur wüsste wie, würde ich alles daransetzen, es zu tun.

So fühlte ich mich einfach machtlos. Das Leben mit Jon war so schön, dass ich regelrecht Angst bekam, dass es ir-

gendwann aufhören würde, dass Jon bei einem Verkehrsun-
fall ums Leben kommen könnte oder so schwer verunglückte,
dass er für immer an einen Rollstuhl gefesselt wäre, oder dass
ich schwerkrank werden würde und er sich bis an sein Le-
bensende um mich kümmern müsste.

Aber was hätte ich tun sollen? Ich hatte Jon gesagt, dass
ich ihn liebte, oft genug, genau so wie ich es fühlte, vielleicht
reichte dieses Bekenntnis auch, um die schönen Momente
zurückzuholen, vielleicht wirkte die altbekannte Formel wie
ein Schwur, der es mir ermöglichte, das Schöne zu bewahren,
wenn ich nur genügend daran glaubte, und das, was nicht
war, die negativen Gedanken in meinem Kopf, einfach aus-
blendete.

Als wir nach Köln zurückkehrten, kehrte auch mein Alltag
voller Schule, Kinder und Kollegen zurück, Kinder, die etwas
von mir wollten, Kollegen, die mich anschauten, als bemerk-
ten sie, dass doch etwas an mir anders war als zuvor. Und
Anna war auch da, zwar selten, das Baby beschäftigte sie
einen Großteil ihrer Zeit, aber sie erkundigte sich nach mir,
machte sich Sorgen, wie immer, fragte, ob es mir denn gut
ginge, und schon nervte sie mich wieder, und ich brauchte
Abstand zu ihr. Es war ein bisschen wie immer, aber doch
irgendwie anders, da du, Jon, wieder in meinem Leben warst,
ein fester Bestandteil wurdest. Ich nannte dich wieder Joni,
und genoss unsere Vertrautheit, denn dein Spitzname klang
nach einer längst vergessenen Zeit, rief Bilder in meinem
Kopf hervor, die ich beiseitegeschoben hatte, weil ich sie
vergessen wollte, weil sie mich so lange geschmerzt hatten,
aber jetzt bekamen sie eine völlig neue Bedeutung, eine neue
Intensität, die mich manchmal überwältigte und deren Kraft
mir manchmal auch Angst machte. Es machte mir Angst,

irgendwann wieder ohne dich leben zu müssen. Wir aßen zusammen, wuschen Wäsche und putzten die Wohnung zusammen, auch wenn die Momente häufiger wurden, in denen ich mich nicht überwinden konnte, das Gefühl hatte, in den Dingen meines Alltags zu ertrinken, Dinge, die ich unbedingt erledigen musste, und kaum hatte ich eine Sache erledigt, fiel mir die nächste ein, die ich bis morgen oder bis zum Ende der Woche tun musste.

Trotz allem fühlte es sich gut an, mit dir, Joni, und ich versuchte, jeden Moment mit dir aufzusaugen, hatte das Gefühl, ich könnte so der wiederkehrenden Routine trotzen und dem Zahn der Zeit ein Schnippchen schlagen. Die Gewissheit wurde größer, dass unsere Liebe auch den lähmenden Trott des Alltags überdauern könnte, dass die Zeit uns nichts würde anhaben können, jetzt noch nicht und auch nicht in Zukunft. Wir waren miteinander verbunden und diese Stricke wurden immer stärker, weil wir sie fester zurrten, so fest, dass wir beide das Gefühl hatten, dass sie hielten und auch schwere Zeiten überdauern würden. Was ich fühlte, war einfach etwas Besonderes. Wenn Jon mir über die Wange strich oder meine Hand nahm, erhielten die Momente eine ganz neue Bedeutung.

Jon berührte mich nie zweimal hintereinander auf die gleiche Art und Weise. Ich lernte, dass es überhaupt verschiedene Arten von Berührungen gab: Eine Berührung konnte einfach oder komplex sein. Keine Berührung war wie eine andere. Es gab Berührungen, die man einfach so ausführte und hinnahm, so beiläufig, wie man morgens zum Briefkasten ging und die Post herausnahm oder den Klodeckel öffnete, bevor man sich hinsetzte. Und dann gab es Berührungen der anderen Art, die mehr bedeuteten, die nicht beiläufig geschahen, sondern ganz bewusst geplant waren, die sagten, jetzt, hier, möchte ich dich berühren und ich möchte dir damit zeigen, dass ich dich liebe. Oder, und das war das Wahnsinnige, konnte in einem Streichen über die Wange, das von außen betrachtet, völlig gleich war wie das vorherige, das gegenteilige Gefühl liegen, nämlich, ich weiß, du willst mehr, aber du nervst mich gerade, ich möchte deine Nähe gerade nicht und deshalb streiche ich dir nur schnell über die Wange und nicht über andere Stellen deines Körpers, ich könnte dir auch den Rücken zudrehen, aber so hart bin ich nicht. Und so konnte dieselbe Berührung einerseits gut und andererseits schlecht sein.

Jon berührte mich auf alle denkbaren Arten. Am liebsten aber mochte ich die zweite Form, wenn du, Jon, mich anfasstest, um mir zu sagen, ich liebe dich, ich möchte dich jetzt sofort haben, ich sehne mich nach dir, zeig mir, dass du da bist. Ich sehnte mich nach dieser Botschaft, wollte sie nicht nur aus seinem Mund hören, sondern wollte spüren, dass er mich liebte, wollte die größtmögliche Nähe zu ihm, die zwischen zwei Menschen überhaupt möglich war, fragte mich, wie sich das anfühlen würde, wenn man ganz ohne Zweifel so nah zueinander war. Ich schaute ihm zu, als er die Ablage in der Küche abwischte und ein paar Dinge verräumte, folgte seinen sehnigen Händen mit meinem Blick, stellte mir vor, sie würden über meinen Rücken und meine Oberschenkel streichen, bis mir klar wurde, dass ich in diesem Moment nicht haben konnte, was ich wollte: Er war mit anderen Dingen beschäftigt. Ein Gefühl der Verzweiflung breitete sich dann aus, ich wurde unruhig und begann mit den Beinen hin und her zu wippen, trommelte mit den Fingerspitzen auf den Tisch und blickte mit einer Sorgenfalte auf der Stirn auf das Brötchen in meiner Hand. Jon schien meine Stimmung zu bemerken, und fragte, was ist mit dir, ist alles in Ordnung? Aber ich wollte mir nicht die Blöße geben und meine Schwäche zugeben: Es ist alles in Ordnung, sagte ich und merkte, dass es auch das war, was er hatte hören wollen, denn er wandte schnell den Blick ab, anstatt mich in den Arm zu nehmen und begann, mir Dinge zu erzählen, die er in den nächsten Wochen angehen wollte, Geschäftspartner, von denen er sich trennen wollte, weil sie unzuverlässig waren und schlechte Arbeit ablieferten. Und er erzählte von Geschäftsberichten, die er morgen und übermorgen fertigstellen wollte. Und dann ging es sogar um seine Mutter, wie schön es für ihn war, sie in Reichweite zu haben, im Gegensatz zu seinem Vater, und wie wichtig sie für ihn war. Aber nichts davon sagte er so aufrichtig und so liebevoll, wie ich es von ihm gewohnt war. Die Bewegungen seiner Falten, der Blick seiner Augen vermieden es, direkt zu mir zu sprechen, sie verrieten seine innere Unsicherheit.

Er hielt Distanz, nun schon seit einer Woche. Ich wusste es genau, denn ich hatte jeden Tag gezählt, hatte in Gedanken, wie die Insassen eines Gefängnisses mit meinen Nägeln Striche in die Wand geritzt, mühsam aber stetig, für jeden Tag einen Strich und ich wusste, es war bereits eine Woche vergangen, seit du, Joni, so distanziert zu mir warst. Was ich nicht wusste, war, wie lange ich es noch aushalten könnte ohne verrückt zu werden. Ich rettete mich von einem Morgen zum nächsten, an dem wir doch wieder eng umschlungen aufwachten, die Beine des einen um die Beine des anderen gewickelt, Zeugnis einer nächtlichen Annäherung, die eingesetzt hatte, als der Schlaf und die Träume die Steuerung des Bewusstseins übernommen und alle besorgten Gedanken vertrieben hatten.

Doch die Tage waren lang, die Situationen, in denen sein Verhalten mich schmerzte, wurden häufiger. Momente wurden zu Minuten oder Stunden und Stunden wurden zu Tagen, bis er sich irgendwann wochenlang zurückzog und ich mir nicht sicher war, ob es nicht doch mit mir zu tun hatte.

Was ich wusste, weil ich es schmerzhaft spürte, war, dass seine Distanz mir wie ein bleierner Vorhang auf meine Schultern drückte, meine Wirbelsäule zum Ächzen brachte, meinen ganzen Körper schwächte als wäre ich heroinsüchtig und müsste einen Drogenentzug durchmachen. Die Momente, in denen ich mich nach ihm sehnte, ohne ihn erreichen zu können, häuften sich, und auch ich begann, mich in mein Schneckenhaus zurückzuziehen, um mich zu schützen. Und dann wurde ich wütend darüber, welch schöne Zeit wir miteinander verbracht hatten, Wochen und Monate waren vergangen, die so hinreißend schön gewesen waren, als hätte man sie aus einem Hollywood-Film herausgeschnitten, als wären wir glänzende Figuren auf Abziehbildern, und ich hatte mich im Glauben gewiegt, nie wieder etwas anderes erleben zu müssen, und ich ärgerte mich, wie sehr sich dies jetzt verändert hatte, ärgerte mich darüber, wie schwierig es manchmal war, wie wir mit uns selbst zu kämpfen hatten, und wie wir manchmal auch miteinander kämpften. Wir stritten uns am Frühstückstisch, um Banales, und nachmittags, um noch banalere Dinge. In Momenten des Streits blickte ich Jon an und konnte nicht glauben, was er sagte, nahm mir vor, mir sein Verhalten und seine Worte einzuprägen, um sie ihm zu einem späteren Zeitpunkt vorhalten zu können, ihn damit zu konfrontieren, dass er mir Unrecht tat, mir Schmerzen zufügte, und ich stellte mir vor, ich hielte in meinen Händen einen Zähler, der klickte, wenn ich ihn mit meinem Daumen herunterdrückte, bei jedem Vorwurf, den er mir entgegenwarf einmal, klick, bei jedem kühlen Blick zu mir noch einmal, klick, und jedes Mal, wenn er mir wütend den Rücken zudrehte, klick, und nochmal klick und nochmal und nochmal, so dass ich auch ja nichts verpasste. In diesen Momenten schaute ich auf uns herab als könnte sich mein Verstand von meinem Körper lösen und ich verstand nicht, wie wir so respektlos zueinander sein konnten, und wenn Jon zu mir sagte, schau, Katharina, du musst lernen, endlich mal erwachsen zu werden, dann tat es mir in der Seele weh, und gleichzeitig war ich wütend darüber, wie er so verletzend sein konnte. Und so schwankte ich immer wieder zwischen Wut und Trauer, Wut und wieder Trauer und war ratlos, wie ich mich aus dieser Situation befreien konnte.

Irgendwann wurde aus der Traurigkeit über meine Lage auch Angst, die Angst, von Jon verlassen zu werden. Am Donnerstag Abend erledigten wir zusammen den Großeinkauf, obwohl es mir lieber gewesen wäre, alleine zu gehen, weil Jon bereits zu Hause abwesend gewirkt hatte. Ich hatte ihn gefragt, was mit ihm los war, aber er hatte nur geantwortet: Nichts. Er hatte sich ans Steuer gesetzt und nachdem wir unser Auto auf dem riesigen Parkplatz vor dem Supermarkt geparkt hatten, steuerten wir auf das flache, langgezogene Gebäude zu. Auf halbem Wege kam uns eine junge Frau entgegen, mit langen blonden Haaren und einem Nasenpiercing. Sie war schlank, trug ein flatterndes Kleid, das bis zum Boden reichte und sie lächelte uns an. Sie war Jons Typ, absolut, das konnte ich auf den ersten Blick sehen, sie kam mir sogar seltsam bekannt vor, obwohl ich sie ganz sicher nicht kannte, und da fiel es mir ein, sie hatte eine erstaunliche Ähnlichkeit mit Tiffany, so wie ich sie auf Jons Fotos gesehen hatte. Ich schielte zu ihm hinüber, und tatsächlich warf auch er der Frau auf dem Parkplatz jetzt einen Blick zu, und ich hatte das Gefühl, dass er ein wenig länger als nötig hinschaute, und auch sie schaute zu uns herüber, vielleicht auch ein wenig länger als nötig, und als Jon bemerkte, dass ich die beiden beobachtete, schaute er schnell weg, auch wenn es ihm schwerfiel, das sah ich. In mir rasten die Gedanken, was sollte ich tun, es war unmöglich, ihn darauf anzusprechen, ich war wütend. Und gleichzeitig wünschte ich mir so sehr, diese andere Frau zu sein, aus meiner Haut schlüpfen zu können und in der Haut dieser Frau zu stecken, nur um von meinem Mann, meinem Joni, so angeschaut zu werden, so begehrt zu werden.

Und dann spürte ich sie ganz deutlich, sie stand direkt vor mir, ich hätte ihr die Hand schütteln können, dieser neuen Form der Angst in meinem Leben, der Angst, ihn zu verlieren. Diese Angst war schlimmer als der Trennungsschmerz, den ich vor vielen, vielen Jahren gefühlt hatte, denn damals hatte ich einen Fehler gemacht, und Jon hatte reagiert, damals, am Anfang meines Lebens, während ich mich jetzt ganz und gar hilflos fühlte, nicht wusste, aus welcher Richtung der Wind kam, so dass ich wie ein sinkendes Boot ohne Steuermann im Sturm auf dem offenen Meer hin und her strudelte und mir vorkam, als hätte ich in meinem Leben einmal alles gehabt und auch alles verloren. Mir fielen viele Gründe ein, warum eine Frau einen Mann verlieren konnte, aber am schlimmsten würde es sich anfühlen, Jon an eine andere Frau zu verlieren, und ganz abwegig war es nicht, denn was wusste ich denn, wie viele Frauen er beim Einkaufen, bei Arztbesuchen oder im Vorbeifahren auf der Straße bereits so angeschaut hatte wie die Frau mit den blonden Haaren auf dem Parkplatz und wer weiß, vielleicht konnte ich mich glücklich schätzen, wenn es nur bei Blicken geblieben war.

Wie im Traum verfrachtete ich Lebensmittel aus den langen Regalen in den Einkaufswagen: Kartoffeln, Bananen, Reis, Brot und Marmelade. Ich konnte keinen klaren Gedanken fassen, schaffte es gerade noch, meine Einkaufsliste durchzugehen, um zu erkennen, was uns noch fehlte. Innerlich machte ich mich fertig, dass ich solche negativen Gedanken hatte und sie nicht steuern konnte, und dass sie sich geradezu verselbstständigten, so dass es kaum noch meine eigenen Gedanken waren, sie hatten ihren eigenen Willen, ich fühlte mich ihnen regelrecht ausgeliefert: Jon liebt mich nicht mehr, er wird mich früher oder später verlassen, er wird eine hübschere und eine stärkere Frau finden, und ich werde mit meinem Leben nicht klar kommen, denn ich kann keine guten Entscheidungen für mein Leben treffen, ich bin nicht in der Lage, erwachsen zu handeln, und wenn man sich selbst nicht liebt, kann jemand anderes einen auch nicht lieben und mir wurde klar, immer werde ich mir Sorgen machen müssen und nie die Kraft haben, einen Weg aus meinen Sorgen zu finden, weil ich mich selbst einfach nicht genug lieben konnte. Ich jammerte innerlich, wollte am liebsten aufschreien, mich um den Hals des vorbeigehenden Verkäufers hängen, ihn fragen, in anklagendem Ton, warum war alles so schwer, warum musste mir das passieren, konnte ich nicht einfach glücklich sein, und ich heulte innerlich auf, hämmerte mit meinen Fäusten an die Wand, warum verdammt nochmal war alles so schwer, schwermütig, bleiern schwer, zog mich nach unten, ließ es nicht zu, dass ich mich auch mal leicht fühlte, wie eine Feder, nie würde ich fliegen können, weil ich mich nie wie eine Feder fühlte, denn ich war keine Feder, sondern ich war ein nasser Sandsack, der alleine und traurig in der Ecke lag und selbst der einfache Verkäufer würde sich nicht für mich interessieren, sondern mich an der nächsten Ecke abladen und alleine zurücklassen. Jetzt hatte ich vielleicht noch Leute um mich herum, die sich um mich kümmerten, aber in ein paar Jahren konnte das ganz anders sein, ganz bestimmt würde sich das ändern, niemand würde seine Lebenszeit mit einem nassen, trägen, schweren Sandsack verbringen wollen, niemand würde es auf Dauer aushalten, mit jemandem zusammen zu sein, dem alles so schwer fiel, das konnte niemand aushalten, geschweige denn lieben, ich war in einer gottverdammten Sackgasse, so traurig es war, es war die Wahrheit, so sah es nämlich aus.

An der Kasse packte ich die Lebensmittel unendlich traurig in Plastiktüten, deren Rascheln in einzelnen knisternden Tönen in meine Ohren drang und schmerzte. Draußen schlenderte ich neben Jon zum Auto und räumte gedankenversunken die Tüten in den Kofferraum. Aber dann passierte etwas völlig Unerwartetes, denn als hätte Jon meine Gedanken gelesen, legte er seine langen, warmen Arme um mich, zog mich zu sich heran und drückte seine Nase in meine Haare. Ich liebe dich sehr, flüsterte er, und dann schloss ich meine Augen, spürte seinen warmen Atem an meiner Kopfhaut und genoss das warme, wohlige Gefühl, das mich durchströmte und das mich daran erinnerte, warum ich mit ihm zusammen war. Alle negativen Gedanken waren auf einmal weggewischt, als hätte ein plötzlicher Regenguss die Luft gereinigt, den Schmutz weggewaschen, die Scheiben unseres Autos wieder klargemacht, so dass wir wieder durchschauen konnten, nach vorne blicken konnten, die Straße vor uns erkennen konnten. Und ich wusste, dass ich in diesem Moment genau an der richtigen Stelle meines Lebens war, dass alles so war, wie es sein sollte, dass er die Dinge, die mir vorher verrückt und fremd vorkamen, wieder an die richtige Stelle gerückt hatte, dass er mein Leben wieder auf eine gerade Bahn gelenkt hatte, das Steuerrad des sinkenden Bootes im Sturm übernommen hatte, damit ich Zeit hatte, mich wieder aufzurichten, um zuerst das Loch im Rumpf zu flicken und dann die Scherben, die im Sturm meiner Gefühle zerbrochen waren, wieder aufzusammeln und zusammen zu kleben.

Er nahm den Autoschlüssel aus meiner Hand und stieg ein. Auf dem Weg nach Hause legte er seine warme Hand auf meine, und ich wusste in diesem Moment, dass ich alles richtig machte in meinem Leben und dieses Gefühl durchströmte meinen Körper als wohltuende Welle von Wärme, die ich einen Moment lang genoss und nicht losließ, eine Wärme, die ich mit allen Fasern meines Körpers aufsaugen wollte. Ich ließ meine Augen für eine Weile geschlossen und ließ mich von Jon nach Hause fahren, wünschte mir, dass diese Fahrt mit dem Auto nie endete und in meinen Gedanken führte ich sie fort, selbst als wir schon längst zu Hause angekommen waren und die schweren, knisternden Plastiktüten ausgepackt hatten und alle Dinge an ihren dafür vorgesehenen Platz geräumt hatten, selbst dann saß ich in Gedanken noch im Auto und hielt Jons Hand und stellte mir vor, wo auf dieser Welt wir hinfahren könnten und es waren viele Orte, die mir einfielen, und wer weiß, vielleicht würden wir es ja schon morgen tun, einfach unsere Koffer packen und losfahren.

Natürlich waren wir nicht einfach so losgefahren. Schließlich hatte ich einen Job in der Schule zu erledigen und auch Jon hatte gerade erst angefangen, als Fluglotse zu arbeiten. Unmöglich konnten wir jetzt alles einfach so aufgeben. Aber etwas war am nächsten Morgen trotzdem anders gewesen: Im Briefkasten hatte ich einen Brief gefunden, der keinen Absender trug. Ich hatte ihn nur schnell aus dem Briefkasten gezogen, ihn hochgebracht und auf meinen Schreibtisch geworfen, von wo aus er auf den Boden dahinter gesegelt war. Dann hatte ich mich auf den Weg zur Schule gemacht, obwohl ich ihn gerne sofort aufgerissen hätte, um zu gucken, von wem er kam.

Eines konnte ich sicher sagen. Ich hatte kein gutes Gefühl gehabt bei dem Brief, und dass heute sowieso kein guter Tag war, hatte ich bereits gewusst, als ich heute morgen aufgestanden war. Es klappte einfach gar nichts: Es fiel mir schwer, etwas Passendes zum Anziehen für die Schule zu finden. Zu allem Überfluss war Elternsprechtag und ich konnte nicht einfach irgendetwas anziehen. Ich fragte mich, warum ich beim Einkaufen nicht vorgesorgt und mir ein paar schickere Oberteile gekauft hatte, denn gerade jetzt hatte ich nichts, was zu diesem undefinierbaren Frühsommer-Herbstwetter passte, das halbstündlich zwischen sonnig-heiß und kühl-nass wechseln konnte. Außerdem wollte ich in den Gesprächen mit den Eltern unter keinen Umständen anfangen zu schwitzen, ohne mir etwas ausziehen zu können, und das einzige Oberteil, das mir passend erschien, war noch in der Wäsche, es war zum Verzweifeln. Als Jon mein Hin und Her zwischen Kleiderschrank und Spiegel bemerkte, fragte er, ob er mir helfen könne, und obwohl ich ihm ein grimmiges Nein entgegenwarf, weil ich mich dann doch endlich entschieden hatte, sagte er, dass mein Oberteil, in dem ich mich mittlerweile zumindest einigermaßen wohl fühlte, ja überhaupt nicht zur Hose passte. Wortlos und mit gesenktem Blick polterte ich an ihm vorbei, versuchte zu vermeiden, dass ich ihm Vorwürfe machte, denn ich wusste, es war nicht seine Schuld, dass ich mich so fühlte, wie ich mich fühlte.

Eine halbe Stunde später hatte ich schließlich die Haustür hinter mir zugezogen, um endlich den Tag zu beginnen, der so anstrengend und bedrohlich noch vor mir lag, den ich aber so schnell wie möglich hinter mich bringen wollte. Dann hatte ich den Brief entdeckt.

Die vier Stunden Unterricht am Vormittag waren glücklicherweise ohne Besonderheiten verlaufen. Und auch in den Gesprächen mit den Eltern waren viele nett und verständnisvoll gewesen. Nur ein Gespräch hatte es gegeben, in dem die Kommunikation ganz und gar schwierig gewesen war, und mein Bemühen, die beiden Zwillinge zu ihrem eigenen Wohl auf eine andere Schulform als das Gymnasium zu schicken, am festen Willen des Vaters gescheitert war, der daran festhielt, seine Kinder mit seiner Unterstützung auf einen grünen Zweig bringen zu können: Man müsse nur genug üben, so wie es bisher anscheinend nicht geschehe, hatte er betont und einen scharfen Seitenblick auf seine Ex-Frau geworfen, die versuchte, sich zu verteidigen, ohne jedoch ihren Ex-Mann zu verärgern, denn auch er hatte das Sorgerecht und sie brauchte seine Zustimmung, um die Kinder auf eine andere Schule zu schicken. Aber ihn zu überzeugen, wurde auch für mich während des Gesprächs zu einer unlösbaren Aufgabe, denn selbst als ich ihm beschrieb, wie verloren und traurig seine Söhne manchmal im Unterricht wirkten, wenn sie merkten, dass sie nicht mit den anderen Kindern mithalten konnten, obwohl sie am Tag zuvor zu Hause doppelt so lang geübt hatten wie ihre Mitschüler, wurde er nicht weich und betonte, dass seine Kinder ganz bestimmt nicht dumm waren, das hätten sie in so vielen Momenten bereits bewiesen und als er erneut erklärte, dass alles eine Frage der Förderung sei, wieder einen Blick hinüber zu seiner Ex-Frau warf und fortfuhr, auch er sei als Kind nicht ausreichend gefördert worden und hatte sich sein jetziges Leben mühsam aufbauen müssen, da wurde mir klar, dass auch er sein Päckchen zu tragen hatte, dass manche Verletzungen so tief waren, dass es sehr lange brauchte, um mit ihnen zurecht zu kommen um als gesunder Erwachsener gesunde Entscheidungen treffen zu können, und selbst ich konnte mich davon nicht freisprechen. Leider reichte die Zeit im Falle der beiden Zwillingskinder dieses zerstrittenen Ehepaars nicht aus, um sie vor den alles erdrückenden Erwartungen des Vaters und den Erwartungen der Schule zu beschützen, um sie nicht zerbröckeln zu lassen angesichts der untragbar schweren Last, die man da auf ihre Schultern lud. Sie taten mir leid, aber ich konnte nichts mehr für sie tun - sie würden sich gescheitert fühlen, egal, ob sie auf der sehr viel leichteren Sekundarschule die Hoffnungen ihres Vaters nicht erfüllten oder auf dem Gymnasium merkten, dass sie den Erwartungen der Gesellschaft an dieser Stelle nicht entsprechen konnten.

Als ich nach Hause kam, war ich völlig erledigt und hatte leichte Kopfschmerzen, kein Wunder, dachte ich, denn ich hatte mich einen ganzen Tag lang durch Situationen gequält, die ich nicht mochte, hatte ausgehalten, dass ich nicht die richtige Antwort geben konnte oder man die richtige Antwort nicht hören wollte, und als ich endlich die sichere Festung unserer Wohnung erreicht hatte, wollte ich Jon so gerne von meinem Tag erzählen. Aber er war noch vertieft in geschäftliche E-Mails gewesen, wollte auch nichts mit mir essen, weil er kurz vorher schon gegessen hatte, und ich wurde erst traurig, dann wütend, denn warum konnte er mit dem Essen nicht auf mich warten, wenn er doch wusste, dass ich dann nach Hause kam und hungrig sein würde, weil ich einen anstrengenden Tag gehabt hatte. Aber so weit dachte er nicht, oder es war ihm egal, und ich fragte mich, ob ich ihm sagen sollte, dass ich mich an seiner Stelle zurückgehalten hätte, weil es mir wichtiger gewesen wäre, gemeinsam zu essen. Im Gegensatz zu ihm stellte ich ständig meine eigenen Bedürfnisse zurück, um Zeit mit ihm zu verbringen, um gemeinsam mit ihm Sport zu machen, zusammen Zeit im Badezimmer zu verbringen. Ich hatte sogar schon Termine verschoben, um wenigstens noch ein Stückchen Weg gemeinsam mit ihm zu haben, war mit ihm essen gegangen, weil er Hunger gehabt hatte, obwohl ich eine Stunde vorher gerade erst gegessen hatte. Aber Jon tat einfach das, was er wollte, aß, wenn er Hunger hatte, schlief, wenn er müde war und ging in der Stadt spazieren, wenn er Lust dazu hatte und nicht ich. Alles drehte sich um ihn und wenn er keine Lust mehr hatte, zog er sich zurück. Und so war er auch jetzt an seinen Computer zurückgegangen, er übte im Flugsimulator. Das Fliegen war seine geheime Leidenschaft, denn auch wenn er als Fluglotse seinen Job sehr gerne machte, wäre er eigentlich gerne Pilot geworden und hätte den A380, den er gerade in seinen vier Wänden von Paris nach Toronto flog und von dort nach Lima, gerne im realen Leben geflogen, von Paris nach Toronto und dann nach Lima. Ich war froh, dass er jetzt nur am Computer nebenan und nicht in einem echten Flugzeug saß, denn dann hätte ich noch weniger von ihm als ohnehin schon, aber da fiel mir auf, dass er auch jetzt so wenig greifbar und weit entfernt von mir war als wäre er gar nicht da, und ich könnte zwar nach nebenan gehen und meine Arme um ihn schlingen, aber zu fassen bekäme ich ihn trotzdem nicht, denn mit den Gedanken war er in Paris, Toronto oder Lima, im Cockpit eines Flugzeugs, in dem ich keinen Platz hatte, keine Rolle spielte und ich hätte in diesem Moment mit beiden Fäusten an die Tür hämmern können, und doch nichts bewirkt, denn man brauchte einen komplizierten Sicherheitscode, um die Tür zu öffnen und den kannte ich nicht, weil Jon ihn mir nicht genannt hatte, den Code zum Cockpit seines Lebens, zu dem ich keinen Zugang hatte, zu dem er mir keinen Zugriff gewährte, obwohl ich es so sehr gewollt hätte.

Das machte mich wütend, ich war so wütend, auf Jon und auch darauf, dass es mir etwas ausmachte. Es war doch ganz normal, dass jeder seinen eigenen, ganz privaten Bereich hatte, den er mit niemandem teilen wollte, natürlich, das wusste ich eigentlich, aber mit Jon war es anders, mit ihm hatte ich alles geteilt, den Ort, an dem ich mich zu Hause fühlte und ich hatte auch meine intimsten Gedanken, meine Ängste und meine Sorgen, meine Verletzlichkeit mit ihm geteilt und ich hatte sie vor ihm niedergelegt als hätte ich mich gehäutet und diese Haut, meine Schutzschicht, lag jetzt vor ihm, auf einem kleinen Häufchen, und mein zurückgebliebener Körper war roh und verletzlich, nur noch eine offene Wunde, die schmerzte, wenn man sie nicht hegte und pflegte, sie küsste und liebkoste. Aber das schien Jon egal zu sein auf seinem Höhenflug im A380, den er gerade durchlebte, und ich stellte ihn mir vor, wie er da saß, zurückgelehnt und fokussiert, so ganz ohne meine Sorgen zu teilen, so unbeteiligt, und das machte mich noch wütender, so sehr, dass ich das Wohnzimmerfenster aufreißen und mein Gesicht von der Abendluft kühlen lassen musste, die mir jetzt entgegenschlug wie ein nasses Handtuch, und ich hoffte, dass die frische Luft, die meine Lungen jetzt flutete, mich wieder beruhigte.

Seit vier Wochen hatten wir schon nicht mehr miteinander geschlafen - hatte das etwas zu bedeuten? Mein Kopfkino war eingeschaltet, es lief ein besonders dramatischer Film, ein herzzerreißendes Drama, eines ohne Happy End, eine Liebesgeschichte, in der es um die wahre Liebe ging, die aber - durch dramatische Umstände - in Einsamkeit endete, und ich fühlte mit der Hauptdarstellerin mit, die Furchtbares durchmachte und ertrug, während all ihre Träume auf dem Boden zersprangen, in tausend einzelne Splitterchen zerfielen. Natürlich war ich mir sicher, dass die Figuren in diesem Film nur im Entferntesten an Jon und mich erinnerten, und dass es andere Menschen waren, die ich in anderen Filmen oder vielleicht auch im echten Leben, in der Eisdiele, an der Supermarktkasse oder im Möbelgeschäft gesehen hatte oder von denen ich vielleicht gehört hatte, und sie taten mir leid, und ich war unendlich froh, dass wir anders waren, denn worauf viele hofften und wovon viele träumten, hatte sich für uns bewahrheitet: Wir hatten die wahre Liebe gefunden, so hatte ich es zumindest allen erzählt und ich war nicht bereit, meinen Glauben an diese Geschichte aufzugeben, nur wegen eines schlechten Tages und wegen eines Flugsimulators. Ich nahm mir vor, mich mehr auf mich zu konzentrieren, anstatt tagaus und tagein über Jon nachzudenken.

Als ich das Fenster wieder schloss, fiel mir der Brief von heute morgen wieder ein. Ich ging in mein Arbeitszimmer und hob den Briefumschlag vom Boden auf. Der Umschlag lag schwer in meinen Händen, als ich ihn drehte und wendete, obwohl er eigentlich gar nicht schwer war, sein Gewicht war so leicht, dass höchstens ein dickeres Blatt Papier oder Pappe enthalten sein konnte. Er war handschriftlich mit meinem Namen und meiner Adresse versehen, aber es gab keinen Absender und auch die Handschrift erkannte ich nicht. Von wem kam er? Soweit ich mich erinnern konnte, erwartete ich von niemandem Post, schon gar nicht einen Brief.

Ich schmiss mich aufs Sofa, den Brief an meine Brust gedrückt, und ich genoss es, einen Moment dort zu liegen, versteckte den Brief unter meinen Händen, als wäre er ein Geheimnis, das nur ich kannte und das ich hüten musste vor den anderen, und besonders vor Jon, der nebenan saß und nicht wusste, dass es ihn gab. Als ich die Beine ausstreckte, spürte ich das Pochen des zirkulierenden Blutes in allen Adern. Ich befühlte das Papier des Umschlags mit den Händen und wusste, dass der Moment gekommen war, ihn endlich aufzumachen. Ich konnte es nicht mehr aushalten. Ich riss ihn auf.

Heraus kam eine Postkarte. Ich nahm sie hoch und betrachtete sie: Auf der Vorderseite waren eine Ansammlung von kleinen, beigen Häusern mit roten Ziegeldächern zu sehen, dahinter das türkisfarbene Meer, am Rande ein paar krumm gewachsene Bäume. In der Ferne waren Felsen am Rande einer Bucht erkennbar, gesäumt von einzelnen Streifen weißen Sandes. Am rechten oberen Rand stand in kursiven Buchstaben La Scogliera.

Der Klang dieses Namens rief etwas in mir hervor, das eine Erinnerung sein konnte. Umrisse davon. Undeutlich flimmernd tauchten Menschen vor meinen Augen auf. Ich ließ das Bild weiter flimmern, während ich meinen Blick nicht vom Hochglanzfoto der kleinen Gassen und dem tiefblauen Meer auf der Postkarte abwendete. Und dann wusste ich es. Natürlich. La Scogliera war der Ort auf Sardinien, an dem Marieta arbeitete. Ich erinnerte mich an unser Treffen im Restaurant, die kleinen Holztische, an denen wir Wein getrunken hatten und die sympathischen Kellner, die uns Mozzarella und Limoncello serviert hatten. An diesem Abend in Rom hatte Marieta mich eingeladen, sie zu besuchen, obwohl es eigentlich mehr war als das: Sie hatte mir vorgeschlagen, in ihrem Institut zu arbeiten. Weil ich gut dort hinpasste, hatte sie gesagt. Weil sie sich vorstellen konnte, mit mir zusammen zu arbeiten. Und weil es mich interessieren würde, es ging um die Auswirkungen unseres globalen Lebens auf die Tiere und Pflanzen im Mittelmeerraum. Alles an ihrer Beschreibung hatte sich gut angehört: das kleine Institut, das nur aus drei Mitarbeitern bestand, die wunderschönen Gassen des kleinen Dorfes, die zwischen Steinhäusern hindurchführten, die Unberührtheit der Natur, die direkt hinter dem Institutsgebäude begann, der enge Trampelpfad, der an den Klippen entlang führte. Und jetzt sah ich auf dem Foto der Postkarte auch noch, wie blau das Meer war und wie idyllisch es in die kleinen Buchten in der Nähe des Dorfes mündete. Ich erinnerte mich an den Konflikt, in den mich der Abend mit Marieta gestürzt hatte, den wie in einem Traum erschienenen engen Flur mit vielen geschlossenen Türen, aus denen ich wählen musste, die richtige Tür für ein glückliches Leben.

Ob Marieta bei unserem Treffen in Rom schon geahnt hatte, in welches Durcheinander sie mich mit ihrem Angebot bringen würde? Wusste sie, dass ich in einer tiefen Krise gesteckt hatte, der Frage nach dem Sinn und dem Ziel meines Lebens und war es Zufall oder Schicksal, dass ich sie, die mir ein solches Angebot unterbreiten würde, gerade zu diesem

Zeitpunkt kennengelernt hatte? Es schien mir schwer, daran zu glauben, dass es nicht nur Zufälle gab im Leben, denn es war einfacher, wenn man daran glaubte, dem Schicksal ausgeliefert zu sein, mit seinen Entscheidungen den eigenen Lebensweg gar nicht so sehr beeinflussen konnte. Wenn man gar nicht die Wahl hatte, sozusagen. Wenn man keine Verantwortung übernehmen musste, wenn man einer anderen Instanz die Verantwortung übertrug.

Mein Blick fiel auf den leicht zerknitterten Briefumschlag, der Marietas Handschrift trug. Ich fragte mich, warum sie eine Postkarte in einen Briefumschlag gesteckt hatte. Wollte sie es spannend machen, weil ich erst den Umschlag würde aufreißen müssen, bevor ich die Karte lesen konnte, oder wollte sie nicht, dass jemand anderes, zum Beispiel Jon, die Postkarte vor mir las? War sie sich vielleicht auch der Tragweite ihres Angebots bewusst und wollte nicht, dass mir die Postkarte einfach so in die Hände fiel, sondern dass ich erst noch einen Umschlag öffnen musste, gewissermaßen eine bewusste Handlung ausführen und ein Hindernis überwinden musste, bevor ich die Karte las? Hatte ich mit dem Aufreißen des Umschlags also bereits eine erste Entscheidung getroffen?

Mein Herz begann zu pochen. Ich dachte darüber nach, die Postkarte vielleicht nicht zu lesen, noch war es nicht zu spät. Ich konnte sie einfach in den Müll werfen, so wie sie jetzt in meinen Händen lag, zusammen mit dem aufgerissenen Umschlag.

Aber die Neugier trieb mich, ich wollte wissen, was Marieta schrieb und außerdem würde ich ihr ganz einfach absagen können, war doch gar kein Problem. Ich war jetzt nicht mehr die Katharina, der Marieta in Rom an den kleinen, hölzernen Tischen des italienischen Restaurants gegenüber gesessen hatte, mit Jons Anwesenheit in ihrem Leben hatte sie sich komplett verändert, dafür würde Marieta auf jeden Fall Verständnis haben. Aber vielleicht hätte sie die Karte gar nicht erst geschrieben, wenn sie von Jon gewusst hätte. Ich hatte ihr zwar von seiner ersten Kontaktaufnahme nach vielen Jahren erzählt, seiner Nachricht, die ich kurz vor meiner Abreise nach Rom bekommen hatte, aber wer hätte schon ahnen können, wie sehr sich mein Leben nur ein Jahr später verändert hatte: Dass ich mich neu in Jon verliebt hatte, und er sich in mich, dass wir eine gemeinsame Wohnung bezogen hatten, dass wir auch unsere Zukunft gemeinsam planten, dass mein Leben einen neuen Sinn hatte.

Ich beschloss, endlich die Postkarte umzudrehen. In geschwungener Handschrift las ich:

Liebe Katharina,
unser gemeinsamer Abend in Rom ist mir in Erinnerung geblieben. Erinnerst du dich noch an mein Angebot? Überleg's dir und komm nach La Scogliera. Es ist einfach wunderbar hier und es würde dir gefallen.
Marieta

Es war also so, wie ich gedacht hatte: Marieta erneuerte ihr Angebot. Es waren wenige Worte, die sie an mich richtete, aber sie waren wichtig. Je öfter ich sie las, desto wichtiger wurden sie, und ich hatte das Gefühl, meine Gedanken verselbstständigten sich, befanden sich schon nicht mehr bei mir selbst, bei Katharina, die auf dem olivgrünen Sofa in ihrem Wohnzimmer saß und eine Postkarte las, oder bei Jon, der im Zimmer nebenan das Pilot-Sein spielte, sondern sie waren bei Marieta, stellten sich vor, wie sie an einem kleinen hölzernen Schreibtisch saß, bei geöffnetem Fenster, vor sich die Postkarte, wie sie nach draußen blickte und dort das blaue Meer war, die duftenden Pinienbäume, deren Nadeln den Boden polsterten, in der Ferne das Rauschen des Meeres, die Wellen, die mit weißem Rand auf das Ufer und die sandigen Buchten trafen, und entlang des Ufers hoch oben ein kleiner Trampelpfad, der sich durch Büsche von Rosmarin und einigen Thymianpflanzen schlängelte. Immer und immer wieder war ich kurz nach unserem Treffen in Rom in Gedanken diesen Weg gelaufen, hatte die warmen Sonnenstrahlen auf meinen nackten Füßen gespürt, hatte ab und zu ein paar Gräser in die Hand genommen, sie zwischen meinen Fingern hin und her geschoben und hinunter aufs Meer geschaut. Auch jetzt blieb ich auf diesem Trampelpfad hängen und es schien mir, als wäre dies der einzige Ort, an dem ich jemals wirklich sein wollte.

Im Wohnungsflur knarrte eine Tür, das musste Jon sein, ein Glas klirrte, der Wasserhahn ging an, er holte sich ein Glas Wasser in der Küche. Hatte ich mich für einen kurzen Moment in Italien gesehen, den Wind gespürt, den Pinienduft gerochen, kehrte ich jetzt in die Kölner Wirklichkeit zurück. Ich schüttelte den Kopf: Ich wusste ja noch nicht mal, ob es diesen Trampelpfad gab - ich war überhaupt noch nie in La Scogliera gewesen, wie hatte ich mich nur solchen Träumereien hingeben können, mich so verlieren, meine Umgebung vergessen und die Zeit aus dem Blick verlieren können? Ich schaute schnell auf die Uhr, es war schon halb zehn. In der Küche klirrte erneut ein Glas, dann waren Schritte zu hören, ich hoffte, Jon würde nicht ins Wohnzimmer kommen, nicht jetzt, denn dann würde er meine Stimmung bemerken, würde spüren, dass ich mit den Gedanken woanders war, in einem anderen Leben, das mir gerade großartiger und wärmer vorkam als mein Eigenes hier in Köln und wir könnten unsere Gedanken miteinander teilen und vielleicht auch die Sehnsucht, denn wenn man das Gewicht der Gedanken auf zwei Schultern verteilte, wurde das Leben leichter. Aber vielleicht wollte auch Jon nicht hier sein, denn er kam nicht ins Wohnzimmer, sondern flüchtete, zurück in sein Arbeitszimmer und ich blieb allein.

Die Postkarte lag noch immer in meinen Händen, der Briefumschlag neben mir auf dem Sofa, meine Gedanken begannen zu rasen. Ich wusste, Marieta hatte etwas, das ich unbedingt wollte, das genauso bedeutsam für mich war, wie es war, Jon wieder in meinem Leben zu haben. Es gab nicht viele solcher Gelegenheiten, schon gar nicht Dinge, zu denen man sich so hingezogen fühlte, wie ich zu der Idee, an diesem Ort zu sein, von dem ich bereits jetzt eine so klare Vorstellung hatte.

Aber woran ich dachte war nur eine Idee, ein Gedankenkonstrukt, eine Vorstellung, eine Aneinanderreihung von Bildern, mehr nicht, einen konkreten Plan hatte ich nicht. Ich war immer noch Katharina, Grundschullehrerin in Köln, und im Zimmer nebenan saß Jon, Fluglotse, ebenfalls in Köln. Es waren so unerschütterliche Tatsachen, wie dass Angela Merkel Bundeskanzlerin war und Donald Trump zum Präsidenten der Vereinigten Staaten gewählt worden war. Andererseits, überlegte ich, wenn Trump es so weit gebracht hatte, musste man an die verrücktesten Dinge glauben, dann war das Unmögliche möglich, und auch ich könnte meinen Blick ein wenig öffnen für das, was in meiner eigenen Zukunft möglich sein könnte. Den Blick zu öffnen hieße ja nicht direkt, alles aufzugeben. Ich könnte Marieta besuchen, wir könnten sie in La Scogliera besuchen, Jon und ich. Denn besuchen hieße nicht gleich, dorthin zu ziehen.

Aber was wäre, wenn ich mich in dieses Dorf verlieben würde, dortbleiben und leben wollte, um jeden Preis, vielleicht sollte ich es lassen, mich gar nicht erst in diese Lage bringen, nichts riskieren, das Leben mit Jon war schon kompliziert genug, machte ich es durch eine solche Reise nicht noch komplizierter? Ich sollte erst meine Beziehung in Ordnung bringen, klären, was die Zukunft brachte, eine ausreichende Basis schaffen für all das, was noch kommen mochte, bevor ich ein neues Abenteuer begann. Außerdem, wie passte Jon überhaupt in dieses Bild? Ich dachte, dass wir zusammengehörten, wollte nichts mehr als mit ihm zusammen zu sein. Nicht nur die Hürden meines eigenen Lebens, sondern auch noch die Jons türmten sich jetzt vor mir auf, verkitteten sich miteinander zu einer hohen Betonmauer, deren Einzelteile kaum noch erkennbar waren, und die an keiner Stelle Schwachpunkte hatte, an der man sie aufbrechen, einreißen oder überwinden könnte. Alles, was ich jetzt noch sah, war schwarz, auf dieser Seite der Mauer der schwarze Tunnel meines Lebens in Köln, die Schule und die Menschen, die mich finster anblickten, in ihrer grauen Kleidung, die Kinder, die in meinen Träumen herumschrien und nicht auf mich hörten, so laut ich auch schrie. Ich merkte, wie sich in meinem Hals ein Kloß bildete, der größer wurde und herab wanderte, meinen Brustkorb nach unten drückte, eine Last, deren Gewicht ich mehr denn je spürte.

Ich war verzweifelt, würde Jon noch nicht mal von der Postkarte und meiner Idee eines Besuchs erzählen können. Er lebte in diesem Moment so sehr in seiner eigenen Welt, dass ich mir von ihm keine Unterstützung erhoffen konnte. Ich sah es bereits vor mir, wie er sagte, ach, Katharina, was hast du dir da ausgedacht, warum denkst du überhaupt an solche Dinge? Oder waren es auch meine Eltern, die da sprachen? Ich konnte es nicht mehr auseinanderhalten. Ich beschloss, den Fernseher anzumachen und mir ein Glas Wein einzugießen und für heute nicht mehr über dieses Thema nachzudenken.

Noch lange lag ich in dieser Nacht wach und die Gedanken türmten sich in mir auf, und ich versuchte, die dicken grauen Gedankenwolken von mir wegzuschieben, hoffte, dass Jon nichts von alledem mitkriegte.

Am Samstagmorgen, am Morgen nach jenem Abend, an dem ich Marietas Postkarte gelesen hatte, fühlte ich mich schon etwas besser. Ich sah klarer, als wäre das Klarsehen beeinflusst von der Luft, die draußen durch die Straßen der Stadt schwebte. War diese Luft stickig, zäh, oder staubig, fühlte sich mein Kopf schwerer an, war ich weniger leichtfüßig unterwegs, flossen meine Gedanken zäher als gewöhnlich, konnte ich weniger kreativ sein als an anderen Tagen. Wenn ich aber morgens das Schlafzimmerfenster öffnete und die Luft zwar kühl, aber klar war, die Dachziegel des Hauses gegenüber besonders rot vor dem türkisenen Himmel leuchteten und die ersten Sonnenstrahlen die grünen Platanen auf dem Platz schräg gegenüber mit Flecken übersäten, konnte ich tief einatmen und den Sauerstoff aus der Luft ziehen, der meinen Kopf klarmachte, meinen Füßen neue Energie gab und meine Gedanken Sprünge machen ließ. Solch ein leuchtender Tag war heute und ich hatte nach dem Aufstehen tief eingeatmet, klarer gesehen als gestern Abend noch, hatte die Postkarte vor mir gesehen, und hatte gewusst, dass ich mich schon längst entschieden hatte, sie in mein Leben zu lassen und mit ihr die Idee, Marieta in La Scogliera zu besuchen. Eine innere Stimme sagte mir an diesem Morgen, dass ich es tun sollte, dass es das Richtige wäre, auch wenn es hieße, dass ich Jon davon erzählen musste, um ihm einen Besuch dort vorzuschlagen.

Wir waren zusammen aufgestanden und hatten uns entschlossen, statt Brötchen ein besonders gesundes Frühstück zu essen, Müsli mit Obst und Joghurt, dazu teilten wir uns eine Kanne grünen Tee. Schön war das, ganz harmonisch und friedlich.

Aber dann lief auf einmal nichts mehr, wie ich es mir vorstellte, Jon war zu einem Essen mit Freunden gegangen, hatte die Zahnpasta aufgebraucht, die ich so dringend brauchte, als ich ins Bad kam und keine fand, überall in der Wohnung suchte, bevor ich es aufgab und einfach abwartete. Ich wartete, bis Jon wieder zurückkam, damit er mir welche mitbrachte, und während ich wartete, wurde ich wütend, dass er die letzte aufgebraucht und nicht Bescheid gesagt hatte, einfach so gegangen war, als hielte er es nicht für nötig, mir Bescheid zu sagen, und so wurde ich immer gereizter, je später es wurde, bis ich mich nicht mehr mit anderen Dingen ablenken konnte und das Warten unerträglich wurde. Ich konnte mir selbst dabei zusehen, wie ich am Fenster hin und her tigerte, auf den Bürgersteig unten vor dem Haus schaute, auf den leeren grauen Asphalt starrte, bis ich mich losreißen konnte und in die Küche ging, um mir ein Glas Wasser zu holen, mit dem ich schnell wieder ans Fenster ging, um nicht zu verpassen, wenn er kam.

Bis ich ihn tatsächlich dort unten sah. Ich schnellte zurück, hüllte mich in die Gardine ein und hoffte, dass er mich nicht gesehen hatte, während ich darauf horchte, wie die Eingangstür unten ins Schloss fiel und seine Schuhe hallend die Treppe hinauf stapften. Ich erstarrte wie ein angefahrenes Reh im Scheinwerferlicht, stand noch eingewickelt in die Gardine am Fenster, als ich bereits den Schlüssel im Schloss der Wohnungstür hörte, und erst im letzten Moment konnte ich die wallenden Stoffbahnen von mir wegschieben, um einen Schritt in den Raum zu machen, während sie sich noch verräterisch hinter mir bewegten.

Als Jon die Tür zum Wohnzimmer mit dem Fuß aufstieß, weil er schwer bepackt war, war alle Wut wie weggeblasen, denn ich freute mich unendlich, ihn zu sehen, fiel ihm um den Hals noch bevor er die Sachen auf dem Tisch abstellen konnte, Jon, mein Liebster, wie schön, dass du wieder da bist, wie war das Essen, lachte ich ihn an, und machte schnell einen Schritt zurück, ich konnte mir noch nicht die Zähne putzen, ich hoffe, dass man das nicht merkt, und Jon verzerrte zum Spaß das Gesicht, schüttelte dann aber den Kopf und sagte, kein Problem, man merkt nichts. Erleichtert wühlte ich in seinen Tüten, durchkämmte eine nach der anderen, fand Rasierschaum, Orangensaft und Kaugummis, aber selbst in der letzten Tüte war keine Zahnpasta, und jetzt kehrte meine Entrüstung von vorhin zurück, ich konfrontierte ihn, warf ihm mit grimmigem Blick die Frage hin, wo ist die Zahnpasta, hast du sie vergessen, und auch er wurde jetzt gereizt, provozierte mich, wieso vergessen, du wolltest sie doch besorgen, das hast du gesagt, aber ich sagte, das war doch gestern, aber du warst heute im Supermarkt, und ich schüttelte den Kopf, wie man nur so rücksichtslos sein konnte, schaute ihn zornig an, aber Jon, wie kann das sein, ich hatte so lange gewartet, hatte mich so gefreut, mir endlich die Zähne putzen zu können! Und überhaupt hasste ich es, wenn er meinen Namen so deutlich aussprach wie eben, dabei die vorletzte Silbe in die Länge zog, Ka-tha-riii-na, denn dann wusste ich, dass er genervt war. Und ich beschwerte mich lautstark, Jon, du warst in einem Supermarkt und hättest sie kaufen können, außerdem hatte ich gesagt, vielleicht, aber vielleicht heißt nicht, dass ich es ganz fest vorhatte. Und Jon antwortete, ich hätte auch welche mitgebracht, wenn ich gewusst hätte, dass du das wolltest, und dann schob er noch hinterher, außerdem bist du doch für solche Dinge verantwortlich! Ich war wütend und die Wut kochte jetzt regelrecht in mir hoch, meine Stimme bekam einen scharfen Unterton, als wäre der Raum zwischen meinen Stimmbändern plötzlich halb so groß wie vorher, wieso blieb immer alles an mir hängen, wieso muss immer ich alles Wichtige erledigen, hn? Und ich konnte mich nicht mehr zurückhalten und es platzte aus mir heraus, außerdem, wer sagt denn, dass ich für Zahnpasta zuständig bin, hn, wer sagt das? Katha-riii-na, jetzt fühl dich doch nicht direkt angegriffen, sagte Jon, wir hatten doch vereinbart, dass du verantwortlich für die Einkäufe bist, oder etwa nicht? Ja, tatsächlich war ich das, aber nur für einen einzigen großen pro Woche, hatte ich doch auch keine Zeit, jeden Tag einkaufen zu gehen, nur weil gerade eine Kleinigkeit fehlte, im Gegensatz zu Jon, wenn er doch sowieso an einem Supermarkt vorbeikam, es war einfach nicht in Ordnung, dass solche Dinge immer an mir hängen blieben, und überhaupt, war es nicht immer so, dass ich auch verantwortlich gemacht wurde, wenn etwas nicht gut lief? Aber Jon war schlagfertig und knurrte, es stimmt nicht, dass es immer an dir hängen bleibt, eigentlich bin ich derjenige, der mehr im Haushalt macht.

Mein Hals fühlte sich plötzlich sehr trocken an, ich musste schlucken, meine Zunge rieb dabei wie Schmirgelpapier am Gaumen, ich brauchte dringend ein Glas Wasser. Es war nicht richtig, was er sagte, wie er mit mir sprach und wie er mich behandelte. Eindeutig hatte ich mich in letzter Zeit ins Zeug gelegt, aber das sah er einfach nie, es spielte für ihn keine Rolle, wenn ich mal was für ihn machte, das war dann auf einmal selbstverständlich, und alles, was er machte, war immer gut, dann sollte man ihm auf die Schulter klopfen und applaudieren. Ich sollte etwas dagegen sagen, etwas gegen diese Ungerechtigkeit unternehmen, aber es war, als wäre ich gelähmt, und ich konnte nichts tun außer ihn hasserfüllt anzustarren. Mit zusammengekniffenen Augenbrauen starrte Jon zurück, sagte, Katharina, ich erkenne dich nicht mehr, was ist mit dir los, du redest nur dummes Zeug, es reicht, ich kann es nicht mehr aushalten, ich muss weg hier, und da zog er die Schuhe an, und obwohl ich ihn jetzt nicht mehr sehen konnte, hörte ich es an seinen Schritten auf dem Flur, dass er seine Schuhe angezogen hatte, und dann klingelte sein Schlüssel, als er ihn vom Haken nahm und schließlich hörte ich, wie die Eingangstür ins Schloss fiel. Und dann Stille.

In mir tobte ein Chaos von wütenden Gedanken, denn am liebsten hätte ich ihn angespuckt, getreten, geschubst, an seinen Haaren gezogen, so wütend war ich, und gleichzeitig hätte ich ihn an mir festbinden wollen, denn ich hatte nicht gewollt, dass er von mir wegging, denn in dem Moment, in dem ich ihn hasste, wusste ich auch, dass ich ihn brauchte, und dass ich ihn liebte, und diese Erkenntnis riss eine riesige Wunde in mir auf, riss mich in zwei Teile, die nur noch an einem dünnen Faden aneinander hingen und ich riss mit meiner Wut an der einen Seite und er riss mit seiner Wut an der anderen. Für ihn war es leichter, er konnte auch mal ohne mich auskommen, aber ich konnte das nicht, jede Minute, die verging, nachdem er die Tür ins Schloss hatte knallen lassen, kam mir endlos lang vor, quälte mich. In jeder Sekunde, die dann verging, lag ich auf dem kalten Wohnzimmerfußboden, ließ Rotz und Wasser aus meiner Nase und meinen Augen laufen und horchte auf jedes kleinste Geräusch, das sich anhörte wie das Drehen eines Schlüssels in der Haustür ein Stockwerk weiter unten oder wie das Schließen eines Fahrradschlosses am Geländer auf der Straße vor dem Haus. Aber es waren andere Geräusche, die ich hörte, und ich heulte weiter, und ich wartete weiter, wusste, ich musste mich irgendwie ablenken, sonst würde ich zerbrechen, auf Dauer konnte ich das nicht aushalten, das konnte niemand. Aber dann war es plötzlich, als könnte ich mich von oben betrachten, als hätte sich eine Klappe an meinem Kopf geöffnet und meinem Gehirn wären Flügel gewachsen, so dass es begann, über meinem gekrümmten Körper auf dem Wohnzimmerboden zu schweben, und ich konnte auf einmal auf mich herab-schauen und mich betrachten, meinen geschwächten Körper, der nicht mehr weiterwusste, der weder richtig anwesend noch ganz weg war und ich wusste, dass dies kein guter Zustand war, dass es gefährlich war, dass ich mich verlieren konnte, wenn ich mich so hingab, ich musste mich mehr vor mir selbst schützen, vor meinen eigenen Gefühlen, durfte es nicht so weit kommen lassen, nicht zulassen, dass ich mich so sehr einem anderen Menschen übergab, und ich begann, zu sehen, dass ich auch etwas wert war, nicht nur er, auch ich konnte jemand sein, konnte etwas auf meine Seite der Waag-schale legen, und schließlich war ich auch ein wahrhaftiger Mensch, dessen Gefühle man nicht verletzen durfte, den man nicht ungerecht behandeln durfte und der geschützt werden musste und wenn andere dies nicht taten, musste man selbst für sich einstehen und sich beschützen und genau das war jetzt meine Aufgabe. Ich wollte dafür nicht meine Liebe zu Jon aufgeben, aber ich durfte nicht mehr so in ihm aufgehen, mich nicht mehr so hingeben, wie ich es getan hatte. Ich musste die Kontrolle über mein Leben zurückerlangen, muss-te wieder ich selbst werden, um tun zu können, was richtig für mich war.

Und dann musste ich wieder an Marietas Postkarte den-ken und an die Möglichkeiten, die sie für mein Leben brachte und mir wurde klar, dass ich die Entscheidung, was ich in meinem Leben wollte, und wo ich leben wollte, ganz alleine treffen musste. Kein Jon und keine Eltern der Welt konnten sie für mich übernehmen, ich durfte mich da auf niemanden verlassen, nur auf mich selbst, denn ich wusste, wenn Jon mich wieder verließ, auch nur in kurzen Momenten wie die-sem, als ich auf dem Wohnzimmerboden lag und die Tür hinter ihm ins Schloss fiel, würde es unerträglich sein zu leben mit einer Entscheidung, die nicht ich gefällt hatte, sondern er und mit deren Konsequenzen nicht er, sondern ich alleine würde leben müssen. Ich musste meine eigenen Entscheidungen treffen, denn ich musste auch die Konsequenzen meiner Entscheidungen selbst tragen und ich konnte und durfte dafür niemanden verantwortlich machen. Dieser Gedanke machte mir Angst, erinnerte mich daran, wie einsam Menschen in ihrem Leben waren, denn selbst wenn sie von anderen umgeben waren, waren sie eigentlich doch ganz allein und ganz besonders ich war in diesem Moment allein. Aber die Klarheit dieser Erkenntnis war auch beruhigend, denn so wie ich mich jetzt aufsetzte, mich aufs Sofa setzte und in die Wolldecke einwickelte, würde ich mich auch in der Zukunft ganz alleine wieder aufrichten können, denn diese Kraft war in mir drin und keiner konnte sie mir nehmen. Und so saß ich eine Weile auf dem Sofa, aufrecht und mit dem Blick nach vorne gerichtet, ließ die Gedanken fließen und wusste, das schlimmste war vorbei.

Und dann hörte ich tatsächlich das Geräusch eines Schlüssels im Schloss. Eigentlich war es mir jetzt egal, ob Jon zurückkam oder nicht, denn ich konnte sehr viel klarer denken, war wieder Herr meiner Sinne, wusste, dass ich mich niemals mehr so aufgeben würde, wie ich das in der Vergangenheit getan hatte, und so würde ich in sicherer Distanz abwarten, was Jon tat, und wenn er nicht zurückkam, dann war das seine eigene Entscheidung, die ich ihm aber nicht abnehmen konnte, da er sie ganz alleine treffen musste, und wenn er sich für mich entschied, wusste ich, dass er ganz sicher war, dass es die richtige Entscheidung war, dass er nicht zurückkam, weil er es musste oder sollte, oder weil ich ihn darum gebeten hatte. Ich fühlte mich zum ersten Mal in meinem Leben reif und erwachsen. Diese Erkenntnis würde mir helfen, mein Leben in den Griff zu bekommen, sie machte mich stark. Ich nahm mir fest vor, das Gefühl der Stärke und Er-

kenntnis mitzunehmen, nur das Gefühl und seine prickeln-
den Empfindungen im Bauch, in der Brust und an den Wangen und hoffte, es später nochmal abrufen zu können, damit
es mir in schwierigen Situationen half.

Ich hörte Schritte im Wohnungsflur und schaute zur
Wohnzimmertür. Ich wusste nicht, wie lange er eigentlich
weg gewesen war, aber jetzt stand Jon da in der Tür und
blickte mich an. Er lächelte und sagte, komm mal her du. Und
dann setzte er sich zu mir aufs Sofa und nahm mich in den
Arm und sagte, es tut mir leid, dass ich vorhin so laut geworden bin. Und ich schüttelte den Kopf und sagte, kein Problem, das passiert jedem mal, und dann spürte ich es wieder,
dieses Gefühl der Stärke, das mich zuvor schon einmal
durchströmt hatte und ich merkte, dass ich Jon ab jetzt auf
Augenhöhe begegnen könnte und das fühlte sich gut an, es
fühlte sich an, als hätte ich endlich das Bild gerade gerückt
und vervollständigt, das ich von Jon und mir hatte, wie wir
Hand in Hand auf der Straße gingen, in dem ich jetzt nicht
mehr kleiner war als Jon, sondern genau so groß und würdig,
an seiner Seite zu gehen, und es war, als richtete ich mich in
meiner Vorstellung auf, streckte meine Wirbelsäule, zog die
Schultern nach hinten, richtete den Blick aufwärts, schaute
allen in die Augen, an denen wir vorbeigingen, sagte, ja, das
sind wir, Jon und Katharina, und es geht uns gut, und an den
Dingen, die noch nicht gut sind, arbeiten wir, aber am Ende
wird alles gut, und es ist gut, dass wir hier sind, jetzt und hier
an Ort und Stelle. Und es kam mir vor, als nickten die Menschen, an denen wir vorbeigingen, anerkennend mit dem
Kopf und sagten, ja, es stimmt, man sieht es, du hast Recht, so
wird es sein, die beiden sind füreinander bestimmt.

Wir saßen eine Weile auf dem Sofa, eng umschlungen, und
sagten nichts, waren einverstanden mit dem Schweigen, das
wir später vielleicht brechen würden, um über das zu reden,

was passiert war, aber nicht jetzt, in diesem Moment, in dem wir uns wieder vollkommen und verbunden fühlten.

Ich wusste, ich konnte Jon jetzt nicht von La Scogliera erzählen, nicht hier und jetzt, nicht in genau diesem Moment, den ich kaputt machen würde, aber was wir miteinander erlebten war so kostbar und zerbrechlich, dass ich es in ganzen Zügen auskosten musste, die Wärme, die meinen Körper in diesem Moment durchfloss und die Stärke, die ich jetzt in meinen Armen und Beinen fühlte. Ich war bereit, wieder mit anzupacken, bei der Gestaltung unseres gemeinsamen Lebens, deines, Jons, und meines, wir zusammen würden das Leben schon meistern. Ich jedenfalls war bereit, wieder ein Haus, wieder einen Turm zu bauen, diesmal aber nur jeden zweiten Stein zu setzen, ein bisschen um mich zu schützen, aber auch, um zu sehen, wie du, Joni, die fehlenden Steine setzen würdest, denn ich konnte spüren, dass du noch da warst und dass du bleiben würdest, an meiner Seite, wonach ich mich mein Leben lang gesehnt hatte, jetzt war ich auf der sicheren Seite. Wir waren sicher, solange wir zusammen waren und zusammenblieben.

Die Postkarte von Marieta aus La Scogliera versteckte ich tief in einer Schublade meines Schreibtisches, legte sie ganz zuunterst, unter das Sammelsurium von kleinen Papierchen, leeren Briefumschlägen und Briefmarken, wo Jon sie auf keinen Fall finden würde.

Die Zeit verging ganz einfach so. Es folgten Stunden, Tage, und sogar Wochen, in denen ich die Postkarte wieder vergaß. Obwohl sie immer noch dort lag, wo ich sie versteckt hatte - sicher - unter den anderen Papieren in meinem Arbeitszimmer, wo Jon nicht suchen würde, schon gar nicht, wenn er nicht wusste, nach was. Und ich ließ mir nichts anmerken, wollte den Moment sorgfältig auswählen, wenn ich versuchte, ihn von einer Reise nach La Scogliera zu überzeugen. Ich hatte Angst, er könnte entdecken, was eigentlich dahintersteckte: ein Plan, etwas zu verändern und die Gefahr, mein ganzes Leben in Frage zu stellen, mein ganzes Leben, in dem er eine wichtige Rolle spielte. Es würde helfen, wenn er mitkäme, damit er die Anziehungskraft dieses Ortes auch für sein Leben spüren könnte, damit er mich besser verstünde. Läuft nicht alles in einer Partnerschaft darauf hinaus, vom anderen verstanden werden zu wollen und dieses Verständnis einzufordern, wenn es nicht da ist?

Obwohl ich oft daran dachte, wie schön es sein könnte, in La Scogliera zu sein, begann ich selbst in manchen Momenten an der Idee zu zweifeln, dann durchlitt ich ein Wechselbad der Gefühle, war mir einfach nicht mehr sicher, was die Reise dorthin anging, fühlte mich schwach und unsicher. Überhaupt hatte ich in den letzten Monaten den Anschluss an die Meeresbiologie verloren, hatte den Überblick über die neueste Forschung verloren und hatte Zweifel, für eine Arbeit unter Meeresbiologen geeignet zu sein. Auch mit Jon war nicht zu rechnen, er fühlte sich gestresst vom Lärm und den Menschen der Großstadt, redete zwar mit mir, aber das passierte mal mehr und mal weniger und dann zog er sich auch wieder häufiger mit seinem Flugsimulator in sein Arbeitszimmer zurück.

Und ich kämpfte mich so durch den Schulalltag. Am letzten Samstag hatte ich wegen eines Schulfestes in die Schule gehen müssen. Das machte sich am Ende dieser Woche bemerkbar, ich war noch müder und abgekämpfter als sonst. Der einsetzende Herbst, die kühleren Tage und die von den Bäumen fallenden Blätter taten ihr Übriges. Diese Woche hatte es außerdem Ärger mit einem Schüler meiner Klasse gegeben, der schon öfter mit asozialen Aktionen aufgefallen war. Leider war er beratungsresistent und auch seine Eltern hatten ihn in unseren Gesprächen nur in Schutz genommen. Am Dienstag hatte Matthias Steine nach anderen Kindern geworfen, am Mittwoch hatte er sie Arschloch und Fotze genannt. Natürlich musste ich mich damit auseinandersetzen, ich war seine Klassenlehrerin. Am Donnerstag hatte ich die Eltern zu einem Gespräch in die Schule geladen und ihnen erzählt, was ihr Sohn getan hatte. Auch unter Androhung einer Disziplinarkonferenz verharrten sie in ihrer Position und nahmen ihn in Schutz, die anderen hätten ihn provoziert. Sie wollten einfach nicht verstehen, dass sie ihren Sohn mit ihrer Haltung dazu ermutigten, so weiterzumachen wie bisher. Die kriminelle Karriere war für dieses Kind praktisch vorprogrammiert, und trotzdem fühlte ich mich verantwortlich, den Lauf der Dinge zu beeinflussen, sie gerade zu rücken, ich war immerhin die Klassenlehrerin, war auch verantwortlich für das Wohl der anderen Kinder, musste handeln. Nur wie, wenn einem die Eltern solche Steine in den Weg legten. Außerdem hatte ich eigentlich gar keine Lust, mich mit solchen Dingen auseinanderzusetzen.

Am Samstag morgen wachte ich auf und spürte in meinen Knochen die Anstrengungen der Woche: es zog, schmerzte, pochte, und auch mein Kopf drückte schwer. Jon war schon früher aufgewacht und aufgestanden und so lag ich alleine im Bett. Ich starrte an die Decke, mein Kopf war leer. Der knurrende Magen erinnerte mich daran, dass ich aufstehen sollte, außerdem musste ich auf die Toilette. Nach einem kurzen Frühstück legte ich mich aufs Sofa und las, obwohl es mir schwerfiel, vielleicht lag es daran, dass ich mich die ganze Woche über mit anderen Menschen beschäftigt hatte, jetzt wollte ich in meiner freien Zeit nicht auch noch in andere Köpfe schauen.

Auch beim Einkaufen später fühlte ich mich nicht besser. Ich wollte mich einfach nur verkriechen. Mit jedem Blinzeln meiner Augenlider sagten die Fasern meines Körpers, zieh dich zurück, roll dich ein, versteck dich, die Welt draußen will dich nicht, sie braucht dich nicht, du bist sicherer, wenn du dich unter deiner Decke versteckst. Und wie sehr musste ich mich beim Bezahlen an der Kasse überwinden für jedes Wort, das ich sprechen musste, jedes Wort, das ich verstehen musste, weil jemand anders es an mich gerichtet hatte, weil die Kassiererin so gesprächig war und unbedingt Smalltalk machen wollte, wie anstrengend das war, ständig gegen den Impuls zu kämpfen, wegzurennen oder den Kragen des Pullovers über Kopf und Ohren zu ziehen. Während ich mich in meiner Vorstellung zurückziehen konnte, erwartete das reale Leben, dass ich da war und blieb, und so kämpfte ich und kämpfte, bis mir abends die Kraft fehlte, an etwas zu denken, das mir wieder Kraft geben könnte.

Warum hatte ich das Gefühl, eine unheimlich schwere Last zu tragen? Niemand konnte es mir recht machen, alle Fehler, die passierten, machten mich unheimlich wütend, kamen mir unverschämt vor, trieben mir die Tränen in die Augen, empörten mich und ich gab den anderen die Schuld und machte sie verantwortlich dafür, dass es mir schlecht ging.

Ausgerechnet an so einem Tag waren wir mit Freunden verabredet. Meike und Alex kannten wir noch von früher, aus Schulzeiten, das heißt eigentlich waren es Jons Freunde. Wir hatten uns zunächst zum Essen verabredet und das Ende des Abends offengelassen. Während wir aßen, erzählte Meike von ihrem neuen Job als Leiterin der Marketingabteilung eines kleinen Startup-Unternehmens, das vegane Produkte herstellte. Im Moment müsste sie nicht viel reisen, was gut war, damit sie sich um ihren kleinen Sohn Aaron kümmern konnten, der gerade mal anderthalb Jahre alt war. Sie freute sich aber auch bereits auf die Geschäftsreisen, die bald anstehen würden. Es war ein langer Weg gewesen, sie hatte etwas riskieren müssen, aber jetzt hatte sie endlich den Job gefunden, der sie erfüllte, absolut, man sah es ihr sogar an, sie strahlte.

Wie schön für sie. Ich konnte nicht anders, als mich mit ihr zu vergleichen und während ich das tat, war es, als würde ich immer kleiner auf meinem Stuhl, meinen Rücken konnte ich nur noch mit allergrößter Anstrengung aufrecht halten, und es fiel mir schwer, Meike anzuschauen, an ihr vorbei zu schauen war einfacher. Sie war alles das, was ich nicht war. Sie ging Risiken ein und sie hatte keine Angst vor der Zukunft, sie ging gerade und nicht gebückt durchs Leben, und sie wusste, wohin sie wollte. Sie riss eine Wunde in mir auf, die einfach nicht schaffte, zu heilen.

Und dann fragte Meike nach mir und ich musste wieder kämpfen gegen den Impuls einfach aufzustehen und zu gehen, stattdessen rutschte ich unruhig auf meinem Stuhl hin und her, schluckte, sagte, ja, bei mir ist auch alles klar, in der Schule ist viel zu tun, aber es ist eigentlich alles beim Alten, nicht der Rede wert. Ich bin sicher, dass man mir mein Unbehagen ansah. Vielleicht hatte Jon den beiden sogar erzählt, dass ich manchmal sehr unzufrieden war in meinem Job, dass ich überlegte, ob es Alternativen gab. Aber ich schaffte es nicht, darüber zu sprechen. Jetzt jedenfalls schwiegen alle, bis Jon einen Witz machte und ich erleichtert lächelte.

Es wurde ein kurzer Abend, mit Essen, ja, aber ohne Kino, ohne Cocktails, ohne Party. Gut, Meike und Alex hatten schließlich auch ein Kleinkind zu Hause und der Babysitter war heute zum ersten Mal da, ja, das konnte man verstehen. Aber es fühlte sich anders an. Es war, als zögen sich Alex und Meike intuitiv zurück.

Als Jon und ich am Sonntagmorgen frühstückten, saß er mir gegenüber, aber er schaute mich nicht an, sondern schaute in seinen Computer, und selbst als er seine Hände kurz von der Tastatur nahm, um sich Kaffee einzugießen oder den Löffel in seiner Tasse umzurühren, schaute er nicht auf, obwohl ich es gehofft hatte, darauf wartete, von ihm einen liebevollen Blick zu bekommen, einen Gesichtsausdruck, der mir zeigte, dass er mich sah, dass er in diesem Moment gerne hier bei mir saß, dass er mich noch liebte, und so wartete ich und lauerte auf einen Blick von ihm, während ich so tat, als würde ich auf meinen Computerbildschirm schauen, mein Kopf nach unten geneigt in Richtung des leuchtenden Monitors, während meine Augen Jon im Blick hielten, und ich dachte, dass er mich früher oder später anschauen würde. Aber da kam nichts, er schien versunken in das, was er da tat. Zwischendurch schaffte ich es, einen Blick auf den Bildschirm seines Laptops zu werfen, er lernte Vokabeln, so etwas hatte er noch nie getan, jedenfalls nie während des Frühstücks und überhaupt noch nie in meiner Anwesenheit. Keiner von uns sagte etwas, selbst von den Nachbarn von oben, die sonst während des Frühstücks laut rumpelten, konnte man keinen Laut vernehmen, und so herrschte absolute Stille. Es war eine Stille, nach der ich mich an anderen Tagen sehnte, eine Lautlosigkeit, die in einer Wohnung in der Mitte einer Großstadt wie Köln selten war, wenn es sie denn überhaupt gab, ja, eigentlich war sie sogar unmöglich, und auch jetzt war sie unmöglich, weil sie zwischen Jon und mir stand, sie bildete eine Barriere, die ihn von mir entfernte, die ihn eiskalt machte und die mir Angst machte, die mir den Hals zuschnürte, wenn ich daran dachte, dass er so weit entfernt war, obwohl er mir direkt gegenüber saß. Ich hielt es nicht länger aus, fragte ihn, ist alles in Ordnung, aber er verzog seine Mundwinkel zu einem Lächeln und sagte, ja, einfach nur, ja, und das war für mich ein sicheres Anzeichen dafür, dass gar nichts in Ordnung war, und es war völlig klar, dass alles in Unordnung war, dass die Dinge auf dem Kopf standen und die Welt verdreht war, und ich fragte mich, wie waren sie denn bloß durcheinander geraten und wer hatte die Welt so gedreht, und, ich fragte mich auch, ob wir es schaffen würden, es wieder in Ordnung zu bringen, alles ordentlich aufzuräumen, aber da war mir bereits klar und ich korrigierte meinen Gedanken, nicht wir würden es schaffen, ich alleine hätte die Aufgabe, müsste es schaffen, denn so wie es aussah, konnte ich von Jon in diesem Moment keine Mithilfe erwarten. Was war bloß mit ihm los, wo war der alte Joni, so wie ich ihn kannte, in den Momenten, in denen wir in eine gemeinsame Richtung gingen, wenn wir an einem gemeinsamen Strang zogen, den gleichen roten Faden verfolgten, den wir für unser Leben ausgeworfen hatten, in einem gestochen scharfen Rot auf den Boden unserer Wohnung gelegt hatten? Aber dieser eine Faden schien jetzt ein großes Durcheinander an Knoten und Schlaufen zu sein und ich wünschte mir nichts sehnlicher, als alles wieder zu entwirren, die einzelnen Fäden des verknoteten Wollknäuels in geordneten langen Bahnen nebeneinander zu legen, damit alles so war wie vorher und auf dem Eichenholzparkettboden wieder der eine rote Faden sichtbar wurde, den ich mir mein Leben lang gewünscht hatte und an dem irgendwann auch Jon angefangen hatte, mit zu malen.

Ich beschloss, ihn zu konfrontieren, denn das kam mir besser vor, als stillschweigend auszuhalten, Dinge hinzunehmen, die nicht sein müssten. Denkst du noch über gestern Abend nach, fragte ich Jon. Aber Jon verneinte, und ich versuchte es wieder: Du warst gestern morgen schon komisch drauf, oder, was war denn los? Und dann antwortete er endlich, aber er fragte mich nur: Warst du gestern Abend, als du so früh vor dem Fernseher eingeschlafen bist, so erschöpft von dem Treffen mit Alex und Meike? Und das machte mich sehr wütend, denn es ging doch jetzt nicht um mich, sondern um ihn, aber er schob meine Gefühle vor, um zu erklären, dass es ihm schlecht ging, auch wenn ich seine Antwort nur bestätigen konnte, denn es war tatsächlich so gewesen, dass mich das Treffen angestrengt hatte, und da hatte ich mir, als wir nach Hause gekommen waren, nichts sehnlicher gewünscht, als endlich einzuschlafen, die Welt da draußen auszuschließen aus meinen Gedanken, mich durch meine geschlossenen Augen zu schützen, mich in der Dunkelheit des Wohnzimmers auszuruhen, mich zu erholen.

Aber Jon schien das nicht zu verstehen, er schaute mich an und sagte, weißt du, es ist für mich auch sehr anstrengend, diese Situation auszuhalten, dass es dir in solchen Momenten nicht gut geht, manchmal kann ich es eben gut wegstecken, aber manchmal schaffe ich es nicht. Ich atmete erst auf, jetzt hatte Jon endlich mit mir geredet, mir eine Erklärung gegeben, aber dann machte sie mich so wütend, denn er lenkte von seinen eigenen Gefühlen ab, hinterließ immer das Gefühl, ich und meine Verletzlichkeit seien schuld an unseren Problemen. Es war ganz einfach gemein von ihm, meinen Zustand für seinen verantwortlich zu machen, es ging ihm schlecht, weil es mir schlecht ging, das machte doch keinen Sinn, es sollte andersherum sein, wenn es ihm gut ging, würde es mir auch wieder bessergehen und wenn es ihm schlecht ging, sollte ich ihm dabei helfen können, sich wieder gut zu fühlen, warum konnten wir uns nicht gegenseitig aus dem Sumpf ziehen, würde das denn immer so weitergehen, dass wir uns gegenseitig fertigmachten?

Ich musste raus, raus aus der Wohnung, weg von Jon, konnte diese Nähe-Distanz und wieder Distanz nicht mehr aushalten, jetzt musste ich selbst Abstand nehmen, zum Schutz, denn ich würde mich nicht verletzen lassen, ich konnte auf mich selber aufpassen. Jon würde es nicht schaffen, zu mir durchzudringen, jedenfalls nicht richtig tief, das sagte ich mir, als ich tränenüberströmt auf der Autobahn in Richtung Bergisches Land fuhr und mir mit einem Taschentuch immer wieder den Rotz von der Nase wischte. Erst als die Hügel anfingen und ich mich immer weiter von der Stadt entfernte, schon die zweite oder dritte Kleinstadt hinter mir gelassen hatte und in der Ferne der Kölner Dom nur noch zu erahnen, nicht wirklich zu sehen war, stellte ich mir vor, es gäbe das alles gar nicht, nur die Hügel, in denen ich fuhr, waren real, aber alles dahinter, die Autobahn, die Straßen der Stadt, die Häuser, das Viertel, unser Haus, unsere Wohnung und schließlich auch Jon rückten in die Ferne, wurden unwirklich. Erst dann beruhigte ich mich ein wenig.

Und jetzt saß ich hier, im Auto, blickte in die dunstverhangenen Hügel in der Ferne, die schwächer werdenden Schattierungen eines Blau-Grau, von dem man nicht wusste, ob es die Abgase der Stadt waren oder die abendliche Feuchtigkeit, die über den Hügeln aufstieg. In diesem Moment fühlte ich mich so einsam, fragte mich, warum ich hier alleine im Auto saß und du, Joni nicht an meiner Seite warst, denn hatte ich mich nicht für ein Leben mit dir zusammen entschieden, weil wir solche Momente nicht mehr alleine erleben wollten? Was, wenn es aber nicht funktionierte, wir es nicht hinkriegten, zur richtigen Zeit Nähe und zur richtigen Zeit Distanz zuzulassen, wenn einer von uns das eine und der andere das andere wollte? Und ich wusste in diesem Moment ganz sicher, dass ich es nicht würde aushalten können, wenn es ein Ungleichgewicht gäbe und Jon mich nicht so wollte, wie ich ihn, und in leiser Vorahnung dieser Schmerzen, die zu viel für mich sein würden, liefen mir jetzt die Tränen herunter, Sturzbäche von Wasser und Rotz, die aus meinem Gesicht liefen und auf meine Jeans tropften. Ich wünschte mir nichts sehnlicher, als diesen Mann an meiner Seite zu haben, aber wenn er dann da war, war es so schwer. Würde das Leben denn immer so sein, dass es sich anfühlte, als müsste man eine Last tragen? Konnte nichts mal einfach so von alleine gehen, unbeschwert sein, musste man um alles kämpfen? Ich wollte nicht mehr kämpfen, ich wollte einfach nur mal sein.

Und auch die Angst, dich zu verlieren, Joni, war immer da, sie machte mich krank, ich konnte nicht mehr klar denken, hast du das überhaupt gewusst damals? Sie war da in den Momenten, in denen du unruhig durch die Wohnung getigert bist, entlang der Scheiben, als du nach draußen geschaut hast, sehnsüchtig, obwohl es regnete und es keinen Grund gab nach draußen zu gehen. Du wolltest gerne, aber wie hättest du das vor mir begründen können? Und so liefst du auf und ab entlang der bodentiefen Scheiben, die dich von der restlichen Welt trennten, mit dem Blick nach draußen, möglichst weit weg von mir, und ich ließ dich in Ruhe, zog mich nach innen zurück, wusste, dass ich dich dort, wo du in diesem Moment warst, sowieso nicht erreichen konnte, aber ich wollte so gerne, ich wollte so gerne mit dir dort sein, wo du dann warst, und mit dir dorthin gehen, wohin dein Blick ging, warum musste es denn immer so schwer sein, alle Bedürfnisse zu stillen? Konnten wir denn nie zur gleichen Zeit das gleiche wollen? Und um wenigstens ein bisschen von dir zu haben, fragte ich dich, was du da hörtest über deine Kopfhörer, aber du antwortetest nur, das Lied, das ich letztens schon mal gehört habe, aber natürlich wusste ich nicht, welches Lied gemeint war, ich konnte es überhaupt nicht wissen, weil es gar nicht klar war, welches Lied du meintest, und mein Gefühl sagte mir, dass du es selber nicht wusstest, dass du nur etwas gesagt hattest, um mir eine Antwort zu geben, und ich wusste, ich durfte jetzt nicht weiterfragen, denn dann würdest du dich noch mehr zurückziehen in dein Schneckenhaus. Und wer sagte mir jetzt, wie es weiterging, ob es nur eine Phase war, oder ob es der Anfang vom Ende war, was sollte man tun, was konnte man tun, gab es wohl irgendeinen Therapeuten, irgendeinen Ratgeber, der einem diese Frage beantworten konnte, und ich wusste die Antwort schon, ich hörte sie so laut wie aus einer Trompete zu mir zurück schallen mit tausendfachem Echo ein Nein, und dann flüsterte jemand mit heiserer Stimme noch hinterher, das musst du selbst herausfinden...

Aber warum musste es denn immer so schmerzhaft sein, warum musste man immer alles selbst erleben, konnte es nicht so sein, dass nicht jede elende Seele auf dieser Welt immer wieder aufs Neue das Schmerzhafte erleben musste, ein bisschen konnte man sich doch ersparen, sagen wir, der eine erlebte das eine und dafür musste der andere das andere erleben, denn geteiltes Leid ist halbes Leid, so ging das Sprichwort doch, oder nicht?

Manchmal dachte ich, Jons Stimmung hinge mit mir zusammen. Mit mir und unserem Leben hier, denn erst vor zwei Tagen hatte er mit strahlenden Augen eine E-Mail von seiner Tochter Sarah gelesen, in der sie ihren Vater gebeten hatte, sie zu besuchen. Papa, ich vermisse dich, welch einfache Worte, aber wie viel bedeuteten sie für ihn und wie viel auch für mich, denn ich fühlte mich ausgeschlossen, traurig, dass ich in diesem Moment nicht Teil seines Lebens war, dass ich Jon nur als Jon, manchmal noch als Joni, aber nicht als Papa kannte. Und auch Tiffany hatte ein paar Zeilen dazu geschrieben, ich hatte darauf verzichtet, es selbst zu lesen, aber Jon danach gefragt. Ihr schien es nicht besonders gut zu gehen, sie hatte ihren Job verloren und lebte nur noch von der kanadischen Sozialhilfe und einem geringen Betrag, den ihre Eltern ihr monatlich überwiesen und jetzt fragte sie, ob Jon ihr aushelfen könnte. Und ich fragte ihn, was er tun würde, und als er sagte, er würde ihr selbstverständlich helfen, fühlte ich mich gekränkt, denn der Ton seiner Antwort gab mir zu verstehen, dass es falsch gewesen war, diese Frage überhaupt zu stellen, und die Kürze und Kühle des Blicks, den er mir dann zuwarf, ließen mich frösteln, denn in diesem Moment schloss er einen Pakt mit Tiffany und Sarah und ich fühlte mich so weit entfernt von ihm wie noch nie zuvor, und ich musste mir vorstellen, wie ich mich mit gepackten Koffern nach La Scogliera aufmachen würde und er mit seinen Koffern aus dem Flughafen in Montréal schritt, in Richtung seiner Ex-Frau, die mit Sarah bereits lächelnd auf dem Parkplatz vor dem Flughafengebäude auf ihn wartete und wie sie in seine Arme fielen. Ich blickte auf dieses Bild und bekam Kopfschmerzen, musste meine Augenbrauen zusammenkneifen, damit der Schmerz weniger wurde, ich nahm einen bitteren Geschmack im Mund war, den ich nun versuchte, herunterzuschlucken, aber es ging nicht und auch, als ich mir ein Glas Wasser nahm, konnte ich die schlechten, faulenden Gedanken nicht herunterspülen, sie hatten sich bereits fest eingebrannt in die Windungen meines Gehirns, hatten sich eingestanzt in die Bereiche, in denen meine Erinnerungen lagerten, in zentimeterdicken Schichten von Zellen, in denen Gerüche, Geräusche und Bilder gespeichert waren, und jetzt auch dieses, von Jon und der Wiedervereinigung mit seiner eigenen Familie in Kanada, das immer wieder vor meinen Augen auftauchte, bis ich davon überzeugt war, dass es so kommen würde und fast daran glaubte, es wäre bereits so passiert, er hätte sich bereits auf den Weg zum Flughafen gemacht.

Ein Sonnenstrahl schien durch das Küchenfenster in meine Augen. Ich musste blinzeln und wurde aus meinen Gedanken gerissen, ich sah, dass Jon vor mir saß und nicht mit gepackten Koffern am Flughafen von Montréal stand, auch nicht auf dem Weg dorthin war und auch nicht hinfahren wollte, denn er wollte, so sagte er es mir jetzt, dass seine Tochter ihn besuchte, ein wenig Abwechslung bekäme und Ablenkung von der sicherlich angespannten Situation mit ihrer Mutter. Ich nickte, ja, bestimmt, das wäre auf jeden Fall gut, und das ist gar kein Problem, hörte ich mich auch noch sagen, stammelnd, angesichts des Schreckens, der sich bei mir eingestellt hatte, bei dem Gedanken, seine Tochter könnte hierhin kommen, bei uns wohnen, Zeit mit uns verbringen, Zeit mit Jon alleine verbringen.

Unsere kleine Gemeinschaft bröckelte. Wir hatten sie uns mühsam aufgebaut, und manchmal war sie nicht so stark, wie ich es mir wünschte, aber sie funktionierte doch so wie sie war. Aber jetzt war sie bedroht, bedroht von einem Eindringling, einem Alien, der nicht hierher gehörte, nicht nach Köln, nicht in unsere Wohnung, nicht in unser Leben. Aber ich hatte Jon nur angelächelt und genickt und er hatte zurück gelächelt und mich dankbar in den Arm genommen, gesagt, du bist toll, Katharina, danke.

Am Abend lag ich im Bett und konnte nicht schlafen, hatte den Kopf noch voller Gedanken an Jon und mich, an Tiffany und Sarah, und konnte nichts dagegen tun, dass sie zu einem einzigen Wirrwarr von Sorgen und Ängsten und sekundenschnellen Gedankenblitzen wurden, die quer durch mein Hirn schossen, begleitet von leisen Donnerschlägen, die erst sanfter waren, dann aber lauter wurden und alles überdeckten und in einem zunächst drückenden Kopfschmerz, dann aber messerscharfen Stichen im Kopf mündeten, die mich quälten, vor denen ich die Augen schließen, den Nacken einziehen, die Hände schützend vor den Kopf halten und mir die Decke über den Kopf ziehen wollte.

Und dann wieder überkam mich eine Art Gedankenlosigkeit, eine Leere, in der kein einziger Gedanke aufblitzte, alles verschwommen war, wie Milchglas, durch das ich versuchte zu schauen, und selbst wenn ich die Augen eng zusammenkniff und die Stirn in Falten legte, war nicht mehr zu erkennen, als schemenhafte Umrisse, Farbschattierungen, die ein oder andere Bewegung, die sich von der einen Seite loslöste und zur anderen schwamm, langsam, als wäre alles betäubt, alle Dinge nur noch Umrisse von trüben Nebelschwaden, die alle Geräusche abdämpften.

Und noch immer konnte ich nicht schlafen, weil keiner meiner Gedanken richtig da war, aber ebenso wenig richtig wegging. Was blieb, war eine Leere, und die Frage in meinem Kopf, warum sie da war und wann sie wieder verschwand und ich versuchte, einem der schemenhaften Gedankengespenster zu folgen, aber es gab sie ja nicht richtig, also konnte ich ihnen auch nicht folgen, und selbst wenn ich versuchte, zu laufen, bewegten sich meine Beine nicht, auch wenn ich in ihnen eine Unruhe spürte und ich kaum ruhig liegen bleiben konnte. Vielleicht wollte ich weglaufen, wollte aus meinem eigenen Leben davon laufen, vor der schwierigen Frage, wie es weiterging, wie ich den Besuch von Jons Tochter bei uns aushalten würde, wie Jon sich verhalten würde und wann ich ihm von meinen Reiseplänen nach Italien erzählen würde, denn es kristallisierte sich doch immer mehr für mich heraus, ein richtiger Urlaub im Süden würde mir mal wieder gut tun, und ich konnte es kaum erwarten, La Scogliera einmal in Wirklichkeit zu sehen, auch Marieta wiederzusehen. Die nächsten Ferien waren meine Herbstferien, und wenn das nicht klappte, würde ich bis zu den Osterferien ein halbes Jahr später warten müssen, aber dieser Zeitraum kam mir so unendlich lang vor, dass ich wusste, es müsste jetzt ganz bald klappen. Und so nahm ich mir fest vor, Jon bei der nächsten Gelegenheit von meinen Plänen zu erzählen.

Am nächsten Nachmittag schlug Jon vor, spazieren zu gehen, um ein bisschen an der frischen Luft zu sein und so schlenderten wir unsere Straße entlang, von unserem Haus bis an das andere Ende der Sudermannstraße, von dort aus in die angrenzenden grünen Seitenstraßen, durch sie hindurch und dann in den etwas weniger grünen, großstädtischeren Teil unseres Viertels, vorbei an Cafés und kleinen Läden, die Feinkost, Dekoartikel oder Klamotten im Schaufenster ausstellten. Es fühlte sich in diesem Moment so gut an, an Jons Hand zu schlendern, vor allem richtig, als gehörte ich wirklich dahin, und der eine Moment fühlte sich vollkommen an, als könnte nichts in der Welt dieses Gefühl der Vollkommenheit zerstören, und fast ergriff ich das Wort und sagte, Jon, ich möchte nach Italien fahren, doch ich zögerte einen Moment zu lang und zweifelte an meiner Idee, an der Möglichkeit, in La Scogliera Urlaub zu machen und in meinem Kopf vermischte sich plötzlich Urlaub und Arbeit, und ich wusste nicht mehr, was ich ihm sagen würde: Wollte ich dort Urlaub machen oder arbeiten?

Ich sagte nichts. Ich zweifelte plötzlich an meiner Fähigkeit dazu und an meiner Fähigkeit, irgendetwas in meinem Leben zu ändern, und ich zweifelte an der Zukunft mit Jon, daran, überhaupt so etwas wie Liebe annehmen zu können und so passierte es in einem sehr kurzen Moment, dass ich zurück in die Abgründe gerissen wurde, aus denen Jon mir in den vergangenen Monaten wieder und wieder die Hand gereicht, mich hochgezogen hatte, mir vergewissert hatte, dass er mich liebte. Warum passierte es nur immer wieder, warum bröckelte das Stück Erde unter meinen Füßen, das mich bisher vor dem Fall in die Tiefe bewahrt hatte, doch immer wieder langsam weg, so dass ich begann zu rutschen, unaufhaltsam, und schließlich zu fallen, bis ich mich komplett im freien Fall befand, so dass es sich anfühlte, als könnte mich nichts in diesem Moment vor dem sicheren Untergang, dem grausamen Tod durch den Aufprall tief unten auf dem staubtrockenen Boden bewahren, nicht mal Jon selbst, denn irgendwann würde er mir nicht mehr die Hand reichen, weil er dazu keine Kraft mehr haben würde oder es nicht mehr wollte, hatte er es doch so oft schon vergeblich getan. Denn wenn einem die anderen die Hand reichten und man sie nicht ergriff, dann waren irgendwann die Möglichkeiten versiegt, war auch die letzte Chance verstrichen, anzunehmen, was war, oben zu bleiben, bei sich, und wenn man das nicht konnte, so wie ich, dann hatte man nichts anderes verdient als den gewaltsamen Tod durch Fallen, den Genickbruch als Möglichkeit eines kurzen und vielleicht ja schmerzlosen Endes, und war das nicht sowieso viel einfacher als alles andere, als die Qualen, die ich in diesen Momenten erlitt, die Kriege, die ich gegen mich selbst führte?

All das rollte über mich hinweg, als Welle von Angst und Trauer und Wut über mich selbst, als wir plötzlich auf der Straße Rebecca begegneten, mit der Jon zweieinhalb Jahre zusammen gewesen war, bevor er nach Kanada gegangen war, und als ich sah, wie hübsch sie war mit ihren langen, kräftigen, dunkelbraunen Haaren, und als ich sah, wie sehr Jon aus der Bahn geworfen war durch dieses Treffen, vielleicht nicht, weil er ihr hinterhertrauerte, sondern vielleicht, weil sie im Streit auseinandergegangen waren und etwas zwischen ihnen offen geblieben war, wer konnte Jon da eine gewisse Unsicherheit schon übelnehmen. Dennoch, ich konnte es nicht trennen in diesem Moment, in diesem Durcheinander der Gefühle, das mich zerriss und mich in einzelne Teile zerbarsten ließ, ohne dass ich wusste, ob ich mich jemals wieder würde zusammenfügen lassen, selbst Jon würde das nicht schaffen, nicht jedes Mal wieder aufs Neue.

Und in dieser Nacht träumte ich davon, wie Rebecca mit Jon und mir am Tisch saß und aß, und alle zu ihr hinschauen mussten, weil ihre langen, braunen Haare so schön aussahen und so gut zu ihren braunen Augen passten, ich dagegen blass und farblos war, fast schon kränklich. Auch Jon saß mit am Tisch, denn wir waren gemeinsam zu diesem Essen gekommen, saßen nun an der überladenen Tafel und aßen kleine Häppchen, die Rebecca gekocht hatte, und alle anderen Menschen, die neben mir saßen, lachten ausgiebig und amüsierten sich, und ich blickte zu Jon, und sah, wie er sich die Häppchen genüsslich in den Mund schob und dann nach Rebeccas Hand griff und es sah so natürlich aus, es war eine fast beiläufige Geste, die er nebenbei ausführte. Und was daran besonders merkwürdig war, war, dass sich keiner daran störte, anscheinend war ich die einzige, die beunruhigt war. Mir wurde schlecht, ich wollte mich am liebsten übergeben, weil mir in diesem Augenblick klar wurde, dass Jon nicht zu mir, sondern zu Rebecca gehörte und die beiden bildeten eine so starke und passende Einheit, dass ich nur ein Nebenspieler war, deshalb sah ich auch so blass aus, ich gehörte dort nicht hin, es waren Jon und Rebecca, derentwegen die anderen Gäste am Tisch gekommen waren, vielleicht war es sogar ihre Hochzeitsfeier.

Ich schreckte hoch, war plötzlich hellwach, mein Herz pochte schnell und laut, und ich blickte neben mich aufs Bett, aber da lag nur Jon, sein Kopfkissen war zusammengeknüllt unter seinem Kopf, eingerollt in einem kleinen Bündel, viel mehr auf meiner Seite des Bettes als auf seiner, so wie er im Tiefschlaf fast jede Nacht meine Nähe suchte, nachdem er einmal in den Schlaf gefunden hatte. Es war nur ein Traum gewesen und ich atmete tief ein und aus.

Es war natürlich nur ein Traum gewesen, aber sein bitterer Nachgeschmack lag mir noch tagelang auf der Zunge, dessen flaues Gefühl schwebte noch viele Stunden in meinem Magen. Meine größte Angst war, Jon an eine andere Frau zu verlieren. Ich beruhigte mich und ging im Kopf die Momente durch, in denen wir über unsere Tagespläne gesprochen hatten, rief mir Jons Gesicht vor Augen, prüfte, ob sein Gesichtsausdruck Aufschluss darüber gab, ob etwas nicht in Ordnung war, aber da war nichts. Im Kopf ging ich die Gelegenheiten durch, die er tatsächlich gehabt hätte, sich zum Beispiel mit Rebecca zu treffen, aber auch da war nichts, und ich überlegte weiter, bis mir der letzte Dienstag einfiel, was war eigentlich letzten Dienstag gewesen, als ich mich seit langer Zeit mal wieder mit Anna verabredet hatte, was hatte er an diesem Abend gemacht, ich konnte es nicht überprüfen, das wurde mir nun klar, und auch die wöchentlichen Besuche im Yogastudio fielen mir jetzt ein, der Einkauf in der Apotheke und selbst der morgendliche Gang zum Bäcker, es blieb mir nichts anderes übrig, als ihm vertrauen zu müssen. Wenn er aber das Vertrauen ausnutzen wollte, hatte ich keine Chance, und was andere einfach so hinnahmen, machte mich rasend. Weil ich nichts tun konnte. Und ich wurde traurig, ich wurde traurig darüber, dass ich mich plötzlich wieder so ausgeliefert und abhängig fühlte.

Ich wusste, dass ich wieder Vertrauen finden musste in Jon und auch in alles andere, in den Lauf der Dinge, in mein Schicksal, andernfalls würde meine Seele keine Ruhe finden und so musste ich es riskieren und Jon von der Karte aus La Scogliera erzählen, besser früher als später.

Ich nahm allen Mut zusammen, und sagte zu Jon, du erinnerst dich doch, dass ich dir von meinem Besuch in Rom

erzählt habe, oder? Und dass ich dort diese deutsche Meeresforscherin aus Berlin kennengelernt habe? Und obwohl ich
spürte, wie das Blut in meinen Ohren rauschte und mein
Pulsschlag noch über dem Rauschen zu klopfen begann,
zwang ich mich dazu, weiterzusprechen, erinnerst du dich
Jon, weißt du noch? Angesichts meiner drängenden Fragen
blickte Jon von seiner Zeitung auf, legte die Stirn in Falten
und antwortete, Katharina, natürlich tue ich das, aber warum
ist es denn so wichtig, dass ich mich erinnere, fragte er mich
anklagend, obwohl er genau spürte, dass ich dabei war, etwas für mich ganz Bedeutsames auszusprechen, denn sonst
hätte ich nicht so genau gefragt, ob er sich erinnerte. Ich wollte meinem hochsteigenden Ärger keinen Raum geben, dem
Ärger darüber, dass er mir so wenig Verständnis entgegenbrachte, dass er mir so wenig Zeit gab, die für mich wichtigen
Dinge auszusprechen, also sprach ich schnell weiter, ja, jedenfalls hat Marieta mir eine Postkarte aus La Scogliera geschrieben und sie lädt mich ein, und ich fügte noch schnell
hinzu, sie lädt uns dazu ein, sie dort zu besuchen, und erst da
fiel mir ein, dass Jon mit diesen Namen nichts verbinden
würde, da er nicht wusste, was genau Marieta dort machte,
wo genau das kleine Dorf lag und warum ich sie dort besuchen wollte, also fuhr ich fort und erzählte ihm all das mit
einer Stimme, die vor Enthusiasmus und Ängstlichkeit ob
seiner Reaktion zittrig war, und ich hatte das Gefühl, mir
wären nur diese wenigen Sekunden und Minuten gegeben, in
denen ich ihn überzeugen müsste, davon, dass es richtig war,
dorthin zu fahren und davon, dass ich wusste, was ich tat.
Aber vielleicht war es alles zu viel für Jon, das wurde mir im
nächsten Moment klar, ich hatte ihn überfallen, mit Dingen,
mit denen ich mich schon seit Wochen und sogar Monaten
insgeheim beschäftigt hatte, über die er jetzt von einem zum
anderen Moment urteilen sollte, und so war es auch, er fühlte

sich überrumpelt, als könnte er intuitiv spüren, dass diese Reise mehr für mich bedeutete als Urlaub zu machen, und er wollte sich jetzt dazu nicht äußern, ja er wurde sogar wütend, warf mir vor, Katharina, das erzählst du mir erst jetzt, wie lange brütest du schon über dieser Idee, wann hast du die Postkarte bekommen, und ich wusste, ich konnte nicht lügen, also antwortete ich wahrheitsgemäß, vor drei Monaten, und dieser Zeitraum kam mir jetzt unendlich lang vor, wer wusste denn, ob Marietas Angebot überhaupt noch gültig war.

Und dann kam ich mir selbst auch grausam vor, weil ich mein Geheimnis so lange gehütet und Jon aus meinen Gedanken ausgeschlossen hatte. Zu Recht war er jetzt wütend, und ich zog meine Schultern noch ein Stückchen weiter hoch, um mich zu schützen, bis sie anfingen zu schmerzen, als er weitersprach, jetzt noch ein wenig ärgerlicher als zuvor, du behältst deine Pläne so lange für dich, hütest sie wie einen kostbaren Schatz, den du nicht mit mir teilen möchtest, und jetzt willst du, dass ich in dieser schwierigen Zeit mit dir komme, du weißt, dass es Tiffany gerade nicht gut geht, hast du denn gar kein Verständnis dafür, dass ich ihr jetzt helfen muss, und wie lange habe ich Sarah nicht gesehen, und jetzt kommt sie und ich habe ihren Flug extra so gelegt, dass sie in den Herbstferien kommt, damit wir zu dritt auch noch ein bisschen Zeit miteinander verbringen können, wie kannst du nur so egoistisch sein, jetzt in den Urlaub fahren zu wollen.

Mir stiegen die Tränen in die Augen, ich hatte tatsächlich nicht daran gedacht, dass ich dann seine Tochter verpassen würde, wie konnte ich nur so egoistisch sein, Jon hatte Recht, mit allem, was er mir vorwarf. Und doch wollte ich es so gerne, hatte das Gefühl, dass sich mir eine einzigartige Gelegenheit bot, die ich verpasste, wenn ich nicht hinfahren würde, und so sagte ich, Jon, es tut mir so leid, ich habe nicht daran gedacht, ich habe jeden Tag so viele Dinge im Kopf, muss an so vieles denken und darf nichts dabei vergessen, aber dass mir dieses eine Mal etwas durchgegangen ist, das war keine Absicht, aber Jon schüttelte den Kopf und sagte, immer vergisst du Sachen, es ist mir egal, an was du sonst denken musst, aber dieses eine Mal wäre es sehr wichtig gewesen, dass du es nicht vergisst. Ich wusste, er hatte Recht, aber trotzdem fand ich seinen Ärger jetzt ein wenig ungerecht, denn es ging hier nicht um irgendeinen Urlaub, sondern auch ich hatte hier etwas, das mir sehr wichtig war, und ich wollte, dass er mich verstand, mir nicht länger vorwarf, egoistisch zu sein, denn ich war in meinem Leben alles andere als das gewesen, im Gegenteil hatte ich die Bedürfnisse anderer oft über meine gestellt und war es nicht an der Zeit, dass ich auch mal etwas für mich tat, mich darum kümmerte, dass es mir gut ging? Und so bat ich ihn um Verständnis, Jon, das hier ist nicht irgendeine Sache, es ist etwas, das mir sehr wichtig ist, es ist eine Chance, ich möchte sie nicht verstreichen lassen, und dann flehte ich ihn sogar an, Jon, bitte, versteh mich doch. Aber Jon war sauer und enttäuscht von mir, Katharina, du hast auch nur diese eine Chance, meine Tochter kennenzulernen, und dir ist es doch immer so wichtig, Teil meines Lebens zu sein, hier ist sie, deine Chance, beweise, dass du Teil meines Lebens bist und schließe dich nicht selber aus.

Ich war verzweifelt, fragte mich, was ich tun sollte, und dann verstand ich, dass ich Jon nicht enttäuschen konnte, denn das, was real war, war mein Leben in Köln, mit Jon, und das war wichtiger, als irgendwelche vagen Zukunftspläne. Und so rückte es ein Stück weiter in die Ferne, das Bild, das ich von mir hatte, wie ich unter Pinienbäumen auf den Klippen über dem türkisblauen Meer in La Scogliera spazierte und meine Hand durch die Gräser am Rande des Weges strich, es flackerte noch einmal auf und dann verblasste es, und ich wurde traurig darüber, dass diese Möglichkeit ungenutzt verstrich, eine Chance, die jemand anders sicher gern annehmen würde.

Ich hatte so sehr auf eine andere Reaktion gehofft, hatte sogar gedacht, Jon könnte begeistert sein, sich auf eine Reise mit mir freuen, denn ich wollte dies alles so gerne mit ihm teilen, wollte nicht allein in das Flugzeug Richtung Süden steigen, wollte mit ihm zusammen am lauwarmem Abend am Strand spazieren gehen. Ohne dich, Jon, hatte dieses Bild und diese Idee doch gar keinen Sinn mehr, es zerfiel in seine Einzelteile, verlor jeglichen Zusammenhang, wie ein Puzzle mit fünfhundert Teilen, das man in mühsamer Kleinstarbeit und mit viel Ausdauer zusammengesetzt hatte, um es sogleich vom Tisch zu fegen, so dass die Teilchen in der Luft auf dem Weg zum Boden den Zusammenhalt verloren und das Puzzle beim Aufprall unwiderruflich in Fetzen zerbrach. Es gab keinen Sinn in den Dingen, wenn du fehltest, Jon, hast du das denn nicht gesehen?

Und trotzdem war alles, was du tatest, von deinem Stuhl in der Küche aufzustehen und zu gehen. Und ich fragte mich, wo war in diesem Moment die Verbindung zwischen uns, das dicke Seil, das wir im Laufe des letzten Jahres zwischen uns geflochten hatten, als wir am Puzzle unseres gemeinsamen Lebens gearbeitet haben, wo war es, wenn wir es so dringend brauchten wie jetzt?

Ich ging in den Keller und kramte eine Postkarte hervor, die mir gefiel. Dann setzte ich mich an den Schreibtisch und begann zu schreiben:

Liebe Marieta,
vielen Dank für deine Nachricht, ich habe mich sehr gefreut. Ich
würde gerne kommen, aber ich weiß noch nicht, ob ich kann. Es

hat sich viel verändert, seit wir uns das letzte Mal gesehen ha-
ben.

In Erinnerung an den schönen Abend,
Katharina

Als ich meinen Namen unter den kurzen Text setzte, wünschte ich mir, dass Marieta meine Worte in diesem Moment
bereits lesen könnte. Mir gefiel die Vorstellung, dass sie meine Handschrift lesen würde und dass das eine Stück Papier,
das ich in den Händen gehalten hatte, bald in La Scogliera
war, vielleicht weil ich damit einen winzig kleinen Teil von
mir verschickte, vielleicht nur kleine Hautschüppchen, die an
der Karte hängen geblieben waren, und vielleicht auch den
Staub unseres Kellers, in dem die Karte lange gelegen hatte,
oder der Geruch nach Zwiebeln, die ich heute für die Pasta
geschnitten hatte und der jetzt an meinen Fingern klebte.
Vielleicht konnte ich es mir dann besser vorstellen, irgendwann einmal selbst dorthin zu fahren, vielleicht weil ich dann
dort nicht ganz fremd war, denn einen Teil von mir hatte ich
ja vorgeschickt.

Die Postkarte abzuschicken war mir plötzlich ein besonders wichtiges Anliegen, ich spürte regelrecht ein Verlangen
danach, sie abzuschicken, hätte sie am liebsten einem Brief-
träger persönlich in die Hand gedrückt und ihn in den Flieger
nach Italien gesetzt, auch wenn ich wusste, dass dies unmöglich war. Und so ließ ich alles stehen und liegen und machte
mich auf den direkten Weg zum Briefkasten.

Beim Blick durchs Fenster sah ich, dass draußen endgültig
der Herbst eingesetzt hatte. Vor der Windschutzscheibe meines Autos sammelten sich gelblich verfärbte Blätter, die ich
jeden Morgen mit den Fingern herausfischte. Auf dem Weg

zur Arbeit sah ich es noch deutlicher: Die Bäume begannen bunt zu leuchten, in gelb, orange und rot, und es würde jetzt nicht mehr allzu lange dauern, bis sie alle Blätter verlören und ihre kahlen Äste schließlich den langen Winter überdauern müssten. Manchmal, wenn das Wetter schön war, die Sonne schien und der Himmel in türkisenem Blau leuchtete, kam es mir vor, als funkelten sie mich an, wie Juwelen am Wegesrand, als versuchten sie mir etwas zu sagen, und dann stellte ich mir vor, ich könnte über das golden gesprenkelte Meer von bauschigen Baumspitzen schweben, die Hügel herauf und wieder herunter fliegen, das herbstliche Wunderland mal von ganz nah und mal von weiter entfernt betrachten.

An diesem Dienstagmorgen war der Himmel allerdings grau, hoch aufgetürmte Wolken versperrten jeden Blick auf die Sonne, und beim Aussteigen trat ich auf heruntergefallene Blätter, die sich mit der Feuchtigkeit der Nacht zu einem glitschigen Teppich aus bräunlich gesprenkeltem Laub verbunden hatten. Mit hochgezogenen Schultern versuchte ich den Wind abzuhalten, der mich auf dem kurzen Weg vom Parkplatz ins Schulgebäude frösteln ließ. In den letzten zwei Wochen war es merklich kühler geworden, das Thermometer am Auto hatte nur noch 8 Grad angezeigt und ich wollte mir nicht vorstellen, wie es wäre, wenn es noch kälter werden würde. Es war, als protestierte mein Körper gegen die Kälte: Jedes Härchen auf Armen und Beinen stellte sich auf, jeder Zentimeter Haut wurde zu Gänsehaut, ein Schauer lief mir über den Rücken, mein Bauch verkrampfte sich angesichts der Gewissheit, dass ich nichts gegen die sinkenden Temperaturen tun konnte.

Die bullige Wärme im Foyer der Schule empfing mich wie eine Badewanne voller heißem Wasser, mein angespannter Körper entspannte sich sofort und für einen Moment vergaß ich meine Sorgen, die Gedanken an die nahenden Herbstferien.

Die Frage, was ich in den Herbstferien tun würde, kreiste ansonsten noch immer in meinem Kopf: Sollte ich wirklich nicht nach Italien fahren um bei Jon und Sarah in Köln zu bleiben? Seit unserer Auseinandersetzung am Samstag hatte zu Hause alles eine Schwere, die neu war. Seitdem, es war vor genau drei Tagen gewesen, hatten wir nur die nötigsten Worte miteinander gewechselt, über banale Dinge gesprochen wie, welche Termine hast du heute, isst du zu Hause oder woanders, warst du einkaufen oder nicht. Die gegenseitige Enttäuschung darüber, wie wenig Verständnis der andere einem entgegenbrachte, stand unausgesprochen im Raum. Was ausgesprochen war, waren unsere Wünsche: Du sollst hier bleiben versus ich möchte wegfahren.

Ich hatte die Frage, was ich tun sollte, immer wieder in meinem Kopf herumgewälzt, von der einen schweren Seite auf die andere, aber wie ich es auch gedreht oder gewendet hatte, ich hatte keine Lösung gefunden, die sich richtig anfühlte, zumindest nicht für mich. Das Bedürfnis, trotz allem nach Italien zu fahren, war geblieben und es gab auch eine Unlust und Angst, Jons Tochter Sarah kennenzulernen, die immer größer wurde, je öfter ich mir den Moment vorstellte, wenn ich ihr gegenübertreten würde, an die Energie dachte, die ich aufwenden müsste, um freundlich zu ihr zu sein. Ich wurde müde, wenn ich daran dachte.

Im Unterricht fiel es mir schwer, dem zu folgen, was die Kinder mir sagten. Es kostete mich viel Kraft, die Geduld aufzubringen, ihnen bis zum Ende zuzuhören, auch wenn es heute um eines meiner Lieblingsthemen im Sachkundeunterricht ging: die Tierwelt der Hochsee. Während die Kinder auf einem Blatt Papier verschiedene Arten von Walen ausmalten und beschrifteten, musste ich an Marieta denken und fragte mich, ob sie meine Postkarte erhalten hatte.

Immer wieder schweifte mein Blick von den konzentrierten Köpfen der Kinder vor mir hinaus aus dem Fenster, als gäbe es dort etwas Besonderes zu beobachten. Aber es war nichts zu sehen außer dem Schulteich, den ich und einige Kollegen im letzten Schuljahr angelegt hatten und ein paar Bäumen, deren Blätter halb grün, halb gelb verfärbt waren. Was die Kinder aber im eintönig grauen Himmel nicht sehen konnten, war, was ich dort sah: Bildfetzen von La Scogliera, die immer wieder vor meinen Augen aufflackerten: Alte Steinhäuser, verschlungene Gassen, ein hellblauer Himmel darüber, Klippen aus Kalkstein, trockene Sträucher und Büsche von Rosmarin darauf und ein türkisenes Meer darunter. Die Bilder flackerten auf, bis mich eines der Kinder aus den Gedanken riss, Frau Kerner, ich bin fertig mit Ausmalen, was soll ich jetzt machen, und ein anderes fragte, Frau Kerner, ich habe keinen blauen Stift mehr, kann ich auch einen roten nehmen? Und es folgten weitere Fragen, die mich in meinen Gedanken störten, als wollten diese Kinder nicht, dass ich mich aus diesem Klassenzimmer entfernte, als ahnten sie, dass ich mich verlieren und nicht wieder zurückfinden könnte.

Ich versuchte, mich mit meinen Gedanken auf das Klassenzimmer zu konzentrieren und schaute auf die Kinder am ersten Tisch vor mir. Darunter war auch Amelie, ein hübsches kleines Mädchen mit langen, blonden Haaren, das stets mit leiser, ganz sanfter Stimme sprach, so dass alle anderen im Raum augenblicklich leiser wurden und horchten, als wollten sie ihrer Stimme die Möglichkeit geben, sich zu entfalten. Ich mochte sie besonders gerne, weil sie eine ausgeprägte Fähigkeit zur Empathie hatte und leichte Veränderungen in der Stimmung anderer, negative Schwingungen,

Angst, Trauer und Freude sofort wahrnahm, und so blickte sie mich jetzt bereits mit ihren großen, runden Augen an und sagte, Frau Kerner, Sie sehen heute so traurig aus, geht es Ihnen nicht gut? Ich blickte sie an und konnte nicht anders, auf ihre ehrliche Frage auch ehrlich zu antworten, und so sagte ich, ja, das stimmt, Amelie, heute geht es mir nicht gut, aber das ist nicht schlimm, das wird schon wieder, und ich lächelte sie an und sie lächelte zurück und ich versuchte, diesen Moment in meiner Erinnerung zu bewahren, denn das Bild eines lächelnden Kindes war das Kostbarste auf der ganzen Welt, denn es war absolut ehrlich und unverdorben und wenn einem ein solches Lächeln geschenkt wurde, hatte man großes Glück, weil es das Schönste war, das einem begegnen konnte.

Aber auf dem Weg von der Schule nach Hause kamen die sich kreisenden Gedanken wieder und ich fürchtete die Stimmung zu Hause. Was ich sonst als rettendes Ufer empfand, war plötzlich zu etwas Ungewissem geworden. Ich fragte mich, wann Jon und ich das gegenseitige Schweigen brechen und eine Lösung finden würden.

Als ich an einer der Ampeln auf der Aachener Straße aus dem Seitenfenster schaute, erschrak ich: Auf dem Boden zwischen den Gleisen der Straßenbahn lag eine tote Taube, ganz in der Nähe meiner Tür, und obwohl sie schrecklich aussah, musste ich weiter hinschauen: Ihre Flügel hatte sie unnatürlich eng an ihren Körper gepresst und die Zehen weit von sich gestreckt, aus ihrem Kopf war Blut gequollen und hatte sich in einer dunkelroten Lache auf dem grauen Asphalt unter ihrem Kopf ausgebreitet. Ich konnte meinen Blick einfach nicht losreißen, von ihrem Kopf und dem Rand der Blutlache, die als klare Linie auf dem grauen Beton erkennbar war und ihren Augen, die weit geöffnet waren, ich schaute genau hin bis mir fast schlecht wurde und ich froh war, dass die Autos vor mir wieder losrollten. Ich ließ die Kupplung kommen und trat aufs Gas, aber erst als der Wagen bereits anrollte, zwang ich mich, endlich nach vorne zu schauen. Der Blick der Taubenaugen verfolgte mich auch noch an der nächsten und übernächsten Ampel, als sie schon längst aus meinem Blickfeld und dem Rückspiegel verschwunden war, schon längst keine Straßenbahnschienen in Sicht waren und ich mich bereits in einem ganz anderen Stadtteil Kölns befand, kurz bevor ich in unsere Straße abbog.

Die Begegnung mit der Taube machte mir Angst, und ich fragte mich, ob sie ein Zeichen war, ein grauer Vorbote einer schwierigen Zeit, die mir bevorstehen würde. Mehr als zuvor hoffte ich, dass Jon zu Hause war, denn ich brauchte ihn jetzt und ich wusste, nur er könnte jetzt meine negativen Gedanken wegwischen, so wie früher, als er mich in den Arm genommen und mir ins Ohr geflüstert hatte, Katharina, es wird alles gut, mach dir keine Sorgen, es wird alles gut.

Aber die Haustür war abgeschlossen und Jon war nicht zu Hause und so flüsterte ich es mir selbst vor, wie ein Mantra, während ich meine Schuhe auszog, es wird alles gut werden, während ich meine Jacke auf einen Bügel hängte, es wird bestimmt alles gut werden, und als ich meine Tasche auf den leeren Eichenparkettboden in meinem Arbeitszimmer abstellte, flüsterte ich mir zu, mach dir keine Sorgen, es wird ganz sicher alles gut werden. Auf dem Wohnzimmertisch lag ein Zettel: Bin bei einem Geschäftsessen. Also würde es kein gemeinsames Mittagessen geben. Mir fiel auf, dass er nur mit seinem Namen unterschrieben hatte, jegliche persönliche Formulierung fehlte. Es gab sie jetzt also auch auf dem Papier, die Distanz zwischen uns, und sie wurde größer je mehr Tage verstrichen, ohne dass wir zu einem Entschluss kamen. Alles was ich wollte, Joni, war doch, dir nahe zu sein, aber ich schaffte es nicht, Joni, was sollte ich bloß tun, hättest du es mir sagen können: Wie lange würde das alles noch so weiter-gehen?

Ich musste raus aus der Wohnung, hätte gerne mit jeman-dem geredet, aber es war niemand da. Auch mit Anna hatte ich immer weniger Kontakt, sie war vor allem mit ihrer Toch-ter beschäftigt, die mittlerweile schon über ein Jahr alt war. Die wenigen Treffen mit Anna in den letzten Monaten waren genauso enttäuschend gewesen, wie ich sie mir vorgestellt hatte. Vielleicht war es besser, wir nähmen eine Weile vonei-nander Abstand.

Und so spazierte ich eine Weile alleine vor mir her, streifte durch die Straßen Neuehrenfelds als wäre ich auf der Suche nach etwas Bestimmtem. Hätte ich gewusst, wo Jon sich her-umtrieb, hätte ich ihn suchen können, aber ich hatte keine Ahnung, ob sich das Restaurant hier in meiner Nähe oder auf der anderen Seite der Stadt befand. Vielleicht war er auch schon längst nach Hause zurückgekehrt. Ich hielt es nicht länger aus, drehte um und ging zu unserer Wohnung zurück.

Und als ich die Tür aufschloss stand er tatsächlich da, er stand groß und breitschultrig im Türrahmen, schaute den Flur hinunter in Richtung Wohnungstür, wo auch ich jetzt regungslos stehen blieb, unsicher, was wir hier machten. Ich überlegte, wie lange er schon dort stand, denn er wirkte, als hätte er auf mich gewartet, vielleicht hatte er mich gesehen und gewusst, dass ich bald nach Hause kommen würde und dann hatte er sich dort aufgebaut, um mich zu begrüßen. Mir war unbehaglich zumute, ich wusste nicht, was ich tun sollte und wechselte mein Gewicht vom einen auf den anderen Fuß, versuchte, meinen Blick nicht von seinem Gesicht abzu-wenden, obwohl es mir schwerfiel. Jons Blick war durchdrin-gend, und dann verstand ich es, er brach das Schweigen, das in den letzten Tagen zwischen uns geherrscht hatte, gab den Worten, zu denen wir uns trotzdem verpflichtet gefühlt hatten, eine neue Bedeutung, erneuerte das Band zwischen uns, weil er etwas von mir wollte, nämlich, dass ich ihm zuhörte, und das würde ich tun, denn ich wollte, dass er mir sagte, was er dachte und dass er eine Lösung fand für unser Problem. Und als ich in seinen Augen sah, dass er tatsächlich eine Lösung gefunden hatte, atmete ich erleichtert auf und in meinem Bauch kribbelte es, denn ich wusste, dass jetzt das Leiden der letzten Tage beendet war, das die Tage so lang hatte erscheinen lassen und mir war es fast schon egal, ob er wirklich eine Lösung für unser Problem hatte, denn die Hauptsache war, dass die immer wiederkehrenden, in mir kreisenden Gedanken aufhörten, mich zu quälen.

Und jetzt fing Jon an zu sprechen, Katharina, komm, ich muss mit dir sprechen, und ich folgte ihm willig ins Wohnzimmer, war jetzt bereit, alles zu tun, was er vorschlagen würde, egal, was es wäre, Hauptsache, es würde uns aus dieser unangenehmen Lage bringen und die Verbindung zwischen uns erneuern. Und als Jon begann zu sprechen und seinen Vorschlag hervorbrachte, war ich sofort einverstanden, ja, ich jubelte innerlich, denn Jon wollte, dass ich nach La Scogliera fuhr, es ist gut für dich, Katharina, das sagte er, denn jeder ist am Ende für sich alleine verantwortlich, weißt du, und du musst das tun, was dein Herz dir sagt, und vielleicht ist es nicht der richtige Zeitpunkt, dass du Sarah kennenlernst, aber dafür gibt es noch weitere Gelegenheiten, ganz bestimmt, und ich werde ihr Fotos zeigen von dir, vielleicht können wir skypen, dann kann sie dich sehen, und das ist fast so gut, als wärst du hier, und ich hätte genug Zeit, die ich mit Sarah alleine verbringen könnte, und du kannst mir später berichten, Katharina, wie es in La Scogliera ist, und wenn du magst, komme ich beim nächsten Mal mit. Beim nächsten Mal - ich war mir nicht sicher, ob es ein nächstes Mal geben würde, aber dass Jon daran glaubte, war doch ganz positiv, und wer wusste schon, welche Möglichkeiten das Schicksal für mich bereithielt, jedenfalls war dieser Mann großartig, denn er schaute immer nach vorne statt zurückzublicken, und er sprach mir aus dem Herzen, erkannte die Gedanken meiner Seele und wusste, was gut für mich war. Als ich mich umdrehte und uns Schokoladenplätzchen aus der Küche holte, blitzte für einen kurzen Moment der Gedanke in mir auf, dass es Jon vielleicht sogar lieber war, wenn ich weg war, damit er seine Tochter ganz für sich alleine hatte, dass ich die beiden stören könnte in ihrer Zweisamkeit, aber ich schob den Gedanken weg, voller Dankbarkeit, dass ich nach Italien fahren konnte, ohne ein schlechtes Gewissen haben zu müssen. Er hatte Recht, es war nicht unbedingt nötig, dass ich Sarah jetzt persönlich kennenlernte, wir konnten telefonieren, und vielleicht war es ohnehin für sie besser, nicht gleich mit allen Einzelheiten des neuen Lebens ihres Vaters konfrontiert zu werden und sie würde froh sein, ihn ganz für sich alleine zu haben, im Grunde war es sogar besser für sie, ja im Grunde taten wir es für das Kind.

Während Jon aufstand, um sich eine Zeitschrift zu holen, knabberte ich am Schokoladenplätzchen in meiner Hand, spürte, wie die kleinen Krümel zwischen meinen Zähnen zersprangen, ließ die warm gewordene Schokolade langsam an meinem Gaumen zergehen. Meine Augen blieben an den grünen Baumwipfeln vor dem Wohnzimmerfenster hängen, und während ich in die vom Wind grün-wogende Masse dort draußen schaute, sah ich es noch einmal ganz deutlich vor mir: Ich würde also nach Sardinien fahren. Ich spürte, wie mein Herz schneller klopfte, dachte, diese Reise hat ganz sicher eine Bedeutung für mich, kriegte jetzt richtige Schmetterlinge im Bauch angesichts der plötzlichen Ungewissheit meiner Zukunft, und es war ein mulmiges und ein gutes Gefühl zugleich, und es fühlte sich an, als wäre in mir ein

Topf, dessen Deckel Jon ein Stück zur Seite gerückt hatte, so dass der heiße Dampf des darin brodelnden Wassers zischend entweichen konnte. Ich wollte mich ihm um den Hals schmeißen, ihn umwerfen mit meiner Freude, aber als er sich neben mich aufs Sofa fallen ließ, erschöpft vom anstrengenden Arbeitstag, sah ich, dass er sich nicht in dem Maße freuen konnte, wie ich, also nahm ich nur seine Hand, drückte sie und sagte, danke, Joni, das bedeutet mir sehr viel, und ich beschloss in diesem Moment, ihm irgendwann das Geschenk zurückzugeben, das er mir gerade machte, und es hatte zu tun mit einer großen Freiheit, dem Glauben an unendliche Möglichkeiten und damit, dass man große Erwartungen an andere fallen ließ und niemanden zu verändern versuchte.

Wir gingen an diesem Tag zusammen einkaufen und kochten unser Lieblingsgericht, Pasta mit Lachs und Kapern und während Jon den Lachs vorbereitete und in der Pfanne anbriet, kümmerte ich mich darum, dass nichts fehlte an Zutaten und ich deckte den Tisch, zwei Teller, zwei Löffel und zwei Gabeln, die sich am hölzernen Küchentisch gegenüberlagen, mehr nicht, mehr brauchten wir in diesem Moment nicht, um glücklich zu sein. Und es fühlte sich an, als hätte jeder von uns in diesem Moment eine eigene Aufgabe, eine andere zwar, aber eine wichtige, die einen Beitrag zum Gesamten lieferte, und gemeinsam vervollständigten wir das Bild, das wir von uns sahen in unserer Küche, an unserem gemeinsamen Küchentisch und selbst wenn sich die Bilder in unseren Köpfen vorher in einigen Nuancen voneinander unterschieden hatten, hatten wir sie in den letzten Tagen übereinander gelegt, verglichen, Unterschiede entdeckt und sie wieder stimmig miteinander gemacht, einzelne Teile des Puzzles ausgetauscht, so dass die Ecken und Kanten wieder aneinander passten. Und das Essen schmeckte vorzüglich, als wollte es uns sagen, es ist richtig, was ihr macht, und es ist richtig, wie ihr es macht, und wenn es zwischendurch mal eine Zeit gibt, in der ihr denkt, es geht nicht weiter, dann haltet durch, denn ihr werdet am Ende belohnt für euer Leiden und für eure Geduld. Ich schaute dir, Joni, beim Essen in die Augen und sah, dass du den gleichen Gedanken hattest, und genau in diesem Moment wollte ich nichts mehr als bei dir sein, konnte mir jetzt schon fast nicht mehr vorstellen, für zwei Wochen nach La Scogliera zu fahren, weil ich dann nicht bei dir sein könnte in dieser Zeit. Ich fühlte mich so stark an deiner Seite, als wäre alles möglich, als könnte ich in diesem Moment alle Ängste und alle Sorgen, alle Lasten der Vergangenheit hinter mir lassen, um nur noch in die Zukunft zu blicken, voller Stärke, und nie mehr schwach zu sein, das wäre vielleicht doch möglich, mit dir, Joni.

An diesem Abend nahm Jon meine Hand und zog mich ins Schlafzimmer, schob mich auf das Bett und legte sich auf mich, ganz kerzengerade zuerst, als wollte er sagen, du gehörst mir und ich beschütze dich, wie eine wärmende Decke, die man auf einen Kranken legte. Ich spürte jedes Gramm Gewicht, das da auf mir ruhte, und es war, als könnte ich meine eigene Schwere dadurch weniger spüren. Ich fühlte mich plötzlich erlöst von allen schweren Gedanken, die vorher da gewesen waren, befreit von allem, das mich in der Vergangenheit hatte zögern lassen, ich war plötzlich vollkommen. So fühlte es sich also an, nur in einem einzigen Moment zu leben. Ich schaute auf dich herunter, Joni, und sah, dass du genauso dachtest, denn dein Gesicht war ernst, angesichts der Bedeutsamkeit dieses flüchtigen Momentes, der vorbei war, als du die Lippen verzerrtest während du in mir kamst.

Und später am Abend machte ich uns einen Tee, den wir gemeinsam tranken, als wir vor dem Fernseher saßen und Goodbye Deutschland schauten, und die Möglichkeit, eines

Tages auszuwandern, für uns träumten und ich nahm aufgeregt zur Kenntnis, dass es auch ein heimlicher Traum von dir war, Joni, eines Tages wieder in einem anderen Land mit einer anderen Sprache und einer anderen Kultur zu leben, obwohl du diesen Schritt ja schon einmal gemacht hattest, als du vor vielen Jahren nach Kanada gezogen warst. Ich war plötzlich neidisch auf dich, darauf, dass du mir in dieser Sache einen Schritt voraus warst, und ich wollte am liebsten mit dir gleichziehen, fragte mich, ob auch ich meinen persönlichen, bisher stets heimlichen Traum irgendwann würde erfüllen können. Und wir unterhielten uns darüber, wie realistisch der eine oder andere Auswanderer in der Sendung seinen Neustart im anderen Land geplant hatte, und machten uns ein wenig darüber lustig, wenn es jemanden gab, der als Fremdenführer nach Mallorca ging, obwohl er selbst die Insel zum ersten Mal betrat, oder wenn jemand nach Dubai ging, um dort Gärtner zu werden. Aber würde ich es besser machen können? Würden andere Leute sich auch über mich lustig machen, denn war auch ich nicht zu traumtänzerisch unterwegs, und war die Idee, diesen Schritt zu gehen, nicht mehr als eine vage Idee, ein unbestimmter Wunsch, den ich spürte, wenn ich in meinem eigentlichen Leben unzufrieden war, tatsächlich war es doch nichts mehr als ein Hirngespinst und ich schämte mich jetzt, ernsthaft darüber nachgedacht zu haben, still und heimlich überlegt zu haben, ob ich in La Scogliera leben könnte. Dennoch, ich blickte in die sonnengebräunten Gesichter der Auswanderer, sah, wie wenig sie wussten und wie zufrieden sie trotz allem am Ende waren, weil sie es wenigstens versucht hatten. Ich sah die Faszination in deinem Gesicht, Joni, und wusste, dass es zu früh für uns wäre, diesen Gedanken aufzugeben, es wäre einfach zu früh, vielleicht hatten wir noch eine Chance. Ich denke, es hatte weniger mit einer rationalen Entscheidung zu tun, als mit dem, was ich fühlte, in meinem Bauch und in meinem Herzen, auch wenn dort in Wahrheit gerade Chaos herrschte. Aber wie gerne wollte ich endlich aufräumen, einen Strich machen, einen Strich unter das Durcheinander meiner Gefühle, wollte mir ein Gefühl herausgreifen, das ich dann klarer fühlen könnte, mit dem ich mich dann so beschäftigen könnte, dass ich nicht immer von anderen Dingen abgelenkt werden würde. Ich sehnte mich nach Einfachheit und Klarheit. Und so beschloss ich, wenigstens das diffuse Gefühl des Fernwehs, der Sehnsucht nach Sonne für den Moment herauszugreifen, und sagte mir, dass eine Urlaubsreise nicht schaden könnte, im Gegenteil, irgendwo musste man zur Ordnung der Gedanken anfangen und bestimmt würde ich nach zwei Wochen vor Ort klarer sehen.

Am nächsten Morgen buchte ich den Flug nach Cagliari. Als ich meinen Namen schwarz auf weiß auf dem Ticket sah, das die Fluglinie mir per Mail zuschickte, flogen Schmetterlinge in meinem Bauch und das Gefühl der Aufregung wurde immer stärker, je mehr ich darüber nachdachte, dass ich alleine dorthin fliegen würde, in eine Außenstelle der Universität Bremen, zu einer Wissenschaftlerin, die ich bisher erst zweimal gesehen hatte, der ich aber bis jetzt schon so viel anvertraut hatte. Was war, wenn wir uns gar nicht verstehen würden, wenn ich ihr Angebot falsch verstanden hatte, das alles ein großes Missverständnis war, das mich als Träumerin und Größenwahnsinnige bloßstellen würde, oder was wäre, wenn ich mit den anderen Mitarbeitern im Institut gar nicht klarkäme. Und dann bekam ich plötzlich auch Angst davor, was passieren würde, wenn es mir, im Gegenteil, dort so gut gefallen würde, dass ich dorthin zurückkehren wollte, für längere Zeit, so dass ich eine schwere Entscheidung treffen müsste, in Folge derer ich mein altes Leben hinter mir lassen müsste und alles zurücklassen müsste, was ich mir im Laufe der Zeit aufgebaut hatte, was wäre dann mit meinem Job, den Kindern in der Schule, meinen Eltern und was wäre überhaupt mit Jon? Schlagartig wurde mir die eigentliche Unmöglichkeit des Gedankens, dort leben zu können, bewusst und ich bekam einen Kloß im Hals, als steckte dort etwas, das ich gegessen hatte, und das ich nicht herunterschlucken konnte, weil es quer saß. Ich versuchte zu schlucken, aber das Ding saß da und steckte fest, und ich holte mir ein Glas Wasser, um es wegzuspülen.

Auf dem Weg in die Küche fühlte ich mich schlecht, weil ich Jon im Wohnzimmer zurückließ, der ahnungslos war, welch ernsthaften Gedanken ich mit dem Besuch in Italien verband. Ich ärgerte mich darüber, dass ich nicht hundertprozentig ehrlich zu ihm gewesen war, dass ich meine Sorgen und Ängste nicht mit ihm geteilt hatte, fragte mich, warum ich nicht so offen zu ihm sein konnte, wie er es stets zu mir war. War es nicht dieses grenzenlose Vertrauen, auf das es in einer Beziehung ankam, das auch ich von einer Beziehung erwartete? Und jetzt hatte ich selbst gegen die Regeln verstoßen, weil ich Angst hatte vor seiner Reaktion und vor meinen Gedanken und der Kraft ihres Eigenlebens, die Macht, die die Gedanken hatten, wenn sie sich einmal verselbstständigt hatten, und sich realisieren wollten, wenn es irgendwann mal kein Zurück mehr geben würde und wenn eine Entscheidung gefällt werden müsste. Und meine Angst davor, Entscheidungen zu treffen, war unendlich groß.

Trotz aller Zweifel war es schon zu spät, der Flug war bereits gebucht, und als ich ein Glas Wasser trank, um den Kloß in meinem Hals wegzuspülen, sog ich die Flüssigkeit schmatzend in mich hinein, und auf einmal hatte ich großen Durst, fühlte mich leer und ausgetrocknet und es durstete mich nach mehr. Und so trank ich immer weiter, kippte mehrere Gläser Wasser in mich hinein, bis ich merkte, dass die Flüssigkeit meinen Hals und meinen Bauch kühlte und ich mich beruhigte.

Vielleicht war das Leben gar nicht so kompliziert, wie ich dachte, denn am Ende mussten wir doch nur zwei Dinge tun, um zu überleben, essen und trinken, und ich überlegte, dass es überhaupt nur diese beiden Dinge gab, das Flüssige und das Feste, das wir zum Leben brauchten, und auch wenn mir das Feste bisher immer lieber gewesen war, weil es mir Halt gegeben hatte, weil ich es anfassen und festhalten konnte, brauchte ich auch das Flüssige, das spürte ich jetzt, hatte einen großen Durst nach dieser anderen Instanz, und es war meine Aufgabe, ein ausgewogenes Verhältnis zwischen beiden herzustellen, weil es mir offenbar verloren gegangen war. Ich atmete tief durch, war jetzt allmählich bereit, das Feste loszulassen und etwas Flüssiges, Fließendes in mein Leben zu lassen, und ich überlegte, ob der Flug nach La Scogliera und das Abheben mit dem Flugzeug, das mich an einen anderen Ort bringen würde, der erste Schritt in diese Richtung sein könnte.

Ich wurde in meinen Sitz gepresst, als die beiden winzigen Räder der Passagiermaschine der Lufthansa mit einem lauten Knall auf dem harten Asphalt aufsetzten. Bereitwillig überließ ich mich den Kräften, die in diesem Moment auf mich einwirkten. Mit einem lauten Rauschen begannen die Bremsen der Maschine zu arbeiten und schon bald wurden wir deutlich langsamer. Einige Passagiere begannen vorsichtig zu klatschen - Touristen auf dem Weg in die Urlaubshochburgen an der Costa Smeralda, wo sich karibisch anmutende Strände aneinanderreihten und den Besuchern unmittelbar nach ihrer Ankunft der übermäßige Reichtum der Luxusyachten entgegenschlug, die dort in den Häfen ankerten. Die Maschine ruckelte über die Landebahn. Ich schaute aus dem Fenster, nahm die vereinzelten Palmen zur Kenntnis, die verstreut am Rande des Flughafengeländes standen und bemerkte die Trockenheit der umliegenden Hügel. Es war ein Klima, in dem ich mich wohlfühlte und ich freute mich auf die zwei Wochen Urlaub, die vor mir lagen.

Das Flugzeug drehte am Ende der Rollbahn und gab nun den Blick frei auf das tiefblaue Mittelmeer, auf dessen wogender Oberfläche Sonnenstrahlen funkelten. Ich hatte die Sonne vermisst seit meinem letzten Urlaub im Süden, der schon zwei Jahre zurücklag. Ich hatte mich damals einer Reisegruppe angeschlossen, die auf Teneriffa wandern wollte. Die Sonne dort hatte für fast alles entschädigt, sowohl für das schlechte Essen, als auch für die hässlich verbauten Dörfer im Süden der Insel. Eines jedoch hatte mich veranlasst, nie wieder eine solche Reise anzutreten: Meine übellaunigen Mitreisenden mittleren Alters, von denen nicht wenige gerade eine Scheidung hinter sich hatten, und - Midlife-Crisis hin oder her - ständig etwas zu kritisieren hatten. Aufgrund meines Berufs wurde mir leider stets das Los zuteil, nur in den Schulferien in den Urlaub fahren zu können, sodass sich unter den Mitreisenden auch einige Lehrerkollegen befanden, die sich zwar nicht für einen Bildungsurlaub entschieden hatten, es aber dennoch nicht lassen konnten, mit einem Notizblock umherzulaufen und die Erklärungen der Guides durch Fragen zu unterbrechen. Nie wieder, das hatte ich mir damals geschworen, würde ich mich einer solchen Reisegruppe anschließen und meine kostbare Urlaubszeit verschwenden.

Und heute saß ich tatsächlich ganz alleine hier im Flugzeug, fühlte mich frei und erwachsen. Ich atmete tief ein, stellte mir vor, ich könnte bereits jetzt anstelle der stickigen Kabinenluft die sonnendurchtränkte, vom Meereswind gekühlte Luft einatmen, die dort draußen wehte. Und ich stellte mir vor, wie ich auf das Meer blickte und die ersten Sonnenstrahlen die Haut auf meinen Armen wärmten. Es war die Sonne, die ich am meisten vermisste während des langen Herbst und Winters in Köln, denn selbst an sonnigen Sommertagen in der Stadt war die Sonne nicht so, wie ich sie mir wünschte: strahlend, hell, und intensiv vor einem klaren, türkis leuchtenden Himmel.

Ich beeilte mich, aus dem Flugzeug auszusteigen und den Weg durch das kleine Flughafengebäude zum Gepäckband zurückzulegen. Es war ein winziger Flughafen mit kurzen Wegen und so dauerte es nicht lange, bis ich meinen Koffer in Empfang nehmen konnte. Mein Herz pochte, als ich schließlich durch die Schiebetüren in den Wartebereich der Ankunftshalle ging, denn ich wusste, dass man mich dort, auf der anderen Seite der Türen, erwarten würde.

Trotz der Beschränktheit des Flughafens warteten eine Menge Leute dort auf die Passagiere, die gleichzeitig mit mir angekommen waren. Als ich Marieta in der letzten Reihe auf der linken Seite entdeckte, kam sie mir bereits mit einem freudigen Lächeln entgegen. Ich bahnte mir einen Weg zu ihr und fiel ihr in die Arme. Obwohl wir uns nicht gut kannten und uns erst zweimal gesehen hatten, waren wir uns vertraut, so als wäre sie eine alte Freundin, die ich lange nicht mehr gesehen hatte. Wie geht es dir, Katharina, fragte sie mich, wie schön, dass du jetzt da bist, wie war der Flug? Und dann stellte sie mir Pietro vor, der neben ihr stand und mir ebenfalls zulächelte. Anstatt wie ein Fremder die Hand auszustrecken, breitete auch er die Arme aus und begrüßte mich mit zwei Küsschen links und rechts auf die Wange. Und dann erklärte Marieta, Pietro ist unser Retter in der Not, er hat immer eine Lösung für alle Probleme, Gott, was würden wir ohne ihn machen, und außerdem unterhält er das ganze Institut, und wenn Land unter ist, hat er immer einen Scherz auf den Lippen, mit ihm ist es nie langweilig, lächelte sie. Ich wusste nicht, was ich sagen sollte, freute mich, als Pietro mir zuzwinkerte, naja, Marieta, du übertreibst ein bisschen, das klingt, als wäre ich eine Art Klassenclown, ich bin aber eigentlich nur gut gelaunt. Pietro sprach mit einem starken italienischen Akzent, konnte aber sehr gut deutsch. Später erklärte er mir, dass er zuerst als Student, dann als wissenschaftlicher Mitarbeiter am Zentrum für marine Umweltwissenschaften in Bremen gearbeitet habe, sein Heimatland allerdings sehr vermisst hatte, ganz besonders die Sonne und die Nähe des Mittelmeeres, und dass er die nächste Möglichkeit genutzt hatte, hierhin zurückzukehren. So war er an die Außenstelle in La Scogliera gekommen, wo ich es sehr lieben würde, wie er mir mit einem Strahlen in den Augen versicherte. Es ist einfach toll, Katharina, du wirst es bald sehen, wir sind sehr stolz, es dir zu zeigen.

Draußen auf dem Parkplatz hievten wir meinen Koffer in den Kofferraum von Marietas altem, klapprigen, rostroten Fiat Punto und fuhren los, zuerst ein Stück über die Autobahn, vorbei an riesigen industriellen Anlagen, um bald in eine Landstraße einzubiegen, die sich durch eine hügelige Landschaft schlängelte, bis in der Ferne wieder das Meer auftauchte. Die Straße schien parallel zum Meer zu verlaufen und so blitzte das dunkle Wasser immer wieder auf, mal weiter entfernt und dann wieder ganz nah, und je länger wir fuhren, desto größer wurde meine Anspannung. Seit Monaten hatte ich darüber nachgedacht, hierhin zu fahren, und hatte mir ausgemalt, wie La Scogliera sein würde, wollte überprüfen, ob es mit meiner Vorstellung übereinstimmte, und ich hatte mich gefragt, wie es sich anfühlen würde, durch die schattigen Straßen zu spazieren, in die mit dicken Steinen gepflasterten Innenhöfe zu schauen und auf dem

Markt einzukaufen und jetzt stand ich so kurz davor, es tatsächlich zu sehen, tatsächlich dort zu sein.

Ich saugte alles in mich auf, was ich sah: Unter den Reifen des Autos strömten die groben Körner des graubraunen Asphalts vorüber, und einzelne Büsche, die ich mit den Augen festzuhalten versuchte, rauschten an den Seitenfenstern vorbei, und je näher wir ihnen kamen, desto schneller waren sie vorübergezogen, so schnell, dass mir schwindelig wurde und ich meinen Blick abwendete, nach unten schaute auf meine Hände, die irgendwie nutzlos in meinem Schoß lagen, und die ich jetzt zu kneten begann. Ich wusste nicht, was ich sagen sollte, fühlte mich deswegen unwohl, hoffte, dass Marieta und Pietro nichts bemerken würden, aber mein Unwohlsein wurde schlimmer, mein Kopf war plötzlich komplett leer, der Schwindel noch immer ein wenig da und mein Magen fühlte sich flau an. Jetzt konnte ich nicht einfach etwas erzählen, ich war dazu nicht in der Lage, also ließ ich Marieta und Pietro erzählen und war froh, dass sie etwas zu erzählen hatten, auch wenn ich mich nicht gut darauf konzentrieren konnte, denn vor meinen Augen zogen jetzt wie in einem Film die letzten Wochen vorüber, die schwierigen Gespräche mit Jon, die Tage des Zwiespalts und des Schweigens, in denen ich mich noch nicht entschieden hatte, die Qual des Abwägens, das Für und Wieder, das ständige Hin und Her, und die unregelmäßigen Strudel meines schlechten Gewissens, die mich immer wieder hatten zögern lassen und meine Angst vor einer Entscheidung vergrößert hatten. Ich verstummte jetzt, fühlte mich zerrissen, als durchlebte ich das Auf und Ab erneut, war plötzlich nicht mehr in der Lage, Marieta und Pietro zuzuhören. Ihre ausgelassene Fröhlichkeit und die intensive Sonne, die auf die Motorhaube des kleinen

Autos eindrang, waren plötzlich anstrengend und ihre Stimmen kamen mir zu schrill, die Luft zu stickig, das Auto zu klein, der Motor zu laut vor. Ich dachte an Jon, überlegte, wo er in diesem Moment war, was er wohl gerade tat. Er würde mir eine Schulter zum Anlehnen geben und ich wünschte mir, bei ihm zu sein, anstatt hier auf dem Rücksitz dieses Autos mit diesen fröhlichen Fremden zu sitzen, wollte mit geschlossenen Augen in meiner Vorstellung neben Jon hergehen, um meine Hand in seine zu legen, um fest zuzudrücken, bis ich mich gut aufgehoben fühlte, mich wieder ein Stückchen mehr zu Hause fühlte, meine Hand in seiner, bis ich wieder glücklich war, und ich uns beide so klar vor mir sah, als gingen wir wirklich gerade nebeneinander her, bis ich bemerkte, dass jemand von der anderen Seite her zog, und als ich mich vornüber beugte und genau hinschaute, sah ich Sarah, die an Jons Arm hing und sich mitschleifen ließ, ein Kinderspiel, bei dem die Kinder den Erwachsenen zeigten, dass sie da waren und nicht vergessen werden wollten, dass sie hochgehoben werden wollten, und dass sie von ihnen in der Luft herumgewirbelt werden wollten, und Sarah schaute auch mich an, aber ihr Blick sagte, dass dies nicht nur das Spiel eines Kindes war: Sie sah ein bisschen böse aus, denn wahrscheinlich hatte sie gemerkt, dass ich es war, die an Jons anderer Hand hing und ihn daran hinderte, sie in die Luft zu schmeißen. Ich verstand sofort, lernte die bittere Lektion, dass ich in diesem Duo nicht erwünscht war und so schreckte ich hoch, kam wieder zu mir und nahm meine Hände wahr, die in meinem Schoß lagen und sich selbst umklammerten. Ich versuchte, in den Raum zurückzukehren, in dem ich mich befand, das kleine, heiße Auto, das dröhnte und ächzte und sich anstrengte, uns über den Asphalt zu bringen und ich legte meine Hände auf den Vordersitz, nicht weit entfernt von Pietros Schultern, und versuchte, mich wieder auf ihr

Gespräch zu konzentrieren, nahm allmählich wieder Worte wahr, verstand wieder langsam, worüber sie sprachen.

Sie sprachen über die Landschaft in dieser Gegend, die auch ich jetzt wiedersah, als ich mich umblickte, und was ich sah war wirklich wunderschön. Wie schade, Joni, dass du nicht da warst in diesem Moment, dass ich das alles nicht mit dir teilen konnte, denn wenn du neben mir säßest, würde ich sagen, schau nur, wie schön hier alles aussieht, findest du nicht auch? Und dann würden wir uns die Landschaft gemeinsam anschauen, und sehen, dass auf den sanften Hügeln, durch die sich die Straße schlängelte, hüfthohe, trockene Sträucher mit kleinen, dicklichen Blätter wuchsen. Viele von den immergrünen Büschen hatten auch Stacheln, und Marieta und Pietro nannten die Büsche Macchia, und ich erinnerte mich, das hatte ich schon mal gehört, ich wusste bloß nicht wo, war es früher, Joni, als wir zusammen im Urlaub waren, sehr viel früher, bevor das alles mit uns passierte und wir uns trennten. Und jetzt gaben Pietro und Marieta den einzelnen Sträuchern sogar Namen, und so flogen jetzt Pflanzen mit Namen wie Zistrosen und Steinlinden, Baumheide und Wolfsmilch an uns vorbei. Auf dem Boden erkannte ich einige verstreute Lavendel- und Thymiansträucher, die mich an die Landschaft in Südfrankreich erinnerten. An manchen Stellen hörte der wilde Bewuchs plötzlich auf, hatte der Bearbeitung durch den Menschen nachgegeben. Kleine Steinhecken begrenzten hier buckelige Weiden, auf denen ab und an einige Schafe zwischen kleineren und größeren Felsblöcken, die auf dem Boden verstreut waren, zu sehen waren, und auch kleinere Plantagen gab es, und ich erkannte dort Orangen und Mandarinen, die wie kugelrunde Lichterketten die Kronen der kleinen Bäume sprenkelten. Je näher wir den Dörfern an der Küste kamen, desto häufiger hatten die Menschen auch Feigenkakteen als Begrenzung der Grundstücke gepflanzt, hohe und breite Hecken mit rot-orangenen Kaktus-feigen, die sich eindrucksvoll neben der Straße auftürmten. Die Häuser, die ab und an auf den Grundstücken erkennbar waren, waren aus Stein gebaut, klein und einfach, und zeugten eindeutig von der Abgeschiedenheit und Armut dieser Region Italiens.

Und dann tauchte endlich, nach weiteren zehn Minuten Fahrt entlang der Feigenkakteen, eine erste Ansammlung von Häusern vor uns auf, laut Marieta der erste Teil von La Scogliera, und jetzt konnte ich es kaum noch aushalten, wollte wissen, wie das Dorf war, ob ich mir wirklich vorstellen könnte, hier zu leben, und so starrte ich gespannt auf die größer werdenden Häuser, die aus der Nähe enttäuschend einfach aussahen, und ich schaute zu Marieta, keine Angst, Katharina, das eigentliche Dorf ist viel schöner als diese Häuser, und dann war es endlich wieder da, das Meer, es tauchte ganz unvermittelt und plötzlich hinter einer Kurve auf, so sehr tiefblau glänzte es, dass es mir Tränen in die Augen trieb.

Wir fuhren weiter, vorbei an Häusern, die aus dicken, gräulichen Steinen gebaut waren, und die mit blass-rötlichen Ziegelsteinen bedeckt waren. Die Straße wurde enger, so dass wir einem uns entgegenkommenden Auto die Vorfahrt geben mussten. Das Meer war wieder hinter den dicht aneinander gedrängten Häusern verschwunden, so dass ich nur in einige dunkle Gassen hineinschauen konnte. Das kleine Dorf sei sehr idyllisch, versicherte mir Marieta, als reichte es nicht aus, wenn ich selbst schaute und beurteilte. Vielleicht hatte sie das Gefühl, die Bilder kommentieren zu müssen, weil sie mein Schweigen als Enttäuschung interpretierte, möglicherweise weil sie insgeheim hoffte, dass ich dieses Dorf genauso lieben würde wie sie selbst.

Doch sie musste mich nicht überzeugen, denn was ich sah, war genau so, wie ich es mir in meiner Vorstellung ausgemalt hatte, und was ich sah, erinnerte mich an Dinge, die ich früher einmal erlebt hatte, und es war, als könnte ich bereits jetzt den Geruch des Meeres in der Luft riechen, den salzigen Geschmack der Luft auf meiner Haut schmecken, das Gefühl der trockenen, knorrigen Äste und dünnen, stacheligen Zweige auf der Haut spüren und die kleinen Kratzer am Schienbein sehen, die sie hinterließen, wenn man sie beim Spazieren gehen streifte und es war fast so, als hätte ich dieses Gefühl bereits gefühlt, als wäre ich ganz sicher, dass es sich genauso anfühlte, weil ich es schon erlebt hatte, und es fühlte sich so an, als wäre ich hier an diesem Ort bereits gewesen, obwohl ich ganz sicher war, dass dies das erste Mal war, und obwohl ich noch nicht mal aus Marietas kleinem, roten Auto ausgestiegen war.

Und ich hätte dich, Joni, so gerne teilhaben lassen an dem was ich sah und was ich fühlte, aber das ging nicht, das wusste ich, du warst so weit weg, saßest zu Hause mit deiner Tochter und ich war alleine hierher gereist, ganz alleine, mit einer Vision, die ich nicht mit dir geteilt hatte. Und dann stellte ich mir vor, wie ich dir alles erzählen würde, und dich anflehen würde, oh Joni, vergib mir, dass ich mir solche Dinge vorgestellt habe, ohne dich einzuweihen, vergib mir, dass ich solche Dinge gefühlt habe, ohne dass du etwas gemerkt hast, und ich war mir nicht sicher, wie du reagieren würdest, ob du dich für mich freuen würdest, dass ich einen solchen Ort gefunden hatte, oder ob du bestürzt wärst angesichts der Konsequenzen dieses Besuchs, die vielleicht noch auf uns zukommen würden.

Wir passierten die letzten Häuser des Dorfes und bogen in eine Stichstraße in Richtung Meer ab, die sich ungefähr 500 Meter in Richtung Meer schlängelte, auf den Rand der Steilfelsen hinzu, die weit über dem tiefblauen Meer lagen, das wieder mehr sichtbar wurde als zuvor, diesmal aber noch näher schien. Der Weg wurde zu einer Schotterpiste, die übersät war von Felsbrocken, die hier und da im Staub erkennbar waren und die der kleine Fiat gerade so bewältigte ohne steckenzubleiben. Marieta war geübt im Fahren auf dieser Straße, das sah man, sie wusste genau, wo sie mal nach links und dann wieder nach rechts einem Felsbrocken ausweichen musste.

Die Straße war nicht lang und bald kamen wir zu einer kleinen Ansiedlung von Häusern. Das musste das Institut sein, und mein Herz pochte schneller, wie wunderschön es war, und es war so wie fast alles, was ich hier bisher gesehen hatte: Die fünf Steinhäuser kamen mir vollkommen vor, wie sie nebeneinander in einem fast perfekten Halbkreis standen, der sich zu einer Lichtung in der Macchia öffnete, auf der wir jetzt unser Auto parkten. Jedes der kleinen Häuser hatte Blick aufs Meer, und Marieta erklärte mir, dass jeder Mitarbeiter ein Haus bewohnte, nur das größere Haus ganz rechts sei das Gemeinschaftshaus mit Küche und Wohnzimmer.

Pietro hob meinen Koffer aus dem Kofferraum ihres Autos und verabschiedete sich in Richtung einer der kleinen Häuser. Marieta nahm mich am Arm, komm, Katharina, ich zeig dir, wo du wohnen kannst, und sie führte mich zu dem Haus, das ganz links stand. Sie schloss die Tür auf und winkte mich herein, und ich trat ein in einen Raum, der von alten Steinmauern umgeben war. Ich ließ meinen Blick schweifen: Anstatt eines dunklen, alten Zimmers, das ich eigentlich erwartet hatte, blickte ich auf ein modern gestaltetes Zimmer, durch dessen große Fenster Licht auf die hellen Bambusmöbel fiel. Die alten Steinmauern, deren dicke, raue Steine auf zwei Seiten noch unverputzt sichtbar waren, gaben dem Raum Charme und Atmosphäre. Es gab im Wesentlichen nur ein großes Zimmer und einen winzigen Raum in der Ecke, der als Badezimmer abgetrennt war. Das Zimmer war groß, langgezogen, rechts und geradeaus die beiden alten Steinmauern, links und hinter uns die anderen zwei Wände, die man mit hellgrauem Beton verputzt hatte. Auch auf dem Boden lag Beton, den jemand mit einem rostroten Flusenteppich, dort wo das Sofa stand, sowie einem dicken Sisal-Teppich bedeckt hatte, an der Stelle, an der der hölzerne Esstisch stand. Auf der linken Seite, neben dem Eingang zum kleinen Badezimmer standen ein Doppelbett und ein alter Kleiderschrank. Der größere Teil des Raumes öffnete sich nach rechts, wo ich nun neben Sofaecke, kleiner Küchenzeile und Esstisch auch einen kleinen Holzschreibtisch entdeckte, der vor einem der beiden Fenster stand, die den Blick nach draußen, in Richtung Meer freigaben. In der Mitte des Raumes gab es eine doppelte Fenstertür, die auf eine Terrasse führte. Marieta öffnete zielstrebig die Tür und sagte, Katharina, komm, schau dir die Terrasse an, es ist wunderbar. Als ich meine Schuhe auszog und barfuß auf den rauen Felsen trat, den man nicht begradigt hatte, sondern als natürliche Terrasse nutzte, spürte ich die aufgeheizte Mittagsluft an meinen Wangen, und die Seeluft, die mir entgegenwehte, schmeckte salzig auf meinen Lippen. Das Meer lag wie eine dichte, blaue Wand vor uns, die bis zum Horizont solide dalag, und sich erst darüber in das hellblaue Band des Himmels auflöste. Hier draußen hinterließ der Wind in den Gipfeln der nahen Kiefern ein leises Rauschen, und ich hörte noch ein anderes Rauschen, das ich nicht zuordnen konnte, es klang entfernter, weiter weg, aber es war dennoch zu hören, und es klang steter und beständiger als das Rauschen des Windes, und als Marieta sah, wie ich horchte, lachte sie, und sagte, das ist das Meer, Katharina, da vorne geht es tief hinunter, aber dort unten ist direkt das Meer, man kann hier die

Brandung hören, wir sind ganz nah am Wasser, und jetzt hörte ich es auch, das Klatschen des Wassers auf den Felsen, konnte dem Geräusch ein Bild zuordnen, und versuchte auch das in mich aufzusaugen, während meine nackten Fußsohlen den rauen, lauwarmen Felsen unter meinen Füßen spürten. An eine Stelle der Terrasse, die ein wenig ebener war, hatte jemand einen kleinen, runden Tisch aus altem, halb verrostetem Eisen gestellt, daneben zwei ebenfalls eiserne Stühle, auf denen zwei löchrige, vergilbte Sitzpolster lagen. Klar, man konnte an der ein oder anderen Stelle Dinge verbessern und ich sah es schon ganz deutlich vor mir, wie ich mir zwei neue schöne Kissen aussuchen würde, damit ich lange Sommerabende hier draußen verbringen könnte.

Und dann verabschiedete sich Marieta von mir, sagte, ich habe noch ein wenig Arbeit im Institut, aber wir treffen uns heute Abend zum Essen drüben im Haupthaus, bis dahin kannst du dich umschauen, wenn du etwas brauchst, ich bin nebenan, und dann zwinkerte sie mir zu, zog die Tür hinter sich zu und war weg. Ich stand noch immer auf der Terrasse, blickte mich um, war überrascht über die plötzliche Einsamkeit und die Stille, die jetzt eintrat, die nur begleitet war vom Rauschen der Natur, das perfekt zur Umgebung passte, und ich kam mir vor, als stünde ich in einer Filmkulisse, die jemand für mich aufgebaut hatte, so wie ich es mir gewünscht hätte, und es passte alles so gut zueinander, so gut zu mir, dass es mir fast ein wenig unheimlich war und ich mich fragte, ob das alles echt war, oder ich vielleicht eher in einer Art Truman Show gelandet war, der blaue Himmel über mir vielleicht nur eine riesige Pappe, das Rauschen des Meeres und das Pfeifen des Windes im Studio bearbeitet und über Lautsprecher eingespielt, in den Gipfeln der Bäume und unter den Dachziegeln des Hauses Miniatur-Kameras, die meine Ankunft hier filmten, und auf riesigen Leinwänden und Tausenden von Fernsehbildschirmen fremde Gesichter, die jeden meiner Schritte verfolgten. Ich schüttelte den Kopf, als könnte ich so den Gedanken wegwischen, sah mich dabei aber aus der Vogelperspektive, als wäre ich mein eigener Zuschauer, und kam mir ein wenig albern vor, wie ich so alleine dastand und meinen Kopf schüttelte.

Zurück im Zimmer ging ich von Möbelstück zu Möbelstück, von Gegenstand zu Gegenstand, und sah Gebrauchsspuren derer, die hier vor mir übernachtet hatten. Ich beschloss, Marieta später danach zu fragen, ob das Institut bereits andere Mitarbeiter gehabt hatte, die hier länger gelebt hatten, oder ob viele Besucher hierher kamen.

Ich packte meine Koffer aus, legte meine T-Shirts zu Stapeln zusammen, gab mir Mühe, dass sie dabei ordentlich gefaltet waren, legte meine Bücher und Schreibunterlagen auf den kleinen Schreibtisch und setzte mich auf das Sofa, das an der hinteren Wand stand und von dem aus man einen Blick aufs Meer hatte. Dort setzte ich mich hin, schloss die Augen und wartete darauf, dass es Abend wurde und ich hinüber ins Haupthaus gehen würde, wo wir etwas zusammen kochen und die anderen mir erzählen könnten, wie das Leben hier in der Natur war. Ich ließ die Augen geschlossen, stellte mir vor, wie wir gemeinsam am geöffneten Fenster sitzen würden, und hörte das Rauschen des Meeres, das jetzt durch die geöffnete Tür in den Raum schwappte und das ich bis zu mir hinüber fließen ließ, während ich mit geschlossenen Augen all meine Sinne für die Geräusche und Gefühle öffnete, die sonst noch im Raum waren. Aber ich hörte nichts, rein gar nichts, und ich war froh darüber, froh, dass sonst nichts da war, dass ich seit langem mal wieder nur mich spüren konnte, und ich horchte hin, horchte, wie es sich anfühlte, ganz einfach nur ich zu sein, ganz ohne Störungen, nur ich alleine, so wie ich hier jetzt auf diesem Sofa saß und atmete und lauschte und atmete und zuhörte und mich fühlte, als sei ich angekommen, als hätte dieser Raum auf mich gewartet, einzig und allein auf mich, damit ich mich ausruhen könnte nach einer sehr langen Reise, an deren Ende ich nun endlich hier angekommen war. Endlich angekommen.

Als ich am nächsten Morgen aufwachte, wusste ich erst nicht mehr, wo ich war, bis es mir einfiel: La Scogliera, ich war in La Scogliera! Aber etwas fühlte sich komisch an, vieles fühlte sich anders an, und ich tastete mich langsam in den Tag, befühlte mit meinen Fingern die Decke an der Stelle, an der sie sich um meine Hand schmiegte, während ich meine Augen noch geschlossen hielt, um das Gefühl der Andersartigkeit auszukosten, und so spürte ich, wie sich das Laken anfühlte, an den Stellen, an denen meine Beine, mein Bauch und meine Arme die Matratze berührten und ich atmete den fremden Geruch ein, den das Kopfkissen ausströmte, in das ich Nase und Stirn gedrückt hatte. Erst dann blinzelte ich mit den Augen, nahm die dicken Sandsteine an den Wänden wahr und blickte in Richtung des Fensters, das meine verschlafenen Augen nur als helles Rechteck erkennen konnten. Mein Rücken schmerzte, vielleicht von der ungewohnten Matratze, und ich fühlte mich noch müde, die Gläser des schweren Rotweins, den wir gestern Abend gemeinsam getrunken hatten, lagen mir in den Knochen. Die wenigen Stunden Schlaf hatten meinem Körper zwar gutgetan, waren aber eigentlich nicht genug gewesen, um ihn wieder komplett herzustellen. Dennoch drängte es mich danach, aufzustehen, denn draußen schien die Sonne.

Die Luft im Raum war von der Nacht noch kühl. Ich stellte die Heizung an und ging unter die Dusche. Das heiße Wasser wärmte mich, während die Wassertropfen meine Haut kitzelten. Ich genoss den Moment, spürte nur das Wasser, mehr nicht, dachte nur an den Moment, als ich den Tropfen mit meinen Augen folgte, jede kleinste Erhebung wahrnahm, die sie auf ihrem Weg über meinen Körper bezwangen, als sie ihren Weg von meiner Nasenspitze auf meine Brüste, meinen Bauch und über die Beine hinab zu meinen Füßen suchten. In der kristallenen Hülle der größeren Tropfen spiegelte sich die Umgebung wieder, die Dusche, der Duschvorhang und der Duschkopf und auch ich selber spiegelte mich in der bis aufs äußerste gespannten glasklaren Hülle aus Wasser, die zerbrechlich war und doch so fest, dass sie den Tropfen zusammenhielt. Mein eigener Umriss vermischte sich mit den Einzelheiten der Umgebung und wurde zu einem undeutlichen Potpourri an Reflektionen, die vielen Details vermischten sich zu einem unbekannten Ganzen im Dampf des heißen Wassers.

Und dennoch war mein Blick klar, als ich nach dem Duschen den Spiegel mit dem Handrücken sauberwischte und hineinschaute. Mein Blick war so klar wie der Moment, der mir das Gefühl gab, hier richtig zu sein und nichts Anderes zu brauchen, als in diesem Moment hier zu sein. Es war sogar so, dass ich den Moment mit niemandem teilen wollte, weder mit Jon oder Sarah, noch mit Marieta und Pietro. Ich hatte kurz vor meiner Abreise auch noch mit Anna telefoniert, die ganz und gar in ihrem Babyglück schwebte und mich gebeten hatte, ihr zwischendurch zu schreiben; aber auch darauf hatte ich keine Lust. Ich wollte mich vor niemandem rechtfertigen, ich wollte mich mit niemandem absprechen müssen und niemand sollte wissen, wo ich steckte - dieser Tag fühlte sich an, als sollte er mir ganz alleine gehören.

Und tatsächlich hatte ich Zeit, die Gegend zu erkunden. Marieta und Pietro hatten früh aufstehen müssen für ihre Arbeit im Institutsgebäude, das ein wenig unterhalb der kleinen Ansammlung von Häusern lag, am Hang auf halbem Weg nach unten zum Meer. Es war entweder durch eine Serpentinenstraße von La Scogliera aus oder über einen sandigen Fußweg in fünf Minuten Laufdistanz von den Wohnhäusern erreichbar. Ich würde mir das Institut später anschauen.

Vor der Haustür fand ich eine Papiertüte mit frisch gebackenem Brot und ich war mir sicher, dass dieses Brot, genau wie die Tomaten von gestern, aus dem nahe gelegenen Dorf stammte. Als ich die Papiertüte aufhob, winkte mir jemand von gegenüber zu, aber es waren weder Marieta noch Pietro, sondern das musste Raquel sein, dachte ich, und winkte zurück. Sie war anscheinend spät gestern Abend noch von einem Heimatbesuch bei den Eltern in Bremen zurückgekehrt, wie mir die anderen beiden erzählt hatten. Eigentlich stammte Raquel aus Portugal, zumindest war sie dort geboren, aber ihre Eltern waren nach Deutschland gezogen, als sie 4 Jahre alt war. Die drei bildeten ein internationales Team, Raquel mit Pietro, dessen italienische Wurzeln nicht zu übersehen waren, und Marieta, deren Eltern aus Polen eingewandert waren.

Raquel kam auf mich zu, mit großen und bestimmten Schritten, und je näher sie kam, desto jünger sah sie aus. Vielleicht war sie in meinem Alter, dachte ich und suchte ihr Gesicht nach Falten ab, nahm zur Kenntnis, wie hübsch sie war, eine junge Frau, die hübsch und frei war, und bewunderte sie in diesem Moment dafür, wie sie war, so selbstbestimmt, so selbstverständlich hier an diesem Ort, unter dem blauen Himmel und den ersten Sonnenstrahlen, wie sie über den kleinen Platz schritt, im Hintergrund die jetzt reglosen Pinienbäume, während der Sand unter ihren Füßen knirschte. Ich fragte mich, was sie in diesem Moment über mich denken würde, würde sie auch mich hübsch finden oder hässlich oder eher durchschnittlich, würde sie auch mein Gesicht nach Falten absuchen und würde sie in meinen Augen das Chaos sehen können, das sich in meinem Inneren abspielte, das Chaos meines Lebens, das auf einmal wieder ein Stückchen näher rückte. Nein, ich würde es in diesem Moment von mir wegschieben, ich konnte mich später noch damit beschäftigen, aber jetzt, in diesem Moment spielte es keine Rolle und ich wollte mich voll und ganz auf Raquel konzentrieren, die jetzt vor mir stand und die Arme ausbreitete und mich in ihre Arme schloss und mich willkommen hieß in ihrem Institut. Raquel erklärte, dass das Brot von Carmela, einer Nachbarin aus dem Dorf, stammte, und dass es morgens ausgeliefert wurde und man es nur in der Einfahrt aufsammeln musste, und man sich keine Sorgen machen musste, dass es geklaut wurde, weder um das Brot noch um sonst irgendeine Sache musste man sich hier Sorgen machen, denn hier draußen auf dem Land sei die Welt noch in Ordnung, sagte sie, zumindest meistens. Und sie redete weiter, ließ mich gar nicht zu Wort kommen, und wieder atmete ich erleichtert auf, denn ich wusste, es würde nicht schwer werden, passende Gesprächs-themen zu finden: Zumindest Pietro und Raquel hatten im-mer irgendeine Geschichte auf Lager, sie hatten immer irgen-detwas zu erzählen. Und ich hörte gerne anderen zu, lauschte ihren Stimmen und dachte darüber nach, wie sie sich entwi-ckelt hatten und warum sie so geworden waren, wie sie jetzt waren, denn als Kind hatte man noch eine ganz andere Stimme, eine, die noch nicht entwickelt war, die noch offen für alle Einflüsse war, die noch kommen würden. Auch als ich Raquel zuhörte ahnte ich, dass sich in der Stimme das Innere eines Menschen wiederspiegeln konnte, dass sie Aus-druck aller Erfahrungen und Gefühle war, die ein Mensch im Laufe seines Lebens gesammelt hatte. Und so hörte ich gerne anderen zu und bewunderte oder bemitleidete ihre Stimmen, wenn ich etwas Schönes oder Trauriges heraushörte, anstatt selbst zu erzählen und andere meiner Stimme lauschen zu lassen, ihnen damit vielleicht preiszugeben, was in meinem Inneren vorging.

Auch gestern Abend hatte ich den anderen zugehört, war froh, dass niemand wirklich nach mir gefragt hatte, als hätten sie gespürt, dass ich Zeit brauchte, mich zu öffnen, meine Stimme freizulassen, damit sie von den wirklich wichtigen Dingen erzählen konnte, von den Dingen, die mich beschäftigten. Trotzdem - oder vielleicht gerade deswegen - war es ein sehr schöner Abend gewesen. Marieta und Pietro hatten gekocht, und ich hatte ihnen zugeschaut, denn sie hatten mein Angebot, ihnen zu helfen, abgelehnt und so hatte ich sie genau beobachten können: Die beiden wirkten wie ein einge-spieltes Team, wie Marieta die Zwiebeln schnitt und sie Piet-ro reichte und dann ganz selbstverständlich die Tomaten aus dem Bastregal nahm, auf dem sie wie kleine, rot-grüne Kür-bisse lagerten und mit ihren unterschiedlichen Größen und Farben perfekt waren genau so, wie sie waren, und auch perfekt in diesen Raum, auf dieses Regal und in diese Pasta passten, die Marieta und Pietro zusammen kochten, während ich ihnen dabei zusah. Pietro erzählte mir mit leuchtenden Augen, dass die Nudeln frisch waren, heute Vormittag von Maria aus dem Dorf zubereitet worden waren, in Handarbeit. Nur hier, Katharina, bekommst du alle Zutaten so frisch, ich liebe es, dass hier alles so frisch und gut ist, hatte Pietro ge-sagt.

Und ich liebte es auch, schon jetzt. Alles, angefangen von den Sonnenstrahlen, die mir heute morgen ins Gesicht ge-schienen waren und der Wärme, die sie auf meiner Haut hinterlassen hatten, und Raquels Freundlichkeit, die sie mir erneut gegenüber brachte, als sie sich verabschiedete und sagte, sie müsse rüber ins Institut, wolle aber gerne mit uns zusammen essen heute Abend. Und ich liebte es, dass ich in der Küche Olivenöl, Butter, Tomaten und Salz fand, um mir ein Frühstück zu machen und ich liebte es vor allem, auf die Kruste des frischgebackenen Brotes zu beißen und das weiche Innere des Brotes auf meiner Zunge zergehen zu lassen. Und ich liebte den Ausblick, den ich vom Frühstückstisch aus hatte, auf das tiefblaue Meer geradeaus und auf die sich wogenden Pinienbäume auf der linken Seite, deren dunkles Grün sich vom türkisenen Himmel absetzte.

Und nach dem Frühstück wollte ich raus, wollte unbedingt die frische Luft dort draußen einsaugen, sie tief in meine Lungen lassen, die Umgebung erkunden und sehen, wie es hinter diesen schwankenden Pinienbäumen weiterging. Ich hinterließ einen Zettel für Marieta und Pietro an der Tür des Gemeinschaftshauses und begann, den sandigen Trampelpfad weg vom Institut, raus in die Natur zu laufen.

Über teils sandigen, teils steinigen Untergrund führte der Weg entlang der Küste. Immer wieder durchzogen die knorrigen Wurzeln einzelner Bäume, die im starken Wind der Steilküste ausgehalten hatten, den hellen, feinen Sand. An manchen Stellen verlief der Pfad so nah am Rande des Abgrunds, dass man aufpassen musste, nicht über die Wurzeln zu stolpern und in den tiefen Abgrund hinabzustürzen. Weit und breit waren keine Menschen, Häuser oder Straßen zu sehen. Nur der Wind pfiff in den Bäumen. Immer wieder bewegte sich der Weg weg von der Küste und schlängelte sich durch kleinere Ansammlungen von Pinienwäldern oder durch kniehohe Macchia, deren harte, dornige Zweige an meinen Knöcheln kratzten, wenn ich ihnen zu nahekam.

Jedes Mal, wenn sich der Weg ein Stück weit vom Meer entfernte, hoffte ich, dass es hinter der nächsten Biegung wieder mehr in Richtung Meer gehen würde. Das Meer bot eine Orientierung, war geordneter, ruhiger, beständiger, als das Durcheinander von Macchia, Pinien, kleinen Dünen und Felsblöcken, die verstreut hier herumlagen. An manchen Stellen des Weges türmten sich die grauen Felsblöcke schließlich weniger hoch auf und gaben den Weg frei zum Meer. Ich beschloss, den kleinen, kaum erkennbaren Trampelpfad hinunter zum Wasser auszuprobieren, der sich zwischen zwei flacheren Felsen vor mir auftat.

Und dann ergoss sich das blaue Wasser vor meinen Augen, auf allen Seiten, bis zum Horizont. Jetzt war die wogende, blaue Masse vor mir nicht mehr aus einem Guss, wie sie das aus der Entfernung gewesen war, sondern sie war durchzogen von vielen kleinen Bewegungen, Schwankungen und Zuckungen, die sich ganz chaotisch in die unterschiedlichsten Richtungen bewegten. Je höher man den Blick richtete, je näher an den Horizont, desto schematischer und gleichmäßiger wurden die Bewegungen. Beide Perspektiven überwältigten mich und je näher ich dem Wasser kam, desto mehr sog ich es auf und es zog mich an sich heran, so dass ich nicht mehr langsam gehen konnte, sondern noch größere und noch schnellere Schritte machen musste, immer in Richtung der wogenden Masse, mit dem Blick nach vorne gerichtet. Und so stolperte ich durch den Sand auf die klatschenden Wellen zu, die vor meinen Augen immer größer wurden und mir schon fast bis zum Halse reichten. Kurz bevor die erste Welle mich nassmachen konnte, blieb ich ruckartig stehen, erwachte wie aus einem Tagtraum, der mich so schnell und heftig in seinen Bann gezogen hatte, dass ich es kaum gemerkt hatte.

Ich bekam plötzlich Angst, die Wellen kamen mir bedrohlich vor, und ich blickte mich um, und sah, dass niemand am Strand zu sehen war. Um mich herum war nur die weite Natur bis zum Horizont, und der Wind, der mich plötzlich von allen Seiten strich, in heftiger werdenden Windböen, als wollte er an mir zerren, um mir zu sagen, sei vorsichtig,

Mädchen, sonst passiert dir noch was. Oh Joni, wie sehr wünschte ich mir in diesem Moment, dass du bei mir wärst, um deinen schützenden Arm um mich zu legen, auch wenn ich das nicht hätte zugeben können, denn wärst du hier gewesen, Joni, hätte ich gesagt, nein, ich habe keine Angst vor dem Wasser, wie denn auch, ich will doch Meeresforscherin werden, so ein paar Wellen und ein bisschen Wind machen mir keine Angst, im Gegenteil, ich werde mich der Natur ganz ohne Angst gegenüberstellen, denn wir sind in ihr geboren und wir sterben auch in ihr. Und wenn du mich dann zwinkernd angeschaut hättest, wie als wolltest du mir sagen, ich kenne dich doch, Katharina, hab keine Angst, und mich dann anschautest, so wie du es in unserem Urlaub in Dänemark getan hattest, dann wäre ich wütend geworden und hätte gedacht, was bildest du dir eigentlich ein, so viel stärker und mutiger zu sein als ich, das stimmte doch überhaupt nicht, ich kam schon alleine klar, so viel stand fest, denn so viele Jahre meines Lebens hatte ich alleine gemeistert, mit allen Höhen und Tiefen und auch jetzt brauchte ich dich nicht, Jon, im Gegenteil, ohne dich wäre ich vielleicht noch viel stärker, denn du gibst mir ja gar keine Gelegenheit, meine Stärke unter Beweis zu stellen, weil du immer direkt da bist, um mir die prallgefüllten Einkaufstaschen zu tragen oder die schwere Eingangstür aufzuhalten und um mich herumzukutschieren in deinem Auto, weil es dir so sehr gefällt, etwas für mich zu tun. Aber du vergisst dabei meine Perspektive, denn wollte ich das überhaupt, Joni, dass du das alles für mich übernahmst. Du hast mich nie gefragt, sondern einfach entschieden und mir keine Wahl gelassen, mich bedrängt, mir mit deinem Drängen die Kehle zugeschnürt und hast du jemals schon einmal daran gedacht, dass ich mich bedrängt fühlen könnte, dass ich deine Hilfe nicht wollen würde?

Wutentbrannt kniff ich die Augen zusammen und holte in tiefen Atemzügen Luft, so dass meine Brust auf und ab wogte. Meine Lunge brauchte Sauerstoff. Ich atmete mehrmals tief ein und aus und ging ein paar Schritte zurück in Richtung der flachen Felsen, die sich an beiden Seiten des Sandstrandes auftürmten. Ich wurde ruhiger, weniger wütend, und plötzlich blieb nur noch ein Gedanke übrig, er schwebte ganz deutlich vor mir im jetzt windstillen Raum, nämlich, dass ich Jon vermisste und brauchte so wie ich die Luft um mich herum zum Atmen brauchte, so sehr, dass mir jetzt die Tränen über die Wangen liefen, angesichts der Tatsache, dass er nicht hier bei mir war, sondern ganze 1500 Kilometer entfernt in einer Stadt, die mir jetzt so fremd erschien und nichts mehr mit mir zu tun hatte und nichts mit dem schönen Ort, an dem ich mich gerade befand. Und meine Zerrissenheit zwischen hier und dort, zwischen ihm und mir, kam mir plötzlich so grausam vor, und ich dachte, oh Joni, was tun wir uns an, mit unserer Liebe, machen wir das Richtige, ist es richtig, dass wir uns brauchen und uns gleichzeitig auch zerstören? Müssen wir irgendwann eine Grenze zwischen uns ziehen und wenn ja, wo genau wird diese Grenze verlaufen und wer wird sie ziehen? Ich konnte plötzlich wie in einem Spiegel mich selbst als mein Gegenüber sehen, wie einen Therapeuten, der mich zu gut kannte, mir aufmerksam zugehört hatte, und mich jetzt mitleidig anschaute, und dieses Therapeuten-Ich sagte zu mir, du möchtest das Unmögliche, liebe Katharina, gleichzeitig allein sein und auch bei ihm, aber siehst du denn nicht, dass das nicht geht, und dass es immer ein Auf und Ab sein wird, dein ganzes Leben ein Mehr und Weniger an Liebe, aber nie wirst du voll und ganz das bekommen, was du willst, nie wirst du dich erfüllt und komplett fühlen können, und in der Mehrzahl der Momente deines Lebens wird es zu viel sein oder zu wenig, wird er dir zu nah oder zu weit entfernt sein.

Aber vielleicht sprach dieser Therapeut im Spiegel gar nicht über mich, sondern über jemand anderen, das war eine Möglichkeit, über die ich nachdachte, bis ich deutlich sehen konnte, dass ich es war, der vor dem Spiegel stand, und dass seine Worte an mich gerichtet waren, und noch schlimmer, dass es gar keinen Therapeuten gab, der mit mir sprach, nein, denn ich selbst hatte diese Worte an mich gerichtet. Ich fühlte mich, als würde ich versinken in der Tiefe meiner Gedanken, mitgerissen in einem Strudel in die Tiefe meines dunklen Kopfes, und niemand konnte mich daraus retten, denn nur ich war hier, nur ich wusste von diesen Gedanken und selbst der andere in meinem Kopf hatte sich nur als Spiegelbild meines Selbst entpuppt. Ich war gefangen im Spiegelkabinett meiner Seele, und das machte mir solche Angst, dass ich jetzt kaum noch Luft bekam, ich bewegte mich immer weiter nach vorne entlang der endlosen Spiegel, deren vorderes, hinteres, oberes oder unteres Ende ich nicht erkennen konnte, sondern immer nur mich in vielfacher Ausfertigung, ohne einen Ausgang zu entdecken oder zu ertasten, jetzt aber mit steigender Panik, die mich vom Bauch bis zum Hals überkam, der sich zugeschnürt anfühlte. Auch das Atmen fiel mir schwer.

Meine Chance kam, als ich den Horizont wiederentdeckte und darunter etwas Blaues, das immer größer wurde. Das musste das Meer sein und ich ergriff sie, diese Chance, und riss mich mit einem Schütteln des Kopfes vom Anblick der Spiegel in meinen Gedanken los und begann, in großen Schritten den Strand entlang zu marschieren. Dies waren Probleme, die ich nicht lösen konnte, jedenfalls nicht hier und jetzt. Ich sah den Sand unter meinen Füßen, als hätte ich ihn zum ersten Mal angeschaut. Er war hellbeige und fein. Der Wind war plötzlich weniger und das Wasser sehr viel ruhiger geworden. Es leuchtete türkis, wunderschön. Es war eine Farbe, die es sonst nirgendwo gab: Es gab keine Pflanze, die so aussah, und auch kein Lebensmittel, keine Soße, der man diese Farbe geben konnte und auch der Himmel hatte ein anderes Blau, sogar chemische Färbungsmittel schafften es nicht, ein T-Shirt oder eine Hose in genau diesem türkis leuchtenden Blau zu färben. Diese Farbe spielte keine Rolle im Leben, und man konnte sie auch nicht erhalten, konservieren, in einer Tupperdose einpacken und mit nach Hause nehmen, sondern sie war vergänglich, deshalb war sie so besonders und daher versuchte ich, sie als Bild in mein Gedächtnis einzubrennen, damit ich sie nicht vergessen würde.

Ich musste noch an dieses Blau denken, als ich abends schon längst wieder am Tisch saß, mir gegenüber Marieta und Pietro, und auch Raquel hatte sich zu uns gesetzt. Vor uns lagen verschiedene Stücke Käse, Weintrauben, Kapern und Reste des leckeren Brotes, das wir heute morgen zum Frühstück gegessen hatten.

Während wir aßen, erzählte Raquel von ihrem letzten Besuch bei ihrer Großmutter in Portugal. Sie war eine einfache Frau, stammte aus einer großen Bauernfamilie und lebte heute noch immer auf dem Land. Sie hatte mit 17 den Sohn einer Bauernfamilie aus dem Nachbardorf geheiratet. Kennengelernt hatten sie sich auf einem Dorffest: Er war der Erste gewesen, der sie zum Tanzen aufgefordert hatte. Er war sehr nett zu ihr gewesen, sehr höflich und zuvorkommend, hatte sie Raquel erzählt, deshalb hatte sie ihn keine drei Monate später geheiratet. Schon bald hatten die beiden beschlossen, nach Lissabon zu gehen, denn sie waren auf der Suche nach einem eigenen Zuhause fernab der bäuerlichen Armut, die sie selbst so gut kannten und über die Generationen über Generationen beider Familien bereits geklagt hatten. Die neue, große Stadt bot vielleicht die Möglichkeit, diesem

Schicksal zu entkommen: eine bessere Arbeit zu finden, eine eigene Familie zu gründen. Eine bessere Arbeit fanden sie nicht, nur eine andere, Raquels Großmutter als Putzhilfe in einer nahe gelegenen Fabrik und ihr Mann als Lieferant im selben Unternehmen. Sie entgingen der harten Arbeit auf den Feldern und erlebten eine andere Härte, die Härte des Staubes und Schmutzes der Stadt und die der langen, einsamen Arbeitszeiten der Fabrik. Während Raquels Großmutter auf ihren Mann wartete, der für seine Fahrten tagelang unterwegs war, überlegte sie, wie sie Anschluss finden könnte, vielleicht zu den anderen Frauen, die ihr in der Fabrik mit Besen und Mülltüten ab und an über den Weg liefen, die Frauen mit den verschlossenen Gesichtern. Aber schon bald kam ihr Mann zurück, und dann war es nicht mehr nötig, dass sie Kontakt aufnahm zu den anderen. Er brachte stets auch kleine Geschenke mit, Dinge, die er auf seinen Fahrten gekauft oder getauscht hatte, und die Welt war wieder in Ordnung. Bald kam das erste Kind, und dann das zweite, und endlich gab es eine eigene Familie. Vielleicht würde man bald auch das klapprige, kleine Haus gegen ein größeres, neueres eintauschen können.

Das zweite Kind war Raquels Vater. Man sparte, sparte, und sparte, denn er sollte es besser haben als die Eltern. In den Urlaub fuhr man höchstens in die Heimat, denn dort konnte man umsonst wohnen, auch wenn die jungen Landflüchtlinge dann die kritischen Blicke der anderen Dorfbewohner und selbst den Missmut der eigenen Familie zu spüren bekamen, so dass sie stets schnell das Ende des dreitägigen Ausflugs herbeisehnten. Aber es war ja Familie, die wollte man nicht vernachlässigen, deswegen fuhr man jedes Jahr mindestens zweimal hin. Auch Raquels Eltern führten diese Besuche fort, allerdings erinnerte sie sich selbst nicht mehr daran, denn sie war erst vier, als ihre Eltern den

Beschluss fassten, auszuwandern. Auch ihre Eltern waren vom Wunsch getrieben, sich aus ihren Verhältnissen, von ihren Wurzeln zu befreien, um etwas Besseres auf die Beine zu stellen als es die Generationen vor ihnen geschafft hatten. Und so war Raquel nicht in einer Armensiedlung am Rande Lissabons, sondern in einer einfachen Arbeitersiedlung in Essen-Altenhof aufgewachsen. Viele Male hatte sie früher den romantischen Gedanken gehabt, dass eine Armensiedlung in Lissabon besser gewesen wäre als eine solche im Ruhrgebiet; und so hatte auch sie sich schon immer daraus befreien wollen. Nach dem Abitur war es so weit: Sie begann, in Bremen Meeresbiologie zu studieren. Der wichtigste Schritt war getan, und dennoch kam es ihr höchst unglaublich und unwahrscheinlich vor, als man ihr nach ihrem Magisterabschluss eine Stelle am Institut für Meeresbiologie auf Sardinien angeboten hatte. Sie nahm an, natürlich, und das war der Grund dafür, dass sie uns jetzt hier gegenüber saß.

In Raquels Stimme war eine deutliche Wehmut zu erkennen, wenn sie von ihrer Großmutter in Portugal erzählte. Wehmut, weil Raquel sich als Kind das Leben dort stets so unendlich viel schöner ausgemalt hatte als sie es in Essen erlebt hatte. Jedes Mal, wenn sie aber dort war, merkte sie, dass es ihr schwerfiel, mit ihrer Großmutter zu reden. Sie wusste nicht, ob dies an der Einfachheit der alten Frau lag, am großen Altersunterschied, oder an den sprachlichen Barrieren, die unausgesprochen zwischen ihnen lagen. Vielleicht gab es auch andere Gründe, über die Raquel nur spekulieren konnte, denn auch ihre Eltern hatten mit der Entscheidung fortzugehen und Land und Leute zugunsten eines grauen, kalten Landes zurückzulassen den Missmut ihrer Familie auf sich gezogen. Dennoch spürte sie, dass ihre Wurzeln dort waren und sie verstand die Sprache, da ihre Eltern zu Hause Portugiesisch mit ihr gesprochen hatten, auch wenn sie stets auf Deutsch geantwortet hatte. Seit sie erwachsen war, hatte sie sich mehr und mehr für die portugiesische Kultur interessiert, einige Semesterferien dort verbracht, das Land von Norden bis Süden kennengelernt, aber niemals den eindeutigen Impuls gespürt, ganz dort zu bleiben. Sie hatte sich immer mehr damit abgefunden, dass sie sich stets hin und her gerissen fühlen würde zwischen den zwei Nationen, den zwei Sprachen und den zwei Kulturen, die damit verknüpft waren. Und dennoch war der Prozess nie zu Ende: Es fiel ihr immer noch schwer, eindeutig zu definieren, woher sie kam und welche Kultur wichtigere Einflüsse auf sie hatte, wo sie eigentlich hingehörte. Vielleicht war sie auch deshalb schließlich nach Italien gegangen: Hier entkam sie ihrer Zerrissenheit, hier gab es nichts, das sie mit einer Entscheidung für oder gegen einen ihrer beiden Teile konfrontierte und vielleicht war sie auch hier, um endlich eine einzige, neue Heimat zu finden. Aber darüber hatte sie erst nachgedacht, als sie schon hierher gezogen war, erklärte sie nachdenklich.

Alles im Leben ist miteinander verknüpft, nichts passiert aus Zufall, sagte Marieta, und schaute aus dem Fenster, machte den Eindruck, als wüsste sie genau, wovon sie sprach. Ich wollte gerne wissen, woran sie in diesem Moment dachte, aber es waren sehr intime Gedanken, in die wir vier plötzlich versunken waren. Auch Pietro war ungewöhnlich still. In diesem Moment wurde mir bewusst, dass ich mich endlich öffnen wollte, den anderen dreien etwas von mir erzählen wollte, ihnen ebenfalls mit offenen Armen begegnen, so wie sie mir hier in La Scogliera begegnet waren, indem ich etwas von mir preisgab und sie an meinen Gedanken teilhaben ließ. Und ich glaubte auch daran, dass alles im Leben miteinander verknüpft war, und wer konnte schon vorhersagen, wohin mich dieser Aufenthalt hier in La Scogliera in meinem Leben vielleicht noch tragen würde - ich hatte eigentlich nichts zu verlieren.

Ich holte tief Luft, nahm einen großen Schluck aus meinem Weinglas und begann zu erzählen. Ich redete über meinen Job als Grundschullehrerin, was mir daran gefiel und was ich daran hasste, dass ich die Kinder und ihre großen Augen, mit denen sie mich anschauten, in den Ferien vermisste, aber dass sie mir auch Angst machten angesichts der großen Verantwortung, die ich ihnen gegenüber hatte. Eine Verantwortung, der man sich nicht mehr entziehen konnte, nachdem man einmal erreicht hatte, dass sie zu einem aufschauten, dass sie einem vertrauten. Dann konnte man nicht nach Lust und Laune entscheiden, wann man Lust auf die Kinder hatte und wann man vielleicht selbst nicht genügend Energie hatte, die große Verantwortung auf sich zu nehmen. Man konnte sie nicht an- und ausknipsen wie einen Lichtschalter und so sehr mich das Vertrauen der Kinder in mich manchmal auch stolz machte, belastete mich die daraus folgende Verantwortung an anderen Tagen, erdrückte mich, und ich musste an die vielen Male denken, die ich völlig erschöpft mit letzter Kraft meine Wohnungstür aufgeschlossen hatte, die schwere Schultasche auf den Boden hatte sinken lassen, um dann aufs Sofa zu fallen und einzuschlafen.

Das war ehrlich, und es war schwer, und ich schaute mit angespannter Stirn und zusammengepressten Lippen auf, und ich sah, dass Marieta, Raquel und Pietro mich zwar konzentriert anschauten, aber in keinster Weise irritiert schienen. Die Irritation befand sich scheinbar nur in mir selbst, also redete ich weiter: Ich sprach darüber, wie schwer es manchmal war, mit den Eltern umzugehen, wenn sie sich vor den Problemen ihrer Kinder sperrten und ich nicht wusste, ob ich therapeutisch auf sie einwirken durfte, konnte und wollte. Manchmal musste man sich auch einfach damit abfinden, ein

Kind niemals ganz verstehen zu können, und einige Leerstellen zu und stehen zu lassen. Dazu kamen die Erwartungen der Eltern an die Lehrer: Man sollte nicht zu streng sein aber auch klare Grenzen setzen, die Kinder erziehen zu mündigen und eigenverantwortlichen, reifen Menschen, und gleichzeitig sollte man ihre Kindheit schützen und Verständnis für ihre Kindlichkeit und etwaige Schwierigkeiten in der Entwicklung haben, nicht zu vergessen, dass man dabei jedes Kind in seiner Individualität betrachten sollte und stets über jede Einzelheit in seinem schulischen wie auch in seinem privaten Leben im Bilde sein sollte. Wir Lehrer sollten also gleichzeitig Fachexperten, Didaktiker, Prüfer, Pädagogen, Therapeuten, Sozialarbeiter und Berufsberater sein - ach ja, und dann auch noch Vorbilder in menschlicher Hinsicht.

Besonders unsere Funktion als Bewerter machte mir zu schaffen, kam mir als unlösbares Dilemma vor: Ich sollte eine Vertrauensbasis und persönliche Bindung zu den Kindern entwickeln, musste aber gleichzeitig disziplinieren und bewerten, sorgte damit für Traurigkeit, Wut und oft auch für Schulfrust. Ich musste mir immer wieder klarmachen, dass es nicht mein Fehler war, und auch nicht meine Aufgabe, ihre Probleme in den Griff zu kriegen, aber dennoch lastete die Verantwortung oft schwer auf mir. Ein Kind verzweifelt oder unendlich traurig zu sehen, weil man selbst eine bestimmte Note unter eine Arbeit geschrieben hatte, war hartes Brot. Im Gegensatz zu mir schienen alle anderen Kollegen in diesen Situationen immer abgehärtet, unbeeindruckt, völlig sicher und absolut konsequent in ihrer Entscheidung, sich dies nicht zu nahe gehen zu lassen. Und ich versuchte, meine Probleme, meine Zweifel und meine Verletzlichkeit vor ihnen zu verbergen; und wenn es mir nicht gelang, schämte ich mich abgrundtief dafür, selbst wenn andere mir sagten, dass es ihnen insgeheim genauso ging. Aber ich wollte es nicht zulassen, und mich berührte immer nur der Gedanke, ich sei nicht gut genug für diesen Job.

Vielleicht war es, weil ich mir in diesem Moment selbst klar darüber wurde, wie unglaublich es war, dass ich es trotz meiner Unglücklichkeit schaffte, diesen Job weiter auszuüben oder vielleicht, weil ich das Gefühl hatte, ich müsste mich rechtfertigen für meinen Lebensweg, oder vielleicht, weil ich Angst hatte, vor dem, was kommen würde, wenn ich diese Gedanken weiter zuließ: Ich begann, über die unendlich wichtigen Vorteile meines Jobs zu sprechen: Wie sicher er in solch unsicheren wirtschaftlichen Zeiten war und dass ich ein sehr gutes Gehalt verdiente, jeden Monat das gleiche, zuverlässig, und auch nicht wenig. Letzteres formulierte ich ein wenig fragend, in der Hoffnung, dass sich einer der anderen dazu äußern würde. Ich hatte mich bereits gefragt, wie viel die drei hier im Institut verdienen würden und nahm an, dass es deutlich weniger war. Andererseits machten sie nicht den Eindruck, als müssten sie an jeder Ecke sparen, also war ihr Gehalt vielleicht gar nicht so schlecht - für die Lebenshaltungskosten hier unten im Süden. Ich hatte jedenfalls keine Ahnung, denn meine Welt war die Schule und in der realen Welt kannte ich mich nicht aus, ich war überhaupt nicht vorbereitet auf ein Leben außerhalb, an dem ich auch mal so gerne teilhaben wollte. Und schließlich schaffte ich es, auch von dem enormen Konflikt zu erzählen, in dem ich mich gerade befand, der Überlegung, meinen sicheren Job aufzugeben, um etwas Anderes zu machen und von meiner Einsamkeit angesichts dieser Entscheidung, die mir niemand abnehmen konnte, sondern die ich ganz alleine treffen musste und die mir eine solche Angst machte, wie ich sie nie zuvor erlebt hatte.

Und dann plötzlich musste ich an Jon denken, der oft der einzige Ausweg aus meinem Frust war, der mich von meiner

Unzufriedenheit ablenkte, die ich mit mir herumtrug, und ich sah ihn jetzt vor mir, wie er mich vorwurfsvoll anschaute, weil ich mich so beschwerte, und mir alles in meinem Leben so schwer vorkam, und auch weil ich bisher nur von Schule und nicht von ihm erzählt hatte, als spielte er in meinem Leben überhaupt keine Rolle.

Aber dem ist nicht so, sagte ich, es gibt Jon in meinem Leben, und darüber bin ich unendlich glücklich, und beschrieb, wie wir uns kennengelernt hatten, und dass Jon lange in Kanada gelebt hatte, bevor wir uns wiedertrafen. Und dass ich seit unserer ersten Begegnung immer wieder an ihn hatte denken müssen. Auch von den anderen Männern erzählte ich, die ich in der Zwischenzeit kennengelernt hatte, und dass es einige gute und viele enttäuschende Momente gegeben hatte. Seit ich Jon damals kennengelernt hatte, war ich auf der Suche nach etwas Vergleichbarem gewesen, nach jemandem, der auf seiner und auch auf meiner Augenhöhe mit mir ein gemeinsames Leben bestreiten könnte, nicht jemand, der neben mir her lebte, mir nacheiferte oder sich mir überlegen fühlte. Ich wollte Eigenständigkeit und Respekt. Und Liebe, das war mein größter Wunsch, jemanden, der mich voll und ganz liebte, so wie ich war, mit all meinen Fehlern und Schwächen. Mit Jakob hatte es lange Zeit gut ausgesehen, denn er hatte mich respektiert und geliebt und das hatte mir große Sicherheit gegeben. Mit Stefan war ich dann bitterböse enttäuscht worden und musste feststellen, dass es nicht gut war, Liebe und Vertrauen gegen Leidenschaft einzutauschen, die ich nämlich bei Jakob vermisst hatte und bei Stefan endlich erlebt hatte.

Aber in all diesen Jahren war Jon nie ganz weg gewesen, sondern immer an meiner Seite, stets ein Begleiter meiner Gedanken, hatte mir zugeschaut, als ich über meinen Unterlagen gebrütet und gelernt hatte, als ich die ersten Artikel über Meeresbiologie gelesen hatte und als ich mein Erstes Staatsexamen gemacht hatte. Später hatte er mich dann im Auto auf dem Weg zur Schule begleitet und mir beim Tanzen zugeschaut. Und er war auch bei mir gewesen, als ich mich erst von Jakob, dann von Stefan getrennt hatte, hatte den Kopf geschüttelt, als er sah, mit wem ich mich eingelassen hatte, und mir die Hand gedrückt, wenn er mich sah, als ich Stefan noch einmal wiedertraf. Er hatte mich in allen Phasen meines Lebens begleitet, und als ich ihn dann endlich wieder getroffen hatte, hatte es sich so angefühlt, als hätte sich ein Kreis geschlossen, als wäre etwas, das ich verloren hatte, und wegen dem ich Schmerzen erlitten hatte, zu mir zurückgekehrt, endlich. Aber, und das hatte ich immer gewusst und daran hatte ich oft gedacht, wir waren in der Zwischenzeit erwachsen geworden, waren zu zwei Menschen mit eigener Persönlichkeit geworden. In seinem Fall bedeutete es auch, verheiratet zu sein und Vater zu sein, und darüber machte ich mir immer mehr Gedanken, und es ließ sich nicht leugnen oder vergessen.

In mir riss eine Wunde auf, als ich Marieta, Raquel und Pietro von Jon und seiner Familie erzählte. Ich schaute mich unsicher um, sagte, das sind solche Details, es tut mir leid, dass ich euch damit belaste, es ist viel zu kompliziert und es ist mein Problem, ich werde jetzt nicht weiter davon erzählen. Aber Pietro sah mich an und sagte, Katharina, wie du willst, aber es tut sicher gut, es zu erzählen und wir hören dir zu, wir sind für dich da. Ich nickte und sagte, ja, es tut gut, und eigentlich wird mir jetzt erst bewusst, welche Last ich ständig mit mir herumtrage, welche Zerrissenheit und wie viele Fragen, was wird aus mir und was wird aus meiner Zukunft, und schließlich auch die Frage, was wird aus mir und Jon? Was wird aus uns?

Und tatsächlich spürte ich in diesem Moment das volle Ausmaß des Schmerzes, weil er - zumindest mit einem Teil seines Selbst - in einer Welt lebte, zu der ich nicht gehörte, an der ich keinen Anteil hatte und auf die ich keinen Zugriff hatte. In mir klaffte eine Wunde, weil Jon sie mir zugefügt hatte, nicht absichtlich, aber dadurch, dass er da war und dass er wieder zu mir zurückgekommen war - und so war seine Rückkehr seltsam schmerzhaft und heilsam zugleich.

Ich wusste, dass ich ihn liebte wie ich noch nie zuvor jemand anderen in meinem Leben geliebt hatte und jetzt, in diesem Augenblick vermisste ich ihn, wollte, dass er hier war, fühlte mich unsicher, dass ich ihn nicht sehen konnte und nicht sehen konnte, was er machte, nicht wissen konnte, ob er in Gedanken noch bei mir war. In mir stieg plötzlich ein unheilvolles Gefühl auf, das immer stärker wurde und Besitz von mir ergriff, das so stark wurde, dass ich es noch niemals zuvor so stark gefühlt hatte, und es schlug ein wie eine Granate, die aus dem Hinterhalt geschmissen wurde, und direkt vor meinen Füßen explodierte, und ich spürte die kleinen Metallsplitter an den Schienbeinen, Händen und jetzt auch im Gesicht, erst piksten sie nur, dann schmerzten sie und hinterließen kleine Risse in meiner Haut. Und es war nicht die Liebe, die die Schmerzen verursachte, sondern die Angst, ihn verlieren zu können, die Vorstellung, ihn ganz ohne Grund und Anlass zu verlieren, ohne ein besonderes Schicksal, ohne tragischen Unfall oder lebensbedrohliche Krankheit.

Während ich von meinem Leben erzählt hatte, hatte die Angst als Schatten in einer Ecke des Raumes gestanden und kam jetzt in langsamen Schritten auf mich zu, stand direkt vor mir und schaute mich an, und ich schaute die anderen am Tisch an, aber sie konnten die Angst nicht sehen, und sie kamen mir plötzlich alle fremd vor, und ich versuchte zu laufen, wegzulaufen, aber es war zu spät, meine Beine fühlten sich gelähmt an, und dann ging mir die Angst an die Gurgel, drückte zu mit ihren schwarzen, kalten Lederhandschuhen, und sie drückte so lange, bis ich keine Luft mehr bekam und ich fühlte mich machtlos, musste aufspringen, um mich zu befreien, konnte den anderen gerade noch zurufen, bitte entschuldigt mich, ich muss raus hier, wir sehen uns morgen, und selbst die besorgten Blicke der anderen sah ich in diesem Moment nicht mehr, nur noch die Fliesen, die auf dem Boden zwischen mir und der Tür lagen, dann die Türklinke, die ich ganz automatisch herunterdrückte und die hölzerne Tür, die sich öffnete und den Blick freigab auf die nächtliche Schwärze, durch die ich hindurch stolperte, bis ich an der Hauswand gegenüber meinen Weg zur Tür getastet hatte, den Lichtschalter gefunden und zu meinem Handy gestürzt war.

Es tutete, immer und immer wieder, und dann hörte ich endlich seine Stimme. Er klang besorgt, Katharina, was ist los, warum rufst du so spät noch an, und während ich traurig war, dass noch keine Freude in Jons Stimme zu erkennen war, murmelte ich, ich hab dich vermisst, ich wollte einfach deine Stimme hören. Ein bisschen ungeduldig klang er, als er sagte, dass ich mir keine Sorgen machen bräuchte. Und ich fragte nach, wie es ihm denn ging und wie es Sarah ging, und ich hörte genau hin, aber Tonhöhe und Betonung ließen keine Zweifel daran entstehen, dass es ihm gut ging, dass er es genoss, Zeit mit Sarah zu verbringen. Sie waren zusammen im Kindertheater gewesen, hatten sich "Oh wie schön ist Panama" von Janosch angeschaut und ich musste mir vorstellen, wie sich die Lichter der Bühnenbeleuchtung in Sarahs aufgerissenen Augen widergespiegelt hatten und wie sie ihre kleinen Hände in Jons große gelegt hatte, an den Stellen, an denen es spannend geworden war, wie sie dort zusammen im Dunkeln gehockt hatten. Sie waren ein Paar gewesen, das so ungleich war und doch so im Einklang miteinander, ganz ohne jegliche Zweifel oder Sorgen.

Es war ein friedliches und ein schönes Bild, das sich vor meinen Augen aufbaute und ich nickte und sagte, schön, dass es euch gut geht, und ich wurde auch ein wenig traurig, als ich mich selber in diesem Bild suchte, aber nicht fand, sondern nur die beiden sah in ihrer Einheit, und ich hoffte, dass Jon meine Traurigkeit nicht hören konnte.

Aber dann fragte er endlich auch nach mir und La Scogliera, und ich erzählte von meiner Ankunft hier und was ich gesehen und erlebt hatte. Und als er weiter nachfragte, überraschte er mich, denn ich hatte damit gerechnet, dass er sich nicht auf mich einlassen können, mit den Gedanken woanders sein würde. Und als er genau wissen wollte, wie Marieta, Pietro und Raquel waren, erzählte ich ihm alles, was ich über sie wusste, und ich beschrieb, wie schön die letzten Abende gewesen waren. Jon hörte genau zu und es war, als sog er alle Informationen in sich auf, und selbst, als ich einlenkte und sagte, Sarah ist doch sicherlich noch wach, du kannst nicht so lange sprechen, versicherte er, dass sie schon im Bett sei und er Zeit für mich hätte. Am Ende des Telefonats sagte er, Katharina, wie du strahlst, und ich war verblüfft, woher konnte er das wissen, und ich fühlte mich ein wenig ertappt, und beschwerte mich, aber Jon, du kannst mich doch gar nicht sehen, woher willst du wissen, dass ich strahle! Aber Jon sagte, ich höre es in deiner Stimme, und nach einer kurzen Pause sagte er, du bist endlich glücklich, wie schön, ich freue mich so für dich! Wie schaffte dieser Fremde es bloß, mich immer wieder zu überraschen, denn er kannte mich so gut, dass er sogar in meiner Stimme meine Gefühle lesen konnte, meine Stimme, die nichts weiter war als ein Luftzug zwischen meinen Lippen und dessen Schall im Mund-, Nasen- und Rachenraum, aber er konnte ihr lauschen und Bewegungen erkennen. Er war wie ein Spurensu-cher, der die sandige Oberfläche meiner Seele nach den feins-ten Verwerfungen absuchte, war ein Sommelier, der die feins-ten Geschmacksrichtungen meines Körpers blind erschmecken konnte, er war ein Architekt, der die Statik meiner Befindlichkeit kannte und bis auf unendlich viele Kommastellen errechnen konnte und wusste, wann genau das Gerüst meines Herzens zusammenbrechen würde, aber er war auch mein Chirurg, der unter dem Elektronenmikro-skop die feinen Risse finden und nähen würde, rechtzeitig, bevor ich überhaupt merken konnte, dass etwas kaputtging. Und ich beschloss, mich dem zu fügen, sagte, ja, das stimmt, mir geht es sehr gut hier, weißt du, die frische Luft, der klare Himmel, die Weite tut mir gut, und auch die anderen hier sind sehr nett zu mir, ich glaube, wir haben eine gute Verbin-dung zueinander, nur du fehlst, wie schade, dass du nicht hier sein kannst. Und dann versprach Jon mir, dass er mit mir zurückkommen würde, und das beruhigte mich, glättete die Wogen meiner Zerrissenheit, schob die zwei Gedanken, zwi-schen denen sich in den letzten Tagen ein tiefer Spalt aufge-tan hatte, Jon und La Scogliera, La Scogliera und Jon, wieder ein Stück weiter aufeinander zu.

Als wir auflegten, war es schon spät, aber die anderen sa-ßen noch drüben im Gemeinschaftshaus und erzählten, ich konnte es verschwommen durch die Glasscheiben sehen. Ich ging nicht mehr rüber, öffnete stattdessen die Terrassentür, machte einen Schritt in die Dunkelheit hinaus, die nur unter-brochen wurde vom entfernten Rauschen des Meeres und dem Funkeln der Sterne über mir, und als ich einfach so da-stand, schaffte ich es, an Nichts zu denken, einfach an Nichts, und einfach nur tief ein- und wieder auszuatmen. Ein und Aus und wieder Ein und Aus.

In dem länglichen, sonnendurchfluteten Raum herrschte absolute Stille, die nur ab und an durch das Klacken von etwas Metallischem auf den feinen Glasplättchen des Mikroskops unterbrochen wurde. Auf der hinteren Seite des Raumes befanden sich deckenhohe Einbauschränke, die mit kleinen Aufklebern beschriftet waren. Direkt vor mir befanden sich Gläser, Messzylinder, Thermometer & Waagen, Besteck, Pumpen, Netze, Film & Foto, Bekleidung, und ganz hinten in der Ecke war ein größerer Schrank mit dem Etikett Tauchzubehör beklebt. Auf der Fensterseite des Raumes befanden sich eine lange Reihe hüfthoher Schubladenschränke, die ebenfalls beschriftet waren und deren Fronten, ebenso wie die hinteren Schränke, in einheitlichem Hochglanzweiß gehalten waren. Die gesamte restliche Front und einen Teil des Daches hatte man verglast, so dass man das Gefühl hatte, in einem Glaskasten zu stehen, der - an den Berghang gedrängt - völlig den Elementen der Umgebung ausgesetzt war: der Sonne, dem Meer, dem Wind, dem sandigen Steilhang.

Die vordere Reihe der Schränke, die in Richtung des Meeres aufgestellt war, wurde offensichtlich als Arbeitsfläche genutzt, da es hier mehrere schwarze Drehstühle gab und Papiere zu Stapeln aufgetürmt waren. Vor mir konnte ich Marietas gebeugten Rücken sehen, die ihren Kopf über eines der Mikroskope auf der Arbeitsfläche gebeugt hatte und sich darauf konzentrierte, was sie in tausendfacher Vergrößerung vor sich sah - winzige Teile von Algen, Pilzen, Mikroorganismen vielleicht.

Schau auch mal durch, Katharina, murmelte Marieta jetzt, und sagte dann, etwas lauter, das musst du dir einfach ansehen. Als ich meine Augen zusammenkniff, um durch das silberne Rohr zu schauen, konnte ich erst nur Verschwommenes erkennen. Es war fast zwei Jahre her, seit ich den letzten Workshop zur Meeresbiologie besucht hatte, wo es in Praxisphasen um die konkrete Anwendung des Gelernten an Mikroskopen gegangen war; ich erwartete also nicht, hier etwas Besonderes zu erkennen. Aber dann stellte sich das Bild ganz von alleine langsam schärfer. Ich sah hellbeige, kreisrunde Kügelchen, von denen manche eine raue, unebene Oberfläche hatten und manche wie von Fasern überzogen waren. Nichts davon erinnerte mich an die Abbildungen organischen Materials, die ich mir in Lehrbüchern zur Meeresbiologie angeschaut hatte. So etwas hatte ich noch nie gesehen. Marieta erklärte, dass es sich bei den Kügelchen um Teile von Kunststoff, um sogenanntes Mikroplastik handelte, die sie durch Sieben einer Sandprobe vom Meeresboden in ca. 100 Meter Entfernung vor der Küste entdeckt hatte.

Das ist mein Job hier, Katharina, das ist eines unserer Projekte, sagte Marieta. Wir überprüfen die Menge und Art der Kunststoffpartikel im Wasser und versuchen Rückschlüsse auf die Gefährdung von Delfinen zu ziehen, die es hier vor der Küste Sardiniens eigentlich in großen Mengen geben müsste. Wir zählen und beobachten ihr Verhalten, das ist vor allem Pietros Aufgabe, er ist der Delfin-Experte, wenn du willst, kannst du morgen mit ihm rausfahren und ihm dabei helfen. Wir wissen, dass die Delfine von der hier intensiv betriebenen Aquakultur und den dadurch entstehenden organischen Resten, die von den Fischen selbst oder vom Futter stammen, angelockt werden. Dennoch sind Delfine im Mittelmeer stark gefährdet und wir versuchen, herauszufinden, woran das liegt. Eine negative Folge der Ausbreitung unseres Lebensraumes und unseres rücksichtslosen Lebensstils sehen wir hier vor uns: Mikroplastik. Und dabei geht es nicht nur um die Plastiktüte, die wir neuerdings bei Aldi einsparen. Wusstest du, dass Mikroplastikteilchen selbst in Bekleidung und Kosmetikartikeln wie Zahncremes und

Duschgels enthalten sind? Über das Abwasser gelangen die Partikel genauso wie Weichmacher aus Plastikflaschen oder Plastikbechern in unseren Wasserkreislauf. Und am Ende landen sie im Meer, wo sie sogar hormonell auf die Fische wirken, so dass es in einigen Fischbeständen immer weniger männliche Fische gibt und das Fortbestehen der Art gefährdet ist. Wenn man sich die Ausmaße klarmacht, wird einem geradezu schlecht - weltweit werden jährlich 300 Millionen Tonnen Kunststoffe produziert, von denen bis zu 30 Millionen Tonnen weltweit im Meer landen. Du kannst dir vorstellen, dass das Mittelmeer dabei besonders betroffen ist, seine Küsten sind mit über 132 Millionen Menschen dicht besiedelt, es wird durch Tourismus und Fischfang übernutzt - das Mittelmeer ist leider das Sorgenkind der Meeresbiologen. Neben dem Plastik dürfen wir nicht die Verschmutzung durch Öl und andere feste Abfälle vergessen, und selbst Schwermetalle können wir immer wieder im Wasser nachweisen. Hier in Sardinien bekommen wir den Müll zu spüren, den die Nordafrikaner ins Meer schmeißen, denn die Oberflächenströmung fließt gegen den Uhrzeigersinn, von der Meerenge von Gibraltar in Richtung Osten, wo wir uns befinden. Es ist gut, dass es den Wasseraustausch mit dem Atlantik gibt, aber es dauert ungefähr 180 Jahre, bis das Wasser im Mittelmeer einmal komplett ausgetauscht ist. Und das alles hilft ja sowieso nicht, wenn man bedenkt, dass eine Plastikflasche bis zu 450 Jahre braucht, um sich zu zersetzen und sie dafür dann irgendwo im Atlantik schwimmt.

Und was genau ist eure Aufgabe in dem Ganzen, wollte ich wissen. Marieta antwortete, unsere Aufgabe ist es, die Menge und Art von Mikroplastik immer wieder zu überprüfen und zu dokumentieren. Und natürlich vor allem die Auswirkungen auf die Lebenswelt der Tiere und Pflanzen zu beobachten. Wir haben hier bereits Studien durchgeführt -

und das ist vor allem Raquels Verdienst - die gezeigt haben, dass das übermäßige Auftreten von Quallen auf die Verschmutzung der Meere zurückzuführen ist. Wir vermuten außerdem, dass sich durch die Verschmutzung des Wassers auch die sogenannte Killer-Alge verbreitet, die bereits einige Fischarten und Algenplagen zum Aussterben gebracht hat. Aber wir sind hier nur zu dritt, alles können wir auch nicht leisten, obwohl es so wichtig wäre. Wir sind froh, dass uns ab und zu Forschungsgruppen besuchen und unter die Arme greifen. Unser aktuellstes Projekt beschäftigt sich mit biologischem Plastik. Wir wollen herausfinden, ob es weniger schädlich ist, aber es sieht ganz danach aus, als sei das alles auch nur eine einzige Illusion, zumindest was den biobasierten Kunststoff angeht - er besteht nämlich ganz einfach aus nachwachsenden Rohstoffen, kann aber genauso beständig sein wie normale Plastikpartikel. Interessanter sind da schon biologisch abbaubare Biokunststoffe, die nicht aus Erdöl, sondern aus Maisstärke hergestellt werden; leider zerfällt aber auch dieser nur zu 90%. Da fragt man sich doch, was mit den übrigen 10% passiert!

Während ihres Vortrags waren Marietas kugelrunde Augen immer wieder vom Mikroskop zu mir, von mir zum tiefblauen Meer und wieder zurück zum Plastik auf dem Mikroskop gesprungen, ihre Wangen waren vor Enthusiasmus röter geworden, je mehr sie erzählt hatte. Ich lernte an diesem Nachmittag noch, dass der Forschungsschwerpunkt des Instituts zwar bei den Delfinen lag, dass aber auch immer wieder andere Tiere und Pflanzen untersucht würden, je nach Interessensgebiet der Gastforscher oder aktueller Anfragen, die es anscheinend öfter gab. Das Institut finanzierte sich durch öffentliche Gelder, Spenden anderer Forschungseinrichtungen oder von Privatpersonen, von denen letztere in ihrem finanziellen Beitrag nicht zu unterschätzen waren, wie Marieta betonte.

Marieta zeigte mir den Rest des Instituts und war sichtlich stolz auf die Räumlichkeiten: Neben dem etwas größeren Labor, in dem wir uns befanden, gab es weitere kleinere Räume, die über schmale, hölzerne Stege miteinander verbunden waren; darunter befanden sich weitere Materiallager, ein kleines Büro und mehrere Vorratsschuppen. Ich spazierte über die Stege als würde ich selber hier arbeiten, es kam mir alles schon so vertraut vor. Ich stellte mir vor, wie es war, hier jeden Tag als Forscher zu arbeiten.

Später dann, gegen 15 Uhr, traf ich Pietro unten am Wasser. Das Institut hatte einen eigenen Anlegesteg, an dem auch das institutseigene Motorboot ankerte. Er hatte es für uns bereits vorbereitet, sowie einige Kisten mit Materialien zusammengepackt, mit denen er das Boot belud. Ich musste mir in diesem Moment vorstellen, dass es nicht Pietros sonnengebräunte Arme waren, die die Kisten stapelten, sondern Jons. Wie schön wäre es gewesen, hätte er dabei sein können und wie besonders war der Moment, den ich erlebte: Pietro, der die Kisten hob und dabei das Boot mit seinen Beinen im Gleichgewicht hielt, die klatschenden Wellen, die so taten, als könnten sie das Boot und den Mann darin aus dem Gleichgewicht bringen und die Sonnenstrahlen, die die obersten Schichten des dunkelblauen Wassers durchbrachen und das Plankton darin sichtbar machten, das Ganze ein Schauspiel, das Mensch, Maschine und Natur einzig und allein für mich aufführten, so war es ganz bestimmt, und ich fühlte mich geehrt, dass ich heimlicher Zuschauer sein durfte, ließ, als ich mich hinkniete, um auf den Grund des Wassers zu schauen, eine Hand durch das Wasser gleiten, fühlte die Wärme der oberen Wasserschichten und die Kühle der darunter liegenden, dachte daran, dass es sich so auch angefühlt hatte, als

wir uns vor meiner Abreise geliebt hatten, als mir vor Anstrengung heiß geworden war, und mir gleichzeitig ein kalter
Schauer den Rücken hinunter gelaufen war, als dein Finger
die Oberfläche meiner Haut dort berührt hatte.

15 Delfine zählte ich, während Pietro uns durch das tiefblaue Wasser manövrierte, um uns in die Nähe eines
Schwarms Delfine zu bringen. Außerdem sahen meine Augen unendlich viele Wellen, die von den Rückenflossen der
Delfine durchbrochen wurden und genauso viele Strahlen
einer Sonne, die hier so allgegenwärtig war, dass ich es immer noch nicht glauben konnte, jeden einzelnen Sonnenstrahl
zählen wollte, als hätte ich eben erst das Licht der Welt er-
blickt, als wäre jedes kleinste bisschen davon etwas so Wert-
volles, dass ich es nicht übersehen dürfte, als könnte ich die
Strahlen aufbewahren und nach Hause mitnehmen. Ich musste an zu Hause denken, und was ich sah, war eine graue
Wohnung, die graue, kleine Zimmer hatte, die viel zu voll
gestellt waren, und die keinen Platz hatten für die Sonnenstrahlen, die offensichtlich Platz brauchten, und ja, das war
es, zu Hause gab es einfach nicht genügend Platz, eine Wohnung für zwei Menschen, aber ein ganzes Haus mit 8 Woh-
nungen für 16 Menschen, und wie viele waren es wohl in
dem Haus gegenüber, und wie viele in unserer Straße und in
der Parallelstraße, und wie viele erst im gesamten Viertel und
das machte dann schließlich eine ganze Million Menschen in
der gesamten riesigen Stadt, das war doch unfassbar, wo
sollten die denn bitte alle hin, das war doch nicht mehr normal. Und dann überlegte ich, was noch zu Hause war, außer
Jon, der am Esstisch saß und arbeitete, oder der am Herd
stand und kochte, ohne diese vertraute Silhouette wäre die
Wohnung noch trostloser, und erst als ich mich anstrengte,
konnte ich mich auch daran erinnern, dass es in der Wohnung einige Fenster gab, und dass es außerhalb dieser Fenster

hell war, also, schlussfolgerte ich, musste es dort auch eine Sonne geben, auch wenn ich mich jetzt nicht mehr an sie erinnern konnte, eine Sonne, die tagsüber für Licht sorgte, die die Pflanzen wachsen ließ, und die auch dafür sorgte, dass es im Sommer ein bisschen wärmer war als im Winter, auch wenn unser Sommer nicht vergleichbar war mit dem Sommer hier, diesem Licht, dieser Weite hier draußen auf dem Meer.

Ich war mir nicht sicher, ob ich mich so für Delfine begeistern könnte wie Pietro, auch wenn sie interessante Lebewesen waren. Bei den Delfinen vor der Küste Sardiniens handelte es sich um den Großen Tümmler, die bekannteste Delfinart, über dessen englische Bezeichnung bottlenose dolphin ich lachen musste, weil er ein bisschen wie der Name einer körperlichen Behinderung klang, auch wenn der Begriff nur auf die Form ihrer Nase anspielte, ich jedenfalls wollte weder so genannt werden, noch eine Nase mit dieser Form haben. Pietro wusste viel über diese Säugetiere, sprudelte über vor Begeisterung, erzählte mir voller Erstaunen, als hätte er diese Information nicht selber weitergegeben, sondern gerade zum ersten Mal gehört, dass sich Delfinbabys ein ganzes Jahr lang im Bauch der Mutter aufhielten, bevor sie im Wasser geboren wurden, was ich wiederum unglaublich fand, weil ich mir vorstellte, wie einsam sich eine Delfinmutter in diesem Moment fühlen musste: Nur die dunklen, kalten Wellen waren bei ihr und ein Kind, das ertrinken könnte, wenn es nicht den ersten Atemzug an der Luft tat: Mutter und Kind waren in einer alles entscheidenden Situation völlig alleine. Aber nein, hatte Pietro mich korrigiert, die beiden waren bei der Geburt nicht alleine, sondern umringt von der gesamten Gruppe, die sie vor Haiangriffen schützte, und das wiederum fand ich unglaublich, denn alle Gruppenmitglieder waren sich in diesem Moment der Verletzlichkeit der beiden in der Mitte bewusst und ahnten, aus einem ursprünglichen Instinkt heraus, dass hier etwas passierte, das den Schutz aller benötigte, und so halfen sie ohne zu zögern, riskierten ihr eigenes Leben, weil es auch ihnen letztlich irgendwann zu ihrem Überleben verhalf.

Unser Boot schaukelte langsam in Richtung Steg zurück. Dort angekommen sprang ich mit einem großen Satz nach oben, winkte Pietro zu und stapfte den kleinen, sandigen Weg hoch, der als Abkürzung zur asphaltierten Serpentinenstraße auf direktem Wege zum Institut und dahinter zu den Wohnhäusern ganz oben auf den Klippen führte. Wir hatten vereinbart, dass wir uns heute Abend beim Abendessen treffen würden, wie die drei es fast jeden Abend taten. Ich wollte vorher noch nach Marieta schauen, war neugierig, was sie machte, wie sie arbeitete, auch wenn es erst wenige Stunden her war, dass ich sie im Labor besucht hatte.

Während Marieta an ihren Proben arbeitete, ein Reagenzglas schüttelte, es mit einem Stopfen verschloss oder einen Strich in einer Liste machte, erzählte sie mir von den Zukunftsplänen des Instituts und dass sie schon länger auf der Suche waren nach jemandem, der sich um die Öffentlichkeitsarbeit kümmerte und Anfragen anderer Institute oder Einrichtungen koordinierte, prüfte und daraus entstehende Projekte organisierte. Immer wieder hatten sie Anfragen von Filmemachern erhalten, die Dokumentarfilme über Delfine oder Plastik in den Meeren drehen wollten, die sie stets aus Zeitgründen ablehnen mussten. Außerdem hatte die Uni Bremen bereits Pläne entworfen, nach denen das Institut zum öffentlichen Lehr- und Forschungsinstitut ausgebaut werden sollte, das heißt, es sollte einerseits Universitätsprofessoren erlaubt werden, in La Scogliera Seminare abzuhalten, sowie auch fremden Forschern ermöglicht werden, das Institut zur Forschung an eigenen Projekten zu nutzen. Was fehlte, war jemand, der die Koordination dieser Projekte übernahm, es mussten Räumlichkeiten und Materialien sowie eine gewisse Infrastruktur verfügbar gemacht werden, das Gesamtkonzept also mit den nötigen Details gefüllt werden. Die nötigen Gelder waren dem Institut bereits sicher und bestanden aus öffentlichen Fördergeldern und privaten Spenden.

Das sind ja tolle Pläne, Marieta, sagte ich, aber hoffentlich bleibt dieser Ort hier dann so klein und beschaulich, weißt du, wie ich das meine, denn das macht einen so wichtigen Teil der Arbeit hier aus, dass es hier so ruhig und besinnlich ist, fast bekommt man den Eindruck, es läge ein Heiligenschein in der Luft über euch und dem Institut, und ich weiß nicht, ob Carmela aus dem Dorf es noch schafft, für eine Horde von Studenten Brot zu backen und ob die Tomatenpflanzen des Dorfes reichen, um alle zu versorgen, ich weiß nicht, ich habe da meine Zweifel, aber klar, für die Studenten ist es schon toll, außerdem ist eure Arbeit so wertvoll und verdient Aufmerksamkeit. Mach dir keine Sorgen, sagte Marieta, es geht um einen ganz kleinen Rahmen, es wird immer nur für eine Gruppe von maximal vier bis fünf Personen Platz geben, und diese Leute sind dann für eine begrenzte Zeit hier vor Ort, und jetzt wiederum stellte ich es mir schön vor, dass die abendliche Runde erweitert werden würde um vier Studenten und einen Professor oder auch einige wenige Forscher, die davon erzählen könnten, worüber sie forschten, wo auf der Welt sie schon geforscht hatten und welche Zukunftspläne sie hatten, und wenn dann Freundschaften geschlossen wurden und sie zu einem späteren Zeitpunkt noch einmal zu Besuch kamen, stünden Gästezimmer bereit und wäre die Verpflegung gewährleistet und man befände sich so in einem permanenten Austausch, den das einsame Leben hier brauchte, um nicht ganz den Kontakt mit der Außenwelt zu verlieren, denn, so erklärte Marieta, es kann hier sehr einsam werden und wir alle haben schon den Moment erlebt, uns an einen anderen Ort zu sehnen, etwas, das ich selbst kaum glauben konnte, mir selbst nicht vorstellen konnte, denn hätte ich einen Ort benennen müssen, der alle positiven Eigenschaften vereinte, die man sich wünschen könnte, so wäre das ganz bestimmt La Scogliera und wenn ich mir vorstellte, ich hätte den Absprung geschafft und könnte endlich hier bleiben, würde ich mich ganz bestimmt nicht mehr nach einem anderen Ort sehnen, würde mir das voll und ganz genügen, was ich hier fände.

Aber war es wirklich realistisch, dass ich hier arbeiten und leben konnte, über diese Frage grübelte ich noch nach, als ich schon längst nicht mehr Marieta im Labor zusah und ich schon längst in meine Unterkunft zurückgekehrt war, wo ich vor der halb geöffneten Terrassentür saß und in die Ferne starrte, dorthin, wo die Bewegungen der blauen, wogenden Wassermasse nicht mehr als solche zu erkennen waren und wo man den Eindruck bekam, dass sie, wenn man lange genug hinschaute, zu einer dunkelblauen Masse erstarrte, die vielleicht gar nicht mehr real, sondern ganz und gar unwirklich war, vielleicht sogar aus Pappmaché oder Plastik bestand. Und dann wendete ich meinen Blick auf den leicht sandigen Boden vor der Terrassentür und kehrte in die Realität zurück, in meinen Körper, den ich kurz verlassen hatte für den Flug übers Wasser, und ich war wieder ich, und wusste, dass ich schon bald zurückfliegen musste, zurück in mein altes Leben, vorausgesetzt, alles war so, wie ich es hinterlassen hatte.

Für mich jedenfalls hatte sich so viel verändert, es hatten sich neue Türen in meinen Weg gestellt, und ich hatte sie aufgemacht, um durchzuschauen, und trotzdem wurde ich abrupt zurückgeholt in mein altes Leben als ich auf dem Flugticket in meinen Händen in schwarz gedruckten Buchstaben meinen Vor- und Nachnamen und den Zielort

Köln/Bonn las und so gab es keinen Zweifel, dass ich in drei Tagen wieder zurückfliegen würde, genau so würde es geschehen und dort würde dann das geschehen, was immer geschah: Ich würde ab Montag wieder in die Schule gehen, zu den gleichen Kindern, die dort schon auf mich warteten, und wenn ich nicht käme, würden sie nach mir rufen, würden fragen, wo ist die Frau Kerner heute, und würden sich einander zuflüstern, die Frau Kerner ist heute nicht erschienen und ich versuchte mir vorzustellen, was geschähe, wenn ihnen dann jemand sagen würde, die Frau Kerner, die wird auch morgen nicht erscheinen und auch übermorgen nicht, die Frau Kerner wird hier gar nicht mehr erscheinen. Ich versuchte in die Gesichter der Kinder in diesem Moment zu blicken, um nach der Antwort auf die Frage, was dann passieren würde, zu suchen, aber ich konnte nichts erkennen: Ihre Gesichter waren nur leere Flecken, ohne Nasen, Münder und Augen, sie waren wie gesichtslose Fabelwesen, von denen man noch nicht wusste, ob sie gut oder böse waren, bis sie sich einfach abwandten und mich allein ließen, allein mit meiner Frage und mit der fehlenden Antwort.

Ich dachte an Marieta, die immer so selbstbewusst wirkte. Es kam mir so vor, als wäre sie die einzige, die klar sehen konnte in diesem Chaos an Gedanken und Bildern, weil sie ihren Gefühlen folgen konnte, weil sie konsequent war, zumindest in ihrem eigenen Leben. Ich fragte mich, ob sie auch wusste, was gut für mich war, ob sie mich klarer hier an diesem Ort sehen konnte, als ich selbst das konnte, und ob sie dachte, dass ich hierhin passte.

Die Antwort gab sie mir noch am selben Abend, als ich hinüber ins Haupthaus ging und den anderen beim Kochen half, dieses Mal kochten wir alle gemeinsam und auch hier funktionierten die anderen drei perfekt miteinander, und ich fügte mich nahtlos ein in ihre Arbeitsweise, reichte ihnen die

fehlenden Knoblauchzehen, spülte die Messer zum Schneiden der Tomaten. Nach dem Essen saßen wir noch lange
zusammen und redeten. Dieses Mal war es Marieta, die viel
über sich erzählte, darüber, wie es für sie war, in der Einsamkeit dieses Dorfes zu leben und zu arbeiten und warum es für
sie so wichtig war. Vor unseren Augen skizzierte sie einzelne
Bilder aus ihrem Leben, als ihre Eltern mit ihr als kleinem
Mädchen aus Polen nach Deutschland eingewandert waren,
als sie zum ersten Mal in der stickigen Großstadt Berlin ihren
Schulranzen geschultert hatte, um in die Schule zu gehen,
und während sie erzählte, folgte ich dem kleinen Mädchen
und der Jugendlichen auf ihren Streifzügen durch die lauten
und verschmutzten Straßen Berlins, und später dann in ihre
erste eigene Wohnung, die sie sich mit ihrem Freund teilte.
Und nach und nach ergaben die einzelnen Puzzleteile ihres
Lebens einen Sinn und ein größeres Ganzes, das mich neidisch machte darauf, wie sie ihren Weg gefunden hatte, wie
sie mit großem Selbstbewusstsein auch schwierige Phasen
ihres Lebens in ihre Identität integriert hatte, so dass sie sich
jetzt hier wohlfühlen konnte, voll und ganz sicher war, dass
sie an diesen Ort gehörte, an dem sie jetzt war, vielleicht nicht
für immer, das konnte sie noch nicht wissen, aber für diesen
Moment fühlte es sich perfekt für sie an, dass sie hier war,
und sie wirkte, als könnte sie es auch wirklich genießen.

Sie richtete ihren Blick auf mich, schaute mich lächelnd an
und zwinkerte mit einem Auge, sagte, Katharina, ich werde
das Gefühl nicht los, dass es dir in deinem Leben ganz ähnlich ergeht wie mir und dass du nicht einfach so wieder wegfahren, sondern vielleicht darüber nachdenken solltest, wie-
derzukommen.

Auch die anderen beiden schauten mich jetzt an und
schwiegen, bis Pietro sagte, wirklich, Katharina, Marieta hat
Recht, du sollst wissen, dass wir dich sehr gerne mögen und

dass du hier willkommen bist. Und wenn du wirklich bereit bist, arbeiten wir auch gerne mit dir zusammen, denn feststeht, dass wir jemanden brauchen, der die Öffentlichkeitsarbeit übernimmt und neue Projekte koordiniert, der uns dabei hilft, das Institut für Gäste zu öffnen, und du mit deinem Hintergrund, du wärst genau die Richtige dafür. Und wirklich, das sage ich nicht einfach so, wir haben uns schon vorher darüber unterhalten, dass du gut hierher passen würdest, und wenn du mich persönlich fragst, ich würde mich sehr freuen und denke, es wäre das Richtige für dich. Und er fügte noch hinzu, aber das musst du selber entscheiden, diese Entscheidung können wir dir nicht abnehmen.

Ich blickte in die Runde und merkte, wie mir die Aufregung als Röte ins Gesicht stieg, konnte auf einmal weder sprechen noch schlucken, wusste nicht, welche Worte ich ihrer Herzlichkeit und Offenheit entgegensetzen konnte, fühlte mich gleichzeitig geschmeichelt und überrascht, wie ein Reh, dass klammheimlich die Straße überqueren will, aber mitten auf der Fahrbahn von einem Auto überrascht wird und das Reh steht da, regungslos in den grellen Scheinwerfern des Autos, wie paralysiert, kann weder vor noch zurück, hat auch vergessen, wohin es eigentlich wollte oder woher es kam. So fühlte ich mich, wusste nicht, wie ich nach vorne gehen sollte, oder wie ich zurückgehen konnte, dachte, was machte ich hier eigentlich, fühlte mich verantwortlich für die Situation, dafür, dieses Angebot anzunehmen und dafür, jetzt etwas sagen zu müssen, damit die jetzt herrschende Stille nicht unangenehm wurde. Aber Marieta rettete mich, wie schon zuvor, als ich sie in Rom im Kreise der Professoren kennengelernt hatte und mich so unwohl gefühlt hatte, und sie stand auf und legte ihre Arme um mich, Katharina, mach dir keine Sorgen, du brauchst jetzt nichts zu sagen, lass dir Zeit für deine Entscheidung, es ist nicht nötig, dass wir uns beeilen, denn dieser Job wird nicht innerhalb des nächsten Jahres vergeben und wir werden ihn einige Zeit für dich freihalten, wenn du das möchtest.

Endlich konnte ich meine Zunge wieder vom Gaumen lösen und ich konnte auch wieder schlucken und dann meine Lippen bewegen, denn auch wenn Marieta gesagt hatte, ich müsste nichts sagen, wollte ich das gerne tun, sagte, dass ich so gerne dieses Angebot annehmen würde, weil ich es hier liebte und mir vorstellen könnte, hier mit ihnen in diesem Institut zu arbeiten. Ich war erleichtert, meine Sprache wiedergefunden zu haben, schaffte es aber nicht, auszusprechen, wie sehr sie mir ans Herz gewachsen waren, ärgerte mich in diesem Moment über meine Hemmungen, und schämte mich dafür, denn die anderen wirkten so viel erwachsener, dass sie diese Dinge einfach so sagen konnten, aber in mir gab es eine Hemmschwelle, die ich einfach nicht übertreten konnte, obwohl ich es so gerne wollte.

Ihr seid so lieb zu mir, danke, sagte ich, ich möchte euch nur sagen, dass ich es mir überlegen werde, und ich fügte noch hinzu, ihr könnt euch vorstellen, dass mich euer Angebot auch in große Schwierigkeiten stürzt, denn - so dankbar ich euch auch dafür bin - ich habe mein Leben in Köln, Jon und meine Verbeamtung, und das alles lässt sich überhaupt nicht mit einem Leben hier vereinbaren, ich müsste schon alles zurücklassen und über eine solche Entscheidung habe ich schon so lange nachgedacht, aber sie ist fast unmöglich, denn sie ist nicht rückgängig zu machen, und ich will sie nur treffen, wenn ich weiß, dass sie gut für mich ist. Aber vielleicht werde ich das nie mit Sicherheit wissen und so werde ich vielleicht noch weiter in meinen Gedanken schwimmen, im Kreis, und es tut mir leid, dass ihr darauf wartet, dass ich aus dem Wasser komme, dass ich eine Treppe finde, die mir den Weg weist, aber ich weiß einfach nicht, ob ich sie finde.

Die anderen drei nickten und Raquel legte mir ihre Hand auf den Arm, sagte, komm, lass uns was trinken und sie hob ihr Weinglas und sagte, auf dich, Katharina, auf uns drei und auf die unergründlichen Wege des Lebens, so, und jetzt vergessen wir einfach mal alles und besaufen uns so richtig. Und dann tranken wir den leckeren sardischen Rotwein, erst ein Glas und dann noch eines und noch eines, bis Pietro Musik anmachte, Mick Jagger Like a Rolling Stone und Wild Horses sang und wir anfingen zu tanzen, jeder für sich alleine und zwischendurch auch mal alle zusammen.

VIELLEICHT FÜR DIE EWIGKEIT

Der Januar in Köln war hart, man hatte fast das Gefühl, es würde an jedem einzelnen Tag dieses Monats noch kälter werden als am Tag zuvor. Ich hatte mich dick eingepackt, um mich gegen den schneidenden Wind zu schützen, der durch die grauen Straßen wehte, deren Bäume schon längst alle Blätter hatten fallen lassen, so dass nichts mehr den Wind aufhalten konnte, den ich jetzt im Gesicht spürte und der von oben in meinen Schal kroch, obwohl ich ihn immer wieder um meinen Hals wickelte und festzog.

Ich war auf der Suche nach einem Laden mit Babyspielzeug, den eine Kollegin mir empfohlen hatte, denn Annas Tochter Zoe war bereits vor einigen Monaten ein Jahr alt geworden und ich hatte es versäumt, ihr ein Geschenk zu machen. Seit Annas Schwangerschaft und der Geburt ihrer Tochter hatte ich unsere Freundschaft vernachlässigt, genauso wie auch Anna sich nicht mehr so häufig wie gewohnt bei mir gemeldet hatte, aber es hatte mich nicht gestört, im Gegenteil, ich war froh gewesen, nicht ständig mit Annas Mutterglück konfrontiert zu sein. In einigen wenigen Telefonaten hatten wir das Neueste ausgetauscht, aber während Anna mir von Zoes Fortschritten erzählt hatte, wie sie erst krabbeln, dann laufen lernte, wie sie anfing, zu Musik zu tanzen, und wie sie ihre ersten Worte sprach, hatte ich an die Zeit denken müssen, als Zoe noch im Bauch ihrer Mutter gewesen war und wir uns im Café getroffen hatten, Annas überschwängliche Freude und ihr dicker Bauch unwiderrufliche Anzeichen ihres Glücks und auch physisch ein Beweis der Differenzen zwischen uns, und während Anna von Peters neuem Job erzählte, und dass er jetzt viel glücklicher war als vorher und mehr verdiente, musste ich an die Zeit denken, als es weder Zoe in ihrem Bauch noch Peter in ihrem Leben gab, sondern nur uns zwei. Obwohl wir auch damals nicht immer einer Meinung gewesen waren, gab es nach einem Streit nur uns zwei und nicht noch zwei ganz andere Leben, in die wir uns zurückziehen konnten, und ich wusste, es war nicht nur Anna gewesen, auch ich hatte mich zurückgezogen, mich damit in eine seltsame Lage gebracht, denn irgendwie vermisste ich Anna, obwohl ich sie gleichzeitig nur in Maßen ertragen konnte und die Distanz zwischen uns ganz deutlich spürte. Ich wollte noch einen Versuch wagen, denn ich hatte beschlossen, mich nicht mehr zurückzuziehen, sondern auf Anna zuzugehen, an ihrem Leben teilzuhaben: Ich wollte ihr ein Geschenk machen, über das sie sich freute, das etwas ganz Besonderes war, und das zeigte, dass unsere Freundschaft für mich trotz allem etwas Besonderes war.

Ich hatte Schwierigkeiten, das Geschäft zu finden, war aus der Bahn ausgestiegen, zweimal links abgebogen und einmal wieder rechts, aber eine Häuserzeile sah aus wie die nächste und mehrmals wurde ich das Gefühl nicht los, schon einmal an der gleichen Ecke gewesen zu sein, wunderte mich, dass ich jetzt wieder an einer mehrspurigen Straße stand, versuchte, über dem Lärm der vorbeirauschenden Autos einen klaren

Kopf zu bewahren und herauszufinden, an welcher Stelle ich mich genau befand. Hier, in diesem Teil der Kölner Innenstadt kannte ich mich absolut nicht aus, war jede kleine Straße gleich dreckig und gleich hässlich, und ich ärgerte mich, dass ich mein Handy zu Hause vergessen hatte. Das passierte mir sonst nie, aber warum gerade heute, denn mit Google Maps wäre alles ganz einfach gewesen, hätte ich mich jetzt einfach navigieren lassen können, stünde ich jetzt nicht so hilflos und angestrengt hier herum. Ich zweifelte sowieso schon an meinem Vorhaben: Vielleicht war es gar keine gute Idee, ein Geschenk zu besorgen, man sollte sich nicht gegen Widerstände auflehnen, so zufällig sie auch schienen, und vielleicht sollte es nicht sein mit mir und Anna. Unsere Freundschaft war ohnehin immer schwierig gewesen, und es fielen mir auf einmal tausend Situationen ein, in denen Anna sich falsch verhalten hatte, und ich war mir gar nicht mehr sicher, warum sie mir überhaupt wichtig war.

Die Luft war trotz der klirrenden Kälte stickig vor Autoabgasen und ich versuchte, nicht so tief einzuatmen, schob meine Zweifel für den Moment beiseite, drängte mich, weiterzugehen, achtete dabei auf möglichst flache Atemzüge und entfernte mich so schnell es ging von dieser anstrengenden Hauptverkehrsstraße. Eine junge Mutter mit Kinderwagen kam mir auf dem Bürgersteig entgegen, auch sie atmeten die schlechte Luft ein, und ich fand es in diesem Moment unverantwortlich von dieser Mutter, dass sie ihrem Kind zumutete, diese Wolken von Abgasen einzuatmen, sie sollte stattdessen aufs Land ziehen, dort hätte das Kind bessere Luft, mehr Ruhe und mehr Platz. Ich war mir sicher, dass sie mir meinen Ärger ansehen konnte, je näher sie kam, auch wenn ich jetzt versuchte, ihn herunterzuschlucken, ihn aus meinem Gesicht zu verbannen, denn ich könnte sie nach dem Weg fragen, und sie würde mir vielleicht hinaus helfen aus dem Labyrinth der Straßen. Sie war jetzt nur noch ein paar wenige Schritte von mir entfernt, ich wollte die Gelegenheit auf keinen Fall verstreichen lassen, also strengte ich mich an, ein Lächeln aufzusetzen und fragte sie nach dem Geschäft. Ich hatte Glück, sie wusste tatsächlich Bescheid und rettete mich in meiner Not. Ich dankte ihr und ging weiter, jetzt in die richtige Richtung. Bereits nach einigen wenigen hundert Metern kam ich am Geschäft an und war dankbar, als mir die Wärme aus der geöffneten Tür entgegenschlug.

Als ich in dem kleinen Laden einen Plüschbären und ein Holzspielzeug für Kleinkinder ab 1 gefunden hatte, machte ich mich auf den Rückweg, freute mich darauf, Jon zu Hause anzutreffen, wusste, er müsste schon da sein, denn er wollte heute früher von seinem Treffen mit Malte, einem alten Schulfreund, nach Hause kommen, damit wir zusammen essen konnten. Doch zuerst musste ich mich durch die Kälte kämpfen, die ich jetzt nicht nur am Kopf spürte, sondern die auch begann, an meinen Beinen hoch zu kriechen, und ich nahm mir vor, mich beim nächsten Mal wärmer anzuziehen, machte mir Vorwürfe, wie leichtsinnig ich war, eine Erkältung zu riskieren und fühlte mich in diesem Moment wie ein Kind, dessen Mutter ihm nicht beigebracht hatte, dass man sich warm anziehen musste, wenn man nach draußen ging. Mir war so kalt, dass ich mich selbst an die eindeutige Wärme und Trockenheit in La Scogliera nicht mehr richtig erinnern konnte, nur noch undeutlich die glühende Sonne sehen konnte, deren Strahlen die oberen Schichten des Wassers erwärmt hatten, und obwohl diese Eindrücke so lebendig gewesen waren als ich dort gewesen war, waren es in diesem Moment nur noch schemenhafte Bilder, die nicht so real waren wie die grauen Häuser, die ich hier vor mir sah, und die Kälte, die ich am ganzen Körper spürte.

Ich hatte Jon nichts von dem Angebot erzählt, obwohl ich es mir auf dem Rückflug fest vorgenommen hatte, aber als ich ihn dann am Flughafen gesehen hatte, hatte er so glücklich gewirkt, hatte er sich so gefreut, mich zu sehen und war voller schöner Erinnerungen an seine Zeit mit Sarah gewesen. Ich hatte mir vorgenommen, ihm später davon zu erzählen, das hätte auch noch gereicht, aber als wir zu Hause angekommen waren, hatten wir uns erstmal an den Küchentisch gesetzt und Jon hatte etwas gekocht und er hatte danach gefragt, wie ich mit den anderen in La Scogliera zurecht gekommen war, und dann war das Essen fertig gewesen und während wir gegessen hatten, hatte Jon von ihm und Sarah erzählt, und dass sie sich erst fremd gewesen waren, aber es sich am Ende verändert hatte, und dass er versprochen hatte, sie in ein paar Monaten wieder zu besuchen und dass sie in der Zwischenzeit über Skype Kontakt halten wollten. Und er war sehr stolz darauf gewesen, was Sarah mit ihren sieben Jahren schon konnte und wusste, und wie gut sie immer noch beide Sprachen, Englisch und Deutsch, beherrschte. Es war der Stolz eines Vaters auf sein Kind, ganz eindeutig. Und als Jon mir so am Küchentisch gegenübergesessen hatte, hatte er meine Hand genommen und sie geküsst, mich angelächelt und gesagt, wie schön, dass du wieder da bist, ich habe dich vermisst, und wie schön du aussiehst, ich liebe dich, und ich hatte verstanden, wie glücklich er in diesem Moment gewesen war, und in meinem Bauch hatten sich Schmetterlingsgefühle ausgebreitet, denn auch ich war in diesem Moment sehr glücklich gewesen, so sehr wie schon lange nicht mehr, und ich hatte gewusst, dass ich die richtige Frau an seiner Seite war, und ich wusste auch, dass ich ihm in diesem Moment nichts von dem Angebot aus La Scogliera würde erzählen können, war mir außerdem gar nicht mehr sicher gewesen, ob es überhaupt noch für mich in Frage kam.

Erst als der Alltag eingekehrt, ich wieder zur Schule gefahren war, mich die gleichen alltäglichen Konflikte dort wieder eingeholt hatten, waren die Gedanken an La Scogliera, an Marieta, Pietro und Raquel wieder häufiger geworden, und der Gedanke war zurückgekehrt, doch alles hinzuschmeißen, ganz einfach auf niemanden dabei zu achten, und von heute auf morgen alles zurückzulassen. Auch die verblassenden Erinnerungen waren wieder stärker geworden und immer wieder hatte ich mir auf meinem Handy die Fotos angeschaut, die ich vom Institut und der Landschaft in der Umgebung, den Steilklippen, dem blauen Meer und dem kleinen Anlegesteg gemacht hatte. Zwischendurch hatte Jon mich gefragt, Katharina, ist alles in Ordnung, du wirkst so abwesend? Aber ich hatte nur geantwortet, es ist alles okay, mach dir keine Sorgen, ich habe einfach viel zu tun in der Schule, die Zeit bis Weihnachten ist einfach die stressigste Zeit des ganzen Schuljahres, und ich hatte mich wieder nicht getraut, ihm von dem Angebot zu erzählen und dass es mich in meinen Gedanken verfolgte, ich tatsächlich immer wieder darüber nachdachte, mein Leben komplett zu verändern. Ich hatte gewusst, dass ich Jon nicht lange würde täuschen können, auch wenn er nicht nachbohrte und mir meine Freiheit ließ, vielleicht weil er spürte, dass eine Idee in mir brodelte, die noch unausgegoren war, dass meine Gedanken noch reifen mussten, bevor ich sie aussprechen konnte. Aber immer wieder hatte ich gedacht, er würde mich nicht mehr lange in Ruhe lassen, würde die Ehrlichkeit einfordern, die ihm zustand, und es tat mir unendlich leid, dass ich nicht in der Lage war, ihm diese Ehrlichkeit zu geben, ganz besonders in den Momenten, in denen sich mein Geheimnis und seine Nähe nicht vertrugen, nachdem wir miteinander geschlafen hatten, als ich ihm den Rücken zudrehen musste, weil ich Angst hatte, die Verbindung zwischen uns zu zerstören, die wir uns in den letzten Monaten geschaffen hatten, wenn ich ihm vom Angebot erzählte.

Ich drehte den Schlüssel im Schloss, unter dem Arm klemmte die Tüte mit Annas Babygeschenk. Die Tür sprang sofort auf, denn Jon war bereits von seiner Verabredung zurückgekehrt. Ich hörte Musik aus der Küche und roch den Geruch nach angebratenem Gemüse, hörte Jon pfeifen und war auf einmal so unendlich froh, dass dies mein zu Hause war und dass hier jemand auf mich wartete, dass ich in die Küche stürmte und Jon um den Hals fiel. Er lachte und drückte mich, bevor er weiter kochte und uns die leckerste Pastasoße kochte, die ich jemals gegessen hatte, so kam es mir jedenfalls in diesem Moment vor.

Während des Essens erzählte ich Jon von meinem Ausflug ins Babygeschäft und meiner Idee, den Kontakt zu Anna wieder aufleben zu lassen und dass mir im letzten Moment Zweifel gekommen waren, weil Anna in einer Welt lebte, die nichts mehr gemeinsam hatte mit meiner und überhaupt, war ich mir nicht mehr sicher, ob Anna überhaupt noch meine Freundin sein wollte. Ich hatte gedacht, Jon würde mich verstehen und mich bestärken, und dass er dankbar wäre, dass ich meine Gedanken mit ihm geteilt hatte, aber er schaute mich ein wenig verärgert an und sagte, Katharina, zweifle bitte nicht schon wieder, ich finde es sehr gut, dass du das machen möchtest, es ist viel zu lange her, dass du dich mit einer Freundin getroffen hast, überhaupt kommt es mir vor, dass du dich viel zu oft zurückziehst, und ich erwiderte erstaunt, zurückziehen, was meinst du damit, und Jon sagte, ja, Katharina, du ziehst dich zurück, du redest nicht mit deinen Freundinnen über deine Probleme, aber so geht es nicht im Leben, man kommt ohne Freunde nicht klar, sie haben eine Funktion, die eine Beziehung nicht erfüllen kann, darüber solltest du dir wirklich mal klar werden, ich kann für dich nicht Partner und bester Freund zugleich sein, aber ich mache mir manchmal Sorgen, dass du keine beste Freundin hast, denn wenn etwas mit uns wäre, zu wem würdest du dann gehen, an wessen Schulter könntest du dich dann anlehnen?

Mit uns? Wenn etwas mit uns wäre? Was sollte schon mit uns sein, wir gehörten doch zueinander, oder zweifelte Jon etwa daran? Außerdem hatte er kein Recht so über mein Leben zu sprechen und ich sagte, ach ja, was weißt du schon über meine Freundschaften, das muss ich schon selbst entscheiden können, vielleicht ist Anna auch nicht die richtige, wer will schon eine Freundin, die aus ihrer eigenen Welt nicht mehr herauskommen will, und überhaupt kenne ich ganz bestimmt mehr Leute als du. Je mehr ich mich verteidigte wuchs in mir eine tiefe Traurigkeit darüber, dass Jon wahrscheinlich Recht hatte, denn ich hatte zwar viele Bekanntschaften, aber keine Freunde, mit denen man durch dick und dünn gehen konnte, mit denen man lachen und weinen konnte, denn gemeinsam zu lachen war vielleicht einfach, aber gemeinsam weinen war eine ganz andere Sache, und ich fragte mich, wenn es soweit käme, an wessen Schulter würde ich tatsächlich weinen können und schon standen mir Tränen in den Augen und ich sagte zu Jon, lass uns bitte nicht mehr darüber reden, du verletzt mich.

Aber das machte ihn erst recht wütend, er antwortete, klar willst du nicht darüber reden, wie immer, zieh du dich ruhig in dein Schneckenhaus zurück, so wie du es immer tust, damit dich ja niemand verletzen kann und du so wenig wie möglich spürst, aber sei bloß nicht ehrlich zu mir und auch nicht zu dir selbst, gib bloß nicht zu, dass etwas nicht in Ordnung ist, dass etwas mit dir nicht stimmt! Ich werde jetzt mal sehr ehrlich zu dir sein, denn Ehrlichkeit ist das, was mir gerade fehlt hier zwischen uns, denn ich kann nichts anfangen mit dir, wenn du so verbohrt bist, so verwurzelt und

verhangen in deiner alten Welt, in die du niemanden rein-
lässt, weißt du, dann fühle ich mich nicht wohl hier in unserem gemeinsamen Zuhause, denn das ist es dann nicht mehr,
dann fühle ich mich ganz allein und frage mich, wieso ich
mein altes Leben, das mir so viel bedeutet hat, für dich aufgegeben habe, für wen, wenn nicht für dich, die du aber einen Großteil der Zeit gar nicht da bist, jedenfalls nicht an
meiner Seite bist. Und vorher, in meiner eigenen Wohnung
war alles genau so, wie ich es wollte, es war alles schön, und
nur wegen dir bin ich so viele Kompromisse eingegangen,
und jetzt fühle ich mich nicht mehr wohl hier.

Er ließ seinen Kopf hängen und blickte auf seine blassen
Hände, die regungslos in seinem Schoß lagen, als wären sie
leblose Leichenteile, die gar nicht zu seinem Körper gehörten:
Manchmal schaue ich mir Fotos von meiner alten Wohnung
an und dann wünsche ich mir, dass ich wieder dort wäre und
nicht so schnell alles für dich aufgegeben hätte!

Das tat weh, es war ein Stich ins Herzen, den er mir in diesem Augenblick zufügte, und ich fragte mich, warum er das
tat, fragte mich, was ich getan hatte, dass er mich so verletzte,
und wurde gleichzeitig so wütend, weil er nicht das Recht
hatte, mich so zu behandeln, fragte ihn: Du? Du hast alles
aufgegeben, alles? Das stimmt nicht, mindestens die Hälfte
der Dinge in dieser Wohnung gehören dir, und alles Neue
haben wir gemeinsam ausgesucht, nein, so einfach ist es
nicht, dann hättest du nicht Ja sagen dürfen, als wir über eine
gemeinsame Wohnung oder den Kauf der Dinge gesprochen
haben, du kannst mir jedenfalls nicht vorwerfen, ich hätte
hier irgendetwas über deinen Kopf hinweg entschieden. Und
was ist überhaupt mit den Kompromissen, die ich eingegangen bin, denkst du, ich finde alles in dieser Wohnung schön?
Auch ich habe ja gesagt zu Dingen, die ich nicht so schön
finde wie manche aus meiner alten Wohnung, die nur mir

gehörten, die nur ich ausgesucht hatte, aber das werfe ich dir nicht vor, nein, ich störe mich nicht weiter daran, denn es sind unsere Sachen, es ist unsere gemeinsame Wohnung und sie ist das Produkt unserer Liebe und deshalb stört es mich nicht, dass mir nicht alles gefällt, im Gegenteil bedeutet es etwas und ich blicke in die Zukunft, freue mich darüber, dass es uns so gut geht, dass wir alles haben, was wir zum Leben brauchen und wenn dann die Vorhänge nicht so schön aussehen, schaue ich ganz einfach darüber hinweg.

Während ich sprach hatte Jon die ganze Zeit auf seinen Teller geschaut und sich Gabel für Gabel voller Nudeln in den Mund geschoben, aber jetzt schaute er mich direkt an, sagte, ja, du hast Recht, dass man Kompromisse machen muss, aber du hast wirklich viel entschieden hier in dieser Wohnung und manchmal wird mir klar, dass es anders einfach schöner wäre.

Es stimmte nicht, es war einfach falsch, ich hatte nichts ohne ihn entschieden. Ich war wütend, rasend. Er warf mir vor, ich sei nicht immer anwesend, dabei war er derjenige, der sich hier nicht wohlfühlte und mit den Gedanken in sein altes Leben abschweifte. Aber ich erkannte auch, dass es in diesem Moment nicht mehr um Recht oder Gerechtigkeit ging, irgendetwas passierte gerade in ihm, und jetzt schmiss er mit seltsamen Gedanken und Argumenten um sich. Ich wurde wieder ruhiger, sagte, ja, natürlich entspricht nicht immer alles hundertprozentig dem eigenen Geschmack, aber darum geht es doch beim Zusammenleben mit einem anderen Menschen, dass man Kompromisse findet, dass man sich arrangiert, dass man sich vielleicht auch ein bisschen verändert, um nicht alleine zu sein, sondern das Leben mit und eben nicht ohne diesen Menschen zu meistern. Verstehst du nicht, dass es das ist, was eine Beziehung so schwierig macht? Das ist die große Herausforderung, vor der man steht, wenn man etwas so Kostbares erleben möchte wie die Liebe. Wir müssen an uns arbeiten, wir müssen uns verändern, damit das Zusammenleben klappt. Uns ständig miteinander auseinandersetzen, und nicht egoistisch sein, wie ein kleines Kind, das auf seinem Recht beharrt, zu denken, wenn ich alleine wäre, könnte ich das machen, was ich möchte. Das ist die Beziehungsarbeit, von der alle sprechen, und die wir jetzt leisten müssen, Jon, lass uns anfangen, und bitte höre auf, an deinen Ideen festzuhalten.

Zum ersten Mal hatte ich das Gefühl, dass ich aufgeräumter war als er, dass ich den Durchblick hatte und ihm all das vorwerfen konnte, was er mir üblicherweise vorwarf, dass ich negativ war und in die Vergangenheit statt in die Zukunft blickte. Jetzt war er negativ, sah nicht die positiven Dinge, dachte an seine alte Wohnung anstatt an unsere nächste, oder an die Dinge, die man verändern könnte, um ein glückliches Zusammenleben zu ermöglichen, Veränderungen in der Wohnung oder der inneren Haltung. Es war egal, wo man war und was um einen herum gerade passierte, glücklich sein konnte man auch ohne all das. Es ging um das, was in einem war.

Aber Jon hatte dichtgemacht und wollte nicht mehr darüber sprechen - sein Mund war zu einem schmalen Schlitz zusammengepresst und signalisierte Distanz und auch seine Augen waren nicht mehr anwesend, jedenfalls nicht bei mir, sie blickten verschwommen ins Leere, auf seiner Stirn sammelten sich Falten. Wenn ich eines gelernt hatte, dann war es, ihn in solchen Momenten in Ruhe zu lassen. Ich wollte es nicht persönlich nehmen, nicht als Ablehnung meiner Anwesenheit oder meiner Persönlichkeit, es waren seine Themen, mit denen er gerade beschäftigt war und obwohl ich zwar der Auslöser war, konnte ich nichts dafür, hatte ich mich korrekt verhalten. Er war derjenige, der dichtmachte und die Verbindung zwischen uns kappte, nicht ich. Aber es fiel mir schwer, nicht ständig daran zu denken und im Kopf die letzten Tage durchzugehen. Konnte ich bei ihm schon vorher Anzeichen dafür entdecken, dass er unzufrieden war, unzufrieden mit der Beziehung, so sehr, dass sie in Gefahr war? Und wie hatte ich mich in den letzten Tagen verhalten, war ich vielleicht wirklich so sehr mit meinen Themen beschäftigt gewesen, dass ich nicht anwesend war, dass ich nicht für ihn da gewesen war als gleichgestellte Partnerin, die als Erwachsene aufrecht an seiner Seite ging und sich nicht als trauriges Kind vor ihm auf den Boden schmiss?

Wenn ich ehrlich zu mir war, musste ich zugeben, dass mich tatsächlich Dinge beschäftigt hatten, von denen ich Jon nichts erzählt hatte, und mir wurde klar, dass ich ihn einweihen musste, dass er wissen musste, worüber ich nachdachte, damit wir uns ohne Geheimnisse gegenübertreten konnten, damit wir unsere Gedanken ganz ohne Angst offen vor uns ausbreiten und als gleichgestellte Partner Hand in Hand gehen konnten und nicht einer den anderen mitzog oder aus Rücksichtnahme seine eigenen Bedürfnisse hinten anstellte. Ich musste ihm schnellstmöglich, vielleicht sogar sofort von La Scogliera und dem Angebot der drei erzählen, das war ich ihm wirklich schuldig, und so holte ich tief Luft und begann, und Jon, wenn wir schon dabei sind von Ehrlichkeit und Offenheit zu sprechen, dann gibt es etwas, das du wissen solltest. Und ich schluckte, denn der Teil fiel mir schwer, wie sollte ich anfangen, von einer so wichtigen Sache zu erzählen, ohne den anderen zu verletzen, das war nicht einfach, und ich begann, du weißt, dass es mir in La Scogliera sehr gut gefallen hat, und dass ich mich mit den dreien dort sehr gut verstanden habe und dass ich das Gefühl hatte, ich hätte dort neue Freunde fürs Leben gefunden, und es ist so, dass die drei mir ein Angebot gemacht haben, denn sie brauchen jemanden, der dort an ihrem Institut die Koordination einiger Projekte übernimmt, also ich meine sie suchen jemanden, der dort längerfristig bleibt und ihnen unter die Arme greift und das ist es, worüber ich in den letzten Wochen so intensiv nachgedacht habe und was mich in einen so tiefen Zwiespalt gebracht hat, denn tatsächlich mag ich meinen Job in der Schule nicht mehr, ich fühle mich einfach nicht mehr wohl, und ein solches Angebot könnte für mich die Rettung sein. Begreifst du jetzt die Bedeutung meines Aufenthalts dort? Ich habe das Gefühl, es hat alles ins Wanken gebracht, auch wenn das Wichtigste in meinem Leben für mich du bist, Jon, verstehst du das, wie schwierig es für mich ist?

Endlich war es raus, was mich so lange beschäftigt hatte, der Gedanke, dessen Gewicht so lange meinen Kopf alleine belastet hatte, die Schwere des Gedankens war jetzt nicht mehr so intensiv, denn ich hatte ihn geteilt, und jetzt kam er mir nicht mehr so kompliziert vor wie als er noch in den Windungen meines Gehirns alleine herum gekrochen war und mich zu jeder Tageszeit begleitet hatte. Das Gefühl, Jon und seinen unlogischen Argumenten ausgeliefert zu sein, von ihm alleine gelassen zu werden, wenn er sich nach seinem alten Leben sehnte, war jetzt verflogen, denn ich hatte bewiesen, dass ich dabei war, selbst Entscheidungen über mein eigenes Leben zu treffen.

Jon schaute mich jetzt wieder direkt an, hatte mir aufmerksam zugehört, mit weit aufgerissenen Augen und mit zusammengepressten Lippen begann er, Katharina, aber das ist unglaublich, dass du darüber nachdenkst, dein Leben hier zu beenden, und dass du mir erst jetzt davon erzählst, weil du weißt, wie viel ich in Kanada für dich aufgegeben habe und jetzt möchtest du einfach so hier weg, mich hier zurücklassen, ein neues Leben beginnen, und ich kann schauen, wo ich bleibe, oder ob ich vielleicht Lust habe, dir hinterherzu-laufen?

Seine Wut schlug mir von der anderen Seite des Küchenti-sches entgegen und ich musste allen Mut zusammennehmen, um weiterzusprechen, mich nicht zurückzuziehen, sondern zu kämpfen dafür, verstanden zu werden, und ich sagte, Jon, so war das überhaupt nicht gemeint, siehst du, du hörst mir einfach nicht richtig zu, manchmal habe ich den Eindruck, du verstehst mich überhaupt nicht richtig, vielleicht weil du es gar nicht willst, oder was weiß ich. Und Jon antwortete, mit gerunzelter Stirn, so, du meinst also, ich würde dich nicht verstehen, aber ich erinnere dich daran, dass du gesagt hast, ich würde dich als Einziger verstehen, dass ich in dir lesen könnte, woher kommt die plötzliche Meinungsänderung? Und weil er begann, mir die Worte im Mund herumzudre-hen, antwortete ich, verärgert, ja, das dachte ich auch, aber jetzt ist es ganz offensichtlich anders, du verstehst gar nichts, denn ich habe überhaupt nicht gesagt, dass ich es wirklich tun werde, die ganze Sache ist so kompliziert und manchmal verstehe ich mich ja selbst nicht.

Ich bereute es schon, so ehrlich zu sein, denn jetzt wurde er gemein, sagte mit einem triumphierenden, aha, daran liegt es also, du weißt überhaupt nicht, was du willst, vielleicht wirst du dir darüber erstmal klar, bevor du solch folgen-schwere Überlegungen auf den Tisch packst. Und dann dreh-te er sich um, rief mir im letzten Moment noch zu, ich bin im Café Sehnsucht, nur, damit du nicht denkst, ich laufe weg. Er knallte die Tür hinter sich zu und war weg, und nach ihm war nur noch die Stille, und mein Schluchzen, das tief aus meiner Brust kam, die sich herauf und herunter hob, weil ich mich in diesem Moment so unverstanden und einsam fühlte wie noch nie zuvor.

Immerhin hatte er mir den Gefallen getan, nicht einfach so zu verschwinden, wie so viele Male zuvor, und wie damals, als er mich das erste Mal verlassen hatte.

Erinnerungen an die Zeit, als wir 20 waren, tauchten in mir auf. Würde er mich wieder für eine solche Kleinigkeit verlassen, waren wir an einem solchen Tiefpunkt unserer Beziehung angelangt, oder beinhaltete eine ernste Krise bereits die Möglichkeit eines Neuanfangs? Ich wusste weder vor noch zurück, sah noch kein Licht am Ende des Tunnels, war nur überzeugt davon, dass es ein Fehler gewesen war, ihn in seiner Traurigkeit über den Verlust seines alten Lebens auch noch mit meinen Konflikten zu konfrontieren, das wusste ich jetzt.

Ich musste raus hier, wollte mich nicht mehr als Hinterbliebene, als Verlassene fühlen und beschloss, eine Runde spazieren zu gehen. Diesmal brauchte ich mich nicht dick einzupacken, denn mir war heiß, und ich war dankbar für die Kälte, die mir draußen entgegenschlug und die meine geröteten Wangen kühlte und ich sog die frische Luft tief in meine Lungen ein, empfand sie jetzt als viel klarer als vorher. Die hübschen, kleinen Straßen in Ehrenfeld erinnerten mich daran, dass es noch ein Leben außerhalb unserer Wohnung gab, außerhalb dessen, was sich zwischen mir und Jon abspielte. Ich ging ziellos durch die von Altbauten gesäumten Straßen, kam an einem Tätowierstudio vorbei und überlegte, mich ganz spontan tätowieren zu lassen - aus Protest gewissermaßen und um einmal im Leben verrückt zu sein. Etwas in mir hielt mich trotz allem zurück: Jetzt, mit einer solchen Traurigkeit in mir wäre einfach der falsche Zeitpunkt. Ich versprach mir, mich tätowieren zu lassen, wenn ich diese Krise überwunden hätte.

Ich ging weiter, fragte mich, was Jon jetzt dachte, wofür er sich entschied, ob er sich beruhigen und mich später wieder in seine Arme schließen könnte, ich wollte es so sehr.

Als ich an der nächsten Kreuzung gedankenverloren um die Ecke bog, stieß ich mit einem Passanten aneinander. Er war mehr als einen Kopf größer als ich, so dass mein Kopf beim Zusammenprall auf seiner Brust landete, wo er von der weichen Wolle eines dunkelgrünen Pullis zurück gefedert wurde. Ich entschuldigte mich schnell und senkte den Blick, weil ich merkte, dass mir das Blut in den Kopf schoss - es war mir unangenehm, wie nah ich einem Fremden gerade gekommen war und wie sehr ich in Gedanken gewesen sein musste, dass ich sogar in fremde Leute hinein rannte, aber da sagte der Mann, Hallo Katharina, das ist ja eine Überraschung! Jetzt erkannte ich ihn, sah, dass es Henning war, den ich kennengelernt hatte kurz nachdem ich mich von Stefan getrennt hatte, noch bevor Jon nach Köln zurückgekehrt war. Und ich war überrascht, freute mich wirklich, ihn zu sehen.

Henning war bodenständig und gefestigt, und er hatte sich sehr für mich interessiert, auch wenn das Interesse nicht unbedingt sexueller Natur gewesen war. Das hatten wir leider erst herausgefunden, als es sozusagen zu spät war, hatten aber darüber lachen können, uns schnell wieder angezogen und es dabei belassen, am Leben des anderen auf platonischer Ebene teilzuhaben. Und jetzt traf ich ihn hier auf der Straße, welch ein Zufall, und vielleicht war es gar kein Zufall, sondern Schicksal, nämlich genau das, was ich jetzt brauchte, jemanden zum Reden, jemanden, der sich meine Probleme anhörte, die Dinge mal aus ein wenig mehr Distanz beurteilte. Und so sagte Henning, du, ich komme ein Stückchen mit dir mit, ich will wissen, wie es dir geht, und ich sagte, du hast mich wohl im denkbar ungünstigsten Moment erwischt für diese Frage, es geht mir gerade gar nicht gut, aber es ist sehr kompliziert, das kann man nicht in ein paar Sätzen zusammenfassen. Und Henning sagte, gut, ich habe Zeit, lass uns einen Kaffee trinken gehen, ich kenne hier ein schönes Café, und ich fügte mich, schlenderte noch eine Weile neben ihm her und genoss es, einfach nur zu folgen, jemandem, der wusste, wohin er wollte.

An der nächsten Ecke bogen wir rechts ab, die Straße kam mir bekannt vor, und ich sah, dass wir jetzt in der Körnerstraße waren, und mir fiel plötzlich ein, dass auch Jon ganz in der Nähe war, im Café Sehnsucht, in dessen Richtung Henning bereits sicher zusteuerte, schnellen Schrittes, und ich wusste, es wäre eine Katastrophe, wenn wir ihm jetzt hier begegneten, ich wusste, er würde es in seiner Stimmung missverstehen, ich an der Hand eines anderen Mannes, aber ich war in diesem Moment so überrascht, dass ich nur murmeln konnte, Warte, Henning, lass uns....

Aber Henning war sicher in dem, was er tat, drückte meine Hand noch ein wenig fester und sagte, komm, Katharina, mir ist kalt, lass uns schnell reingehen, das Café hier ist sehr schön, wir wärmen uns ein bisschen auf und dann kannst du mir alles in Ruhe erzählen.

Wir waren nur noch wenige Meter von den bodentiefen Fensterscheiben entfernt, aus denen alle, die im Café saßen, die Passanten beobachten konnten, die auf dem Bürgersteig vorbeigingen. Ich wusste, es würde eine Katastrophe geben, wenn wir jetzt weitergingen, denn Jon saß in diesem Café und wusste nicht, dass auch ich hier draußen war, und er kannte Henning nicht, und ich verfluchte mich jetzt, dass ich ihm nicht vorher schon mal von ihm erzählt hatte, und so waren es jetzt nur noch wenige Schritte, die mir blieben, um etwas gegen die nahende Katastrophe zu unternehmen, und so schaffte ich es endlich an Hennings Hand zu ziehen und zu sagen, warte, Henning, ich möchte lieber woanders hingehen... Aber Henning machte einen enttäuschten Gesichtsausdruck, offensichtlich handelte es sich um sein Lieblingscafé, und so versuchte er, mich zu überzeugen, sagte, aber Katharina, drinnen ist es super schön und sehr gemütlich, und das nächste Café ist ein Stückchen entfernt, lass uns doch einfach hier reingehen. Je länger wir dort standen, desto größer war die Chance, dass Jon uns begegnete und das wollte ich unter keinen Umständen, also sagte ich, diesmal bestimmter, bitte, Henning, ich möchte nicht in dieses Café, lass uns bitte woanders hingehen, ich erklär's dir später, worauf Henning sich endlich einließ und sich von mir in die entgegengesetzte Richtung ziehen ließ. Ich fühlte mich wie ein Schwerverbrecher, wie ich hier vertuschte, mit wem ich unterwegs war und schon wieder kam es mir vor, als hätte ich ein Geheimnis vor Jon, obwohl ich mir fest vorgenommen hatte, nie wieder eines vor ihm zu haben.

Als wir uns nach zwei Kaffees und zwei Stückchen Apfelstrudel in einem anderen Café verabschiedeten und jeder wieder für sich war, konnte ich klarer sehen und wusste, ich hatte Henning genau im richtigen Moment getroffen, denn er hatte sich meine Geschichte angehört, hatte gesagt, na da haben sich aber zwei Liebende gefunden, Katharina, so wie ihr euch liebt, das gibt es nicht oft, dafür solltet ihr kämpfen. Und es war toll, dass er das sagen konnte, obwohl ich merkte, wie gern er mich hatte und vielleicht selbst lieber mit mir nach Hause gegangen wäre.

Wenn ich es darauf angelegt hätte, hätte ich bestimmt mit ihm mitgehen können, aber ich wollte nicht, es hätte sich nicht richtig angefühlt. Auf einmal wusste ich viel klarer, wohin ich gehörte, nämlich nicht zu Henning, Stefan, Jakob, oder irgendjemand anderem, nein, ich war mir sicher, dass ich nur zu dir, Joni, gehörte, und ich wusste, dass ich nach Hause gehen musste, in unser gemeinsames Zuhause und dass wir es dort noch einmal versuchen müssten. Wir müssten uns an einen Tisch setzen und miteinander reden und wir dürften nicht verletzt voneinander sein und auch nicht den anderen verletzen wollen und wenn wir das schafften, dann stünden uns alle Türen dieser Welt offen, das wusste ich und das wollte ich, ich wollte niemals mehr eine Tür alleine aufmachen müssen, sondern ich würde es immer mit dir gemeinsam machen wollen, Joni, und ich hoffte, dass du es genauso sehen würdest und ich hoffte auch, dass du da sein würdest, wenn ich zurück nach Hause kam.

Und er war tatsächlich zuhause, er saß am Küchentisch. Und er schien auf mich zu warten, darauf, dass ich zurückkam zu ihm und dass wir redeten, das sagte er mir jetzt, aber wir wollten es nicht sofort aufdröseln, das war vielleicht zu viel verlangt, denn wo sollten wir überhaupt anfangen, das brauchte Zeit, und ich stimmte ihm zu, war jetzt erleichtert, war wieder ohne die schwere Last, die ich auf meinen Schultern durch Ehrenfeld getragen hatte. Jetzt miteinander reden war schwer, denn wir waren zwei empfindliche Seelen, und wir brauchten Zeit und wir brauchten Raum, aber später irgendwann würde jeder die Worte finden, die wir einander sagen konnten, die erklären würden, wie wir uns fühlten.

Das einzige, was Jon doch noch zu mir sagte, war, und Katharina, ich habe gute Neuigkeiten, Tiffany will endlich die Scheidung und ich habe eingewilligt. Mir stockte der Atem im Hals, kurz bevor mir die Bedeutung dieser Neuigkeit für mein eigenes, für unser gemeinsames Leben bewusstwurde, und kurz bevor ich schlucken musste und sich der Atem doch wieder löste, als warmer Schwall Luft aus meiner Kehle herauskam, pfffff, was für eine Erleichterung.

Ich wusste jetzt, dass sich alles von alleine ergeben würde, und selbst wenn wir jetzt in diesem Moment nicht die richtigen Worte fanden, würden wir später versuchen, gemeinsame Worte zu finden, mit denen wir eine gemeinsame Zukunft beschreiben könnten, in der wir uns wohlfühlen und unser Leben gemeinsam leben könnten und in der wir wieder Boden unter den Füßen hätten, einen Boden, auf dem man sich wohlfühlen konnte und der so real war, dass man ihn anfassen konnte, dessen wunderschöne Farbe man sehen und dessen erdigen Geruch man riechen konnte und dessen Sandkörnchen man auf der Haut spüren konnte, wenn man die feinen Pigmente durch die Finger rieseln ließ.

Anders als erwartet verging das erste Quartal des Jahres ohne dass etwas passierte und es verging, ohne dass ich merkte, dass das neue Jahr schon längst angefangen hatte. Es fühlte sich an, als müsste noch etwas Altes zu Ende gebracht werden, bevor ein neues Jahr meines Lebens beginnen konnte. Aber ich hatte die Uhr nicht erfunden und so tickte sie weiter, die Tage hörten nicht auf zu vergehen, und ich fügte mich.

Sobald ich in den Osterferien ein wenig mehr freie Zeit hatte, kehrten die offenen Fragen zurück, die ich wochenlang von mir hatte wegschieben können. Die Leerstellen in meinem Leben leuchteten wieder so hell auf wie zuvor, und ich fühlte mich wie ein Schüler, der mit Schweißperlen auf der Stirn über einem Test brütete, der einen Lückentext füllen musste, ohne zu wissen, worum es in dem Text eigentlich ging und ohne einen blassen Schimmer, welche Art und Anzahl von Worten er eigentlich benötigte.

Ich nahm mir vor, das Projekt meiner Zukunft zumindest mal anzugehen und mich über meine Möglichkeiten zu informieren, innerhalb meiner Verbeamtung etwas zu verändern. Immer noch schrien die Stimmen in meinem Kopf nach Sicherheit. Meine Verbeamtung aufzugeben wäre die schwierigste Aufgabe, die ich mir überhaupt in meinem Leben für mich stellen konnte. Immer wenn ich darüber nachdachte, es ernsthaft zu tun, und überlegte, welche Schritte die nächsten wären, vor meinem inneren Auge dann deutlich sah, wie ich die Entlassungspapiere unterschrieb, bekam ich Angst, eine riesengroße Angst, der ich mich so ausgeliefert fühlte wie nie etwas Anderem zuvor. Und dann fragte ich mich, ob ich solch bedeutende, große Schritte jemals schaffen würde, auch wenn ich noch so überzeugt war, noch so lange das Für und Wider in meinem Kopf gewälzt hatte, aber wenn mich die Angst vor Veränderung jedes Mal aufs Neue im letzten Moment packte, und mir sagte, dass ich dabei war, etwas Unmögliches zu tun, mir sagte, dass eine Unterschrift auf diesem Papier mein sicherer Untergang sei, mein sicherer Weg in die Armut, und dass ich, schlimmer noch, sogar sterben könnte, wenn ich das Papier unterschrieb, wer bekäme dann nicht eine unheimliche, ganz bedrohliche, fürchterliche Angst?

Aber was war das für eine Angst? War es die Angst davor, am Ende allein dazustehen und hilflos zu sein, die Angst davor, keine sinnvollen Entscheidungen treffen zu können, die Angst davor, es nicht zu schaffen und nicht geschafft zu haben, als dumm abgestempelt zu werden, oder war es ganz einfach eine allem zugrundeliegende Angst vor Veränderung, da Veränderung Verlust oder Gefahr bedeuten konnte. Und woher kam diese Angst, was hatte ich in meinem Leben bereits verloren, welchen Schatz hatte ich in den Händen gehalten, liebgewonnen, und wieder verloren? Ich musste an Jon denken, der mich vor vielen Jahren verlassen hatte, weil ich einen anderen Mann geküsst hatte, ja, das hatte sich damals wie ein Verlust angefühlt, und ich musste auch an meine Eltern denken, die mir jahrelang ein glückliches Familienleben vorgegaukelt hatten und mir dann von einem auf den anderen Tag alles genommen hatten, was mir Sicherheit gegeben hatte, als sie mir erklärt hatten, dass es nie wieder ein

Familienleben geben würde, weil sie sich nämlich trennten. Ja und so, dachte ich, war es kein Wunder, dass ich Angst davor hatte, aus freien Stücken alle Sicherheiten aufzugeben, die ich mir selbst in mühsamer und jahrelanger Arbeit aufgebaut hatte und die sich so viele für ihr Leben wünschten. Gleichzeitig hatte mir niemand das Vertrauen, die Zuversicht gegeben und gesagt, und selbst, wenn du alles aufgibst, wird es weitergehen und dir wird es gut gehen, und wenn es vielleicht anders wird, wird es dir vielleicht besser gehen, und mir wurde klar, dass es in meinem Leben solche Menschen bisher nicht gegeben hatte, und dass ich deshalb Jon bewunderte, der einen Neuanfang in Kanada begonnen hatte und einen weiteren Neuanfang in Köln, für den er alle Sicherheiten aufgegeben hatte, die er vorher besessen hatte.

Ich vereinbarte ein Gespräch mit der Bezirksregierung, um mich über meine Möglichkeiten zu informieren. Nervös blickte ich dem Termin entgegen, nahm überpünktlich vor dem Büro des Sachbearbeiters Platz und betrachtete die dunklen, fensterlosen Gänge, deren Böden mit Linoleum ausgelegt waren. Kurz bevor die Tür aufging und ich hineingebeten wurde, überlegte ich, ob man nach dem Gespräch einen Vermerk in meiner Personalakte machen würde: Frau K. informierte sich über Möglichkeiten der Entlassung aus Ihrer Verbeamtung. Aber jetzt war es sowieso zu spät, denn man hielt mir schon die Tür auf und der Sachbearbeiter blickte mich ungeduldig mit seinen riesigen, kugelrunden Augen an, die hinter der Brille mit den zentimeterdicken Gläsern noch größer erschienen, als sie in Wahrheit waren.

Nachdem ich mein Anliegen vorgetragen hatte, nickte der Mann höflich und sagte freundlich, jedoch ohne den Blick von seinem Computerbildschirm zu lösen, darf ich fragen, warum sie ihren Beruf wechseln möchten, und ich antwortete, ja, natürlich, obwohl mein Herz jetzt lauter klopfte, und

ich versuchte, mit einem Lächeln meine Nervosität zu über-
spielen, ich mache meine Arbeit einfach nicht mehr gerne, es
macht mir keinen Spaß mehr, und ich musste schlucken angesichts der plötzlichen Ehrlichkeit gegenüber einem Fremden, der nun zum ersten Mal von seinem Bildschirm aufsah
und mich über seine dicken Brillengläser hinweg anschaute,
jetzt allerdings nicht mehr freundlich nickend, sondern die
Nase rümpfend, so dass sich seine Stirn in Falten legte, und
er sagte, sie wissen schon, dass Ihre Verbeamtung eine sehr
große Sicherheit ist, die Sie nicht so leicht aufs Spiel setzen
sollten, was denken Sie, wie viele Menschen von Ihren Möglichkeiten träumen, noch dazu das gute Gehalt, glauben Sie
bloß nicht, dass Sie in der freien Wirtschaft die Chance haben,
so viel Geld zu verdienen, das ist ganz hartes Brot, das kann
ich Ihnen sagen. Ich schluckte und nickte, sagte, ja, ich weiß,
deshalb möchte ich mich ja auch darüber informieren, welche
Möglichkeiten ich habe, innerhalb meiner Verbeamtung etwas zu verändern. Jetzt schnaubte der Sachbearbeiter durch
die Nase, rückte ein Stückchen mit seinem Schreibtischstuhl
nach hinten, schaute mich an und zuckte unmerklich mit dem
Kopf: Keine, das ist ganz einfach, keine. Auch keine Beurlaubung, fragte ich vorsichtig. Jetzt holte er tief Luft, stieß sie
sofort hörbar wieder aus und sagte, es sei denn, sie haben
Kinder oder Erwachsene in der Familie, die pflegebedürftig
sind oder lassen sich aus arbeitsmarktpolitischen Gründen
beurlauben. Und was könnte das zum Beispiel sein, diese
arbeitsmarktpolitischen Gründe, wollte ich jetzt wissen, aber
darauf schien er zum ersten Mal keine Antwort zu haben,
denn er schaute jetzt aus dem Fenster und antwortete mit
deutlichem Widerwillen, das wird man dann sehen, so pau-
schal kann man das nicht sagen, Sie müssen erst einen Antrag
stellen, und dann schaut man, ob er bewilligt wird, aber ich
kann Ihnen aus eigener Erfahrung sagen, dass es nicht leicht

ist, die meisten Anträge werden abgelehnt und denken Sie daran, dass Sie während der Zeit der Beurlaubung keinen Anspruch auf Beihilfe haben und auch die Ausübung vergüteter genehmigungspflichtiger Nebentätigkeiten ausgeschlossen ist. M-mh, summte ich, genehmigungspflichtig... das scheint also nicht so einfach zu sein, und jetzt nickte der Herr, scheinbar wieder zufrieden mit sich, wenn das so einfach wäre, könnte es ja jeder machen, so einfach mal ne Pause, wo kämen wir da hin, und fügte noch hinzu, das alles geht sowieso nur, wenn der Beurlaubung keine dienstlichen Belange entgegenstehen, und das alles können Sie nachlesen in Paragraph 64 bis 70 des ell-be-ge, wobei er die einzelnen Buchstaben der Abkürzung so akzentuiert aussprach, dass ich mir sofort vorstellen musste, dass er genau so auch seine Stempel unter alle möglichen Antragsformulare setzte, schnell, kraftvoll und präzise, bearbeitet, wumm, oder abgelehnt, wumm, und mit dem letzten Stempel war dann auch wirklich das letzte Wort gesprochen.

Enttäuscht stand ich auf, nickte dem Mann hinter seinem Schreibtisch zu und suchte den Weg heraus aus dem Gewirr von linoleumverkleideten Gängen und beschilderten Bürotüren. Ich hatte jetzt schwarz auf weiß, was ich eigentlich die ganze Zeit schon geahnt hatte: Es würde ein entweder/oder werden, eine Entscheidung ganz für die Verbeamtung oder eine Entscheidung auf voller Linie dagegen und das hieße dann auch, dass es kein Zurück mehr gab. Es gab keine Optionen für mich, einfach nur eine Pause zu machen, um später wieder einzusteigen. Ich spürte in diesem Moment die volle Tragweite meiner Entscheidung und musste schlucken. Das hier war jetzt kein Kinderspiel mehr, keine unverfängliche Träumerei, die ich durchspielte, wie als ich einem silbernen Luftballon zuschaute, der sich letzte Woche im Baum gegenüber unseres Wohnzimmerfensters verfangen hatte und vom

Wind hin und her geschaukelt wurde oder wie die Gedanken, die ich mir machte, wenn das Stimmengewirr der arbeitenden Kinder in der Schule mich müde machten und ich davon träumte, an einem anderen Ort zu sein. Es war eine Entscheidung mit Tragweite, wie wenn man einen Baum fällte, der jahrelang gebraucht hatte, um so groß zu werden, und man fällte ihn, obwohl man nicht sicher sein konnte, ob ein neuer heranwachsen würde, der alte jedenfalls war unwiderruflich verloren, man konnte ihn unter keinen Umständen und für kein Geld der Welt wieder zurück ins Leben holen.

Ich musste noch lange an den Baum denken, wie er dort vor mir auf der Erde liegen würde, tot und leblos, hingestreckt, Opfer einer Entscheidung, mit der er nichts zu tun hatte, die er nicht hatte beeinflussen können, und ich starrte besonders auf die Stelle, an der seine Wurzeln vorher gesteckt hatten und an der jetzt ein Loch im dunklen Erdreich klaffte.

Ich versuchte, anderen zuzuhören, die eine Veränderung als Chance begriffen und ihren Geschichten zu lauschen, die bewiesen, dass das Leben außerhalb der Komfortzone der Ort war, an dem besondere Dinge passierten. Als ich an der Straßenlaterne in der Nähe unserer Wohnung die Weisheit las, Nur wenn du loslässt, hast du beide Hände frei, wusste ich, dass all diese Stimmen Recht hatten, und ich wünschte so sehr, dass sie sich mit meiner inneren Stimme unterhalten könnten, die mir gegenüber immer nur ja, aber sagte, ein ziemlich eintöniger Kommentar angesichts solch wohlklingender Weisheiten, und dann wünschte ich mir, dass sie meine Stimme überzeugen könnten, sie dazu bringen könnten, stattdessen auch mal ja, ich will, zu sagen. Aber es lag nicht an den anderen, sondern es war meine Aufgabe, den Teufelskreis der Angst zu durchbrechen, denn nur ich alleine konnte einen anderen Weg gehen als den, den die Menschen um mich herum gewählt hatten. Aber, und das war jetzt, nach diesem Gespräch, klarer als je zuvor, die Entscheidung musste ich alleine treffen, niemand konnte sie mir abnehmen und niemand konnte dafür die Verantwortung übernehmen, nur ich selbst, denn es würde auch niemanden geben, der mir sagen würde, ja, Katharina, was du machst, ist richtig, und niemanden, der sagen könnte, was du machst, wird gut, denn niemand konnte vorher wissen, wie es werden würde. Vielleicht sollte ich mit dem Schlimmsten rechnen und dann konnte es nur besser werden. Und ich fragte mich, wäre ich dann ganz alleine in der Lage, mit dem Schlimmsten fertig zu werden, denn das wäre dann wichtig, darauf musste ich mich verlassen können. Aber, und das wurde mir jetzt auch klar, selbst das konnte ich nicht wissen, und überhaupt, wer war denn eigentlich ich selbst? Ich schaute an mir hinunter, an meinem Oberkörper und den Beinen hinunter bis zu meinen Füßen und dann wanderte ich zu den auf den Oberschenkeln ausgestreckten Händen und ich überlegte, wie viel konnte dieser Mensch hier in diesem Körper überhaupt aushalten, was bedeutete es überhaupt, ich zu sein, wer war ich, Katharina, was machte mich aus?

VOM ANFANG BIS ZUM ENDE

Zurück zu Hause. Es fühlte sich gut an, in den eigenen vier Wänden zu sein, sich wieder zu Hause zu fühlen. Ich schmiss mich mit aller Kraft aufs Sofa und blieb dort liegen, mein Körper war schwer, wie ein Sack voller nassem Sand, meine Beine und Arme streckte ich von mir, und auch meine Hände waren nach oben geöffnet, als hoffte ich, die Antworten auf meine Fragen kämen mir von irgendwoher zugeflogen und ich bräuchte sie nur einzufangen und festzuhalten.

Aber die Luft im Raum um mich herum war leer, da kam nichts geflogen, nur das leise Gluckern der Heizungen erinnerte mich daran, dass ich in unserer Wohnung war, und so ließ ich die Gedanken weiter treiben, fragte mich, wo Jon gerade war, warum er nicht hier war, bei mir, vielleicht hatte er mir eine Nachricht geschickt? Ich fühlte mich zu müde, um aufzustehen und nach meinem Handy zu suchen, konnte meinen Körper auch nicht dazu bringen, sich aufzurichten und ins Arbeitszimmer zu gehen, um ein wenig zu arbeiten, ich fühlte mich plötzlich wie gelähmt, und so blieb ich einfach reglos liegen, bis meine Füße und auch die Spitzen mei-

ner Hände kalt wurden und ich die Wolldecke zu mir heran-
zog und mich damit bedeckte, so gut es ging.

Ich überlegte, welche Stimmen zu mir sprechen konnten,
um mir Rat zu geben, welche Stimmen ich überhaupt hören
wollte, und fragte mich, wann sie kommen würden und ob
sie jemals kommen würden. Ich musste an eine Dokumenta-
tion denken, die ich gesehen hatte über eine fünfundsiebzig-
jährige Frau, Gisela, die Rheuma hatte und sich kaum bewegen konnte. Ihre Ärzte hatten prognostiziert, dass sie
ziemlich bald ein Pflegefall werden würde und dennoch hatte
sie sich vor vielen Jahren dazu entschlossen, ihr altes Leben
hinter sich zu lassen und den Schritt ins Ungewisse zu wagen: Sie verkaufte ihre Eigentumswohnung, kaufte sich ein
Wohnmobil und fuhr los in Richtung Marokko, wo sie seitdem die Winter verbrachte, im Sommer tourte sie durch ganz
Europa. Sie hatte mich beeindruckt mit ihrer Entschlossenheit
und den mutigen Entscheidungen, die sie für ihr Leben getroffen hatte und wie sie so dagesessen und erklärt hatte, dass
es nur zwei Dinge im Leben gab, die Liebe und die Angst,
und dass sie sich an einem Punkt ihres Lebens für die Liebe
und gegen die Angst entschieden hatte. Und so hatte sie auf
ihrer Reise niemals Angst, weder in der Einsamkeit der Wüs-
te, noch wenn sie Menschen begegnete, die sie mit ungläubi-
gen Blicken ansahen und sie ihre Entscheidung überdenken
ließen, sie zweifeln ließen, ob es richtig war, was sie tat, so
jedenfalls stellte ich es mir vor. Aber das hatte sie nicht gesagt, denn sie hatte sich gegen diese Sorgen entschieden,
wollte bewusst nur lieben, und so hinterließ sie an den Stati-
onen ihrer Reise, bei den Menschen, denen sie begegnete,
Botschaften der Liebe, und die Menschen würden sich an ihre
Herzlichkeit und ihre Offenheit erinnern, selbst wenn sie
schon längst nicht mehr dort war, so wie ich mich jetzt an sie
erinnerte, an eine Frau, an die man sich erinnerte, weil sie

liebenswert war und ihre Botschaften der Liebe als Gedanken im Gedächtnis blieben, die dort Gutes tun konnten, selbst wenn sie schon längst nicht mehr unter uns war. Aber auch sie hatte sich ganz alleine zu diesem Schritt entschlossen, sich allen kritischen Stimmen entgegengestellt, hatte von niemandem Unterstützung erhalten und auch nicht erwartet, und sie hatte nicht gefragt, was danach käme. Es war, als hätte sie einen Baum gefällt, den Baum ihres Lebens, und dabei nicht in Frage gestellt, ob der neue Baum, den sie pflanzen würde, schöner wäre als der alte, den sie gefällt hatte, denn dem neuen Baum beim Wachsen zuzuschauen hatte ihr möglicherweise schon gereicht, weil sie gesehen hatte, dass der neue Baum ein tieferes, frischeres Grün und kräftigere Arme hatte, die ihre Wünsche und Sehnsüchte viel besser tragen konnten als der alte.

Und wenn ich an den Baum meines eigenen Lebens dachte, der an einigen Stellen morsch war und an den ich nicht mehr so glaubte wie zu Beginn, als ich begann, ihn zu züchten und zu gießen, da stellte ich mir vor, wie ich ihn fällen würde, und wie er so vor mir auf der Erde liegen würde, tot und zerfallen, weil ich ihn mit meinen eigenen Händen zerstört hatte. Und dann sah ich, wie dunkel das Erdreich war, das seine Wurzeln umgeben hatte, und dass dies bedeuten musste, dass es fruchtbar war, und wenn man die Erde in die Hand nahm und an ihr roch, merkte man, dass sie reich, voll und kraftvoll war, und dass auch die Erde meines Baumes in der Lage war, einen neuen Baum heranzuziehen, der als neuer Trieb aus der Erde schießen würde, und einige Jahre später vielleicht schon zu einem jungen Baum mit grünem Stamm und Ästen gewachsen wäre und dass er noch einige weitere Jahre später so feste Wurzeln haben könnte, dass er selbst stärkerem Wind standhalten könnte. Und dann stellte ich mir vor, dass ich die Wartezeit überbrücken könnte, indem ich mir aus dem Holz des alten Baumes einen Unterschlupf baute, vielleicht sogar ein richtiges Häuschen mit Boden, Dach und Wänden, in dem ich geschützt war und abwarten konnte, was passierte. Ein eigenes, sicheres Haus, das würde sich gut anfühlen, dachte ich, und wenn ich genau hinschaute, hatten sich an meinen Füßen sogar schon feine, grüne Triebe gebildet, die zu Bäumen heranwachsen wollten. Aber sie brauchten mehr Platz, sie streckten ihre dünnen Ärmchen förmlich nach mir aus und schrien mir zu, mach uns Platz, wir brauchen Luft zum Atmen, räume den alten, hässlichen Baum aus dem Weg, den du nicht mehr brauchst, baue dir etwas daraus, los, mach es.

Ich richtete mich vom Sofa auf, so plötzlich, dass mir schwindelig wurde, merkte, dass ich schlecht Luft bekam, die Luft im Wohnzimmer kam mir überhaupt sehr stickig und schlecht vor, wie lange hatte hier denn keiner mehr gelüftet, daran hätte Jon doch auch mal denken können, wo blieb er überhaupt?

Ich stand wütend auf, riss die Balkontür auf, machte einen Schritt auf den engen, kleinen Austritt, lehnte mich an das Geländer und atmete tief ein in die Luft, die von draußen kam. Der Autolärm drang von der Straße zu mir herauf und ich blickte nach dort unten, sah die kleinen, bunten Autos, die hupten und sich durch die engen Straßen kämpften, voller Menschen, die wussten, wohin sie wollten oder zumindest so taten als ob, absurd kamen sie mir vor, wie sie sich in ihren Autos dort entlang schlängelten, jeder auf die eigene Vorfahrt pochend, und doch so verletzlich, denn man konnte sie von hier oben beobachten, ohne dass sie es merkten, und ich überlegte, wie einfach es wäre, mich nach dort unten fallen zu lassen, denn dann bräuchte ich nie wieder schwierige Entscheidungen zu treffen, nur noch diese eine letzte, dann hätten diese ständigen quälenden Gedanken ein Ende und dann müsste ich auch niemandem mehr zur Last fallen, ich müsste Jon nicht mehr mit meinen Krisen belasten, und für einen kurzen Moment sah ich mich schon fallen, in kleinen Kreisen strudelnd in hoher Geschwindigkeit dem harten Asphalt entgegen, bis zum entsetzlich schlimmen Aufprall.

Aber jetzt schüttelte ich entschieden den Kopf, nein, niemals würde ich diese Option wählen, immer würde ich kämpfen, weil das Leben es wert war, zu kämpfen, wie oft hatte ich dies erlebt, jedes Mal aufs Neue, als ich mich von Stefan befreit hatte, Jakobs und meine Schultern von der Last der Entscheidung befreit hatte, ob wir zusammengehörten oder nicht, und als ich Jon kennengelernt hatte, damals wie heute, jeden Tag aufs Neue, wenn er mich ansah und mir sagte, dass er mich liebte.

Je länger ich nach unten schaute, desto schwindeliger wurde mir, und ich riss mich los vom Anblick der Autos. Ich wusste genau: Es war nicht das Geländer hier vor mir, das ich loslassen müsste, sondern es waren andere Dinge in meinem Leben, die ich hinter mir lassen müsste, als würde ich auf eine einsame Insel reisen und dürfte nur einen winzigen Koffer mitnehmen, in den ich die drei Dinge packen dürfte, die für mein Leben am wichtigsten waren. Aber was das war, wusste ich nicht, und ich dachte an die Dinge, die ich besaß, meine Kleidung, die flatterigen T-Shirts für den Sommer, die ich gerne trug, mein Lieblingskleid und mein Schal, in dem ich mich wohlfühlte. Und was war mit meinen Büchern? Auch sie waren mir wichtig, mit jedem einzelnen verbanden mich Stunden der Einsamkeit, in ihnen waren unzählige meiner Zufluchtsorte versteckt, viele von ihnen hatten mich gerettet aus einer Welt des Schmerzes, in der es reale Menschen gab, die Jon, Stefan, Jakob, Anna und andere Namen trugen, und Freunde, Partner oder auch Eltern waren, und sie hatten mir die Tür geöffnet zu Welten der Freude, der Liebe oder auch eines Schmerzes, den andere, aber nicht ich durchlitten und sie hatten mich in Sicherheit gewiegt, in einer Welt, in der alles nur auf dem Papier, aber nicht in Wirklichkeit passierte. Waren meine Bücher also nicht wichtigere Wegbegleiter als meine Kleidungsstücke, die irgendwie austauschbar waren? Und was war mit meinen Fotoalben, die seitenweise Momente meiner Erinnerung abbildeten, Zeugnisse meiner Vergangenheit darstellten, die Freude, Trauer, Liebe und Ärger auf Papier materialisierten und den Betrachter immer wieder berührten, indem sie einen Bruchteil des erlebten Moments in ihm heraufbeschworen. Und wenn ich sie ansah, war es, als holte ich einen Teil der Vergangenheit heran, der in Vergessenheit geraten war und machte ihn wieder zu einem Teil meines Selbst, so dass es sich anfühlte, als würde sich im Moment des Blätterns im Album ein Puzzle zusammenfügen, dessen Ganzes das Bild meiner Identität trug. Aber stimmte es wirklich, dass ich meine Identität nur dann klar sehen konnte, wenn ich Teile meiner Vergangenheit heraufbeschwor? Und wollte ich das? War es nicht wichtiger, dass mich ausmachte, was jetzt war und was ich machte, anstatt, mich daran zu erinnern, was längst aus meinem Gedächtnis verschwunden war, um Platz für Neues zu schaffen? Vielleicht waren es nicht nur Kleidung, Bücher, Fotos und andere Dinge in meiner Wohnung, die ich zurücklassen müsste, sondern auch Gefühle, die meiner Vergangenheit angehörten, und die mich jetzt noch bestimmten, Anhängsel meiner Erlebnisse, die ich nicht mehr bei mir haben wollte, meine Ängste zum Beispiel, denn ich hatte sie lange genug gehegt und gepflegt und sie waren zu prachtvollen Exemplaren ihrer Art herangewachsen. Und jetzt ging ich sie durch, eine nach der anderen, die Dinge, vor denen ich Angst hatte, die Angst vor dem Alleinsein, vor dem Verlassen werden, dem Versagen, vor Veränderung und auch die Angst vor dem Loslassen war ein makelloses Exemplar seiner Art. Und ich wusste, dass es die Angst vor dem Loslassen war, die mich am meisten behinderte, die verhinderte, dass die Dinge in meinem Leben in Bewegung gerieten, denn war es nicht so, dass man erst loslassen musste, bevor Platz war für Neues, und noch einmal leuchtete der Aufkleber an der Straßenlaterne vor meinen Augen auf, der mich so beeindruckt hatte: Nur, wenn du loslässt, hast du beide Hände frei. Und ich spürte, dass ich loslassen musste, weil ich Raum brauchte für etwas Neues, für eine neue Katharina, die dann vielleicht fröhlicher und erfüllter wäre, und die endlich ihr Lieblingsleben leben könnte, und dass es Zeit war, eine bewusste Entscheidung gegen die Angst und für die Liebe zu treffen. Und so kam es mir vor, als wäre die Entscheidung bereits getroffen, als hätten meine Gedanken mich schon so weit getragen, dass es kein Zurück mehr gab, dass ich bereits so weit durch die Tür gegangen war, dass ich schon nicht mehr durch den Spalt passte, der noch hinter mir geöffnet war, auch wenn der neue Raum hinter der Tür vor mir noch nicht gut erkennbar war, eher eine Art dunkler Flur mit weiteren Türen war, die ich nicht kannte, und von denen ich nicht wusste, was sie hinter sich verbargen.

Ich war im Geiste bereits durch die eine, wichtige Tür gelaufen und hatte dies getan, ohne Jon an meinen Gedanken zu beteiligen, und jetzt hatte ich Angst, mit ihm darüber zu sprechen, denn er war zurückgeblieben, während ich mich klammheimlich aus dem Haus geschlichen hatte, als er nicht zu Hause gewesen war, und die neue Tür in meinem Leben entdeckt hatte, als er nicht hingeschaut hatte, denn es war ja so: Was würde aus ihm werden, wenn ich Köln hinter mir ließ und wegging?

Aber es war bereits zu spät, denn mein Leben, wie ich es gekannt hatte, lag möglicherweise bereits hinter mir und auch Jon befand sich dort, hinter mir und hinter der Tür. Aber wollte ich, dass er mich begleitete, wohin auch immer die Reise ging, würde ich ihn einweihen müssen, auch wenn ich Angst hatte vor seiner Reaktion, und auch Angst davor, wie er sich entscheiden würde? Denn wenn ich mich veränderte, konnte Jon nicht stehenbleiben, wo er war, wenn er weiterhin mit mir leben wollte, und so zwang ich ihn damit, sich für mich oder auch gegen mich zu entscheiden.

Und was konnte ich ihm als Sicherheiten anbieten? Rein gar nichts. Denn weder konnte ich ihm sagen, dass es gut gehen würde, noch, was genau ich jetzt eigentlich tun wollte, denn es hatte zwar diesen einen Moment gegeben, in dem ich das Loslassen für mich beschlossen hatte, aber was danach kommen würde, war ein großes Fragezeichen. War es wirklich die richtige Option, nach La Scogliera zu gehen, würde es klappen dort, würde ich mich dort wohlfühlen, würde es dort, in der Abgeschiedenheit nicht langweilig werden? Abgesehen davon wusste ich noch nicht einmal, ob es dort immer noch einen Job für mich gab. Ich musste erst Marieta fragen, sie überhaupt erstmal informieren und ohne ein offizielles Okay der Uni Bremen und einen Arbeitsvertrag konnte ich keine weiteren Schritte planen. Noch während ich darüber nachdachte, kamen mir meine Überlegungen ungeheuerlich extrem vor, ja, es schien fast unwirklich, dass sie sich wirklich in meinem Kopf befanden, und dass sie auch von mir stammten. Wie konnte ich so mutig sein und auch so risikofreudig, war wirklich ich ganz allein zu dieser Entscheidung gekommen und war ich wirklich bereit, all ihre Konsequenzen zu tragen?

Ich stand vom Sofa auf, spürte eine plötzliche Unruhe in meinen Beinen, wollte mich bewegen, einfach losrennen, in keine bestimmte Richtung, Hauptsache, dem Drang nachgeben, der meine Beine mit einem solchen Rauschen durchfuhr, dass ich sie nicht länger stillhalten konnte. Ich lief im Zimmer auf und ab und stellte mir vor, wie Jon reagieren würde, wenn ich ihm von meinen Plänen erzählte. Was würde er denken, und noch viel wichtiger: Was würde er tun? Am schlimmsten war die Frage, die ich mir zuletzt stellte: Was würde ich tun, wenn Jon nicht mitkommen wollte - wäre ich bereit, meine Entscheidung mit allen Konsequenzen durchzuziehen? Vor meinen Augen verschwamm das Bild des Gesprächs, das ich mit Jon führen musste, es zerfloss, noch während ich hinschaute, in alle Richtungen, tropfte träge an den Seiten des kleinen Wohnzimmertisches herunter, in zähflüssigen, aber farblosen Fäden, die ich nicht mehr zu einem ganzen Bild zusammensetzen konnte, und so sehr ich mich auch anstrengte, konnte ich mir nicht vorstellen, wie dieses Gespräch weitergehen oder gar enden würde. Ein anderes Bild trat stattdessen an die Stelle von Jon und mir, und ich sah mich plötzlich im Gespräch mit meinen Eltern, jetzt wieder ganz deutlich, die Figur meines Vaters und die meiner Mutter mir gegenüber, in schwarz-weiß zwar, aber mit ganz klaren Umrissen, und ich sah, wie ich ihnen mitteilte, dass ich ab jetzt nicht mehr länger als Lehrerin arbeiten und dass ich auch nicht mehr in ihrer Nähe wohnen würde, und ich sah, wie sie mir reglos am Tisch gegenübersaßen, nur noch steinerne Statuen mit Gesichtern waren, die im Gegenlicht von dunklen Schatten übersät waren, und ich sah nur noch, wie sich ihre Adamsäpfel auf und ab bewegten wenn sie schluckten, und wie mein Vater unruhig auf seinem Stuhl hin und her rückte, bevor er sich räusperte und begann, seine zusammengepressten Lippen zu bewegen, Katharina, das hast du dir hoffentlich gut überlegt, denn da gibt es keinen Weg zurück mehr, und auch meine Mutter war jetzt in der Lage, etwas zu sagen, wenn auch nur, Mensch, Katharina, bevor sich ihre Augen mit Tränen füllten und sie nicht mehr weitersprechen konnte.

Verdammt nochmal, dachte ich, es war doch niemand gestorben, warum ließen mich das alle glauben, alle inklusive der Stimmen in meinem Kopf, die plötzlich alles anzweifelten, die sagten, du schaffst das nicht, Katharina, du kannst es nicht einfach so machen, lass das, es wird dein Untergang sein, du schaufelst dir dein eigenes Grab. Aber es war zu spät für diese Stimmen, ich hatte sie in meinem Kopf als bloße Stimmen entlarvt, hatte sie auf den Prüfstand gestellt, ihnen geantwortet, gesagt, dass es nicht wahr war, was sie sagten, weil sie es einfach nicht wissen konnten, vielleicht würde ich scheitern, aber vielleicht auch nicht, und ich sagte ihnen, dass ich sie nicht brauchte, weil sie alles kaputt machten, was gut war oder gut werden konnte und weil ich nämlich selbst entscheiden würde. Und noch einmal wiederholte ich es, diesmal nicht bloß in Gedanken, sondern ich rief es laut ins Wohnzimmer hinein, damit kein Zweifel entstand, dass ich es so meinte, wie ich es sagte, verdammt nochmal, und noch einmal, damit auch ja kein Zweifel aufkam, verdammt nochmal, verdammt nochmal!

Und dann stand plötzlich Jon vor mir. Ich wusste nicht, wie lange er dort bereits gestanden hatte, und ob er meine Rufe gehört hatte. Aber er sagte nichts, sondern nahm meine Hand und dann hielt er seinen Mund an mein Ohr und flüsterte, komm, lass uns rübergehen, ins Schlafzimmer. Und schon zog er an meiner Hand, hatte mich bereits in den dunklen Flur geschoben, als ich protestierte, das geht nicht, Jon, warte, und er mir antwortete, wieso geht das nicht, ich habe solche Lust auf dich, komm mit mir, bitte, wir haben schon so lange nicht mehr miteinander geschlafen. Aber ich lehnte mich gegen sein Gewicht, das mich weiter in Richtung Schlafzimmer drückte, und noch einmal sagte ich, warte, Jon, es geht nicht, ich muss mit dir reden. Erst dann blickte er mich mit großen Augen an und ich sah, dass er enttäuscht war, und es machte mich sehr traurig, dass ich ihn enttäuscht hatte, schon wieder, und ich konnte sehen, dass auch er traurig war, weil er sich abgelehnt fühlte, und als er so mit hängenden Schultern vor mir stand gab es erst recht kein Zurück mehr: Ich zog ihn ins Wohnzimmer und sagte, setz dich bitte, setz dich einfach hin.

Was gibt es denn, Katharina, was in aller Welt kann so dringend sein, ärgerte er sich, und ich wusste, ich musste ihm jetzt erklären, was ich zuvor so oft in meinem Kopf gewälzt hatte, es gab nur diese eine Chance, die ich jetzt sofort ergreifen musste. Wenn ich das nicht tat, hätte ich jede Glaubwürdigkeit, jedes Vertrauen, das er noch in mich hatte, verloren. Und so riss ich mich zusammen, hielt mit meiner stärkeren linken Hand die zitternde rechte Hand fest, und sagte, verstehst du, Jon, dass ich dich liebe, über alles, aber dass ich einfach nicht glücklich mit meinem Leben und mit meinem Job in der Grundschule bin. Du weißt, wie glücklich ich in La Scogliera war und ich möchte einen Schritt wagen, ich möchte einmal in meinem Leben mutig sein, möchte mein altes Leben loslassen, damit wieder Platz ist für Neues, für mehr Glück, dafür, dass ich endlich das Leben leben kann, von dem ich träume. Und bitte, versteh mich nicht falsch, das Wichtigste in meinem Leben bist du, und eigentlich mache ich es auch für dich, weil ich dich über alles liebe, und es mich traurig macht, zu sehen, wie sehr du leidest, wenn es mir nicht gut geht, und deshalb muss ich es einfach tun, denn wenn ich nicht glücklich bin kann ich nicht an deiner Seite sein, als gleichwertiger, gesunder Erwachsener, und das ist wirklich das, was ich möchte, was ich für uns tun möchte.

Aber Jon schaute mich ungläubig an, was, Katharina, was sagst du mir da, du willst aus deinem alten Leben raus, weißt du eigentlich, was das heißt, und jetzt schossen ihm die Tränen in die Augen, das heißt auch, dass du mich verlassen willst, denn ich bin Teil deines Lebens hier, und weißt du eigentlich, dass ich für dich alles aufgegeben habe?

Aber Jon hatte mich falsch verstanden, denn ich wollte ihn ja überhaupt nicht verlassen, ich liebte ihn so sehr, und so flehte ich ihn an, bitte versteh mich doch, Jon, so ist es nicht gemeint, ich hätte am liebsten, dass du mitkommst, aber ich weiß nicht, ob das geht, versteh doch, ich weiß einfach nicht, was ich machen soll, ich bin in einer Zwickmühle, was soll ich machen, soll ich auf dich achten oder auf mich. Wenn ich alles für dich aufgebe, bedeutet das doch, nicht glücklich werden zu können. Aber Jon verstand es nicht, sagte, Katharina, ich dachte, wir hätten uns hier ein gemeinsames Leben aufgebaut, und jetzt zerstörst du alles einfach so, und es ist nicht nur das, auch ich liebe dich, und ich möchte ohne dich nicht leben, aber ich kann auch nicht einfach so weg von hier. Wovon soll ich leben? Ich werde mich bestimmt nicht abhängig machen von dir, und überhaupt, wie soll ich auf La Scogliera einen Job finden, es gibt dort bestimmt keinen Job für einen Fluglotsen, und ich bin nicht bereit, bei Null anzufangen und als Kellner zu arbeiten, nur damit du deinen Traum leben kannst, verstehst du nicht, in welches Dilemma mich deine Worte stürzen, unsere Zukunft liegt jetzt in meinen Händen, es ist, als ob du die Last der Entscheidung auf meine Schultern abgewälzt hast und ich kann jetzt schauen, was ich damit anfange, toll hast du das hingekriegt, du bist einfach unglaublich egoistisch. Und überhaupt, du machst hier Pläne ganz ohne mich, hast eigentlich alles schon entschieden, so wie es für dich am besten passt, du bist selbstsüchtig und egoistisch. Scheiße Mann, rief er und stürmte aus der Wohnung.

Es war ein Fehler gewesen, Pläne ohne ihn zu schmieden. Und in diesem Moment machte ich den Fehler, ihn einfach so ziehen zu lassen, aber ich tat es, weil ich nicht wusste, wie ich ihn zurückhalten konnte. Als er schließlich weg war und sich die Stille der Wohnung um mich schloss, konnte ich nicht glauben, dass er weg war und auch nicht wiederkam. An diesem Nachmittag nicht und auch am nächsten und übernächsten Tag nicht.

Die Leerstellen, die der fehlende Jon in meinem Leben hinterließ, klafften vor mir wie offene Wunden, sie schmerzten mich und erschienen mir so groß, dass ich sie nie wieder würde füllen können, dessen war ich mir ganz sicher. Ich vermisste Jon, vermisste seine Stimme, die die Räume unserer Wohnung füllte, vermisste morgens den Duft seines Parfums im Badezimmer, vermisste seine Klamotten, die verstreut in unserem Schlafzimmer herumlagen.

Er hatte sich eine Wohnung gemietet und mich alleine hier zurückgelassen. Seit unserem Gespräch vor ein paar Tagen hatten wir uns nicht mehr gesehen - einen Koffer mit ein paar Sachen hatte er anscheinend gepackt, als ich nicht zu Hause gewesen war.

Ich fühlte mich leer, lief seit Tagen in demselben labbrigen T-Shirt rum, hatte mir heute weder die Zähne geputzt noch die Haare gekämmt. Ich hatte noch nicht mal versucht, mich zu schminken und so waren die Reste des schwarzen Lidstriches der letzten Tage verschmiert und nur noch als unförmiger, dunkler Schatten auf meinen Augenlidern erkennbar. Vielleicht sollte ich Jon gehen lassen, vielleicht gehörte er einfach nicht in mein Leben, vielleicht passte er einfach nicht dazu.

Ich hatte mich in der Schule krankgemeldet, fühlte mich nicht in der Lage, vor die Kinder zu treten, ihren Wünschen gerecht zu werden, geschweige denn zu verstehen, was sie von mir wollten. Die Krankmeldung verschaffte mir ein paar Tage, von denen ich selbst nicht wusste, was ich erwartete. Es war, als wartete ich darauf, dass etwas passieren würde. Ich war in Habachtstellung, war ein Tier, das auf der Lauer lag, war ein Junkie in Erwartung des nächsten Schusses, der nicht kam. Es passierte nichts, außer, dass Jon fehlte, dass es sich anfühlte, als wäre er das fehlende Puzzleteil in meinem Leben, der Adam, auf den Eva wartete. Und es kam mir vor, als wäre ich Eva, die bereits den Finger ausgestreckt hatte, um von dem einen, besonderen Baum zu kosten im Garten von Eden, und ich dachte, dass es nur so sein könnte, dass Adam zu Eva zurückkehren würde, denn wurden sie nicht als Mann und Frau geschaffen, um sich gegenseitig als Mann und Frau zu sehen und von dem Baum zu kosten, um so zu erfahren, was Gut und Böse ist? Und doch warst du, Jon, in diesem Moment so weit entfernt von mir, und ich wusste nicht, wie ich die Distanz überbrücken sollte, den Weg zu dir zurückfinden sollte.

Eines Abends schwang ich mich aufs Fahrrad, fuhr ziellos durch die Gegend, ließ die Menschen an mir vorbeistreifen, denen ich begegnete, wusste nicht, ob es Männer waren, Frauen, oder Kinder, vielleicht Jugendliche, die weder zu Hause noch hier auf der Straße sein wollten, die, genau wie ich, nicht wussten, wohin sie passten. Und ich wusste, wie sich das anfühlte, denn auch ich wusste nicht mehr, wo mein Platz war, wollte weder hier noch dort sein, weder in Köln noch in einer anderen Stadt der Welt, weder zu Hause noch draußen, weder alleine noch in Gesellschaft, nirgendwo schien ein guter Platz für mich zu sein. Also blieb mir nichts Anderes übrig, als weiter zu fahren, einfach immer weiter in die Pedale zu treten, so dass die Häuser an mir vorbeizogen, in denen diese Menschen hier auf der Straße lebten. Die Lichter in den quadratischen Fenstern zeigten, dass dort jemand zu Hause war, auch wenn man niemanden sehen konnte, weil sie sich hinter ihren Gardinen verschanzten, in ihren Betten, unter ihren Decken, auf ihren Sofas, die eigenen vier Wände formten eine Schutzhülle um sie und ihre Familien. Das wichtigste war, die eigene Familie zu beschützen, das hier drinnen sind wir, das ist unsere Familie und wir lassen so schnell niemanden an uns heran, aber dort draußen, in der Dunkelheit und in der Kälte, das bist du, und du bist allein.

Ich fuhr weiter, über die quadratischen Flecken hinweg, die der Lichtschein der Fenster auf dem Asphalt hinterließ, trampelte keuchend die Brücke hoch, die über die Autobahn führte, und dort oben, in der Mitte der Brücke erschrak ich, musste anhalten, als ich meinen Kopf wendete und auf die Autos schaute, die dort unter mir vorbeirauschten: Ihre Frontlichter rauschten als grelle Punkte an mir vorbei, so schnell, dass ich einzelnen Autos kaum folgen konnte. Jedes Auto sah aus, als hätte es ein Gesicht, dessen zwei Augen blitzend die grellen Lichter des Vordermannes verfolgte. Sie sahen aggressiv aus, nicht im Spiel miteinander, sondern verwickelt in einen Kampf, in dem es darum ging, erster zu sein, der metallenen Masse der anderen nicht nachzugeben, sondern noch ein wenig aggressiver und lauter zu sein, und selbst wenn es Unterschiede gab zwischen den Lichtern und manche in ihrer Aggressivität vielleicht auch erschrocken waren über das, was sie da taten, ließen sie es sich nicht anmerken, denn das hier war der Kampf der Titanen, hier durfte man nicht schwach werden, hier herrschte das Recht des Stärkeren und so folgte das eine Gesicht dem anderen, ununterbrochen rauschend. Der Lärm ihrer Reifen auf dem Asphalt schallte zu mir herauf und machte klar, dass sich nur wenige Meter Luft und wenige Zentimeter Beton zwischen mir und ihnen befanden. Die Brücke, die ausschließlich für Fußgänger gebaut worden war, war ein gefährlich dünnes Konstrukt, das mir Angst machte, und auch sie dort unten, die Masse scharfkantigen Metalls, die sich unter mir vorbeischob, schien mir sagen zu wollen, Katharina, wohin willst du, fahr nicht weiter, du bist in Gefahr, dein Leben ist vielleicht in Gefahr. Und ich musste mir vorstellen, dass auch die Menschen in den Autos in Gefahr waren, der Abstand zwischen ihnen zu gering, zu riskant, zu wenig wert waren ihre Leben in diesem Moment, denn es musste nur ein Stein von dieser Brücke fallen, den ich aus Versehen mit dem Fuß bewegte, der das fragile Gleichgewicht der Autoketten dort unten durcheinanderbringen würde, denn ein Auto würde als Erstes bremsen müssen und alle anderen würden in das Erste hinein rauschen, ohne überhaupt zu merken, wie ihnen geschah, ohne zu sehen, wie schnell sich die scharfen Kanten des Metalls ineinander verkeilen, einander schneiden würden, bis sie dann die Schärfe des Metalls am eigenen Leib würden spüren können.

Das Spiel der Autos miteinander war grausam, aber niemand außer mir nahm davon Notiz. Ich schaute mich um und konnte niemanden auf oder vor der Brücke sehen, hier war ich ganz allein.

Ich schaute nach vorne, unschlüssig, ob ich weiter fahren oder umkehren sollte. Der Lärm war noch immer so laut, dass ich mein eigenes Wort nicht hätte verstehen können. Es auszuprobieren reizte mich, ich wollte sehen, ob ich gegen diese unmenschliche Masse an Metall und grellen Lichtern ankam mit meiner Stimme, mit meiner Menschlichkeit, mit meiner Verletzlichkeit. Ich setzte an, etwas zu sagen, brachte

Stimmbänder, Zunge und Gaumensegel in Position, spannte die Bauchmuskulatur an, aber aus meinem Mund kam nur mein Atem, eine klanglose Stille und ich schaffte es nicht, Wörter zu formen und Laute zu produzieren. Ich wusste, es lag nicht an der Beschaffenheit meiner Organe, sondern daran, dass ich einfach nicht wusste, was ich sagen sollte. Jedes Wort, das mir in den Sinn kam, kam mir banal vor im Vergleich zu den Gedanken, die ich zuvor gehabt hatte. Ich konnte einfach nichts sagen, nur meine Ohnmacht fühlen, weil ich nichts tun konnte, um die Autos unter mir aufzuhalten. Es gab nichts, was ich den Menschen hinter den Steuerrädern der Autos sagen konnte, um sie umkehren zu lassen, und genauso konnte ich auch Jon nicht mehr aufhalten, weil es zu spät war und er bereits gegangen war, und mir fiel nichts ein, was ich Jon in diesem Moment hätte sagen können, um ihn umzustimmen.

Und dann fiel es mir wie Schuppen von den Augen: Vielleicht war das, was gerade passierte, meine Ohnmacht, die vorbei rasenden Autos, und die unmenschliche Entfremdung der Welt, die ich ganz deutlich vor meinen Augen sehen konnte, hier oben auf der Brücke, nur Zentimeter entfernt vom Abgrund unter mir, kein Zufall. Vielleicht enthielt das alles eine Botschaft, die nur für mich bestimmt war, und ich fühlte wieder einen leisen Kampfgeist in mir aufsteigen. Er war schwach, aber dennoch war er da, denn ich verstand, dass es nur eine einzige Chance gab, als Sieger vom Platz zu gehen, nämlich indem ich auf meine Gefühle hörte. Denn Gefühle waren das einzige, das die metallenen Gefährte dort unten im Gegensatz zu mir nicht besaßen: Sie waren schnell, sie waren laut und sie waren stark, aber sie konnten nicht fühlen. Und so versuchte ich, zu fühlen, obwohl es mir schwerfiel, denn da schien gar nichts zu sein in mir, außer der Ohnmacht, nicht sprechen zu können, dem Ärger über die Aggressivität und der Angst vor dem Lärm, den diese Autos machten.

Doch dann wurde mir klar, dass es nicht um den Moment ging, in dem ich hier oben auf der Brücke stand, sondern dass ich fühlen musste, was im Rest meines Lebens passierte. Ich musste fühlen, was ich brauchte, und ich musste fühlen, was ich wollte.

Ich packte den Lenker meines Fahrrads und drehte es um, stieg auf den Sattel und ließ mich den Berg hinunter rollen, weg von der Autobahn. Mein Fahrrad wurde immer schneller, stolperte über die Wurzeln der Bäume am Wegesrand hinweg, die den Asphalt nach oben gewellt hatten, bremste aber nicht, im Gegenteil: Ich wollte, dass das Fahrrad immer schneller rollte, spürte den kühlen Fahrtwind im Gesicht und nahm ein Gefühl jetzt doch immer stärker wahr, nämlich, dass ich in mein Leben zurückkehren musste, dass ich weg wollte von der Autobahn und dem Lärm, von den anderen Menschen zurück in mein eigenes Leben, um mich mit meinen eigenen Gefühlen zu beschäftigen.

Und es fühlte sich tatsächlich an, als rollte ich geradewegs zurück zu mir, in mein eigenes Leben, in dem ich mich zu Hause fühlte. Ich kam erneut an den erleuchteten Fenstern vorbei, die jetzt eine ganz andere Bedeutung für mich hatten als auf dem Hinweg, denn jetzt konnte ich endlich spüren, was ich eigentlich fühlte. Ich fühlte mich nicht mehr ausgegrenzt, wollte nicht mehr Teil dieser anderen Familien sein, weil es nämlich jemanden gab, der für mich sehr viel mehr bedeutete, und das warst du, Jon, mit dir zusammen wollte ich eine Familie sein, und ich sah es diesmal so klar vor mir wie nie etwas Anderes in meinem Leben zuvor. Es war, als hätte der Fahrtwind meine Seele gereinigt, und als hätte jemand in leuchtenden Buchstaben vor mir in die Nachtluft gemalt: Ich will dich in meinem Leben, Joni, und ich brauche dich in meinem Leben, um jeden Preis. Dieser Gedanke war für mich jetzt so klar wie die Umrisse der Dachgiebel, die ich vor dem Licht des Mondes am abendlichen Himmel sah und er stand für mich so fest wie die Stämme der Bäume, an denen ich vorbei rauschte, genauso fest wie ihre Wurzeln, die in der Erde verankert waren. Die Gedanken an Jon waren voller Wärme und voller Licht, sogar hier draußen in der kalten Nachtluft spürte ich ihre Stärke. Und wenn ich dies doch so stark spürte, was war dann mit dir, Joni? Was spürtest du, welche Gedanken hattest du in diesem Moment, wo warst du und wo waren deine Gefühle? Lass mich für dich die Frau sein, die für dich da ist, weil niemand anders so sehr für dich da sein könnte, wie ich für dich. Lass mich dir sagen, Joni, dass wir gut füreinander sorgen könnten und dass es uns gut miteinander ginge, weil wir zusammengehören, das spüre ich doch so deutlich.

Und ich wollte so sehr wissen, ob Jon mir glauben würde, hätte ich diese Worte in diesem Moment an ihn gerichtet. Aber er war nicht da und ich wusste nicht, wie ich ihn finden könnte. Ich musste darauf warten, dass er mich fand.

Während ich immer schneller in die Pedale trat, plötzlich so voller Energie, voller neu gefundener Kraft überlegte ich fieberhaft, wie ich den Lauf der Dinge doch noch beeinflussen könnte, jetzt, wo ich so klar sah, dass alles, was ich wollte, war, mit ihm zusammen zu sein. Und ich formulierte in meinem Kopf, was dies bedeutete: Hieß das, unser Wohnort war egal, solange er da war, und hieß es, dass ich meinen Job weitermachen würde, um in seiner Nähe zu sein? Womöglich hieß es all das, ich wusste es noch nicht, meine Gedanken überschlugen sich einfach, taumelten in das Gewirr meiner Adern, in denen das Blut rauschte und pochte.

In meinem Rausch verpasste ich beinahe, in die richtige Straße abzubiegen, erst im letzten Moment riss ich den Lenker herum, strauchelte kurz, fing mich aber sofort wieder, indem ich einmal kräftig in die Pedale trat. Als ich meinen Blick vom vorbei rauschenden Asphaltboden wieder aufrichtete, sah ich, dass ich frontal auf einen anderen Fahrradfahrer zufuhr, der nur noch eine Fahrradlänge von mir entfernt war. Auch der Mann auf dem Fahrrad gegenüber erschrak und verkrampfte, wie ich, aber im letzten Moment konnte ich den Lenker herumreißen. Das war knapp, mein Herz pochte, meine Hände waren schweißnass. Ich versuchte, besser aufzupassen, konzentrierte mich auf die letzten Meter Straße vor mir, bevor ich zwischen den geparkten Autos scharf abbiegen und mein Rad auf den Bürgersteig heben konnte.

Und da stand dann Jon. Er stand einfach da. Es war unfassbar, dachte ich, denn es war, als hätte er dort auf mich gewartet, schon wieder. Wie schaffte er es, immer wieder im richtigen Moment aufzutauchen, genau dann, wenn ich ihn am meisten brauchte. Es war, als könnte er in uns und in unserer Beziehung lesen, wie in einem offenen Buch und als stünde darin auch ganz genau geschrieben, was als nächstes zu tun war. Das Verrückte aber war, dass ich ganz genauso in diesem Moment wusste, was zu tun war, und wusste, wonach ich so lange gesucht hatte, nämlich nach dem sicheren Gefühl, dass ich ihn liebte und mit ihm leben wollte. Es war, als könnte auch ich jetzt das Buch unseres Lebens aufschlagen und darin lesen, uns selber lesen, und ich dachte in diesem Moment, dass ich das ganz allein ihm zu verdanken hatte, dass er da war, um es mir beizubringen, bis ich es ganz alleine konnte.

Jon, sagte ich, und lehnte mich an ihn. Wie schön, dass du da bist. Und Jon sagte, Katharina, du hast mir gefehlt und ich möchte mit dir reden.

Ich atmete tief ein, roch an seinem Hals, versuchte, noch einmal sehr viel tiefer den mir so bekannten Geruch einzuatmen und sagte, jetzt komm erstmal mit rein. Und ich schloss die Haustür auf, nahm seine Hand und zog ihn mit nach oben, wir gingen genau sieben Treppenabsätze nach oben. Ich wusste das so genau, weil ich mitzählte, weil jeder einzelne Schritt für mich jetzt von Bedeutung war, denn wir gingen nicht irgendwohin, und wir stiegen nicht irgendeine Treppe hoch, nein, wir gingen hinein in unsere Wohnung, unsere gemeinsame Wohnung, wo die Wohnungstür hinter uns ins Schloss fiel und nichts mehr war außer einer vollkommenen Stille und außer uns.

SEHR VIEL SPÄTER

Ich schaue auf das weiße Blatt Papier, auf dem meine Hand und der Stift in meiner Hand schwarze Spuren hinterlassen. Es sind Spuren, die mir vertraut sind, Buchstaben, die ich selbst dorthin geschrieben habe und die sich zu Wörtern und Sätzen formen, die eine Bedeutung für mich haben. Sie beschreiben den Anfang meines Lebens - obwohl es genauer gesagt, nicht nur einen Anfang gibt, sondern mehrere, so wie ein Buch auch mehrere Kapitel hat, so wie es vielleicht gar nicht ein Leben, sondern viele verschiedene gibt, die die Worte beschreiben oder beschreiben könnten.

Je länger ich auf die schwarzen Linien, die geschwungenen Ks und Js schaue, die dort auf dem Papier ihren Abdruck hinterlassen haben, desto mehr verschwimmen die Umrisse und mit ihnen die Bilder, Momente und Gefühle, die sie beinhalten. An ihre Stelle tritt ein Gedanke, der meine Seele streichelt wie ein warmer Sommerwind Lampions, die in der Abenddämmerung leise auf und ab tanzen. Es ist ein Gedanke, den ich nicht beschreiben kann, weil es unmöglich ist, ihn so zu beschreiben, dass man ihn verstehen könnte. Einzig und allein wenn man dabei gewesen wäre, als ich sehr viel später an deiner Hand am Rande des Wassers stehe und auf seine Bewegungen schaue, hätte man ihn verstehen können, als der lauwarme Wind die Baumwipfel zum Rauschen bringt und ich die feinen Härchen und die Wärme deiner Hand auf meiner fühle, als ich den Sand spüre, auf dem wir stehen, seine kühle Feuchte unter den Fußsohlen und die einzelnen Körner zwischen den Zehen, und als ich weiß, dass ich wieder festen Boden unter den Füßen habe. In diesem Moment weiß ich, dass es nicht nur einen einzigen Anfang meines Lebens gibt, sondern einen weiteren, der gerade in diesem Moment passiert, in diesem, in dem ich deine Hand halte, genau in diesem, in dem ich den Wind, das Wasser und den Sand spüre, und auch in diesem Moment, in dem ich diese Worte zu Papier bringe. Auch das ist der Anfang eines ganzen Lebens, meines eigenen Lebens.

QUELLEN

Das Gedicht von Said habe ich folgendem Werk entnommen:
Said. 2010. *Ruf zurück die Vögel*. München: C.H. Beck oHG.

Das Gedicht "Komplimente", aus dem ich Teile im Kapitel
"Vorübergehend" zitiert habe, stammt von Dieter Faring, der
mir persönlich bekannt war. Teile dieses Gedichts sind in
folgendem Werk erschienen: Faring, Dieter (Autor) und Fi-
scher, Gerwin (Illustrator). 2011. *TangoKomplimente*. Königs-
winter.

DANKSAGUNG

Ich danke Lars dafür, dass er an mich glaubt. Nicht nur seine Zeit, auch seine Kraft und seine Liebe teilt er mit mir. Ohne ihn wäre diese Geschichte vielleicht nie fertig gestellt worden.

Ich danke meiner Schwester Lena dafür, dass sie immer für mich da ist, selbst am anderen Ende der Welt.

Ich danke Guido dafür, dass er mich auf einem wichtigen Teil meines Weges begleitet hat. Er hat mir beigebracht, was es bedeutet, zu fühlen.

Ich danke SAID für die sehr persönliche Freigabe seines Gedichtes, eines der ganz besonderen Gedichte, die mich bereits vor langer Zeit beeindruckt haben.

Ich danke Sylvia Janczak und Til Faring für die Erlaubnis, das Gedicht von Dieter Faring zu verwenden.

ÜBER DIE AUTORIN

Hanna Hommes wurde 1984 in Bergisch Gladbach geboren. Sie arbeitet als Lehrerin für Englisch, Spanisch und Erdkunde an einem Gymnasium.

Vor und während ihres Studiums hat sie in den USA, Australien und Spanien gelebt. Immer schon interessierte sie sich dafür, wie Menschen an unterschiedlichen Orten der Welt ihr Leben gestalten. Auch die Frage nach den Möglichkeiten und Grenzen der Selbstbestimmung hat sie dabei begleitet. Heute lebt sie in Köln.

Sie liebt es, fiktionale Charaktere zum Leben zu erwecken. Ihre Leidenschaft für Sprachen hat sie zu ihrem Hobby gemacht: Schon früh begann sie, Gedichte zu schreiben. *Am Anfang eines Lebens* ist ihr erster Roman.